Herausgegeben von
Kathrin Hanke, Franziska Henze, Svea Jensen

Du stirbst

nicht nur zur

Sommerzeit

24 Kurzkrimis für eine
mörderische Adventszeit

HarperCollins

1. Auflage 2024
Originalausgabe
© 2024 by HarperCollins in der
Verlagsgruppe HarperCollins Deutschland GmbH, Hamburg
Umschlaggestaltung von Hafen Werbeagentur, Hamburg
Umschlagabbildung von Hafen Werbeagentur, Hamburg
Gesetzt aus der Minion Pro
von GGP Media GmbH, Pößneck
Druck und Bindung von GGP Media GmbH, Pößneck
Printed in Germany
ISBN 978-3-365-00776-1
www.harpercollins.de

Inhalt

Liebe Leserinnen und Leser,

es gibt zwei Sorten von Menschen: die, die Weihnachten lieben, und die, die Weihnachten hassen. In unseren 24 Weihnachtskurzkrimis – allesamt Erstveröffentlichungen – kommen beide auf ihre Kosten, das versprechen wir Ihnen. Ob mittendrin bei der Familienweihnachtsfeier, fernab auf einer Nordseeinsel oder gar in Bethlehems Stall, überall geht es mörderisch spannend zur Sache. Denn Weihnachten ist nicht nur das Fest der Liebe, sondern auch, Sie wissen es vielleicht, die gefährlichste Zeit des Jahres.

In diesem Sinne wünschen wir spannende Unterhaltung – und passen Sie auf sich auf.

Ihre Kathrin Hanke, Franziska Henze und Svea Jensen

Eiswellen

Elsa Dix

Der Wind zerrt an ihrem Schal, droht ihr die Mütze vom Kopf zu wehen. Gesa wickelt ihren Wollmantel fester um ihren Körper. Schnee treibt eisige Spitzen in die Haut ihres Gesichts. Sie wischt ihn mit dem Handschuh weg, schaut aufs Wattenmeer. Gefrorene Krusten überziehen das Wasser. Eiswellen. Gefährlich und unberechenbar.

Sie hat das Dorf vor einer Stunde verlassen. Am Hafen vorbei, die Polder entlang bis zum Vogelschutzgebiet. Weit entfernt hört sie die Glocken, die zur Christmette läuten. Die Kirche wird bis zum letzten Platz besetzt sein. Hier hingegen ist es menschenleer. Zumindest fast. Die Härchen in Gesas Nacken richten sich auf. Sie weiß, dass er ihr gefolgt ist.

Sechs Monate zuvor – Sommer 1968

Wolfgang steht auf der Fähre, der Wind bläst ihm salzige Luft in das Gesicht. Er sieht, wie die Insel näher kommt. Weiße Häuser am Strand, spielende Kinder im Sand. Missmutig verzieht er das Gesicht. Seine Mutter hat darauf bestanden, dass er einige

Wochen nach Norderney fährt. Zur Erholung von der Studiererei, sagte sie. Dabei befürchtet sie nur, dass er in Berlin in die Unruhen hineingerät. Wie wenig sie ihn kennt. Was interessiert ihn Rudi Dutschke? Er hat ohnehin kaum Kontakt zu seinen Kommilitonen. Schwätzer, die glauben, eine Revolution herbeireden zu können.

Die Insel gefällt ihm nicht, schon nach einem Tag ist er genervt: wegen des Klingelns der Bimmelbahn vor der Milchbar, weil alle Sitzplätze im Strandcafé Cornelius besetzt sind und weil er sich das Conversationshaus nicht ansehen kann, ohne dass ihm ein Kurkonzert mit Seemannsliedern entgegenschallt. Aber dann entdeckt er Gesa.

Mit festen Schritten geht sie durch die Friedrichstraße, in der Hand ein Einkaufsnetz. Über die toupierten Haare hat sie ein buntes Tuch gebunden. Ein Mädchen wie so viele. Und doch bleibt sein Blick an ihr hängen. Es ist die Art, wie sie sich bewegt. Sie weiß, wohin sie gehört: Auf diese Insel. In dieses Land. In diese Welt. Er folgt ihr. Sie kauft Obst bei Bakker, Brot bei Bethke in der Poststraße, Blumen bei Namuth. Alltäglichkeiten. Vielleicht ist es genau das, was seine Aufmerksamkeit erregt. Inmitten dieser Scheinwelt aus Urlaubern, in der man jede Minute genießen muss, bevor es zurück in den Arbeitstrott geht, ist Gesa ein Stück Normalität. Alltag im Ausnahmezustand. Aufstehen, Frühstück für die Gäste bereiten, Betten machen, durchwischen, Einkäufe tätigen, Wattwanderungen mit den Urlaubern, Essen vorbereiten. Feste Abläufe, immer gleich. Nach drei Tagen weiß er, wo sie für die Familie und die Gäste einkauft. Nach sechs, bei welchem Bekannten sie stehen bleibt, um zu plaudern, und an wem sie mit einem schnellen Gruß vorbeigeht. Nach elf Tagen, über welche Träume sie sich mit ihrer Freundin

Bärbel unterhält, wenn die beiden abends in den Dünen spazieren gehen und sich allein wähnen. Kurz vor seiner Abreise fasst er sich ein Herz, bietet Gesa an, ihr Einkaufsnetz zu tragen. Sie lächelt und sagt, das könne sie gut allein. Sie ist freundlich. Distanziert. Sie will zu Urlaubern keinen näheren Kontakt. Erstarrt bleibt Wolfgang stehen, während sie ihren üblichen Weg fortsetzt. Er hat gedacht, bei ihm ist es anders. Er kennt sie doch, wie kann sie das nicht bemerken? Wolfgang dreht sich um, packt seinen Koffer und verlässt die Insel mit der nächsten Fähre.

Herbst

Gesa bleibt in Wolfgangs Gedanken. Ständig und immer. Am ersten Samstag im Oktober hält er es nicht mehr aus und fährt zurück. Auch das nächste Wochenende kommt er. Vernachlässigt das Studium. Muss sich bei einem Bekannten Geld leihen, um Reise und Unterkunft bezahlen zu können. Schließlich bleibt er ganz. Gesa wird ein Teil seiner Routine. Aufstehen, beim Herrenpfad warten, bis sie aus dem Haus tritt, sie beim Einkauf begleiten. Am Nachmittag führt sie Urlauber durch das Watt. Untiefen, Schlicklöcher und Treibsand, sie kennt sich aus. Abends trifft sie sich mit Bärbel. Er ist immer dabei, unsichtbar, ein Schatten – und doch so nah.

Gesa ist froh, als im November die letzten Gäste abreisen. Gemeinsam mit ihren Eltern schiebt sie den großen Tisch aus dem Wohnzimmer zurück in die Küche. Sie kann ihr Zimmer wieder allein nutzen, auch wenn Karin noch manchmal nachts zu ihr kommt. Es macht Gesa nichts aus, es ist schön, beim Einschlafen den leisen Atem ihrer kleinen Schwester zu hören. Jetzt ist die Familie wieder unter sich. Da ist niemand mehr, der noch schnell ein Brot gemacht haben will. Der am Küchentisch sitzt und bis in die Nacht mit dem Vater diskutiert: ob man sich eine Wohnung in dem neuen Apartmenthaus an der Kaiserstraße kaufen sollte, ob eine Landverbindung wie auf Sylt gebaut werden müsste, wann der letzte Fischer der Insel aufgeben wird.

Gesa zieht die Spitzentischdecke auf dem Wohnzimmertisch gerade. Die Mutter hat Karin ins Bett gebracht, setzt sich jetzt auf das Sofa und greift nach dem Strickzeug. Auch Gesas Vater kommt, er hat heute Nachmittag den Anlasser am Boot repariert, nun stellt er den Fernseher an. Gesas Blick geht zur Uhr, kurz vor acht, gleich fängt die Tagesschau an. Ihr bleibt nicht viel Zeit. Sie atmet tief durch. »Ich wollte mit euch reden.« Sie zögert, aber es hilft nichts. Sie muss es sagen. »Mir folgt ein junger Mann, ein Urlauber. Seit Wochen ist er mir ständig auf den Fersen, ich kann hingehen, wo ich will. Immer ist er da.« Sie presst die Lippen aufeinander. Lange hat sie überlegt, wie sie es sagen soll, ohne dass es sich verrückt anhört. Es hört sich trotzdem verrückt an.

Die Mutter blickt nicht von ihrem Strickzeug auf. »Der verschwindet schon wieder. Um diese Jahreszeit fahren die Urlauber ab, dann bist du ihn los.«

Ihr Vater lässt sich ächzend in den Sessel fallen. Er wendet sich zu ihr um. »Hast du ihn ermuntert?« In seinem Blick liegt etwas Abschätziges.

Ihr Herz schlägt schneller. »Bestimmt nicht.«

Die Augen des Vaters werden klein. »Aber von selbst kommt so ein Junge doch nicht auf Ideen.«

Ihre Mutter sieht nun doch auf. »Geh ihm einfach aus dem Weg.«

Als ob das so einfach wäre. Gesa würde am liebsten heulen. Sie will noch etwas sagen, aber die Melodie der Tagesschau ertönt, und die Weltkarte erscheint auf dem Fernseher. Der Vater greift nach einem Bier, die Mutter lehnt sich im Sofa zurück, lässt das Strickzeug sinken. Gesas Zeitfenster ist vorbei.

Am nächsten Tag nieselt es, der Wind fegt über die roten Ziegelsteine am Boden. Bevor sie aus dem Haus tritt, schaut Gesa die Straße entlang. Die Nachbarin geht mit ihren beiden Kleinen Richtung Grundschule. Sonst ist es leer. Gesa zieht die Kapuze ihres roten Wollmantels über. Sie ist es leid, sich von diesem Mann hetzen zu lassen. Sie wird ihn zur Rede stellen. An der Friedrichstraße huscht sie hinter das Kaiser-Wilhelm-Denkmal. Sie hört Schritte, jemand kommt aus dem Herrenpfad. Sie atmet durch, stellt sich dem Mann entgegen. Aber es ist nur Hinrich Uphoff, der Gepäckträger. Er schüttelt den Kopf. »Wat is mit di, Wicht?« Sie läuft rot an, dreht sich um und läuft davon.

Der Wind wirbelt Papier in den grauen Himmel und pfeift durch Wolfgangs Hose. Er tritt von einem Bein aufs andere. Gesa ist seit Tagen nicht vor die Tür gegangen. Aber es ist ihm recht, sehr recht sogar. Denn er hat etwas entdeckt, was seine Beobachtungen viel leichter machen wird. Es war ein Zettel, ausgehängt im Feinkostladen im Herrenpfad. Jetzt klopft er an die Holztür, eine Frau im schwarzen Witwenkleid öffnet ihm, sie hat ihn erwartet. Ächzend schiebt sie ihren schweren Körper Stufe um Stufe hinauf bis zum Dachboden. »Hier ist aber keine Heizung. Ich sage es nur. Nicht, dass mir im Winter Beschwerden kommen.« Sie macht die Zimmertür auf. Wolfgang drängt sich an ihr vorbei, stößt mit dem Kopf fast gegen die Dachschräge. In einer Nische steht ein schmales Bett, an der Wand ein abgenutzter Schrank. Aber das interessiert ihn nicht, sondern allein der Blick nach draußen. Er kann in das Zimmer des gegenüberliegenden Hauses sehen. Dort sitzen zwei Mädchen auf einem Bett mit einem aus bunter Wolle gestrickten Überwurf. Gesa und ihre Freundin Bärbel. »Ich nehme es«, flüstert Wolfgang. »Es ist perfekt.«

Die nächsten Tage verbringt er am Fenster, verborgen von der Gardine und in eine dicke Wolldecke eingemummelt. Er hat sich ein altes Opernglas besorgt, so kann er alles bis ins Detail sehen. Morgens um halb sieben zieht Gesa ihre Vorhänge beiseite. Dann geht sie hinunter zum Frühstücken. Er folgt ihr, denn wenn er in der Küche bei seiner Zimmerwirtin sitzt, dann ist es, als säße er mit Gesa an einem Tisch. Er sieht, wie sie mit ihrer Mutter plaudert, während sie ihre kleine Schwester füttert. Manchmal liegt sie auf ihrem Bett und liest. Sie knabbert dabei mit den Zähnen an ihrer Lippe. Das Lesen gefällt ihm nicht. Sie vergisst ihn, dabei soll sie jeden Moment an ihn denken.

Gesa schließt die Haustür schnell hinter sich. Sie atmet auf, als sie in die Sicherheit der Wohnung tritt. Sie hängt ihren Mantel an die Holzgarderobe. Ihre Mutter tritt aus der Küche, trocknet gerade einen Teller ab. »Da lag ein Paket für dich vor der Tür. Ich hab es auf dein Bett gelegt.« Ihre Mutter dreht sich zu Karin um, die am Tisch sitzt und ein Brot isst. Marmelade klebt an ihrem Mund.

Gesa geht die Treppe hinauf. Das Paket ist schmal, in Packpapier eingewickelt und mit einer roten Schleife versehen. Kein

Absender. Ihre Hand zittert, als sie das Band aufzieht. Es ist ein Buch, der zweite Teil von »Morgens um sieben ist die Welt noch in Ordnung«. Den Vorgänger hat sie gerade beendet. Hinter ihrer Stirn fängt es an zu pochen. Sie hat mit niemandem darüber geredet, nicht einmal mit Bärbel. Wer weiß, dass sie es gelesen hat? Im Einband steht etwas. »Ich bin immer bei dir.«

Sie lässt das Buch fallen.

Wolfgang steht am Fenster und sieht, wie Gesa sich mit aufgerissenen Augen umwendet und ans Fenster tritt. Sie schaut zuerst hinunter zur Straße, dann direkt zu ihm herüber. Aber er ist hinter der Gardine verborgen. Er sieht, wie sie anfängt, zu zittern. Wie sie eilig die Vorhänge zuzieht. Trotzdem kann er ihre Konturen sehen, sie kann ihm nicht entwischen. Zwischen seinen Beinen wird es heiß.

Winter

Das Haus riecht nach Plätzchen, Gesas Mutter zieht das Backblech aus dem Ofen. Gesa sitzt am Küchentisch und streicht die Zitronenglasur über die Plätzchen. Die Mutter nimmt ihr den Pinsel ab. »Ich kann den Rest machen. Geh du mit Bärbel zum Schlittschuhlaufen. Du bist viel zu oft zu Hause.« Ihr Blick ist aufmerksam.

Gesa schüttelt den Kopf, knibbelt an einem der Plätzchen. Der Zitronenzucker klebt an ihren Fingern. »Keine Lust.«

Ihre Mutter scheint sie nicht zu hören. »Karin nimmst du auch mit, ihr könnt sie mit dem Schlitten über das Eis ziehen. Dann ist sie vor meinen Füßen weg, und ich kann ihre Geschenke für Weihnachten einpacken.« Sie entscheidet einfach, ohne zu fragen.

Gesa steht ruckartig auf. »Ich gehe nicht raus!« Sie rennt nach oben, will sich auf das Bett werfen. Aber an der Tür bleibt sie abrupt stehen. Ihre Mutter hat heute Morgen die Vorhänge zur Seite gezogen, der Blick von draußen in ihr Zimmer ist frei. Gesa kann nicht weitergehen. Nicht am Fenster vorbei. Dort, wo er sie sieht. Sie steht einfach da und zittert.

Die Sonne glitzert auf dem gefrorenen Wasser, und Raureif liegt auf dem Schilf. Bärbel ist schon auf dem Schwanensee, sie dreht eine Runde, weit entfernt von der Abbruchkante, wo das Eis für die Hotels geschnitten wird. Gesa sitzt auf der Bank und zieht ihre Schlittschuhe an. Trotz des dicken Schals und der Jacke fühlt sie die Kälte in ihrem Nacken. Er ist irgendwo hinter ihr und beobachtet sie.

Sie gleitet aufs Eis. Erst bis zum Schilf, dann Richtung Mühle und zurück. Die Kälte brennt auf ihren Wangen. Bärbel kommt und nimmt ihre Hand, sie laufen gemeinsam. Gesa setzt einen Fuß vor den nächsten, alles ist nur noch Bewegung. Karin winkt. Gesa nimmt ihre kleine Schwester auf den Arm und fährt mit ihr über den See. Karin lacht und drückt sich an sie. Sie drehen noch eine Runde. Gesa vergisst die Kälte in ihrem Rücken.

Wolfgangs Füße sind wie Eiszapfen. Er steht im Wald, verdeckt von einer Eibe. Seit Stunden ist Gesa auf dem Eis. Sie und Bärbel wechseln sich mit Karin ab, mal zieht die eine sie mit dem Schlitten hinter sich her, dann die andere. Die drei lachen laut, viel zu laut. Nasser Schnee tropft von einem Ast in seinen Nacken. Gesa strahlt, so wie sie früher gestrahlt hat. Weißer Dampf vor ihrem Mund, rote Wangen. Sie hat ihn vergessen. Er presst die Lippen zusammen, fühlt, wie sich jeder Muskel seines Körpers verkrampft. Er muss sie für ihre Unbekümmertheit bestrafen. Karin sitzt allein auf dem Schlitten am Rand, schaut den beiden Mädchen zu. Es dauert nur den Bruchteil einer Sekunde, sie zu packen und zur Abbruchkante zu zerren. Niemand bemerkt ihn.

Am Abend liegt Gesa im Bett, die Vorhänge vor dem Fenster sind zugezogen. Sie wischt sich über die nassen Augen. Sie ist müde, unendlich müde. Sie hat Karins Mantel nur zufällig bemerkt, aus den Augenwinkeln. Dort, wo das Eis für die Hotels aus dem See geschlagen wird. Karin lag mit dem Kopf unter Wasser, Gesa konnte sie gerade noch am Ärmel erwischen und rausziehen.

Karin bewegt sich unruhig im Schlaf. Gesa nimmt sie in den Arm, spürt den warmen Körper. Niemals wäre Karin allein zu der Bruchkante gegangen. Jemand musste sie dorthin gebracht haben. Es ist Gesas Schuld. Sie hatte sich vergessen, ihn vergessen. Sie hat Karin in Gefahr gebracht. Das darf nie wieder geschehen.

Wolfgang lächelt, als er aus dem Fenster sieht. Gesa verhält sich seit Tagen vorbildlich. Sie lässt die Vorhänge auf. Auf der Straße bleibt sie hin und wieder stehen, so als ob sie auf ihn wartet. Sie hat gelernt. Seine Zimmerwirtin fragt, ob er über Weihnachten bleibt. Seine Mutter rechnet mit ihm, aber wie soll er jetzt zu ihr fahren? So wie Gesa gelernt hat, hat auch er gelernt. Er darf die Zügel nicht locker lassen. Sie muss spüren, dass er da ist. Aber da ist noch etwas. Etwas, was ihn in seine Träume begleitet, seitdem er die Angst in Gesas Augen gesehen hat bei der Sache mit Karin. Wie viel größer würde diese Angst sein, wenn es um ihr eigenes Leben ginge? Er fühlt ein Kribbeln in sich aufsteigen, wie immer, wenn er daran denkt. Er wird den Gedanken nicht mehr los. Er wird es tun müssen. Sie spüren lassen, dass er allein sie beherrscht. Das ultimative Zeichen, dass sie ihm gehört. Ein Glücksgefühl durchfährt ihn. Bald. Er muss es bald tun.

Vor dem Conversationshaus steht ein Weihnachtsbaum, seine Lichter scheinen trüb durch den eisigen Schneeregen. Die Touristen und Einheimischen sind auf dem Weg zur Christmette. Vor der Kirche sagt Gesa, sie habe vergessen, den Herd auszustellen. Die Mutter schimpft. Gesa verspricht, nachzukommen. Karin presst sich an sie, als würde sie die Lüge spüren. Gesa muss alle Willenskraft aufbringen, um die Tränen zurückzudrängen. Aber es geht nicht anders. Jeden Tag die Beklemmung in ihrer Brust. Das Gefühl, dass er hinter ihr ist. Es wird niemals enden. Sie kann nicht mehr. So will sie nicht weiterleben. So kann sie nicht leben. Sie muss es beenden. Auch um Karin zu schützen.

Der Wind fegt über die Salzwiesen. An einigen Stellen hat sich Schnee gesammelt. Trotz der dicken Wollsocken sind Gesas Füße eiskalt. Aber das ist egal. Alles ist jetzt egal. Sie setzt die Gummistiefel auf den schlickigen Untergrund. An einigen Stellen ist das Wasser zu Eis gefroren, türmt sich zu bizarren Gebilden auf. Vom Festland zieht Seenebel herauf, bedrohlich und kalt. Gesa schiebt mit dem Handschuh den Ärmel ihres Wollmantels hoch und schaut auf ihre Armbanduhr. In einer halben Stunde kommt die Flut.

Wolfgang sieht Gesa ins Watt gehen. Er folgt ihr, so wie immer. Ein letztes Mal hat er sie ausgekostet, die Pirsch. Aber jetzt kann er sich nicht mehr beherrschen. Es ist so weit. Er fühlt nach dem Messer in seiner Jackentasche, dem harten Holz des Griffs, der scharfen Spitze.

Gesa atmet schnell, feuchte Luft setzt sich auf ihrem Mantel ab, bildet winzige kleine Wassertropfen. Der Nebel wird dichter, schluckt alle Geräusche. Nur das Pochen ihres Herzens klingt in ihren Ohren. Sie hört ein Geräusch hinter sich. Gesa beschleunigt ihre Schritte. Es ist schwer, sich zu orientieren. Rechts von ihr steigt das Wasser an, die Flut fließt durch den Priel hinein, bedeckt das brüchige Eis. Sie weiß, wo sie ihre Füße hinsetzen muss, um der Strömung zu entgehen. Auf der anderen Seite des Priels bleibt sie stehen. Es ist so weit. Der Augenblick, vor dem sie sich fürchtet.

Für einen Moment glaubt Wolfgang, Gesa im Nebel verloren zu haben, vom unendlichen Weiß verschluckt. Aber dann sieht er ihren roten Mantel. Sie schaut zu ihm, ihre Augen sind weit aufgerissen. Sie hat Angst. Er lächelt. Er spürt das vertraute warme Gefühl. Jetzt! Nur noch ein Schritt.

Sie sieht, wie er in das Wasser tritt. Er hat den Priel nicht bemerkt, so sehr hat er sich auf sie konzentriert. Sein Fuß durchbricht das Eis, versinkt im darunter liegenden Schlick. Der Mann stürzt nach vorne. Mit hektischen Bewegungen versucht er, sein Bein aus dem Treibsand des Priels zu ziehen. Sie könnte ihm sagen, dass er es damit nur schlimmer macht. Dass er immer tiefer sinken wird bei seinen Versuchen, sich zu befreien. Aber sie bleibt stumm. Schaut zu, wie die Flut unbarmherzig über den Priel einläuft, zu einem Strom ansteigt. Er ruft nach ihr, fleht um Hilfe. Das Wasser steht jetzt schon bis zu seinem

Bauch. Als sie sich abwendet, verschluckt der Nebel seine Schreie. Er wird das Festland nicht wiedersehen.

Sie geht zum Ort, hört die Kirchenglocken. Mit jedem Schritt fühlt sie sich leichter. Es ist, als käme sie das erste Mal seit langem nach Hause. Das ist ihre Insel. Ihr Land, ihre Welt. Nun gehört sie wieder ihr allein.

Still und starr ruht der See

Franziska Henze

»Hat Ebba endlich einen Freund? Noch immer nicht? Malin hatte in ihrem Alter schon drei Kinder! Es ist nicht gut, allein zu sein! Vielleicht hätte sie lieber eine Freundin? Das ist doch heutzutage kein Problem mehr.« Ebbas Großmutter gibt sich keine Mühe, zu flüstern. Sie sitzt am Küchentisch, rollt rote Stoffservietten auf und schiebt sie in die Serviettenringe, während die Mutter den Rotkohl im Topf umrührt und ihre Schwester Malin für die Kinder die Flaschen mit Julmust bereitstellt.

Jahrelang hatte Ebba – als einziger Single der Familie – beim Weihnachtsessen im Haus der Großmutter zwischen ihren Nichten und Neffen am Kindertisch sitzen müssen. Letztes Weihnachten war sie lieber in Malmö geblieben, um den neugierigen Fragen der Verwandtschaft nach ihrem Liebesleben zu entgehen. Ganz allein hatte Ebba in ihrer kleinen Wohnung gehockt und, wie alle Schweden, nachmittags Donald Duck geschaut. Alles war gut gewesen, bis Malin ihr die Fotos vom Weihnachtsfest auf Lilla Näs geschickt hatte.

Dieses Jahr ist alles anders. »Du lernst meinen Freund heute kennen, Mormor, er muss jeden Augenblick kommen!«

»Er wird dir gefallen«, ergänzt Malin.

Ebba wirft ihrer Schwester einen dankbaren Blick zu. Es ist eine Sache, der Familie den neuen Freund vorzustellen, aber eine ganz andere, wenn das an Heiligabend geschieht.

Aus dem Wohnzimmer ertönt wütendes Stimmengewirr. »Mama, Göran hat die Vase, die ich für dich gekauft habe, kaputt gemacht«, ruft Lucy, Malins älteste Tochter. Die schießt an Ebba vorbei, packt ihren Jüngsten. Auch wenn er erst dreizehn ist, ist Göran mit seinen über eins achtzig bereits größer als seine Mutter.

»Ab aufs Zimmer mit dir. Hat dir das Eishockeyspielen vorhin nicht gereicht, musst du jetzt hier mit dem Schläger alles zerlegen?«, schimpft sie.

»Es war bestimmt ein Versehen, nicht wahr, Göran?«, kommt Ebba ihrem Neffen zu Hilfe.

Der Junge murmelt etwas Unverständliches und verschwindet.

»Die Pubertät.« Ebba reicht ihrer Schwester ein Glas Rotwein.

»Das ist es nicht. Nicht nur«, sagt Malin und trinkt einen Schluck. »Göran gibt mir die Schuld daran, dass sein Vater uns verlassen hat. Er vergöttert ihn. Alles, was ich sage oder mache, ist falsch.« Sie seufzt. »Mit Lucy und Svea hatte ich solche Probleme nie.«

»Du solltest Göran die Wahrheit sagen.«

»Mache ich. Wenn wir Weihnachten hinter uns gebracht haben.«

❄

Kommissar Nils Hult zieht die Mütze tief in die Stirn. Nach frostigen Tagen mit unter minus fünfzehn Grad ist pünktlich zu Weihnachten eine feuchtkalte Nässe übers Land gezogen, in der letzten Nacht hat es sogar mehrere Zentimeter geschneit. Er tritt ins Freie. Das Knirschen des Schnees unter seinen Stiefeln ist das einzige Geräusch, nicht einmal der Wind rauscht. Die Sonne ist bereits untergegangen, allein das spärliche Licht des Halbmonds taucht sein in Falunrot gestrichenes Schwedenhaus in fahles Licht. Nils hatte sich auf einen ruhigen Heiligabend vor dem Fernseher eingestellt, dann war der Anruf gekommen. »Ein schwerer Autounfall am See Bellen«, hatte sein Kollege Magnus am Telefon gesagt, »du musst sofort kommen! Der Fahrer hat die Kontrolle über sein Fahrzeug verloren und ist in den See gerast.«

Behutsam lenkt Nils seinen alten Volvo den Höglandsleden entlang. Mehrmals drehen die Reifen auf dem vereisten Weg durch. Vielleicht hätte er für sein Auto doch welche mit Spikes kaufen sollen. Er ist einfach nicht auf dieses Wetter vorbereitet gewesen, auf so vieles andere auch nicht. Es ist sein erster Winter im Südschwedischen Hochland im ehemaligen Sommerhaus seiner Großeltern direkt am Wald. Das einzige Nachbarhaus, Lilla Näs, liegt einen knappen Kilometer weiter die Straße entlang, fast direkt am Ostufer des Sees. Es gehört der Familie Eriksson, doch seitdem ihr Mann gestorben ist, lebt nur noch die alte Frau Eriksson dort. Früher, als Nils und seine Schwester ihre Ferien bei ihren Großeltern verbracht haben, waren sie jeden Tag nach Lilla Näs gekommen, um mit Malin und Ebba, den Enkeltöchtern der Erikssons, zu spielen. Verstecken im Sommer, Eishockey im Winter. Mit dreizehn hat er an Midsommar von Malin seinen ersten Kuss bekommen, hinter der Scheune. Ein Leben wie in Bullerbü.

Die Elchscheinwerfer seines Wagens leuchten die Straße aus. Nach einer gefühlten Ewigkeit passiert er ein paar Häuser, sie stehen kreuz und quer zwischen ein paar Felsbrocken, wie von großer Hand in die raue Natur geworfen. In den Gärten hell erleuchtete Weihnachtsbäume, in den Fenstern die Julbögen. Vermutlich sitzen die Familien gerade beim Essen. Auch er hätte Weihnachten bei seiner Schwester feiern können, doch seit das mit seiner Frau passiert ist, fühlt sich für ihn jede Freude falsch an.

Magnus wartet bereits auf ihn. Nils parkt sein Auto neben dem Rettungswagen. Zwei schmale Tannen direkt an der Straße stehen schief, mehrere Äste sind abgeknickt.

»Hier entlang.« Magnus leuchtet ihm mit einer Stabtaschenlampe den Weg, die Böschung hinab, bis hin zum zugefrorenen See. »Das Auto muss hier durchgeschossen sein, den Abhang hinunter, über die Uferkante gerutscht und dann ins Eis eingebrochen sein, direkt neben dem Ufer.«

Im hüfttiefen Wasser stehen in dicken Anglerhosen zwei Männer von der Straßenwacht. Im taghellen Licht der Suchscheinwerfer befestigen sie Stahlseile am Unfallauto, um es mit der Seilwinde des Abschleppwagens an Land zu ziehen. Als Nils durch die beleuchtete Heckscheibe in den Wagen blickt, zieht sich sein Magen zusammen: Der Fahrer sitzt noch immer im Fahrzeug.

»Was wissen wir bislang?«, fragt Nils.

»Der Wagen scheint auf dem Glatteis weggerutscht zu sein.«

»Gibt es Hinweise auf Beteiligung eines weiteren Fahrzeugs?«

»Nein. Es gibt zwar am Straßenrand ein paar seltsame Rillen im Boden und auch weitere Reifenabdrücke, aber bei dem Wetter ist unmöglich zu sagen, von wann die stammen. Es scheint ein tragischer Unfall zu sein.«

Magnus tritt an die Uferkante, leuchtet mit seiner Lampe ins Fahrzeug. Die Seitenscheibe auf der Fahrerseite ist zur Hälfte heruntergelassen. Magnus deutet auf das Fenster. »Ich vermute, er hat noch versucht, rauszukommen.«

Die Seilwinde zieht mit einem Ruck und unter dem widerwilligen Knacken des Eises das Auto ans Ufer. In Schwallen fließt Wasser aus dem Fahrzeug. Nils tritt einen Schritt zurück, betrachtet den Toten, dessen Kopf nach der Bergung nun an der halb offenen Scheibe lehnt. Die Gesichtshaut ist rot aufgedunsen, sein Bart blutverkrustet. »Wissen wir schon, wer er ist?«

»Das Fahrzeug ist auf einen Ove Bergström zugelassen, ledig, keine Angehörigen, allerdings haben wir ihn in der Datenbank. Er wurde vor zwei Jahren verdächtigt, einen Juwelier in Västervik ausgeraubt zu haben, gemeinsam mit dem Wachmann des Ladens, einem Per Wallin. Aber anders als Wallin konnte man ihm nichts nachweisen. Die Sore ist nie gefunden worden«, liest Magnus von seinem Handy ab.

Nils versucht, die Fahrertür zu öffnen, doch die Karosserie ist zu stark verzogen. Auf der Beifahrerseite hat er mehr Glück. Er beugt sich ins Fahrzeuginnere und schiebt den ausgelösten Airbag zu Seite. Der Fahrer ist nicht angeschnallt, aber seine Beine sind vom Blech eingekeilt. Keine Chance, hier allein rauszukommen. Die Kollegen werden ihn rausschneiden müssen. Nils blickt sich um. Aus der Mittelkonsole lugt ein Handykabel, doch es steckt kein Gerät daran. Vermutlich ist es in den Fußraum gefallen. Außerdem stehen im Getränkehalter zwei Pappbecher mit Aufdruck vom Espresso House. Gehörten beide dem Opfer? Oder war er gar nicht allein im Fahrzeug gewesen?

»Ich habe was gefunden«, ruft Magnus, der am geöffneten Kofferraum steht.

»Ich komme.«

»Hier!« Magnus hält Nils eine lederüberzogene Schatulle entgegen, klappt den Deckel auf. Mehrere kleine Diamanten funkeln auf dem goldenen Ring.

»Ist da noch mehr?«, fragt Nils.

Magnus wühlt in der Tasche. »Eine Schachtel mit Ohrringen, eine mit einer Kette. Ansonsten nur Klamotten, ein paar verpackte Geschenke – vermutlich Bücher – und eine Flasche Rotwein mit Schleife drum.«

Das Klingeln eines Handys unterbricht seine Gedanken. Nils lauscht, aber das Geräusch kommt nicht aus dem Wagen, sondern von mehreren Metern weiter oben, fast direkt an der Straße. Sie klettern die Böschung wieder hinauf. »Leuchte mal«, bittet er Magnus. Sie entdecken das Gerät unter einem Busch. Das Display ist zersplittert, doch das Telefon selbst scheint noch zu funktionieren. Nils hebt es auf und drückt auf Annehmen. Bevor er etwas sagen kann, legt eine aufgeregte Frauenstimme los. »Wo steckst du? Weißt du, wie peinlich das ist, erst meinen neuen Freund anzukündigen, und dann erscheint der nicht? Wenn du kalte Füße bekommen hast, dir das mit dem Kennenlernen meiner Familie zu schnell geht, ist das okay – wobei ich dich daran erinnere, dass das Ganze deine Idee war –, aber du kannst mir doch zumindest Bescheid geben!«

»Hallo«, unterbricht Nils den Redeschwall, »wer ist da bitte?«

»Oh.« Die Stimme am anderen Ende wirkt verwirrt. »Hier ist Ebba, Ebba Eriksson. Wo ist Ove, und woher haben Sie sein Handy?«

❄

Menschen Todesnachrichten zu überbringen, ist das Schlimmste an seinem Job. Er hasst es, ihnen in die Augen zu sehen und sagen zu müssen, dass ihr Leben von nun an anders ist. Er hätte Magnus schicken können – sie haben beide Bereitschaftsdienst, und Nils ist der Ranghöhere, doch es ist Heiligabend, und sein junger Kollege hat eine Frau zu Hause. Noch vor nicht allzu langer Zeit hatte er das auch. Nils wischt den schmerzhaften Gedanken beiseite.

Jetzt steht er in der weihnachtlich geschmückten Stube der Erikssons. Die Großmutter, die Eltern und Malin sitzen am Esstisch. Oft hatte Nils sich das Wiedersehen mit ihnen ausgemalt, seit er vor drei Monaten hergezogen ist, doch nie so. Ebba, die ihn hereingebeten hat, steht dicht neben ihm. »Nun sag schon, was ist mit Ove? In welches Krankenhaus haben sie ihn gebracht?«

»Es tut mir leid, Ebba. Ove Bergström ist infolge des Unfalls leider verstorben.«

Ihr Schrei ist schrill und spitz. Dann sackt sie zwischen Weihnachtsbaum und unausgepackten Geschenken in sich zusammen.

Sofort kniet Malin sich neben ihre Schwester, schlingt die Arme fest um deren Oberkörper. »Was ist denn passiert?«, fragt sie an Nils gewandt.

»Nach bisherigem Erkenntnisstand hat er die Kontrolle über sein Fahrzeug verloren und ist in den See gestürzt, drüben auf der anderen Seite.«

»Oh mein Gott.« Sacht streicht Malin über Ebbas Rücken. »Ich habe ihn heute Vormittag noch in der Stadt getroffen. Er wollte mir unbedingt dein Weihnachtsgeschenk zeigen.«

»Ging es schnell? Ich meine, er musste doch nicht leiden, oder?« Ebbas Stimme zittert, und ihr Gesicht hat jede Farbe verloren.

Nils zögert. Früher hätte er die Wahrheit beschönigt, aber aus eigener Erfahrung weiß er, wie wichtig sie für die Hinterbliebenen ist. »Vermutlich war er noch einige Zeit am Leben, aber ihr wisst es ja selbst – in dieser Gegend sind nur wenige Menschen unterwegs.«

»Ich habe ein Auto gehört. Ist Papa gekommen?« Ein Junge, vielleicht dreizehn oder vierzehn Jahre alt, betritt polternd den Raum, gefolgt von zwei älteren Mädchen.

Malin erhebt sich aus der Hocke. »Nein, Göran, dein Vater wird nicht kommen, das weißt du.«

Die Augen des Jungen verengen sich zu schmalen Schlitzen, er verschränkt die Arme vor der Brust. »Alles deinetwegen.«

»Es reicht, Göran!« Malin erhebt sich, steht ihrem Sohn nun direkt gegenüber.

»Dann packen wir jetzt Geschenke aus!« Göran beugt sich zu seiner Mutter, ihre Köpfe berühren einander fast.

»Die Bescherung verschieben wir auf morgen.« Malin wischt sich die Tränen aus dem Augenwinkel. »Tante Ebbas Freund ist mit dem Auto in den See gestürzt.«

»Tante Ebbas Freund ist mit dem Auto in den See gestürzt?«, echot Göran.

Ebbas Schrei hallt noch in seinen Ohren, als Nils in sein Auto steigt und den Motor anlässt. Seine Schwester hat ihm mit ihren Kindern *Leise rieselt der Schnee* auf die Mailbox gesungen, doch er mag sie jetzt nicht anrufen.

»Darf ich Ove sehen?«, hat Ebba gefragt, als sie ihn zur Tür brachte, und Nils hatte gespürt, dass in ihrer Frage die Hoffnung mitschwang, der Polizei sei ein Irrtum unterlaufen. Er wird sie morgen in die Rechtsmedizin begleiten, bevor der Bestatter die Leiche abholt.

Vor Nils kommt die Kurve in Sicht, aus der es Ove getrieben hat. Die Straßenwacht ist längst abgezogen, ebenso der Notarzt. Einer inneren Eingebung folgend, stellt Nils seinen Wagen am Straßenrand ab und steigt aus. Mit dem Handy leuchtet er erneut den Unfallort ab, steigt die Böschung hinab bis zum See.

Das Loch, das der Wagen direkt neben dem Ufer in die Eisdecke des Sees gebrochen hat, ist ein schwarzer, böser Schlund.

Ove war ein umsichtiger Fahrer, hat Ebba gesagt. Ein Störgefühl macht sich in Nils breit, aber er kann es nicht greifen. Er wählt Magnus' Nummer, doch nichts passiert. Er wirft einen Blick auf das Display. Kein Netz. Seufzend stapft er hinauf zu den Büschen, wo er Oves Handy gefunden hat. Und plötzlich hat er einen Verdacht.

Magnus meldet sich nach dem ersten Klingeln.

Nils stellt sein Handy auf Lautsprecher. »Gibt es schon einen Bericht vom Notarzt?«, fragt er ohne Umschweife.

»Ja, ich schicke ihn dir gleich.«

Bilder schießen Nils durch den Kopf. Von dem Mann, wie er um Hilfe schreit, die Beine verkeilt im Wagen, im eiskalten Wasser. »Weißt du, was der Wachmann jetzt macht? Ich meine den von dem Einbruch beim Juwelier. Der hatte mit Ove vielleicht noch eine Rechnung offen.«

»Wallin? Der hat in Västervik Norra gesessen, ist aber vor ein paar Wochen rausgekommen. Er wohnt hier in der Gegend.« Nils hört, wie sein Kollege mit jemandem im Hintergrund spricht, dann ist Magnus wieder am Apparat. »Ich finde heraus, wo der gestern Abend war. Aber«, er überlegt einen Moment, »weshalb meinst du, dass es kein Unfall war? Ist es wegen des Schmuckes im Kofferraum?«

»Nein.« Nils geht neben den Büschen in die Hocke, leuchtet auf den Boden. »Wegen des Telefons.«

❄

Es ist halb zehn am ersten Weihnachtsfeiertag, als Nils die Stufen zum Eingang der Erikssons hinaufsteigt. Ebba öffnet die Tür. Die tiefen Augenringe zeugen von einer schlaflosen Nacht.

Malin tritt ebenfalls an die Tür. »Hej, Nils. Willst du einen Kaffee?«

»Gern.« Er spürt, dass Ebba am liebsten direkt losgefahren wäre, doch für das, was er jetzt zu sagen hat, wären weder sein Auto noch die Leichenhalle der richtige Ort. Aus dem alten Ofen schlägt ihm Hitze entgegen, als er in die Küche kommt. Die Familie hat gerade das Frühstück beendet. Großmutter Eriksson, sie muss an die neunzig sein, sitzt inmitten ihrer Enkel. »Hopp, fertig mit Ausruhen, macht euch nützlich, und erledigt den Abwasch. Danach könnt ihr eine Runde Schlittschuh laufen gehen«, ruft sie und macht mit der Hand eine wegwischende Geste. Die beiden Mädchen erheben sich murrend, der Junge folgt ihnen langsam.

Nils nimmt zwischen Ebba und Malin Platz, es ist beinahe wie früher. Malin schiebt ihm einen Becher zu. Nachdenklich rührt er in seinem Kaffee. »Oves Tod. Da war jemand bei ihm.«

»Du meinst, es gibt einen weiteren Unfallbeteiligten?« Ebba sieht ihn mit weit aufgerissenen Augen an.

»Ob ein zweites Fahrzeug da war, lässt sich nicht mehr feststellen, aber wir wissen, dass jemand bei ihm war. Nach dem Unfall. Jemand, der Ove hätte retten können.«

»Wer sollte … ich verstehe nicht.« Ebba reibt sich über die Augen.

»Ove starb an einem Herzstillstand, durch die Kälte. Man könnte sagen, er ist erfroren. Nach Bericht des Notarztes hat er noch etwa eine Stunde im Auto gesessen.« Behutsam legt Nils ihr seine Hand auf den Arm. »Sein Handy lag oben an der Straße, mehrere Meter vom See entfernt. Da das Fenster auf der

Fahrerseite geöffnet war, gingen wir zunächst davon aus, dass es bei dem Unfall rausgefallen ist, aber …«

»Aber?«, fragt Ebba und zieht ihren Arm weg.

»Die zuletzt eingegebene Nummer ist der Notruf. Ove muss noch versucht haben, Hilfe zu holen, doch am See hatte er kein Netz. Da das Handy so weit weg lag, muss er es jemandem außerhalb des Wagens gegeben haben.« Aufmerksam betrachtet er Ebba. »Kennst du einen Per Wallin?«

»Per und Ove sind zusammen zur Schule gegangen. Er arbeitete bei einer Security-Firma, aber dann hat er einen Juwelier ausgeraubt, den er eigentlich bewachen sollte.«

Der Junge tritt an den Tisch, sammelt die leeren Kaffeebecher ein, um sie zur Spüle zu tragen. »Danke, Göran.« Ebba lächelt schwach, als sie ihm auch die Kaffeekanne reicht. Dann wendet sie sich wieder Nils zu. »Ich weiß, dass man Ove ebenfalls verdächtigt hat, aber er hatte damit nichts zu tun.« Sie schiebt das Kinn vor, eine Geste, die sie schon als Kind machte, um ihren Worten Nachdruck zu verleihen.

Nils' Telefon klingelt. »Entschuldigt bitte.« Er dreht sich auf dem Stuhl zur Seite. »Ja, Magnus?« Er hört eine Weile zu, bedankt sich und schiebt das Handy in die Tasche. »Wallin hat nichts damit zu tun, den haben die Kollegen in Vimmerby gestern Nachmittag nach einer Kneipenschlägerei mitgenommen, der hat den Abend und die halbe Nacht in der Ausnüchterungszelle verbracht. Aber vielleicht hilft uns die DNA auf den Pappbechern weiter. Da standen zwei in der Mittelkonsole.«

»Vom Espresso House?«, schaltet sich Malin in das Gespräch ein. »Der eine Becher ist von mir. Ove hat mir einen Kaffee ausgegeben, als wir uns in der Stadt getroffen haben. Und da er mir noch den Ring für dich zeigen wollte, haben wir uns in sein Auto gesetzt. Es war ja saukalt.«

Als er Ebbas verzweifeltes Gesicht sieht, sagt er: »Es ist nur eine Frage der Zeit, bis wir das Schwein haben, das verspreche ich dir. Oves Handy wird gerade im Labor auf Fingerabdrücke untersucht, denn wer immer es hatte, hat es nur weggeworfen, statt den Notruf zu wählen. Außerdem hat die Spurensicherung heute früh am Unfallort Spuren von Schlittschuhen gefunden, und zwar sowohl an der Abbruchkante des Eises als auch beim Gebüsch, wo das Handy lag.«

Das Geräusch zersplitternden Porzellans erfüllt den Raum, gefolgt von lautem Schluchzen. Nils steht auf, beugt sich zu dem Jungen, der inmitten der Scherben sitzt. Blut rinnt aus einer Wunde an seiner Hand.

»Tante Ebba, ich …«, schluchzt Göran, »ich dachte …« Er stockt, spricht sekundenlang nicht weiter.

Mit einer ruckartigen Bewegung steht Ebba auf. Ihr Stuhl fällt krachend zu Boden. »Was, Göran, was?«, bohrt sie, ihre Stimme ist laut und tonlos gleichermaßen, und sie ist weiß wie die Wand. Sie hockt sich neben den Jungen, rüttelt ihn an der Schulter.

Nils sieht die Verzweiflung im Gesicht des Jungen, der jetzt trotz seiner Größe aussieht wie ein Kind.

»Ich habe Mama gestern Vormittag mit dem Mann in seinem Auto gesehen, auf dem Parkplatz vorm Espresso House. Er hat ihr einen Ring gegeben, und sie hat ihn umarmt. Ich dachte … Lucy und Svea haben gesagt, Papa wird nie zurückkommen und dass Mama schnell einen anderen finden wird.« Tränen rinnen seine Wangen hinab. »Am Nachmittag dann, ich war allein auf dem Eis, die anderen hatten keine Lust zum Schneeschippen, und ich habe ja meine Stirnlampe … dann habe ich die Scheinwerfer gesehen und das Krachen gehört. Ich bin sofort hin. Das Auto war ins Wasser gestürzt. Der Mann hat das Fenster runtergelassen und mir sein Handy gegeben, damit ich Hilfe hole. Aber ich habe ihn doch wiedererkannt! Also habe ich das Handy weggeworfen und bin nach Hause gelaufen.« Er wischt sich mit der verletzten Hand übers Gesicht, das Blut hinterlässt rote Schlieren.

❄

Draußen vor dem Präsidium jagen dröhnend Fahrzeuge entlang, Räumfahrzeuge, die Müllabfuhr, Menschen auf dem Weg zur Arbeit. Sie sitzen zu dritt im Besprechungsraum bei der Befragung, bei der es nur Verlierer gibt. Nils, Malin und Göran, der das Gesicht in den Händen vergraben hat.

»Strafunmündigkeit«, beginnt Nils an Malin gewandt.

Ein forsches Klopfen an der Tür unterbricht ihn. Unvermittelt streckt ein Mann den Kopf in sein Büro, tritt ein.

Göran hebt den Kopf. »Papa!« Der Junge springt auf, umarmt den Vater stürmisch. »Du bist zurück! Jetzt wird alles gut.«

»Mein Junge!« Der Mann macht sich aus der Umklammerung los und streicht dem Kind über den Kopf. »Wir sind sofort gekommen, als deine Mutter mich angerufen hat.« Im selben Moment wird die Tür weiter aufgeschoben, und eine blonde Frau betritt den Raum, stellt sich neben den Vater, ergreift dessen Hand. Unter ihrer dicken Winterjacke wölbt sich der Bauch.

Verwirrt blickt der Junge vom Vater zur Mutter, zur Fremden. Die Erkenntnis legt sich langsam auf sein Gesicht. Wie zum Schrei reißt Göran den Mund auf, doch es kommt kein Laut heraus. Dann rennt er los, an seinem Vater und dessen Freundin vorbei, den Flur entlang, seine Schritte hallen laut, bis das Hupen auf der Straße sie ablöst, dann ein dumpfes Krachen. Danach ist es still.

Dorota

Jobst Schlennstedt

Als Eva blinzelte, war es schon hell im Schlafzimmer. Ihr nächster Blick fiel auf den Wecker auf dem Nachttisch.

Halb elf. Am Heiligabend.

Sie lächelte. So lange hatte sie an diesem Tag noch nie geschlafen.

Etwas mühevoll raffte sie sich hoch und blieb eine Weile auf der Bettkante sitzen. Ihr Rücken tat weh, und ihre Arme fühlten sich an, als hätte sie die Nacht auf einer Streckbank verbracht. Aber das machte ihr nichts aus, die Schmerzen waren es ihr wert gewesen.

Etwas Unbehagen verspürte sie dagegen bei dem Gedanken daran, heute Abend die ganze Familie bei sich zu empfangen. Ihren Sohn Lars mit seiner Frau Madlen und den drei Vorzeigekindern. Eine Bilderbuchfamilie durch und durch. Lars, der Rechtsanwalt und Notar, und Madlen, die als Cellistin im Theater arbeitete und dazu noch unverschämt gut aussah, wie Eva zugeben musste.

Dass Lars ihr Sohn war, war der einzige Grund, weshalb sie ihm und seiner Familie für so viel Glück nicht die Pest an den Hals wünschte. Sie hasste Menschen, denen alles gelang und die immer nur auf der Sonnenseite des Lebens standen.

Dann war da Evas Tochter Vanessa mit ihrem aktuellen Partner Fabian und dem fünfjährigen Paul aus einer früheren Beziehung. Vanessa war das komplette Gegenteil von Lars, bei ihr ging einfach immer alles schief, woran sie durch ihre Schusseligkeit und Naivität meist auch selbst schuld war.

Schließlich gab es auch noch Bjarne, ihren Jüngsten. Er würde wohl wie üblich allein kommen. Ob er auf Frauen oder Männer stand, wusste Eva nicht. Wahrscheinlicher war, dass er seinen Computer, vor dem er den ganzen Tag hockte, mit ins Bett nahm. Es war wohl besser, wenn er niemals jemanden fand, die oder der dann feststellen musste, was für ein Sonderling er war. Wobei Sonderling noch die mit Abstand harmloseste Umschreibung war, die ihr einfiel, wenn sie daran dachte, was Bjarne so trieb.

Herr Feuerstein schnurrte plötzlich um ihre Beine. Sie genoss diese Momente, wenn sein warmes Fell ihre Haut berührte. Er war der Einzige, dem Eva vertraute. Weil er sie so nahm, wie sie war. Mit all ihren Ecken und Kanten. Uneingeschränkte Zuneigung beiderseits. Ihre Beziehung würde noch enger werden, jetzt wo sie allein waren.

Langsam stand sie auf, trat ans Fenster und zog das hölzerne Lamellenrollo hoch, das mehr schlecht als recht verhinderte, dass Tageslicht ins Zimmer fiel.

Es schneite immer noch. Dicke weiße Flocken tanzten durch die Straße, die von einer mehrere Zentimeter dicken Schneeschicht bedeckt war. Die Eiszapfen an der Regenrinne waren ein untrügliches Zeichen, dass die Temperaturen in Lübeck in der Nacht deutlich unter den Gefrierpunkt gefallen waren.

Wieder lächelte Eva. Endlich hatten die Meteorologen einmal recht behalten. So würde sie den Abend sorgenfrei überstehen können.

Sie schlüpfte in ihre Pantoffeln und ging mit einem Pfeifen auf den Lippen über den Flur ins Esszimmer. Ein paar Dinge musste sie noch erledigen und wegräumen, bevor die anderen kamen. Sie musste vor allem dafür sorgen, dass alles wie immer aussah. Umso besser, dass sie das meiste bereits gestern Abend noch erledigt hatte.

Um das Essen würde sie sich später kümmern. Die Maronencremesuppe, die den Kindern bestimmt nicht schmeckte. Die gefüllte Pute, über die Vanessa als Veganerin angewidert das Gesicht verziehen würde, und das Tiramisu, das sie immer mit so viel Alkohol tränkte, dass die meisten mit Sicherheit dankend ablehnen würden.

Zuerst würde sie aber noch eine kleine Tour durch den Schnee machen. Den Kopf frei kriegen und gleichzeitig einen Plan für die nächsten Tage schmieden. Es gab schließlich einiges zu tun.

Ganz ruhig trat sie an die Glastür am Ende des Raums und blickte auf die schneebedeckte Dachterrasse, die – wie sie scherzhaft immer sagte – ausreichend Fläche für einen Hubschrauberlandeplatz bot. Der Schnee lag mittlerweile so hoch, dass sie kaum noch einen der vielen Blumentöpfe erkennen konnte. Die Sitzbank auf der linken Seite ragte wie die Buddha-Skulptur ganz am Ende der Terrasse noch ein Stück heraus.

Ansonsten war alles weiß und zugeschneit. Von dem, was niemand sehen durfte, war nichts mehr zu erkennen.

Eva lächelte.

❄

Die Runde einmal um die Wakenitz absolvierte sie seit dem Ende des Sommers beinahe täglich. An den Yachtclubs vorbei über die Moltkebrücke, durch den Drägerpark und wieder zurück über die Roeckstraße, danach parallel zum Ufer bis zum Schwimmbad Falkenwiese, wo sie in die Travelmannstraße abbog, um zu ihrer Wohnung zurückzukehren. Ziemlich genau fünf Kilometer.

Auf einer dieser Touren war ihr die Idee gekommen, die Kinder dieses Jahr zu sich einzuladen. Ein kurzer Moment der Melancholie musste sie ergriffen haben. Ein Gefühl der Schuld, zu selten etwas für sie getan zu haben. Schon am Abend, nachdem sie alle telefonisch eingeladen hatte, hatte sie ihre Entscheidung zutiefst bereut. Sie war alles andere als eine gute Gastgeberin, und das zeigte sie gerne auch mal ihren Gästen. Hätte sie zu diesem Zeitpunkt geahnt, dass alles noch viel komplizierter werden sollte, wäre sie wohl niemals auf diese Schnapsidee gekommen.

Der Schnee wirbelte inzwischen waagerecht durch die eiskalte Luft. An manchen Stellen am Ufer türmte er sich mittlerweile bestimmt auf einen halben Meter. Wieder huschte ein Lächeln über ihre Lippen.

Ein Stück hinter dem Bootshaus blieb sie nahe am Wasser stehen. Sie erinnerte sich daran, dass die Wakenitz vor einigen Jahren komplett zugefroren war. Wie lange mochte das her sein? Zwölf Jahre? Oder sogar schon vierzehn? Damals hatte sie Johannes, den Ältesten von Lars, im Kinderwagen von der einen auf die andere Uferseite geschoben, so dick war das Wasser damals gefroren gewesen. Damals, als die Welt noch einigermaßen in Ordnung gewesen war. Also zumindest ihre.

Evas Blick verlor sich über der Wakenitz und glitt über Lübecks sieben Türme, die von hier aus eindrucksvoll zu sehen waren. Sie würde versuchen, eine Wohnung auf der Altstadtinsel zu finden, fuhr es ihr durch den Kopf. Das hatte sie schon immer gewollt, aber in all den Jahren war es ihr unmöglich gewesen, sich durchzusetzen. Doch jetzt war alles anders.

Eva verharrte eine Weile in dieser Position und dachte daran, wie der Heilige Abend wohl verlaufen würde. Welche Fragen sie ihr stellen würden. Was sie ihnen antworten würde und vor allem, ob sie sich damit zufriedengaben.

Sie hatte in Erwägung gezogen, das Ganze doch noch kurzfristig abzusagen. Weil sie sich nicht gut fühle, hätte sie sich herausreden können. Sie hätten es mit Sicherheit verstanden, und wahrscheinlich wäre es ihnen sogar ganz recht gewesen. Aber nach gründlicher Abwägung aller Vor- und Nachteile hatte sie sich schließlich dagegen entschieden. Es schien ihr sicherer zu sein, so zu tun, als wäre alles in Ordnung. Zumindest mit ihr.

Schön waren diese Treffen an Weihnachten oder an Geburtstagen ohnehin nie gewesen. Irgendwann waren die Gespräche in kleine Streitigkeiten und später dann in lautstarke Diskussionen umgeschlagen. Natürlich war sie daran nicht unschuldig. Sie provozierte, wann immer sich die Chance auftat, und bei ihren unsäglichen Kindern tat sie das besonders gerne. In ihrer Verfassung hatte der heutige Abend jedenfalls zweifellos das Potenzial für die ultimative Eskalation.

Das Schneegestöber war jetzt so dicht geworden, dass die Kirchturmspitzen nicht mehr zu erkennen waren. Auf ihrer Jacke hatte sich bereits eine ordentliche Schicht gebildet. Sie musste wieder an ihre Terrasse denken. Niemandem würde etwas auffallen, war sie sich sicher.

Lake Effect.

So hatten es die Meteorologen in den Nachrichten genannt. Eva hatte nicht genau verstanden, was genau bei diesem Wetterphänomen geschah, aber die schneegetränkten Wolken zogen offenbar von der Ostsee in die Lübecker Bucht und saugten sich währenddessen immer wieder neu mit Feuchtigkeit voll. So konnte es sein, dass innerhalb weniger Stunden Unmengen an Schnee fielen. Ein Hoch auf diese Wetterfrösche, jubilierte Eva innerlich.

Sie entschied sich, nach Hause zu gehen. In der leisen Hoffnung, dass der Schneefall vielleicht dafür sorgen würde, dass ihre Kinder den Besuch noch von sich aus absagten.

❄

Um kurz vor achtzehn Uhr hatte noch niemand angerufen, um ihr zu sagen, wie leid es ihm oder ihr tue, nicht kommen zu können. Sie hätte das falsche Spiel sogar mitgespielt und großes Bedauern zum Ausdruck gebracht. Vielleicht hätte sie mit tränenunterdrückter Stimme auch für ein schlechtes Gewissen sorgen können. Das hätte ihr gefallen.

Aber keiner hatte sich gemeldet, und so würden sie wohl in ein paar Minuten hier sein, und das übliche Theater würde seinen Lauf nehmen. Wenn sie sich vorstellte, was …

Eva gelang es nicht mehr, ihren Gedanken zu Ende zu führen, weil das Klingeln an der Haustür durch die Wohnung hallte. Außer den Paketdiensten kam es äußerst selten vor, dass jemand vor der Tür stand und sie besuchte. Sie waren also bereits da. Eine Viertelstunde früher als erwartet.

Ohne die Freisprechanlage zu betätigen, öffnete sie die Tür, und im nächsten Moment hörte sie schon die genervten Stimmen von Lars und Madlen. Vor allem Madlens, die abwechselnd vorwurfsvoll auf ihre Kinder einredete oder aber Lars Anweisungen gab, doch gefälligst den Schnee von den Schuhen abzuklopfen. Bei ihr musste immer alles akkurat sein. Äußerst penibel. Oder auch schon krankhaft, wie Eva fand.

Die beiden jüngeren Kinder, zwei Mädchen, kamen die Treppe hinaufgelaufen, offenbar in Erwartung, dass Eva sie in die Arme schloss. Aber sie blieb einfach reglos stehen und scheiterte daran, ihre Lippen zu einem Lächeln zu verziehen.

Sie waren zurechtgemacht wie Kinder in einem kitschigen amerikanischen Weihnachtsfilm von vor fünfzig Jahren. Sie trugen dunkelgrüne Kleider und helle Strumpfhosen. Ihre Haare waren geflochten und mit mehreren roten Schleifen verziert. Die Ältere musste inzwischen neun sein und hieß Annabelle, den Namen der zwei Jahre jüngeren Schwester hatte sich Eva noch nie merken können.

»Kommt rein«, sagte sie nüchtern zur Begrüßung und verschwand sofort wieder in ihrer Wohnung. Auf Umarmungen und verlogene Weihnachtswünsche hatte sie keine Lust.

»Wo ist denn Opa?«, drang Annabelles Stimme im nächsten Moment in ihre Ohren, als würde sie jemand mit einem spitzen Gegenstand malträtieren.

»Der ist noch mal los«, antwortete sie zögerlich. »Kurz etwas besorgen.«

»Etwa das Weihnachtsmannkostüm?« Diesmal war es Johannes, der das Wort ergriff. Er war schon vierzehn, meinte Eva sich zu erinnern. Im Laufe des letzten Jahres hatte er sich ziemlich verändert. Aus dem schmächtigen Kind war ein pubertierender Junge mit Akne und in die Stirn gekämmten, leicht lockigen Haaren geworden. Sein Kapuzenpulli und die schlabberige Hose bildeten ein gelungenes Kontrastprogramm zu den adretten Mädchen.

Er stach optisch stark aus der Familie heraus. Für seine Eltern mit Sicherheit auf negative Weise, aber Eva gefiel es, dass er sich offenbar vom Rest abgrenzen wollte.

»Ja, wahrscheinlich«, antwortete Eva etwas verschwörerisch und zwinkerte ihm zu.

»Meine Schwestern wissen inzwischen Bescheid«, sagte Johannes grinsend. »Ich habe ihnen verraten, dass es den Weihnachtsmann gar nicht gibt.«

»Was ist mit deinem Cousin?«

»Paul?«

»Hast du noch einen anderen?«

»Nicht, dass ich wüsste.«

»Siehst du. Ihm können wir noch etwas vormachen.«

Gewissermaßen zur Untermalung ihrer Worte klingelte es erneut. Eva ließ Johannes stehen und drängte sich durch den Flur, vorbei an ihrem Sohn und dessen Frau. Dem zaghaften Versuch einer Umarmung durch Lars entging sie mit einer schwungvollen Bewegung um ihn herum, nicht ohne ihm zuzunicken. Ihre Schwiegertochter ignorierte sie allerdings geflissentlich.

Vanessa und ihre aktuelle Freundschaft-plus-Begleitung – wie sie ihn selbst bezeichnet hatte – standen bereits vor der Wohnungstür. Offenbar hatte jemand unten die Tür nicht geschlossen. Ihre Tochter sah abgehetzt aus, aber anders kannte sie sie auch nicht. Meist war sie zu spät dran, irgendetwas war gerade gehörig schiefgegangen, oder – was am allerschlimmsten war – sie brauchte dringend Hilfe.

Dieser Fabian an ihrer Seite machte jedenfalls nicht den Eindruck, als könne er ihr in irgendeiner Weise helfen. Im Gegenteil, er wirkte selbst, als müsse man ihn an die Hand nehmen, um ihn über einen Zebrastreifen zu geleiten.

Vanessa hätte eine hübsche Frau sein können. Aber sie

machte nichts aus sich. Ihr dünnes dunkelblondes Haar hing strähnig und schulterlang an ihrem zierlichen Kopf herunter. Sie umrahmten ein ungeschminktes, ausgezehrtes Gesicht, das älter wirkte als ihre einundvierzig Jahre.

Und Paul? Er war im Grunde wie seine Mutter. Ein wenig trottelig und nicht die hellste Kerze auf der Torte. Niemand, auf den man stolz sein konnte, aber zumindest auch keiner, über den sie sich ärgern musste. Auch er sah älter aus als seine fünf Jahre. Bei ihm äußerte sich das allerdings in Form einer eher stämmigen Figur, einem großen Kopf und einem pummeligen Gesicht, das ihn an ein Riesenbaby erinnern ließ.

»Frohe Weihnachten«, sagte Vanessa und lächelte etwas gequält.

»Das sagt man erst morgen«, erwiderte Eva genervt. »Aber warum erkläre ich dir das überhaupt, nächstes Jahr sagst du es ja ohnehin wieder falsch. Kommt rein. Dein großer Bruder und seine schrecklich korrekte Familie sind auch schon da.«

»Wo ist denn Vater?«

Eva fuhr herum. Hinter ihr stand Lars und sah sie fragend an.

Sie legte den Finger auf den Mund und sah auch ihren Sohn verschwörerisch an. Er nickte langsam, das Runzeln auf seiner Stirn verriet jedoch, dass er nicht den blassesten Schimmer hatte, worauf sie anspielte.

»Machen wir Bescherung!«, rief Paul im nächsten Augenblick und rannte an ihnen vorbei Richtung Wohnzimmer.

»Gute Idee«, sagte Eva. »Zeit für enttäuschte Gesichter.«

»Wollen wir nicht noch auf Papa und Bjarne warten?«, hörte sie Vanessa noch fragen, aber sie winkte bloß ab und folgte ihren Enkeln.

Genüsslich betrachtete sie die konsternierten Blicke, als sie sich vor dem Plastiktannenbaum versammelt hatten. Ein besonders hässliches Exemplar, darauf hatte sie Wert gelegt. Mit Lametta und einer Deko, die an Kitsch nicht mehr zu überbieten war.

»War der Weihnachtsmann etwa schon da?«, fragte Paul enttäuscht, als sein Blick auf einige Geschenke fiel, die im Originalkarton unter dem Baum standen.

»Keine Sorge, Paul«, sagte Lars. »Der Weihnachtsmann kommt schon noch, das hier sind bloß die Geschenke von Oma und Opa.«

»Bringt die nicht der Weihnachtsmann?«

»Nein, ganz allein schafft er das nicht.«

»Ja, genau«, rief Johannes in die Runde. »Vielleicht fragen wir nächstes Jahr den Osterhasen, ob er helfen kann.«

Eva schmunzelte. Sie mochte den Jungen. Er war nicht so korrekt und angepasst wie seine Eltern und Schwestern. Vielleicht kamen bei ihm ihre Gene durch.

»Ich schlage vor, ihr packt die Geschenke eurer Großeltern schon mal aus, vielleicht steht der Weihnachtsmann mit seinem Schlitten noch im Stau«, versuchte Vanessa, die Situation aufzulockern.

»Das würde mich in dieser Stadt nicht wundern«, warf Eva ein. »Aber bitte, legt los, und wenn euch die Geschenke nicht gefallen, behaltet es bitte für euch. Umtausch ist ausgeschlossen.«

Während die Kinder sich zögerlich hinknieten, um die Kartons auszupacken, trat Lars erneut auf sie zu.

»Was ist hier eigentlich los?«, fragte er. In seiner Stimme klang Unsicherheit mit. Ahnte er etwas? Es war nicht auszuschließen, immerhin hatte er in der Vergangenheit das eine oder andere Mal mitbekommen, wie sie seinen Vater geheißen hatte.

»Was meinst du?« Sie wählte die Variante, sich komplett unwissend zu stellen.

»Du weißt genau, was ich meine. Wo steckt Vater?«

»Was denkst du denn, was los ist?«, fragte Eva provokant.

»Dass er nicht hier ist und heute Abend auch nicht mehr kommen wird.«

»Das wäre mein schönstes Weihnachtsgeschenk.«

»Du willst also nicht verraten, was passiert ist?«

Sie zuckte die Achseln.

»Wo verbringt er den Abend?«

»Vielleicht draußen im Schnee.« Sie lächelte ihren Sohn vielsagend an. Wenn er nur wüsste, dachte sie. Aber besser war natürlich, wenn niemand jemals erfahren würde, was passiert war.

»Ich werde ihn suchen gehen«, sagte Lars nun deutlich bestimmter. »Es ist Weihnachten. Wir können ihn doch nicht allein da draußen herumlaufen lassen.«

»Mach, was du willst. Nimm am besten Madlen und die Mädchen mit, Johannes kann gern hierbleiben.«

»Was ist das?«, rief der kleine Paul plötzlich so laut, dass es von einer auf die andere Sekunde still im Raum wurde. Er hielt einen CD-Spieler in die Luft.

»Das ist das Geschenk für Johannes«, erklärte Eva. »Ein richtig gutes Gerät.«

»Du weißt aber schon, dass Kinder keine CDs mehr hören?«, fragte Lars leise.

»Das war ja klar«, antwortete sie gespielt eingeschnappt. »Wie kann man nur so undankbar sein? Ihr seid es wirklich nicht wert, dass man sich Gedanken macht, was man euch schenkt.«

»Als hättest du das je getan«, ging Madlen plötzlich rüde dazwischen. »Wenn, dann war es doch Hannes, der sich gekümmert hat. Wo steckt er eigentlich?«

»Das wollen wohl alle wissen«, antwortete Eva trotzig.

»Allerdings!«, schallte es fast unisono aus den Mündern aller übrigen Erwachsenen.

»Er …« Sie stockte, als suche sie nach den richtigen Worten, dabei hatte sie ihr Verhalten selbstverständlich einstudiert. Sie spielte ihnen jetzt die verlassene, gedemütigte, aber immer noch starke Frau vor. »Er hat mich verlassen«, fuhr sie fort. »Wegen einer anderen.«

»Wie bitte?«, platzten die anderen heraus.

»Nie im Leben würde Vater so etwas tun!«, sagte Lars energisch.

»Wieder mal eine dieser dreckigen Lügengeschichten, die du verbreitest«, zischte Madlen. »In Wirklichkeit hast du ihn wahrscheinlich um die Ecke gebracht«, schob sie hinterher.

Eva musste für einen Moment schwer schlucken. Nicht nur, dass diese ganze Brut ihre Geschichte nicht glauben wollte, sie ahnten wohl längst, wozu sie fähig war. Aber ohne Leiche gab es keinen Beweis dafür, dass sie ihren eigenen Mann, den Vater ihrer Kinder, gestern am späteren Abend umgebracht hatte. In voller Absicht, wenn auch etwas überhastet.

»Hannes hat alles gestanden«, redete sie unbeirrt weiter. »Er hat dieses Flittchen im Internet kennengelernt. Vierzig Jahre jünger als er, das müsst ihr euch mal vorstellen.«

Jetzt kam der Trick mit der Zwiebel. Eva hatte ein Stofftuch mit einer aufgeschnittenen Zwiebel eingerieben und zog es nun aus der Hosentasche. Vorsichtig tupfte sie über ihre Augen. Es brannte mehr, als sie gedacht hatte, aber die Wirkung trat sofort ein. Sie spürte, wie ihr Tränen über die Wangen liefen.

»Was für eine Schmierenkomödie«, schimpfte Madlen, während Lars Anstalten machte, tröstend den Arm um seine Mutter zu legen.

»Ein Rasierapparat?« Pauls helle Kinderstimme hallte wieder durchs Wohnzimmer. Offenbar hatte er ein weiteres Geschenk ausgepackt.

»Den wirst du noch gut gebrauchen können.« Eva tat, als kämpfe sie gegen ihre tränenerstickte Stimme an.

»Ist das nicht der alte Rasierer von Vater?«, fragte Lars ziemlich entgeistert.

»Nein … ich meine, ja. Er funktioniert noch einwandfrei. Es war damals ein Geschenk von mir, aber er meinte, sich einen besseren kaufen zu müssen.«

»Was bitte schön soll ein Kindergartenkind mit einem alten Rasierapparat?«, blaffte Madlen sie an.

Das erneute Klingeln an der Haustür unterbrach die Situation und verhinderte womöglich, dass sie endgültig eskalierte.

»Endlich«, murmelte Lars.

»Ist das der Weihnachtsmann?«, rief Paul.

»Früher kam der noch durch den Schornstein, heute klingelt er ganz vorbildlich. Alles so langweilig geworden.« Evas Worte gingen im allgemeinen Trubel und den aufgeregten Kinderstimmen unter. Während die anderen in den Flur stürmten, ging sie bis zum Ende des Raums und blieb vor der Terrassentür stehen. Es war längst dunkel da draußen, aber sie erkannte deutlich, dass es noch immer stark schneite. Im schlimmsten Fall musste die ganze Sippe hier nächtigen, falls sie es nicht mehr nach Hause schafften, fuhr es ihr durch den Kopf. Ein grauenhafter Gedanke.

Da vorne lag er. Hannes.

Versteckt unter einem halben Meter Schnee. Sie hatte ihn gestern Abend unter größter Kraftanstrengung aus der Wohnung auf die Dachterrasse gezogen, nachdem er zusammengebrochen war. Dass es genau in dem Moment angefangen hatte, zu schneien, war wie ein Zeichen von oben gewesen, dass sie das Richtige tat und Er sie dabei unterstützte. Ein absurder Gedanke, glaubte sie doch gar nicht an Gott.

Eigentlich hatte sie noch bis ins neue Jahr warten wollen. Alles in Ruhe durchplanen und bei der Beseitigung seiner Leiche keinen Fehler begehen.

In den letzten Tagen war es aber immer unerträglicher für sie geworden. Seine pure Anwesenheit, jedes Geräusch, das er von sich gab, einfach alles an ihm hatte dazu geführt, dass sie sich am liebsten von hinten an ihn angeschlichen und beide Hände um seinen Hals gelegt hätte.

Es gab keinen bestimmten Grund, weshalb Eva ihn loswerden wollte, sie hatte einfach nur genug von ihm gehabt. Vielleicht war es einfach die Tatsache, dass Hannes im Gegensatz zu ihr bei allen beliebt war. Sich kümmerte, für alle ein offenes Ohr hatte und immer die richtigen Worte fand. All das, wozu sie nicht in der Lage war.

Gestern Morgen hatte ihr Entschluss schließlich festgestanden: Eva wollte keinen Tag länger mit ihm zusammenleben. Ein sechsundvierzigstes gemeinsames Weihnachtsfest würde nicht stattfinden.

Die Stimmen kamen wieder näher. Sie würden jetzt die richtige Bescherung machen. Mit dem Weihnachtsmann, in dessen Kostüm in diesem Jahr offenbar Bjarne steckte. Ihr war klar, dass sie jetzt überflüssig war und ihre Anwesenheit nur zu schlechter Stimmung führte.

Es war an der Zeit für Eva, in die Küche zu gehen und sich um das Essen zu kümmern. Ihr Blick verlor sich auf der Fensterscheibe der Terrassentür. Da draußen lag der Mann, mit dem sie mehr als vier Jahrzehnte das Bett geteilt hatte. Aber in diesem Augenblick sah sie nur ihr eigenes Spiegelbild.

Sie erkannte Traurigkeit. Aber auch Wut, Unzufriedenheit und Leere. Eine verhärmte alte Frau, die ihren eigenen Mann zum Sterben in den Schnee gelegt hatte. Für einen Moment kamen die Tränen zurück. Mit dem Unterschied, dass die Ursache diesmal keine Zwiebel war.

Eva ging zurück, vorbei an ihrer Familie und dem Weihnachtsmann. Um ein Haar wäre sie ihrem Sohn, der unter dem Kostüm nicht ansatzweise zu erkennen war, um den Hals gefallen. Aber dann erinnerte sie sich wieder daran, dass auch Bjarne immerzu nur auf Hannes' Seite gestanden hatte, wenn sie Meinungsverschiedenheiten gehabt hatten.

Sie ignorierte ihn und wollte gerade einen Bogen um ihn machen, als er plötzlich in den großen Sack griff, den er dabeihatte, und ein kleines verpacktes Geschenk hervorholte. Ohne etwas zu sagen, drückte er es Eva in die Hand.

Ziemlich verdutzt brachte sie ein leises »Danke« hervor und versuchte, dem Weihnachtsmann in die Augen zu sehen. Hinter dem dichten Bart und der Schminke ihres Sohns meinte sie ein Lächeln erkennen zu können. Allerdings war sie unsicher, ob es freundlich oder eher hinterlistig war.

»Ich kümmere mich mal ums Essen«, sagte Eva schließlich und entfernte sich schnellen Schrittes von den anderen. Auf dem Flur hielt sie kurz inne und atmete tief durch. Sie musste aufpassen, nicht die Fassung zu verlieren. Heute Abend musste sie die Rolle der verlassenen Ehefrau spielen, verbittert und trauernd. Natürlich durften ihre typische Bissigkeit und Ironie nicht fehlen. Sie war schließlich noch immer sie selbst. Aber auf keinen Fall durfte sie emotional werden. Die Gefahr war viel zu groß, dass sie dann Fehler beging und alles aufflog.

Durch die kleine Milchglasscheibe in der Wohnungstür erkannte sie, dass jemand das Licht im Treppenhaus eingeschaltet hatte. Plötzlich hörte sie ein lautes Poltern, offenbar stürzte die Person schnell die Stufen hinauf. Ein paar Sekunden später klopfte es an der Tür.

Im Kopf ging sie rasch noch einmal durch, wer bereits alles da war. Es fehlte doch niemand mehr, oder?

Wieder klopfte es. Sie erkannte eine Gestalt durch die Scheibe, anhand der Statur tippte sie auf einen Mann.

Eva öffnete die Tür. Im nächsten Augenblicke schrak sie zusammen. Vor ihr stand Bjarne, ihr Sohn. Mit einer großen Tüte voller Geschenke in der Hand.

»Du?«

»Bin ich mal wieder der Letzte?«

»Allerdings.«

»Frohe Weihnachten!«

»Frohe … verdammt, das sagt man doch erst morgen!«

»Darf ich trotzdem reinkommen?«

»Natürlich.« Eva trat zur Seite. Während Bjarne in der Wohnung verschwand, blieb sie auf der Türschwelle stehen und versuchte, zu verstehen, was vor sich ging.

Wenn Bjarne nicht in dem Weihnachtsmannkostüm steckte, wer dann? Sie blickte auf ihre linke Hand, in der sie noch immer das kleine Geschenk hielt. Die Hand zitterte.

Eva spürte, dass sie die Kontrolle verlor. Hastig schloss sie die Tür und folgte dem Flur in Richtung Küche. Die fertige Maronensuppe stand bereits auf dem Herd und musste nur noch warm gemacht werden. Aber dafür hatte sie jetzt keinen Kopf.

Was war in diesem Paket? Es war kleiner als die Verpackung einer Uhr. Vielleicht Schmuck?

Zögerlich packte sie das Geschenkpapier aus. Darunter befand sich eine kleine hellbraune Schachtel ohne irgendeine Beschriftung.

Eva schloss die Augen, während sie die Packung in den Händen hin und her wog und sich eine grauenhafte Ahnung in ihr breitmachte, was ihr Inhalt war. Das durfte nicht wahr sein, redete sie sich ein. Die K.-o.-Tropfen. Wie zum Teufel …?

Ihr Gedanke brach ab, als sie aus dem Augenwinkel erkannte, dass jemand die Küche betreten hatte. Ohne sich umzusehen, war ihr sofort klar, dass es der Weihnachtsmann war. Und sie hatte keinen Zweifel mehr, wer unter dem Kostüm steckte.

»Das sind die richtigen Tropfen«, sagte Hannes mit seiner gewohnt ruhigen Stimme. »Hast du ernsthaft gedacht, ich hätte nicht die ganze Zeit geahnt, was du beabsichtigst? Ich habe die Tropfen schon vor Wochen gegen stinknormale Kochsalzlösung ausgetauscht. Gestern Morgen habe ich dich dann dabei beobachtet, wie du das Fläschchen aus dem Versteck hier im Küchenschrank geholt hast. Ich wusste, der Tag ist gekommen: Du willst mich tatsächlich um die Ecke bringen.«

Eva verharrte und hielt sich mit verkrampften Händen an der Arbeitsplatte fest. Sie wollte ihrem Mann nicht ins Gesicht sehen. Von dem sie fast vierundzwanzig Stunden geglaubt hatte, er sei tot. Die Erkenntnis, dass der Schnee ihr doch nicht geholfen hatte, ließ sie für einen kurzen Moment bitter lächeln.

»Ich habe dir fast die gesamte Flasche in deinen Tee geschüttet«, sagte sie leise.

»Kochsalz«, wiederholte Hannes.

»Weshalb hast du dann diese Show abgezogen? Du hättest mich doch sofort kaltstellen können.«

»Weil ich wissen wollte, was genau du vorhast.«

»Ich war mir sicher, dass du bereits tot bist, als ich dich auf die Terrasse gezogen habe.«

»Du warst nicht gerade zimperlich, als du an meinen Armen gezerrt hast.«

»Du warst schwer wie ein Sack Zement.«

»Denkst du etwa, ich wollte es dir leicht machen?«

»Wie hast du da draußen überleben können?«, fragte Eva und schüttelte immer wieder den Kopf. »Wie lange hast du da überhaupt gelegen?«

»Ziemlich lange«, antwortete Hannes. »Erst als du das Licht im Wohnzimmer ausgemacht hast, habe ich mich aufgerichtet. Ich glaube, ich hätte nicht mehr lange ohne Erfrierungen durchgehalten, aber ich wollte unbedingt, dass du denkst, meine Leiche liege unter dem Schnee. Ich bin an der Dachterrasse hinuntergeklettert und abgehauen. Zum Glück hat es so stark geschneit, dass du meine Spuren heute Morgen nicht mehr gesehen hast.«

»Wo hast du geschlafen?«

Hannes schien mit seiner Antwort zu zögern. Im nächsten Augenblick fuhr Eva herum, als es erneut an der Tür klingelte. Wer tauchte denn jetzt hier noch auf?

»Keine Sorge, ich mache auf«, sagte Hannes, der sich inzwischen vollständig seines Kostüms und des angeklebten Barts entledigt hatte.

Er ging zurück in den Flur und öffnete die Tür. Eva hörte ihn leise mit jemandem reden. Die andere Stimme war definitiv weiblich. Noch immer stand sie an der Arbeitsplatte und klammerte sich fest. Als Hannes mit einer blonden Frau, die bestimmt dreißig Jahre jünger war als sie, an seiner Seite zurück in die Küche kam, machte sich plötzlich ein Gefühl der Ohnmacht in ihr breit.

»Darf ich vorstellen?«, sagte Hannes. »Das ist Dorota. Als ich Anfang des Jahres diese Rückenschmerzen hatte, war sie meine

Physiotherapeutin. Wir sind seit ein paar Monaten zusammen, und heute Abend ist der Moment gekommen, es allen zu sagen. Ach ja, und von dir werde ich mich natürlich scheiden lassen.« Zur Bestätigung seiner Worte wandte er sich Dorota zu und gab ihr einen ausgiebigen Kuss auf den Mund.

Eva spürte augenblicklich, wie jede Zelle ihres Körpers bebte. Die Wut auf Hannes brach so schnell hervor, dass sie sich auf ihre Lippen beißen musste, um nicht loszuschreien. Sie atmete jetzt so schnell, dass sie aufpassen musste, nicht zu hyperventilieren. Ihre Hände tasteten sich hinter ihrem Rücken an der Arbeitsplatte entlang, bis sie den Griff einer Schublade zu fassen bekam. Ohne nachzudenken, zog sie sie auf und griff nach dem erstbesten metallenen Gegenstand.

Herr Feuerstein, der offenbar auf einem der Stühle des kleinen Tischs gedöst hatte, sprang plötzlich auf und rannte aus dem Raum. Dann stürzte Eva mit dem großen Gemüsemesser in der Hand los.

Gast Nummer 5

Regine Kölpin

»Stille Nacht, heilige Nacht«, trällerte Moni und war stolz, wie textsicher sie das Lied alle Jahre wieder beherrschte. Sie war eine echte Weihnachtsmaus und freute sich schon Monate vorher aufs Fest. Kaum war der Schmuck in Kisten und Fächern verstaut, plante sie schon wieder das kommende Jahr.

Weihnachten war ihr Leben, ihre Passion.

»Nach dem Fest ist vor dem Fest«, lautete Monis Motto.

Ihr Mann Jens war mit dem Weihnachtszauber stets massiv überfordert. Er wäre in diesen vier Wochen im Jahr wohl am liebsten abgetaucht, aber er blieb. Moni zuliebe. Das machte sie ganz fünsch, wie man so schön in Norddeutschland sagte. Aber da musste er eben durch, auch wenn sie darunter litt, wie wenig er sich für ihre Mühen begeistern konnte.

Sie hatte die Wohnung bereits in ein wahres Lichtermeer getaucht, die lächerliche Leuchtenhampelei bei den Griswolds war stümperhaft gegen ihre Arrangements.

Im Garten tummelten sich Rentiere neben Schneehasen und einem dicken Weihnachtsmann, der von einem Engel mit gewaltigen Flügeln begleitet wurde, auch kleine Wichtel. Natürlich war jedes Fenster beleuchtet und lud förmlich dazu ein, einzutreten und vom köstlichen Glühwein zu trinken oder die leckeren Kekse zu naschen.

Als Moni die letzte Lichterkette eingesteckt hatte und ihre tadellose Anordnung wohlwollend, ja nahezu begeistert betrachtete, kam Jens zu ihr in den Garten.

»Sieht es nicht toll aus?«, fragte sie.

Ihr Mann rollte erst mit den Augen, nickte dann aber zögernd. »Ja, schön, nur …« Er nestelte an seiner Jackentasche.

»Was aber?« Moni konnte sich an ihrem Weihnachtsarrangement gar nicht sattsehen. Auch wenn sie dazu in der Kälte ausharren musste und nach der langen Zeit tüchtig fror.

»Wir müssen reden.«

Moni riss sich widerwillig von ihrem Lichtermeer los. »Worüber?«

»Ich fände es fair, wenn auch ich das Fest einmal gestalten darf.«

Moni seufzte leise. Jens hatte bereits vor zwei Jahren einen solchen Anfall des Widerstands gehabt und wollte nun den Baum bestimmt wieder mit seinen heiß geliebten Werder-Bremen-Kugeln schmücken. Das aber war ein No-Go. Schließlich waren sie nicht im Stadion. Moni blickte ihn also abwartend und mit erhobenen Brauen an.

Jens gab sich einen Ruck. »Ich weiß, wie sehr du das Fest magst und dass du meine Baumkugeln ablehnst, obwohl es in diesem Jahr sogar eine Sonderedition gibt.«

»Kein Fußballbaum«, insistierte Moni. »Dann darfst du bestimmen.« Sie wusste, dass sie sich auf dünnes Eis begab, aber in einer Ehe galt es, Kompromisse einzugehen. Auch zu Weihnachten.

»Okay, das wollte ich auch gar nicht. Ich dachte eher, wir machen mal was völlig anderes.«

»Weihnachten ist Weihnachten«, antwortete Moni. »Was möchtest du anders machen?«

Jens reckte stolz das Kinn. »Wir verreisen. Nach Langeoog.«

Moni blieb die Spucke weg. Sie brauchte einen Moment, um das Gesagte sacken zu lassen. »Was sollen wir bitte schön am Heiligen Abend tun auf einer gottverlassenen Insel in der Nordsee?«

»Kochen«, antwortete Jens. »Ich habe in einem kleinen schnuckeligen Hotel in Strandnähe mitten in den Dünen einen Kurs gebucht.«

Moni schluckte. »Das ist doch eher was für Festflüchtlinge!«

»Nicht unbedingt. Wir hätten ein Inselweihnachten und eben mal was anderes. Das wird ein echter Spaß!« Jens nahm Moni in den Arm. »Sieh es positiv: Du hättest auch gar keine Arbeit.«

Moni wusste, wann sie verloren hatte. Sie hatte Jens das Versprechen gegeben, er dürfte in diesem Jahr bestimmen, und fatalerweise war ihr einziges Ausschlusskriterium der Werder-Bremen-Baum gewesen. Es passte ihr gar nicht, aber sie würde dieses eine Jahr schon überstehen.

»Gut, dann eben Langeoog. Sofern du bis dahin jeden Abend mit mir auf den Weihnachtsmarkt gehst!«

Das passte Jens sichtlich nicht, aber er willigte ein.

❄

Langeoog zeigte sich am Tag vor dem Heiligen Abend von seiner besten Seite. Es hatte geschneit, und die Dünenketten waren weiß gepudert. Moni genoss den Anblick von der Inselbahn aus, die über das Schienenband vom Anleger zum Dorf ruckelte.

»Na, das ist doch wirklich hübsch, oder?« Jens legte den Arm um sie, und tatsächlich fand Moni die Idee, Weihnachten auswärts zu verbringen, nicht mehr ganz so schlimm. Wenngleich sie nach wie vor das Gefühl nicht loswurde, dass Jens es mehr als genoss, dem Weihnachtswunder des heimischen Hauses entfleucht zu sein. Er hatte geradezu euphorisch gepackt.

Sie mussten nach Ankunft des kleinen Zuges vom Bahnhof aus ein Stück laufen, fast bis zu den Mutter-Kind-Kurkliniken, die im Westen der Insel lagen.

Jens hatte nicht zu viel versprochen und ein kleines, schnuckeliges Hotel für ihr Kochevent ausgesucht. Die grünen Sprossenfenster waren beleuchtet, mal mit großen roten Sternen, mal mit winzigen Lichtern, deren Glanz sich im frisch gefallenen Schnee brach.

Jens schluckte allerdings. Er hatte es wohl nicht ganz so weihnachtlich erwartet, denn auch die Rezeption glich einem stimmungsvollen Wonderland. Eine Lok durchquerte verschneite Gebirge und Wälder, hupte leise, wenn sie den Bahnhof passierte, wo der bemützte Schaffner mit seiner Kelle wartete.

»Das ist ja richtig weihnachtlich!«, entfuhr es Moni.

»Aber …« Jens biss sich auf die Unterlippe.

»Was aber?«

»Da stand was vom Event der Weihnachtshasser«, druckste ihr Mann herum. Ihm fiel gänzlich die Kinnlade herunter, als ihnen nach dem Check-in der Koch und Inhaber des Hotels entgegentrat. Als Weihnachtsmann verkleidet, mit einer riesigen grünen Schürze, auf der trötende Engel schwebten.

»Moin, die Herrschaften, und hartelik willkommen! Ick bün Hajo und schwinge hier die Messer!«

Jens' Lächeln verrutschte etwas, während sich Moni von Sekunde zu Sekunde wohler fühlte. Dieses Event hatte sich ihr

Gatte wohl anders vorgestellt und war einer Finte aufgesessen. Von wegen Event der Weihnachtshasser!

Stattdessen stand ihnen ein rot bemützter und gut gebauter Koch gegenüber!

»Wir sehen uns vor dem Essen in einer Stunde im Salon, um ein paar Dinge zu besprechen. Ihr seid die Nummern 5 für Jens und 6 für Moni. Bitte merken. Wegen der Einteilung morgen.«

Moni konnte es kaum erwarten, auf ihr Zimmer zu kommen. Auch das erfüllte ihre Erwartungen in jeglicher Hinsicht.

Auf dem Tisch stand ein Adventsgesteck mit dicker roter Kerze, im Fenster schwebte ein Engelschor mit unzähligen kleinen Figuren, die Musikinstrumente in den Händen hielten.

»Wat moi«, entfuhr es Moni.

Sie sah, dass Jens es sich gerade auf dem Boxspringbett gemütlich machen wollte. Nur hätte er dann die Tagesdecke, auf der der Kopf des Kochs mit Weihnachtsmütze abgebildet war, faltig gelegen.

»Nun mach zu, wir müssen zu Hajo! Nicht, dass wir die Letzten sind.«

»Der liegt hier ja schon rum«, maulte Jens und warf seine Handschuhe mitten auf Hajos Gesicht.

Sie kamen dann doch als Letzte, weil Jens sich betont langsam umgezogen hatte, sein Rendezvous mit der Toilettenschüssel extrem lange hatte ausdehnen müssen und überhaupt …

Der mag Hajo nicht, dachte Moni. Sie hingegen war Feuer und Flamme. Er war eben der Weihnachtsmann und so, wie sie ihn sich immer erträumt hatte.

Hajo fand es »gaanz wunnerbaar«, wenn sich die Gruppe vor dem großen weihnachtlichen Kochevent erst einmal vorstellte.

»Wir sind nur sechs Leute, da kann sich jeder so richtig einbringen. Niemand wird arbeitslos sein, und ihr werdet sehen: Die Zeit verfliegt im Nu.«

So ging es reihum. Neben Moni hockte Silke, den Kopf leicht gesenkt und blass wie ein Gespenst. Sie war mit Horst gekommen, dessen Gesicht an einen Adler erinnerte.

Hilde hatte knallrotes Haar, trug einen orangen Pulli zu quietschgelber Hose, und ihr Gemahl glich Gaius Julius Caesar. Es fehlte eigentlich nur das Gewand.

Alle waren über vierzig und hatten somit ein wenig Lebens- und Kocherfahrung.

»Ihr habt also sämtlich kein Interesse an einem wohligen Fest im trauten Heim?«, fragte Hajo, als sich alle vorgestellt hatten. »Ich suche für diese Veranstaltung nämlich den größten Weihnachtshasser.«

»Warum?« Moni warf Jens einen Seitenblick zu, dem jetzt das erste Lächeln seit ihrer Ankunft übers Gesicht huschte. Er hatte bereits die Hand erhoben.

»Der muss die Zwiebeln schälen«, gab Hajo zurück und grinste breit. »Kleiner Scherz. Nein, ich möchte euch nur einschätzen können.« Er nickte Jens aufmunternd zu. »Du lehnst das Fest also ab?«

»Jo, ich will mich mal outen!«, bestätigte er. »Moni hingegen liebt es ein bisschen zu sehr. Meine Frau ist echt nett, aber sie erschlägt mich förmlich mit ihrem Weihnachtsgetue. Ich habe schon eine Allergie gegen Lichterketten.« Jens verdrehte die Augen und setzte noch einen drauf. »Und dann das nackte Christkind in der Krippe! Herrgott noch mal, wer glaubt denn an so was? Auch dass da Könige quer durchs Land wandern, um dem nackten Kerl auf Stroh zu huldigen, weil zuvor ein Stern blinkt, der seit Menschengedenken da oben am Himmel rumhängt.« Jens gab sich betont lässig, wie immer, wenn er richtig genervt war. Moni glaubte, ihren Mann nicht wiederzuerkennen. Was er von sich gab, verletzte sie tief. *Meine Frau ist echt nett*, wiederholte sie in Gedanken. Nett, die kleine Schwester von sch…

»Das ist doch schon mal ein cooles Statement«, sagte Hajo erfreut. »Aber ich glaube, Jens hat noch mehr zu sagen.« Er rieb sich die Hände.

»Bi uns im Norden kommt jo ok de Wiehnachtsmann un nienich dat Christkind«, warf Hilde ein.

»Das ist keinen Deut besser!«, antwortete Jens selbstgefällig. »Alles kapitalistischer Märchenquatsch, den sich die Kaufleute zunutze machen. Wie gesagt, ich habe schon eine Lichterallergie.«

»Die sich wie äußert?«, hakte Hajo nach.

»Ich bekomme Herzrasen und Beklemmungen. Regelrechte Luftnot!«, wusste Jens zu berichten, nur konnte Moni keines der genannten Symptome auch nur ansatzweise bestätigen. Warum to'n Düwel erzählte ihr Mann solche Dinge? Nach all den wunderbaren gemeinsamen Weihnachtsfesten!

Hajo ließ dessen Worte so stehen, nickte bedächtig und sagte: »Nummer 5, das sind starke Argumente. Noch wer?«

Die blasse Silke hob schüchtern die Hand. »Ich mag das Fest auch nicht. Weil es mich überfordert, wenn ich alles schmücken muss, jedem was schenken soll. Ich bin gegen den Konsumterror.«

Moni schluckte, und mit jeder Minute wuchs ihr Unbehagen.

Hajo schien plötzlich völlig in seinem Element! Das enttäuschte sie am meisten.

»Wer ist denn noch hier, weil er dem Feiertagsrummel entfliehen möchte?«, fragte er.

Nun hob Caesar die Hand. Er stand sogar auf, bevor er langsam und mit gleichförmiger Stimme zu sprechen begann. »Jens übertreibt ziemlich, das vorab. Er ist mir dadurch suspekt. Ich bin ein nüchterner Mensch, von Beruf Lehrer und muss mich dort ausreichend mit den Hintergründen des Festes beschäftigen. Sozial und ökologisch für mich alles unvertretbar! Aber ich wollte meiner Hilde das Fest nicht ganz versauen, und so sind wir auf diesem Eiland gelandet.«

Eiland, dachte Moni gehässig. *Warum redet der Typ so geschwollen und sagt nicht einfach Insel?* Sie war schon jetzt überaus genervt von der Gruppe, dem Event … und am meisten von Jens, der sich richtig wohl in seiner Rolle als Weihnachtshasser fühlte. Er – der Ebenezer Scrooge von Langeoog oder so ähnlich.

Nur Hajo konnte sie nicht recht einordnen. Er wirkte allerdings sehr zufrieden mit der Gruppenzusammenstellung und schloss mit den Worten: »Nun lade ich euch alle zum Essen im weihnachtlich geschmückten Salon ein, und anschließend kommen zunächst die an die Reihe, die mit dem Fest nicht so richtig was anfangen können, bevor wir dann die Weihnachtstage in Angriff nehmen werden.«

»Was heißt das?«, fragte Horst.

»Wir machen bei Dunkelheit eine Dünenwanderung«, erklärte Hajo. »Das hat was Dämonisches. Danach gibt es Punsch im Schnee auf der Terrasse am Feuerofen. Morgen kochen wir dann, und die Weihnachtselfen kommen auf ihre Kosten, weil es natürlich die klassische Gans mit Rotkohl und Klößen gibt. Wir werden hier allen gerecht.«

Dünenwanderung, Punsch, Gans … das klang immerhin vielversprechend. Wahrscheinlich handelte es sich dabei um Aktivitäten, die auch Weihnachtshasser mochten.

Hajo klatschte in die Hände, und sie folgten ihm in den Speisesaal. Moni verschlug es vor Begeisterung fast die Sprache, so schön war es hier.

Der Raum war traditionell mit weiß-blauen Fliesen gekachelt. Ein langer Tisch aus dunklem Holz mit dazu passenden Stühlen, auf denen dunkelblaue Kissen lagen, dominierte das Bild. Die Tafel war fast herrschaftlich mit weißen Tellern, Stoffservietten und silbernem Besteck, das akkurat platziert war, eingedeckt. In der Mitte befand sich eine Etagere mit Leckereien. Ein Kandelaber rundete das festliche Ambiente ab. Moni ließ den Blick schweifen. Rechts befand sich ein Büfett, auf dem Teller mit Blumenornamenten standen, dazu ein Tannengesteck und mehrere Kerzen. An den Wänden rankten sich Lichterketten in verschiedenen Ausführungen, der ganze Raum war angereichert mit weihnachtlichen Düften, die vermutlich von den zahlreichen Orangen- und Zitronenschalen herrührten, die mit Zimtstangen, Anis und Nelken bestückt waren, und sich zu einer einzigartigen Melange verdichteten.

Jens begann sofort, zu husten. Die anderen drei Weihnachtshasser schlossen sich ihm an.

»Nehmt Platz. Wir beginnen mit der Tannenbaumsuppe!«

Moni klatschte vor Begeisterung die Hände zusammen, als die Kellnerinnen mit den Suppentassen hereinkamen.

In der Brühe schwammen tannenbaumförmige Nudeln zwischen gehackter Petersilie und mundgerechten Fleischstückchen.

Das Menü wurde immer deliziöser. Nach einem Pilzrisotto gab es Ochsenbacke in Rotweinsoße, und zum Nachtisch glänzte Hajo mit einer Pannacotta, auf der sich nicht nur ein erstklassiges Himbeertopping befand, sondern auch noch fein ziselierte Schokoladenengelchen.

Moni glaubte, zu platzen, und auch Jens war am Ende zufrieden. »Das Drumherum ist mir etwas zu viel, aber das Essen war top!«

»Morgen kocht ihr so etwas Leckeres dann selbst«, versprach Hajo und forderte alle auf, sich warm anzuziehen. »Jetzt folgt der versprochene Verdauungsgruselspaziergang durch die Dünen, und anschließend beenden wir unseren ersten Abend mit einem leckeren Punsch vor dem Feuerofen auf der Terrasse.«

❄

Es war bitterkalt, als sich die Gruppe an den beiden Mutter-Kind-Kurheimen vorbei auf die mächtige Dünenkette zubewegte. Der Mond war nur eine Sichel und die Nacht trotz der funkelnden Sterne sehr dunkel.

»Wir halten uns links in Richtung Flinthörn!«, bestimmte Hajo. »Von dort überqueren wir die Dünen und können aufs Wasser schauen. Tagsüber haben wir von hier freien Blick nach Baltrum.«

Als sie schließlich auf dem Dünenkamm standen, verschlug es auch dem Letzten die Sprache, denn das Meer war trotz der Dunkelheit spürbar. Ein leichtes Glitzern. Ein leises Klatschen der Wellen an den Spülsaum. Sie näherten sich der Wasserkante.

Vor ihnen lag eine Sandbank. Schon auf dem Schiff hatte man sie darauf hingewiesen, sie bloß nicht zu betreten, weil Lebensgefahr bestand. Dahinter bot sich ein atemberaubender Blick über die nächtliche Nordsee, in der sich die Sterne spiegelten.

»Was ist das schön«, entfuhr es Hilde. Sie stieß ihren Gemahl an. »Findest du nicht auch?«

Der nickte nur knapp. »Jo, geiht so.«

»Wir gehen jetzt ein Stück am Strand entlang und dann nach drei Dünenaufgängen hinauf. Bitte beisammenbleiben, ich möchte alle wieder mit nach Hause bringen. Die Wassergeister sind unterwegs. Allen voran Ekke Nekkepenn.« Er stieß einen gespenstischen Ruf aus, ließ die Gruppe vorbeigehen und folgte ihnen dann mit etwas Abstand.

Jens ging neben Moni, aber so richtig gefiel es ihm nicht, in der Dunkelheit durch die Natur zu stapfen. Er hatte bei diesem Event mit Sicherheit mehr an Alkohol und Spaß als an so etwas gedacht.

»Es war keine schlechte Idee, unser Fest mal so zu verbringen«, sagte Moni, obwohl sie innerlich kochte, denn jetzt lief es schon nach Jens' Kopf, und der Herr hatte dennoch schlechte Laune. Eben kickte er eine Ladung Schnee in die Dünen.

»Das bringt doch nix«, maulte er. »Ich hau ab. Zurück zum Hotel! Bier trinken.«

»Das wirst du nicht tun«, fauchte Moni.

Doch Jens drehte um und eilte mit großen Schritten die Dünen wieder hinauf. Kurz darauf verschluckte ihn die Dunkelheit. Einen Moment lang war Moni versucht, ihrem Mann zu folgen. Aber sie wollte den Strandspaziergang lieber noch etwas genießen.

»Ich geh ihm nach«, versprach Hajo. »Warte kurz, ich trommle nur die Gruppe zusammen.«

Er pfiff einmal laut und eindringlich. Dann erklärte er die Lage. »Ihr findet den Weg?«

Die anderen nickten. »Es ist sowieso kalt, wir werden schon den nächsten Aufgang nehmen.«

Moni überlegte eine Weile. »Ich gehe den alten Weg zurück, du folgst Jens über diesen Aufgang?«

»So mok wi dat«, sagte Hajo.

Moni fand es plötzlich unheimlich allein am Strand, und sie lief schneller. Sie beeilte sich, schnell wieder ins Hotel zu kommen. Was hasste Moni ihren Mann dafür, dass er ihr selbst dieses von ihm ausgesuchte Event versaute.

Sie hatte richtig Bauchkrämpfe, und auf dem Dünenkamm musste sie sich übergeben.

❄

»Er ist nicht da.« Moni hatte eine Zeit gebraucht, ehe sie Hajo gefunden hatte. Er stand in der Küche und war dabei, das Kochevent für morgen vorzubereiten, indem er sämtliche Gerätschaften auf verschiedene Arbeitsplätze, die mit sechs Nummern versehen waren, verteilte.

»Wer ist nicht da?« Hajo nahm den Schneebesen und legte ihn neben die Rührschüssel.

»Jens.«

»Du hast ihn also auch nicht gefunden? Ich dachte, der hockt in seinem Zimmer und lässt ein Pils nach dem anderen durch den Hals fließen.« Der Koch schaute nicht einmal auf.

»Nein. Wo könnte er sein?«

»Ich habe ihn nicht mehr einholen können, sorry«, meinte Hajo. »Wenn er nicht hier ist: zurück auf dem Festland, nehme ich an. Er scheint vom Weihnachtsfest ja nicht das Mindeste zu halten, und mein Event entspricht wohl auch nicht seinen Vorstellungen.«

»Im Leben ist er nicht ohne mich zurückgefahren«, erwiderte Moni. »Nun sieh mich doch bitte mal an, wenn ich mit dir rede!«

Endlich hob Hajo den Kopf. »Ich weiß wirklich nicht, wo er steckt.«

Bevor er etwas sagen konnte, waren aufgeregte Stimmen zu hören.

»Schnell, schnell. Da liegt einer in den Dünen! Das könnte Jens sein.« Das war doch Silkes Stimme, und dieses Mal keineswegs so piepsig wie sonst.

Moni durchfuhr ein unglaublicher Schreck. Sie wusste plötzlich, dass die junge Frau sich nicht irrte. Es musste sich um Jens handeln!

»Der Inselpolizist ist schon vor Ort!«, wusste Silke weiter zu berichten.

Moni stürzte los. Sie brauchte nicht lange zu suchen, denn es hatte sich trotz der späten Stunde bereits eine Menschentraube gebildet.

»Wir müssen auf die Spusi vom Festland warten«, erklärte der Inselpolizist mit stoischer Ruhe. Er wirkte keineswegs entsetzt, dass er vor einer Leiche stand, auf deren Stirn sich frisches Blut befand, das so langsam zu einem dunkelroten Rinnsal trocknete.

Moni entwich ein Schluchzen. »Ich bin die Ehefrau. Ist er gestürzt?«

»Wohl eher erschlagen«, gab der Polizist Auskunft. »Sie gehören also zu ihm?« Er wies auf einen Kiefernast, der direkt neben Jens lag. Allein hatte er sich den bestimmt nicht über den Schädel gezogen.

Moni nickte und war selbst erstaunt über die Kühle, mit der sie die Situation betrachtete.

Da hatte sie bis vor zwei Stunden noch geglaubt, sie würde Jens hassen, weil er ihr das Fest versaute, doch nun war da noch ein anderes Gefühl. Erleichterung, weil ihr Mann weg war. Ein bisschen war sie der- oder demjenigen dankbar, denn wenn er sich weiterhin so blöd verhalten hätte, wäre sie vermutlich doch selbst zur Mörderin geworden. Manche Dinge erledigten sich eben von allein.

Nun konnte er sie zukünftig nicht mehr daran hindern, ungestört Weihnachten zu feiern. Aber das durfte sie hier natürlich nicht so offen zeigen. Schließlich war sie in Trauer, und womöglich dachte der Polizist, sie hätte Jens um die Ecke gebracht!

Doch gleich darauf ergriff ein neuer Gedanke von ihr Besitz. Sie hatte Jens nicht auf dem Gewissen. Nur – wer dann?

»Weiß man schon, wer das war?« Monis Stimme klang merkwürdig dünn und hoffentlich betroffen genug.

»Nein«, kam es knapp zurück.

Derweil waren auch die anderen Kursteilnehmer eingetroffen.

Moni musterte sie. Caesar hatte Jens nicht gemocht, aber sie waren sich einig darüber gewesen, dass sie das Weihnachtsbrimborium hassten. Silke und ihren Begleiter schloss Moni aus, denn sie waren einfach nicht die Typen für einen Mord.

Was war mit Hilde? Hilde hatte stämmige Oberarme und war durchaus in der Lage, einen Ast zu schwingen.

Aber sie war die ganze Zeit zusammen mit ihrem Mann unterwegs gewesen.

Blieb nur Hajo. Nur wäre es doch dämlich, seine eigenen Gäste umzubringen. Er lebte schließlich von ihnen, den Weihnachtshassern.

Also gab es einen großen Unbekannten.

Moni befürchtete, der Mord würde ungesühnt bleiben. Immerhin konnte sie nun das Fest zukünftig so begehen, wie sie es für richtig hielt.

❄

Moni hatte Langeoog nach Jens' Ableben nur kurz verlassen, um den Weihnachtsschmuck zu Hause abzubauen, war danach auf die Insel zurückgekehrt, weil sie hoffte, hier Abstand zu allem zu gewinnen. An Hajos Seite gelang es ihr einfach und schnell. Die Insel erschien ihr inzwischen als guter Weihnachtsort, denn auf Langeoog pflegte man noch Traditionen, und nichts erinnerte sie an ihre Ehe. In langen Gesprächen mit Hajo kamen sie zu dem Schluss, dass das Leben ohne die Weihnachtsnörgler und Ignoranten um vieles leichter war. Ja, Moni genoss ihre Freiheit, und wie sehr gönnte sie allen Partnern, dass sie von den Menschen befreit wurden, die sie in ihrem Tun einengten. So, wie es ihr geschehen war.

Im Frühjahr hatte Moni alle Zelte auf dem Festland abgebrochen und war ganz in Hajos Hotel gezogen, wo sie ihn so gut es ging unterstützte.

Sie liebte es, wie Hajo mit dem Fest umging. Er war wie sie ein Weihnachtsnerd, und nichts konnte ihm glitzernd genug sein. Sie liebte seine flinken Finger, wenn die Zwiebeln schnitten oder auf ihrem Körper solche Melodien spielten, dass sie auch im Sommer die wunderbarsten Weihnachtslieder sang.

Morgen war Nikolaus, und Hajo hatte sein Kostüm für das ausgebuchte Eventkochen schon an. Trotzdem wirkte er eigenartig angespannt.

»Was ist denn los mit dir?«, fragte Moni.

Hajo schob ihr ein Foto hin, das er zuvor aus der Besteckschublade genommen hatte. »Das ist Reni. Sie hat mich im letzten Jahr am 5. Dezember verlassen, weil sie keinen Weihnachtsmann zum Gatten haben wollte. Sie war wie Jens. Eine Weihnachtshasserin. Was das für uns, die wir das Fest lieben und zelebrieren, bedeutet, haben wir ja oft genug besprochen.«

»O nein! Das tut mir leid. Der Tag ist dann nicht leicht für dich, oder?«

»Sehr schlimm. Kannst du die Gästeliste bitte durchsehen und schauen, wer die Nummer 5 ist?«

Hajo nahm das große Messer aus dem Block und wetzte es langsam.

Moni starrte ihn an. »Jens war auch die Nummer 5«, flüsterte sie.

»Es ist wie Roulette«, gab Hajo zur Antwort. »Mit etwas Glück liebt die Nummer 5 das Fest. Wenn nicht …«

Moni schluckte. So gesehen hatte Hajo recht. Diese Leute konnten einem das Leben ganz schön vergraulen. Das hatten sie ausreichend geklärt. Sie war jetzt frei. Kein Gemecker mehr, wenn sie eine neue Weihnachtsgirlande entdeckte. Kein Gemoser bei der Planung des wichtigsten Tages im Jahr. Das musste man auch anderen gönnen.

»Wir lassen es wie einen Unfall aussehen«, sagte Moni.

Hajo gab ihr einen Kuss.

Schöne Bescherung

Ella Danz

Auch nach den vielen Jahren, die sie schon hier lebte, war Viviane Möller in der illustren Kleinstadtgesellschaft nicht angekommen. Was ihr aber herzlich egal war. Schon bei ihrem Zuzug ins Städtchen an der Ostsee – eine Kirche, ein Markt, ein Hafen – hatte es damit angefangen, dass keiner bereit war, sie mit ihrem korrekten Nachnamen, nämlich Krause-Möller, anzusprechen. Für die Leute war sie Frau Möller, die Frau von Hannes Möller, der hier geboren war, basta. Seit es Hannes nicht mehr gab, bestand bei den Bewohnern noch weniger Interesse, Viviane in ihre Mitte aufzunehmen – weder bei den tonangebenden Damen noch bei deren wichtigen Männern. Höchstens als Gegenstand von Klatschgeschichten war sie interessant, diese komische Zugezogene aus der Großstadt.

Ach ja, der Hannes fehlte ihr auch fünf Jahre nach seinem viel zu frühen Ableben noch. Mit ihm hatte Viviane die Landschaft, die Einsamkeit, selbst die Wetterunbilden in Herbst und Winter in der ostholsteinischen Provinz genießen können, und sie hatten sich gemeinsam über ihre spießigen, manchmal ziemlich kuriosen Nachbarn amüsiert.

Ihre Haare leuchteten immer noch hennarot, doch die Miene war meist mürrisch. Viviane ging auf die achtzig zu, einen

Umzug zurück in die Großstadt konnte sie sich nicht leisten, und so musste sie in diesem Kaff bleiben, wo nix passierte und die Tage sich unendlich dehnten. Sie hatte ihren spannenden Job bei einer großen Berliner Tageszeitung geliebt, und nach dem Verlust von Hannes kam sie mit dem beschaulichen Rentnerdasein noch schlechter klar. Kein Wunder also, dass sie gewöhnlich schlechter Laune war, was sie auch jedermann spüren ließ. Hätte sie nicht das Internet gehabt und ihren Nachbarn Wilhelm Peters, wäre sie wahrscheinlich längst vor Langeweile gestorben.

»Alt werden ist Mist, Wilhelm!«

»Aber nicht alt werden ist auch keine Alternative, oder, meine Liebe?«

»Du hast gut reden«, empörte sich Viviane, »du bist einer von hier. Und du brauchst auch keinen 30-fachen Vergrößerungsspiegel, um dein Make-up aufzubringen. Außerdem bist du jünger als ich.«

»Das eine Jahr … Vielleicht ist es deinem genialen Vergrößerungsspiegel zu verdanken, aber ich kann dir versichern, dass du immer fantastisch aussiehst.«

Sie konnte sein spöttisches, trotzdem irgendwie charmantes Lächeln quasi durchs Telefon sehen, freute sich still und sparte sich eine Antwort.

»Liebe Viviane, du klingst ungewohnt heiter. Darf ich fragen, was der Grund deines Anrufs so früh am Morgen ist?«

»Natürlich. Ich wollte dich für heute zu mir einladen. Ein frühes kleines Abendessen.«

»Ach.« Überraschte Pause. »Aber heute ist Heiligabend.«

»Eben deswegen. Ein weihnachtliches Dinner. Oder gehst du lieber zum Pastor in die Kirche?«

»Natürlich nicht. Du lädst mich also zu einer kleinen Weihnachtsfeier ein, soso. Dabei dachte ich, du hast mit diesen piefigen Weihnachtstraditionen nichts am Hut. Du hast doch nicht etwa einen geschmückten Baum in deiner Stube?«

»So weit kommt's noch. Ein Krug mit Tannenzweigen auf dem Tisch und ein paar Kerzen tun's auch. Aber es wird feines Essen geben und erlesene Getränke natürlich auch.«

»Das hört sich verlockend an. Nur du und ich, vielleicht noch ein Engelschor, wenn das nicht höchst romantisch ist …«

»Ich muss dich enttäuschen. Wir sind nicht allein. Ganz so romantisch wird es also nicht. Mein Enkel wird da sein.«

»Du hast einen Enkel? Das hast du nie erzählt.« Viviane spürte deutlich Wilhelms Verblüffung.

»Du musst ja nicht alles wissen, lieber Wilhelm.«

»Wenn du einen Enkel hast, musst du ja auch ein Kind haben.«

»Ja, sieht so aus. Was bist du heute wieder scharfsinnig, Herr Kommissar.«

Viviane zog ihren Nachbarn zu gerne mit seiner Vergangenheit bei der Kriminalinspektion Schleswig-Holstein Süd auf.

»Oder hast du gar mehrere?«

Sie antwortete mit einem leisen Lachen. Ihre Laune wurde immer besser. Ihren Gesprächspartner ließ das Thema so schnell nicht los. Zögerlich fragte er: »Ist Hannes der Vater?«

»War klar, dass du das fragst. Die Familienverhältnisse sind etwas kompliziert, lieber Wilhelm. Bis vor Kurzem wusste ich nichts von meinem Enkel, doch ich freu mich riesig, dass er sich gemeldet hat, und da ich dich kenne und du ja immer alles ganz genau wissen willst: Heute Abend werd ich dir mehr darüber erzählen. Versprochen!«

Auch wenn sie sich kurz vorher bei Wilhelm noch über das Altwerden beklagt hatte, über die Gleichförmigkeit ihrer Tage, die schmerzenden Knochen, die schlechten Augen und Ohren – Vivianes Kopf funktionierte perfekt.

Für einen Moment war Wilhelm still. Dann fragte er: »Wann hast du ihn denn zu dir eingeladen?«

»Gestern. Du weißt ja, ich neige manchmal zu Spontaneität.«

Genau. Am Vorabend um 21:27 Uhr hatte das Telefon geklingelt. Unwillig hatte Viviane ihr Rotweinglas abgestellt, den Stream einer unglaublich fesselnden skandinavischen Krimiserie auf ihrem Laptop unterbrochen und sich aus ihrem Sessel gewuchtet.

»Wer ruft denn jetzt an?«, fragte sie laut in den Raum, auch wenn da niemand war, der ihr diese Frage beantworten konnte. Sofort fiel ihr Uschi ein, ihre redselige Freundin mit mehr Geld als Verstand, die in München residierte, begeistertes Mitglied der Bussi-Bussi-Gesellschaft war und auf deren hohles Geplapper sie überhaupt keine Lust hatte. Viviane schleppte sich in den Flur zum Telefon.

»Hallo?«, brummelte sie in den Hörer. Ein Anflug von Ärger lag in ihrer Stimme. Sie lauschte stumm. Einsilbig kommentierte sie ab und zu mit einem »Mmh« oder »Aha«, wobei die Unterhaltung, sofern man diesen Austausch überhaupt so bezeichnen konnte, sie aber immer mehr zu interessieren begann.

»Ich verstehe, mein Lieber«, sagte sie schließlich. Sie war nun bester Stimmung, denn ihr war eine wunderbare Idee gekommen. »Das ist echt Mist. Aber ich fürchte, im Moment kann ich dir wirklich nicht helfen, denn …«

Das Ende ihres Satzes blieb unfertig in der Luft hängen. Ein aufgeregter Redeschwall kam vom anderen Ende der Leitung.

»Kind, das kriegen wir alles hin«, beruhigte sie den Anrufer. »Wie gesagt, es passt gerade gar nicht. Aber wie war dein Name noch mal? Entschuldige, du weißt schon, in meinem Alter …«

Sie musste dem Jungen ja nicht verraten, dass niemand sie bisher über seine Existenz aufgeklärt hatte.

»Marvin! Natürlich! Es ist so schön, von dir zu hören. Also selbstverständlich helfe ich dir gerne, und ich bin wahnsinnig gespannt auf dich, mein Kind!«

Offensichtlich zeigten ihre Worte Wirkung bei dem aufgewühlten jungen Mann, denn die Unterhaltung verlief danach wieder in ruhigeren Bahnen.

»Okay, Marvin, dann erledige ich alles, was nötig ist, und dann kommst du vorbei. Aber sag mal, morgen ist Heiligabend. Willst du nicht deiner alten Oma eine Freude tun und zum Essen zu mir kommen? Dann schauen wir, was ich sonst noch für dich machen kann, und wir feiern ein bisschen.«

Ihr Enkel war einverstanden.

»Du weißt ja vielleicht, dass ältere Menschen abends nicht so lange durchhalten. Also, wenn es dir passt, dann sei doch bitte um 16 Uhr hier. Die Adresse hast du?«

Hatte er.

»Ach, und grüß deine Mutter von mir, auch wenn sie wahrscheinlich nichts von mir wissen will. Ich freue mich jedenfalls wahnsinnig darauf, dich zu sehen, Marvin!«

Als sie aufgelegt hatte, rieb sich Viviane in Vorfreude die Hände. Endlich mal wieder was los in ihrem ereignislosen Alltag! Sie hatte den jungen Mann nie zuvor gesehen. Wenn aber sein Aussehen seiner Stimme entsprach, dann musste er ein echtes Sahnestückchen sein. Außerdem wirkte er schon am Telefon trotz der Notlage, in der er sich befand, ziemlich charmant. Viviane fühlte sich um zwanzig, ach was, um mindestens dreißig Jahre jünger. So ein junger Mann war doch immer wieder ein echtes Lebenselixier. Natürlich, Marvin war ihr Enkel – na und? Sie musste tatsächlich kichern.

Voller Elan machte sie sich an die Planung des Heiligabends. Sie fertigte eine Einkaufsliste für Essen, Trinken und Deko und dachte über kleine Geschenke nach.

Es war schon nach zehn, als Viviane zwei ordentlich dicke Bände vom Brockhaus aus dem Regal holte, die noch aus ihrer Zeit in der Redaktion stammten. Seit Google nutzte sie die Lexika ohnehin nur in Ausnahmefällen. Anschließend durchsuchte sie diverse Schubladen und fand schließlich eine uralte Rolle Goldpapier. Das eine Buch schlug sie in Gold ein, das andere in Dunkelblau. Schwarzes Geschenkpapier hatte sie leider nicht.

Sie kehrte zu ihrem Laptop zurück. Ihre Finger eilten über die Tastatur, während ein leises Lächeln auf ihrem Gesicht lag. Schließlich druckte sie zwei Texte aus und platzierte die Bögen in den vorbereiteten Büchern. Bevor sie zu Bett ging, schaute Viviane online noch einmal nach den aktuellen Nachrichten aus der Welt und der Region. Es gab nichts wirklich Neues. Zufrieden klappte sie den Laptop zu und ging zu Bett.

Nachdem sie Wilhelm beschworen hatte, pünktlich um 16 Uhr zu erscheinen, beendete Viviane in Hochstimmung das Telefonat mit ihrem Nachbarn.

Auf jeden Fall sollte es eine richtige Bescherung geben, wie es sich gehörte. Viviane schmunzelte vergnügt. Schließlich hatte sie noch nie mit dem Enkelkind Weihnachten gefeiert und auf dem Gebiet so einiges nachzuholen. Bevor sie sich auf den Weg zu den Besorgungen machte, tätigte sie also erst einmal den wichtigen Anruf, der den Abend perfekt machen sollte.

»Na dann, bis Punkt siebzehn Uhr! Ich verlass mich auf dich!«

Sie hatte sich auf anstrengende Überzeugungsarbeit eingestellt, doch alles war viel einfacher gelaufen als gedacht. Überglücklich legte Viviane das Telefon weg.

Draußen sprühte Nässe vom grauen Himmel, astreines Schmuddelwetter, wie es so häufig im Winter an der Ostseeküste herrschte. Aber das Wetter war ihr so was von egal, eher ging ihr das ständige Geschwafel, ob es denn in diesem Jahr endlich mal wieder weiße Weihnachten gäbe, unglaublich auf den Geist.

Heute gab es keinen Wochenmarkt, und in Ermangelung anderer Einkaufsmöglichkeiten in der kleinen Stadt machte sich Viviane mit dem Auto auf den Weg zu einem riesigen Supermarkt am Stadtrand, der hell und modern war, ein gigantisches Sortiment an Lebensmitteln jeglicher Art feilbot und in dem sie sich regelmäßig verirrte. Aber beschwingt von der Aussicht auf den Abend gingen ihr die Einkäufe für das abendliche Festessen heute leicht von der Hand. Leberpastete, Roastbeef und geräucherte Gänsebrust, Räucherlachs und Krabbensalat, ausgesuchte französische Käse, eingelegte Artischocken, Oliven, Balsamicozwiebeln und noch viele Köstlichkeiten mehr schmiss Viviane schwungvoll in ihren Einkaufswagen. Wie praktisch, dass sie hier neben den Geschenken für die beiden Gäste auch gleich passende Servietten, Kerzen, einen Weihnachtsstern und Tannenzweige mitnehmen konnte, und nicht zu vergessen natürlich Wein und Champagner.

Wie in der kleinen Stadt unvermeidlich, liefen ihr etliche Bekannte über den Weg, die mit großen Augen auf den Berg ihrer Einkäufe schielten. Noch erstaunter aber schauten sie, als Viviane mit fröhlichem Gesicht ihre Weihnachtswünsche erwiderte.

Um die Mittagszeit kam sie nach Hause, lud ihre Schätze aus und begann, die Tafel vorzubereiten. Ihr fiel ein, dass sie gar nicht nach Marvins Essgewohnheiten gefragt hatte. Wenn der Junge nun Veganer war? *Lass mal gut sein*, sagte sie sich dann, *übertreib nicht gleich*, und musste plötzlich lauthals über sich selbst lachen.

Noch eine Stunde bis zu dem großen Moment. Die Zeit verging quälend langsam. Sie zog sich dreimal um, bis sie mit einem schlichten schwarzen Kleid mit weißer Stickerei zufrieden war, zu dem sie eine dicke goldene Kette und passende Creolen anlegte. Das lange, mittlerweile leider etwas dünne rote Haar steckte sie zu einem lockeren Knoten und sprühte sich den herben, holzigen Duft ihres Parfums an Hals und Handgelenke. Endlich klingelte es. In freudiger Erwartung spurtete Viviane zur Haustür. Fast war sie ein wenig enttäuscht, als ihr Wilhelm »Frohe Weihnachten« wünschte, sie auf beide Wangen küsste und eine einzelne rote Rose überreichte. Über seine Schulter spähte Viviane voller Ungeduld durch den Vorgarten zur Straße, die aber verlassen und leer in der Dämmerung lag.

»Frohe Weihnachten, Wilhelm, tritt ein. Marvin taucht bestimmt auch gleich auf. Willst du die nicht ablegen?«

Viviane deutete auf die alberne Weihnachtsmannmütze auf Wilhelms Kopf.

»Na sag mal? Die habe ich extra für deinen Enkel aufgesetzt!«

Mit einem Schulterzucken führte Viviane ihren Gast in die Stube, wo im Licht zahlreicher Kerzen die Kristallgläser und das silberne Besteck der festlich gedeckten Tafel funkelten. Angenehmer Tannenduft erfüllte den Raum. Wilhelm pfiff beeindruckt durch die Zähne.

»Wollen wir schon mal einen nehmen?«, fragte er dann und

klopfte unternehmungslustig gegen die Flasche Rotspon, die er mitgebracht hatte.

»Warum nicht, das beruhigt vielleicht meine Nerven. Ich muss gestehen, ich bin ein bisschen nervös.«

Samtig rot schimmerte der Wein in ihren Gläsern, und sie stießen auf den Abend an.

»Auf einen ganz besonderen Abend«, betonte Viviane gerade, als die Haustürglocke den sehnlichst erwarteten Gast ankündigte. Schnell nahm sie noch einen Schluck, bevor sie in den Flur eilte.

Vorgestellt hatte sie sich ein Sahnestückchen – einen strahlenden blonden Helden, stark und muskulös. Was da draußen stand, war eher eine Boulette oder ein Königsberger Klops. Nicht sehr groß, leicht übergewichtig, mit langen Strähnen in Straßenköterblond, die im Nacken zu einem Zopf zusammengefasst waren. Vivianes Enttäuschung hätte größer nicht sein können.

Aber zumindest lag ein freundliches Lächeln auf dem runden Gesicht, und Marvin sagte mit seiner sonoren Stimme: »Hallo, Oma, frohe Weihnachten!«

»Dir auch, Marvin!«

Viviane gab dem jungen Mann die Hand und bemühte sich um ein Lächeln. Zu einer Umarmung, die ja angesichts dieser rührenden Familienzusammenführung angebracht gewesen wäre, konnte sie sich nicht überwinden. *Gutes Aussehen ist ja eigentlich gar nicht wichtig, wäre zwar irgendwie glamouröser*, sagte sie sich, *aber Hauptsache, er ist ein Netter.*

Unter der Jacke trug Marvin ein Sweatshirt mit einem großen Goofy als Weihnachtsmann. Stolz zeigte er darauf und zwinkerte Viviane zu.

»Na, damit passt du ja prima zu deinem Kollegen.«

Geschmack in Kleidungsfragen hatte er also auch nicht.

»Welcher Kollege? Ich dachte, wir wären allein. Schließlich haben wir was sehr Persönliches zu besprechen …«

Sein Blick wurde skeptisch.

»Wilhelm ist ein sehr guter alter Freund der Familie. Jetzt komm erst mal rein, und lass uns essen. Schließlich ist bald Bescherung. Hast du Hunger?«

»Aber wie!«

Wilhelm gab sich ausgesprochen zugewandt und interessiert, sodass Marvins Misstrauen langsam verschwand, und das köstliche Essen versöhnte den jungen Mann gänzlich mit der unerwarteten Dreierrunde. Er lud sich ohne Scheu den Teller voll, ließ den edlen Spezialitäten keine Zeit, ihren vollen Geschmack zu entfalten, sondern stopfte ohne Unterbrechung Gänsebrust, Stremellachs, Blue Stilton, luftgetrocknete Salami, Krabbensalat in sich hinein. Marvin kam ohne viel Kauen aus, spülte mit edlem Bordeaux nach und vertilgte Unmengen in rasender Geschwindigkeit.

»Oma Vivi, kann ich ein bisschen Ketchup zum Roastbeef haben?«

Viviane stellten sich die Nackenhaare auf. Er verlangte Ketchup zum Roastbeef – und er nannte sie Oma Vivi!

»Tut mir leid, Ketchup habe ich nicht im Haus. Aber ich freue mich, dass es dir schmeckt. Kurz hatte ich noch überlegt, ob du vielleicht Vegetarier oder Veganer bist, doch da hatte ich schon all die Leckereien gekauft.« Sie hielt kurz inne. »Aber bitte: Nenn mich nicht mehr Vivi und schon gar nicht Oma – sag einfach Viviane, okay?«

»Klar, Oma, äh, Viviane. Nee, so 'n komischer Vegetarier

bin ich nicht.« Er lachte. Ein Stückchen Roastbeef fiel ihm aus dem vollen Mund. »Ohne Burger und Steaks könnte ich gar nicht.«

Manieren hatte Marvin keine, aber er schien es richtig gut zu finden, von den beiden Alten betüddelt zu werden. Und er redete viel und gern. Seinen etwas wirren Geschichten konnte Viviane – Wilhelm schien es ähnlich zu gehen – allerdings nicht immer folgen. Sie schätzte den Jungen auf Mitte zwanzig.

»Erzähl doch mal was über deine Mutter«, forderte Viviane ihn auf, »ich würde so gerne wissen, wie es ihr geht.«

Doch bei dem Thema blieb er im Ungefähren.

»Dass meine Mama ein bisschen schwierig ist, weißt du ja vielleicht selbst …«, sagte er nur achselzuckend.

»Schade«, bedauerte Viviane, »aber na gut, wenn ihr einverstanden seid, sollten wir jetzt abräumen. Es ist nämlich gleich so weit.«

»Klar.« Marvin stand sofort auf, auch Wilhelm half mit.

»Dann können wir jetzt über meine Sachen reden?«, fragte der Enkel erwartungsvoll, als alles in der Küche verstaut und der Tisch leer war.

»Das machen wir danach«, lächelte Viviane geheimnisvoll.

»Wonach?«

Marvins Gesichtsausdruck wurde zunehmend ungehalten, als es plötzlich schellte und klopfte. Die Hausherrin lief zur Haustür.

»Hohoho!«

Schwere Schritte waren aus dem Flur zu hören, es dauerte einen Moment, dann ging die Tür auf, und da stand er. Der rote Mantel, der weiße Bart, die schweren Stiefel – ein Weihnachtsmann wie aus dem Bilderbuch, und hinter ihm, nicht ganz so grazil, wie man es vielleicht erwartete, ein Engel im weißen Gewand, einen Goldreif um die Stirn, darunter feine Silberlöckchen.

»Hohoho!«, wiederholte der Weihnachtsmann. »Wen haben wir denn da? Die Viviane, den Wilhelm und den Kevin …«

»Marvin«, korrigierte Viviane diskret.

»Natürlich, den Marvin. Guten Abend, liebe Kinder, von drauß' vom Walde komm ich her …«

»Guten Abend«, murmelten Viviane und Wilhelm, während Marvin ziemlich genervt die Backen aufblies und den Kopf schüttelte.

»So, dann wollen wir doch mal schauen, ob ihr alle schön brav gewesen seid, meine Lieben, denn sonst …«

Er drohte mit der Rute in seiner Linken. Von der rechten Schulter ließ er einen großen Sack gleiten.

»Hilfst du mir mal, Engel? Das Goldene bitte.«

Der Engel in seinem weißen Flattergewand bückte sich etwas ungelenk und kramte das Gewünschte aus dem Sack. Der Weihnachtsmann schlug das dicke Buch auf und vertiefte sich darin.

»Viviane, das sieht gut aus«, stellte er nach einer Weile fest und sah freundlich über seine Lesebrille. »Schenk in der Zukunft deinen Mitmenschen öfter ein Lächeln. Dann ist es perfekt.«

Er zwinkerte ihr zu, griff in den Sack und überreichte ihr ein kleines Geschenkpäckchen.

»Hier ist dein Geschenk.«

Marvin saß daneben und verfolgte zunehmend befremdet das Geschehen, während er nervös mit einem Fuß wippte. Doch zuerst war Wilhelm an der Reihe, mit dem der Mann im roten Mantel auch ganz zufrieden war. Doch dann hob er mahnend den Zeigefinger.

»Du solltest aber nicht so oft deinen Sport ausfallen lassen, Wilhelm, du weißt schon, warum …«

Er deutete auf seinen eigenen, nicht unbeträchtlichen Bauch.

»Das sagt der Richtige«, murmelte Wilhelm leicht gereizt, bedankte sich aber artig, als er eine in buntes Papier gewickelte Flasche überreicht bekam.

»Nun zu dir, Marvin«, wandte sich der Weihnachtsmann an den jungen Mann, der die ganze Zeit stumm geblieben war, aus dessen Gesicht aber deutlicher Unmut sprach.

»Was soll der Quatsch?«, blaffte er hitzig. »Ich bin doch kein kleines Kind mehr!«

»Genau. Leider habe ich dich ja nicht früher kennenlernen dürfen«, bedauerte Viviane. »Bitte, bitte, Marvin, mach mir doch die Freude.«

»Na gut«, grummelte Marvin, »aber wenn der Typ wieder weg ist, machen wir endlich Nägel mit Köpfen.«

»Ich habe ein Problem, lieber Marvin«, mischte sich der Weihnachtsmann ein, »in meinem goldenen Buch finde ich keine Zeile von dir. Könnte es sein, dass du einer von den bösen Buben bist?«

»Ich glaub, ich spinne, du Weihnachtsclown! Wenn du wüsstest, wie stulle mir dein blödes Buch ist!«

»Engel, gib mir doch mal das Schwarze«, verlangte der Weihnachtsmann ungerührt und schlug den dunkel eingebundenen Wälzer auf. Als er die richtige Seite gefunden hatte, las er konzentriert. Seine Miene wurde immer nachdenklicher.

»Das sieht aber gar nicht gut aus, Marvin. Du hast in deinem jungen Leben schon ganz schön viel Mist gebaut.«

Er wiegte besorgt den Kopf.

»Hast du dazu etwas zu sagen?«

»Allerdings. Du packst dein bescheuertes Buch ein, schnappst dir deinen Engel, und ihr verpisst euch, und zwar sofort!«, rief Marvin wütend. »Jetzt ist Schluss mit dem Kinderkram! Wir Großen haben hier nämlich was zu regeln.«

»Moment, junger Mann, du hast jetzt Sendepause«, fuhr der Weihnachtsmann ihn energisch an und tippte auf die aufgeschlagene Seite. »Jetzt bin ich erst mal dran, verstanden? Ich beschränke mich auf die letzten Monate: Im August Einbruchsversuch in eine Laube in der Kolonie Besenkamp, Täter wird vom Besitzer gestört und flieht. Ebenfalls August, ein Mann verunfallt mit gestohlenem Fahrzeug auf der A 1 und flüchtet. September: Versuch, eine Tankstelle zu überfallen, der Besitzer verjagt den Täter, der flieht ohne Beute.«

Der Mann in Rot warf einen mitleidigen Blick auf Marvin.

»Da war wohl ein ziemlicher Tüffel am Werk, oder?«

Der Angesprochene versuchte, seinen Ärger zu zügeln, tat unbeteiligt, schaute an die Decke, dann auf seine Fußspitzen.

»Ich lasse den September mal aus. Im Oktober: Trickdiebstahl eines falschen Wasserwerkers in Pönitz, Täter erbeutet mehrere hundert Euro und ist flüchtig. Vollendeter Trickdiebstahl in Scharbeutz, einer Rentnerin Schmuck und Bargeld entwendet, und so geht das weiter bis in den Dezember: Trickdiebstahl in Sierksdorf, dann in Pelzerhaken. Offensichtlich hat dieser Kriminelle ein neues, erfolgreiches Geschäftsmodell entdeckt.« Der Weihnachtsmann zwinkerte Marvin zu. »Der Gesuchte ist Mitte zwanzig, mittelgroß und ... soll ich weiterlesen, mein Junge?«

»Den Scheiß höre ich mir doch nicht länger an!«

Marvin sprang empört auf.

»Ich finde das echt daneben von dir, Oma – ich dachte, ich mach dir eine Freude, wenn wir zusammen feiern und du deinem Enkel aus einer Notlage helfen kannst. Aber das war mein erstes und mein letztes Weihnachten mit dir, das kannst du wohl glauben!«

»Sehe ich genauso«, erwiderte Viviane trocken. »Ich habe weder Kinder noch Enkel, und ich kann eigentlich nicht sagen, dass mir was fehlt. Tschüss, Marvin.«

Als der Junge sich jählings zur Tür wandte, war der Weihnachtsengel mit einem Sprung hinter ihm. Handschellen klickten, Silberlocken und Haarreif fielen zu Boden, und eine Halbglatze mit einem Kranz brauner Haare kam zum Vorschein.

»Mensch, Jensen, du bist das! Kamst mir doch gleich so bekannt vor, du zartes Engelswesen«, freute sich Wilhelm und stand ebenfalls von seinem Stuhl auf. »Und du, Martens – klasse! Super Nebenjob! Solltet ihr öfter machen, Kollegen, ihr seid ein ganz tolles Gespann!«

»War ein echter Undercovereinsatz, Peters. Deine Nachbarin hatte uns den Tipp zu dem Jungen gegeben. Also vielen Dank noch mal, Frau Möller, ohne Ihre Hilfe hätten wir den wohl nicht so schnell geschnappt.«

Überrascht sah Wilhelm Viviane an.

»Wie hast du das hingekriegt?«

»Ganz einfach, ich bin immer gut informiert.« Grinsend zuckte sie mit der Schulter. »Es gab zahlreiche Meldungen über Enkeltrick-Betrug in unserer Gegend in letzter Zeit. Ich habe das routinemäßig verfolgt. Schließlich war ich mal Polizeireporterin. Dann meldete sich gestern Abend bei mir ein Enkel, der einen ganz schlimmen Unfall hatte und sofort viertausend Euro brauchte – bingo!«

Wilhelm applaudierte beeindruckt. Lange hatte man Viviane Krause-Möller nicht mehr so strahlen gesehen.

Kettensägen-Santa-Claus

Markus Rahaus

Draußen war es dunkel, nur eine schmale Mondsichel stand am nahezu wolkenlosen Himmel. Die Straßenlaternen warfen ein warmes, gemütliches Licht auf die schmalen Straßen und gepflegten Vorgärten. In dem einen oder anderen Baum hingen bereits glitzernde Weihnachtskugeln und bunte Lichterketten. Es war der sechste Dezember, und ein Hauch von Festlichkeit hing über der Siedlung. Nicht weit entfernt lagen der Elbdeich und dahinter das Cuxhavener Watt. Es herrschte auflaufendes Wasser, und einige riesige Containerschiffe zogen beleuchtet wie Weihnachtsbäume über die Elbe nach Hamburg.

In einem dieser gemütlichen Häuser stand Swantje Neonser in der Küche, aus dem Radio klang vorweihnachtliche Musik. Vor ihr lagen zwei Schollenfilets, die darauf warteten, zuerst in einem verschlagenen Ei, dann in Mehl gewendet zu werden, bevor sie in das heiße Fett der Pfanne auf dem Herd wandern würden. Aber das würde noch ein paar Minuten warten müssen, denn Olaf war noch nicht fertig, und sie wollte das Essen auf keinen Fall zu früh auf den Tisch bringen. Also schälte sie schon einmal die Möhren, um sie anschließend bissfest zu garen, und goss Wein in die beiden Gläser auf der Anrichte.

Sie hatte sich riesig gefreut, dass Olaf es tatsächlich geschafft hatte, die Polizeiinspektion in Cuxhaven pünktlich zu verlassen und nach Hause zu kommen, um zusammen mit ihr, der Hundedame Frieda und Kater John Nikolaus zu feiern. Im Moment stand er unter der Dusche, um sich für den Abend frisch zu machen. In ein paar Minuten würde auch er in die Küche kommen, sie in den Arm nehmen, den langen Kuss von seiner Ankunft fortsetzen und dann den Fisch braten. Beide liebten es, erst zusammen zu kochen, anschließend gemeinsam zu essen und danach den Abend mit anderen gemeinsamen Aktivitäten ausklingen zu lassen – zum Beispiel nachzuschauen, welche Leckereien der jeweils andere in die eigenen Schuhe gefüllt hatte. Sie taten das am Nikolaustag schon seit Jahren, und es war immer ein großer Spaß gewesen.

Swantje wollte sich gerade einen ersten Schluck Wein genehmigen, als es an der Haustür läutete. Nanu, dachte sie, wer stand denn um diese Zeit und an diesem Tag noch vor der Tür? Vielleicht ein verspäteter Paketbote? Die armen Kerle hatten ja manchmal bis in den späten Abend zu arbeiten, um tatsächlich alle Sendungen des Tages zuzustellen. Sie gab Frieda ein Zeichen, auf ihrer Decke zu bleiben, und ging zur Haustür. Kater John war nirgendwo zu sehen. Wahrscheinlich hatte er sich unter dem Sofa versteckt und schlief den Schlaf des Gerechten.

Als sie die Tür öffnete, lag draußen alles in Dunkelheit. Das wunderte Swantje, denn eigentlich hätten sich die durch Bewegungsmelder gesteuerten Lampen einschalten und den Vorgarten und die Haustür erleuchten müssen. Aber vor der Tür stand niemand, und auch als sie einen Schritt nach draußen trat, entdeckte sie keine Menschenseele. Frieda war unerwartet hinter ihr aufgetaucht und knurrte bedrohlich. Stirnrunzelnd wandte sich Swantje wieder ab und schloss die Tür hinter sich. Zurück im Windfang, fiel ihr Blick auf Olafs Laubsauger, der noch neben dem kleinen Garderobenschränkchen stand. Sie musste schmunzeln. Sören, der Nachbar zwei Häuser schräg gegenüber, hatte ihn heute Vormittag zurückgebracht und grinsend verkündet, dass es jetzt ein richtig aufgemotztes Powerteil wäre, gegen das kein Blatt noch irgendeine Chance hatte. Zuvor hatte sich Olaf ständig beschwert, dass das Gerät das Laub gar nicht anständig vom Boden saugen und in den Fangsack befördern würde.

Swantje war gerade wieder in der Küche angekommen, da klingelte es schon wieder. Frieda schaute sie fragend an. »Verdammt«, murmelte sie. »Was soll das denn?« Mit schnellen Schritten kehrte sie in den Windfang zurück und riss ungehalten die Tür auf.

»Ah!« Mit einem spitzen Schrei sprang Swantje zurück.

»Hohoho! Von drauß' vom Walde komm ich …«

»Was soll der Scheiß?«

Vor ihr sprang eine Art Santa Claus von einem Bein aufs andere. Die rote Zipfelmütze mit dem weißen Bommel flog wild hin und her, ebenso der Rauschebart. Die Gestalt trug einen langen roten Mantel, rote Stiefel und Handschuhe – aber ihr Gesicht war nicht das eines fröhlichen Weihnachtsmannes, sondern das eines grässlichen Horrorclowns. Blut lief der Gestalt über die Wangen und aus dem verzerrten Mund.

»Haha!«, machte das grausige Ding vor der Tür und zog mit einer schnellen Bewegung eine riesige Kettensäge unter dem Mantel hervor.

»Du warst ein böses Mädchen«, blökte die Gestalt und riss mit aller Kraft am Startkabel der Säge. Der Motor heulte einmal schaurig auf, erstarb dann jedoch blubbernd wieder.

»Verdammt«, murmelte der Grusel-Santa und riss erneut am Startkabel. Wieder blubberte der Sägenmotor. »Ein ganz böses Mädchen!«, brüllte er nun.

Der Schrei holte Swantje aus der Erstarrung zurück. Wie ferngesteuert griff sie nach dem an der Wand lehnenden Laubsauger und riss ihn hoch.

»Was ist los?«, hörte sie Olaf von oben rufen. Er war wohl mit der Dusche fertig. »Wer schreit denn da so?«

»Olaf, Hilfe! Jetzt sofort!«, schrie Swantje aus Leibeskräften. Gleichzeitig drückte sie den Einschalter des akkubetriebenen Saugers und stieß das Gerät in Richtung von Grusel-Santas Gesicht. Mit lautem Pfeifen nahm der Sauger seine Arbeit auf.

»Böses – nein, Scheiße«, jaulte der Santa, denn der Sauger hatte sein Ziel gefunden. Mit einem nicht zu überhörenden Plopp verschwanden erst der Bommel, dann der Zipfel der Mütze im Saugrohr.

»Du Mistkerl«, schrie Swantje. Mit einem weiteren *Schlurp* saugte sich das Gerät an Kopf und Monstermaske fest. »Glaubst du wirklich, du Hohlbirne kannst mir den Nikolaustag verderben?«

Panisch ließ Monster-Santa seine Kettensäge fallen und nestelte hektisch an dem Band, mit dem er die Mütze unter der Maske am Kinn verknotet hatte. Allerdings bekam er den Knoten nicht gelöst. Die von Kunstblut durchfeuchteten Handschuhe waren für diese Aufgabe denkbar ungeeignet.

Abermals stieß sie mit dem Saugrohr zu, das nun gnadenlos am Kopf des anderen festsaß. »Dir gebe ich ›hohoho‹! Ich hol dir dein Hirn aus der Rübe.«

Der andere gab es auf, den Knoten lösen zu wollen, und griff stattdessen nach dem Saugrohr, um es sich vom Kopf zu reißen. Auch das gelang ihm nicht. Mit »powervoll« hatte der Nachbar wahrlich nicht übertrieben, schoss es Swantje durch den Kopf. *Wie bizarr*, dachte sie. *Jetzt balge ich mich hier mit einem Horror-Nikolaus an der Haustür, der eine Kettensäge* zwischen den Beinen liegen und einen Laubsauger am Kopf hängen hat. Hohoho – schrille Nacht, schräg gelacht.

Plötzlich flog hinter ihr die Tür des Windfangs auf, und Olaf stürzte herein, gefolgt von der laut kläffenden Frieda. »Was zur Hölle ist hier los?«

Die noch von der Dusche nassen Haare standen ihm wirr vom Kopf ab, der nur notdürftig zugebundene Bademantel ließ mehr Einblicke zu, als er verhüllte. Olaf erblickte den mit Swantje ringenden Horror-Nikolaus und stürzte sich laut schreiend auf ihn. Frieda bellte noch lauter. Genau in diesem Augenblick löste sich endlich die Zipfelmütze vom Kopf des anderen, was dieser sofort für einen Fluchtversuch nutzte. Mit einem gewagten Sprung wollte er die Abkürzung über die Rhododendronhecke auf die Straße nehmen. Allerdings schien sich die lokale Flora gegen den Grusel-Santa verschworen zu haben und brachte ihn mittels heimtückisch ausgestreckten Geästs zu Fall.

»Hohoho, du Arsch.« Mit einem Satz war Olaf hinter ihm und wollte auf ihn springen. »Warte mal ab, Knecht Olaf wird dir den Hintern versohlen.« Der fahrig gebundene Knoten seines Bademantels hatte mittlerweile vollständig den Dienst quittiert, die beiden Hälften des Mantels flatterten im Wind. Auf Außenstehende musste es wirken, als ob ein wild gewordener Exhibitionist in einem vorweihnachtlichen Vorgarten einen Balztanz aufführte, um sich mit einem paarungswilligen Nikolaus zu vereinen, der zum Zeichen seines Interesses schon einmal die Mütze abgelegt hatte. Auch Olaf war das Glück nicht hold: Mit einem seiner quietschgelben Badeschlappen blieb er an einer Kante hängen und kam ins Straucheln. Mit einem lauten Aufschrei krachte er in den mit einer blinkenden Lichterkette behangenen japanischen Ahorn nur knapp neben seinem Widersacher.

Der mützenlose Horror-Santa rappelte sich auf, drehte sich im Kreis, als wüsste er nicht, in welche Richtung er flüchten sollte, rannte dann aber los. Olaf wollte sich nun auf den falschen Nikolaus stürzen. Dabei unterschätzte er jedoch die Heimtücke der Lichterkette, die sich bei seinem Versuch, sich aus dem Bäumchen zu befreien, hinterhältig um seinen linken Arm gewickelt hatte. Statt schwungvoll seinen Gegenspieler anzugehen, blieb er erneut in dem vermaledeiten Ahornbäumchen hängen und wäre fast ein zweites Mal gestürzt. Zornig riss er sich den einen noch verbliebenen Badelatschen vom Fuß und schleuderte ihn in Richtung Santa.

»Ha, Volltreffer«, jubelte er, denn der Schlappen traf den Horror-Nikolaus mitten auf die maskierte Nase. Ein Wirkungstreffer – doch anders als von Olaf gedacht, ging Santa nicht zu Boden, sondern kam zur Besinnung: Er riss sich die Maske vom Kopf und gab Fersengeld. Als wäre der Leibhaftige hinter ihm her, sprintete er die schmale Straße entlang. Schon nach wenigen Augenblicken war er in der Dunkelheit verschwunden. Swantje, die den Vollpower-Laubsauger mittlerweile zur Seite gelegt hatte, lief zu ihrem Mann, um ihn aus den blinkenden Fängen des Ahorns zu befreien.

»Hau ab, du unheiliger Nikolaus«, brüllte Olaf dem Flüchtenden hinterher. Dann, an Swantje gewandt: »Dem hab ich's gegeben!«

Trotz – oder vielleicht auch wegen – dieser vollkommen grotesken Szenerie – ein flüchtender Horror-Santa, wenn auch jetzt ohne Maske und Kettensäge, und ein fast nackter, aber mit einer Lichterkette behangener im Vorgarten Flüche brüllender Olaf – brach sie in schallendes Gelächter aus. Tränen liefen ihr aus den Augen, als sie prustete: »Jo, dem hast du es richtig gezeigt. Hohoho!«

Ein wenig verschämt schaute Olaf erst zu Swantje, dann an sich herab. Augenblicklich schoss ihm die Röte ins Gesicht, was demselben durch das Licht der Lichterkette einen goldenen, nahezu abgerückten Glanz verlieh. Mit einem schiefen Grinsen knotete er hektisch seinen Bademantel zu. Noch immer krächzte, heulte und hustete Swantje vor Lachen. Mithilfe der festlich beleuchteten Kommissars-Halbputte hatte sie den Horror-Santa-Schock schnell überwunden. »Nun komm wieder rein, mein Held mit Lichterkette.«

Er befreite sich vollends von den Lichtern. Hinter den schwach beleuchteten Fenstern der Nachbarschaft entdeckte er die eine oder andere Gestalt. »Hohoho«, rief er laut und winkte in alle Richtungen.

Zurück in seinem Haus, war er ein weiteres Mal unter die Dusche gesprungen, hatte sich diesmal richtig abgetrocknet und frische Sachen angezogen. In einem kurzen Telefonat mit der Dienststelle informierte er die Kollegen, dass ein Grusel-Santa sein Unwesen trieb. Man versprach, sich der Sache anzunehmen, doch es würde dauern.

»Zu wenig Personal heute Abend«, brummte er unbestimmt vor sich hin. »Alle sind bereits im Einsatz und haben keine Zeit für Kinkerlitzchen.«

»Vergiss den Spinner«, erwiderte Swantje und drückte ihm ein Weinglas in die Hand. »Er hat mich kalt erwischt, aber jetzt lass uns den Abend genießen.«

»Kinkerlitzchen. Haha.« Olaf klang dennoch unzufrieden. »Dann geht Kommissar Neonser eben selbst ermitteln.« Er griff nach seiner Jacke. »Ich sollte auch die KTU anfordern, damit die ein paar Spuren sichern.«

»Aber der Fisch«, warf Swantje ein. »Der Wein wird warm. Unser Abendessen!«

»Die Sache ist wichtig, essen können wir später. Ich bin bei der Kripo. So einer Sache muss ich nachgehen.«

Swantje zog eine Schnute. Aber sie kannte ihren Mann gut genug, um zu wissen, dass sie keine Chance hatte, ihm sein Vorhaben auszureden. »Ich komme mit.«

»Aber ...«

»Kein Aber!« Auch sie griff nach ihrer Jacke. »Frieda, komm, wir gehen Gassi.«

✳

Die beiden standen vor dem Nachbarhaus. Eine junge Familie wohnte dort, zwei Autos, zwei Jobs, zwei kleine Kinder. Bislang hatte Olaf kaum mit ihnen zu tun gehabt, er wusste nicht einmal ihre Namen. Nur Swantje hatte sich einige Male mit der jungen Frau unterhalten. Er drückte auf die Klingel. Es dauerte nicht lange, und die Tür wurde aufgerissen. »Warum kommst du – oh, moin.« Die Frau an der Tür wirkte erschöpft. Scheinbar hatte sie ihren Mann erwartet und keine Nachbarn. Das Gesicht des kleinen Mädchens auf ihrem Arm war großflächig mit Schokolade eingeschmiert. Hinter ihr lugte das Gesicht eines Jungen hervor. »Was?«

»Neonser, Kripo Cuxhaven«, stellte Olaf sich vor. »Hat bei Ihnen auch vor ein paar Minuten so ein ...«

»Sorry, ich habe gerade wirklich keine Zeit. Tina, die ganze Schokolade ... Hey, Swantje, ich ruf dich morgen an.« Sie schloss die Tür. Olaf war sprachlos.

»Der Stress junger Eltern. Nimm's ihr nicht übel«, sagte Swantje. »Komm, lass uns den Fisch braten.«

»Wir ermitteln weiter«, entgegnete Olaf entschieden.

»Willst du wirklich zu den Hansens gehen?«, fragte sie.

»Klar.« Er marschierte entschlossen auf die Haustür zu. »Die beiden sind Rentner und haben viel Zeit, am Fenster zu sitzen und die Nachbarschaft zu beobachten. Wenn die nix gesehen haben, wer dann?« Abermals drückte er auf den Klingelknopf. Nur Sekundenbruchteile später flog die Tür auf, und eine kleine Frau, mindestens siebzig Jahre alt, mit dicker Brille und Turmfrisur, starrte ihn an. Sie musste hinter der Tür gewartet haben.

»Ja-aa?«

»Moin, Frau Hansen. Ich bin von der Polizei ...«

»Ein Kilo Blei?« Die Frau riss hinter den dicken Brillengläsern die Augen auf. »Nein danke, ich brauche kein Blei, junger Mann.«

»Nicht Blei, Polizei«, versuchte es Olaf erneut und gab sich alle Mühe, Swantjes geprustetes »Ich hab's dir ja gesagt« zu ignorieren.

»Wer ist denn da, Emma?«, krächzte eine Stimme aus dem Hintergrund. »Lass die Tür nicht so lange offen. Wer weiß, was der Wind so alles ins Haus weht.«

»Er will uns Blei verkaufen. Gleich ein Kilo«, rief die alte Dame über die Schulter ins Haus hinein.

Hinter Emma Hansen tauchte ihr Mann auf. Er ging am Stock, konnte den Rücken kaum gerade halten und sah Neonser neugierig an. »Blei? Alufolie reicht völlig aus. Ist auch nicht so schwer.« Mit der freien Hand deutete er auf seinen Kopf, um den mehrere Bahnen Alufolie gewickelt waren. »Ich wollte gerade telefonieren. Mit dem Handy. Die Alufolie hält die Strahlung ab.«

Olafs Mund stand sperrangelweit offen. »Klar, Alufolie, Strahlung. Was sonst.« Er riss sich zusammen. »Mein Name ist Neonser, ich bin von der Kripo. Haben Sie hier so einen Grusel-Nikolaus gesehen?«

Emma Hansen starrte ihren Mann verwirrt an. »Ein Filipino will ins Kaufhaus? Geht es dem Mann nicht gut, Karl?«

»Emma, meine Güte …«

»Ich habe keine Tüte. Ich rauche schon seit Jahren kein Gras mehr, und ganz bestimmt nicht hier an der Tür vor einem Mann, der uns Blei verkaufen möchte.«

»Du musst dein Hörgerät einschalten.« Karl Hansens Stimme überschlug sich fast.

Peinlich berührt nestelte Frau Hansen an ihren Ohren. Dann hellte sich ihr Blick auf. »Ah, so ist's besser.«

»Neonser, Polizei«, startete Olaf den nächsten Versuch.

»Tut mir leid, junger Mann«, erklärte Karl Hansen. »Ihren Grusel-Nikolaus haben wir nicht gesehen. Der kommt mir auch nicht ins Haus. Das ist bestimmt wieder so ein Ding von der Regierung, die lassen sich doch immer etwas Neues einfallen. Erst dieser Impfstoff zur Gedankenkontrolle, die ganze Strahlung in der Luft, von den Genen in den Lebensmitteln wollen wir mal gar nicht reden. Aber eines können Sie mir glauben, Herr – wie war doch gleich Ihr Name?«

Olaf blies die Luft aus den Backen. Im Augenwinkel sah er, dass Swantje weiterging. Eine Hand hatte sie dabei in die Hüfte gestemmt, als ob sie Seitenstiche hätte. Wahrscheinlich kamen die vom Lachen. »Neonser. Danke für Ihre Zeit. Es ist alles in Ordnung. Halten Sie die Fenster geschlossen – wegen der Abhördrohnen.« Damit wandte er sich ab und lief hinter seiner Frau her. Die war mittlerweile stehen geblieben und hatte sich an eine Laterne gelehnt.

»Ich kann nicht mehr«, keuchte sie. Lachtränen rollten über ihre Wangen. »Ein Kilo Blei im Aluhut.« Der Rest ihrer Worte ging in einem Heiterkeitshustenanfall unter.

»Lass uns nach Hause gehen«, brummte Olaf.

»Nein«, prustete Swantje. »Ein Haus noch. Die haben bestimmt etwas gesehen. Biiitte.« Noch ein Lachkrampf.

Olaf kaute auf der Unterlippe. »Na gut, ein Haus noch. Da gibt es sicher einen Hinweis.« Er hatte beschlossen, unter dem Vorwand der laufenden Ermittlung gute Miene zum bösen Spiel zu machen. Mit zusammengekniffenen Lippen wandte er sich dem nächsten Vorgärtchen zu. Noch bevor sein Finger den Klingelknopf erreicht hatte, wurde die Tür bereits geöffnet. Es erschien das Gesicht eines Mannes Anfang dreißig, mit Brille, Vollbart und kahlem Schädel. »Das wurde aber auch Zeit«, ereiferte er sich sofort. »Ich habe schon vor einer Stunde bestellt. Unglaublich, so lange auf eine Pizza zu warten. Was? Nein, nicht du.«

Erst jetzt fiel Olaf auf, dass der Mann ein Headset trug, Kopfhörer auf den Ohren und ein kleines Bügelmikrofon vor dem Mund. Außerdem fuchtelte er mit einem übergroßen Handy herum. »Polizei, nicht der Pizzabote. Es geht um …«

Mit einer abrupten Handbewegung gebot der andere ihm, zu schweigen. »Ja, ne, so 'n Typ an der Tür. Was?« Pause. »Alles verkaufen. Sofort.« Er klemmte sich das Handy an den Kopfhörer. »Just a second, Bro«, und wandte sich Neonser zu. »Was ist jetzt?«

»Polizei!«, zischte dieser.

Der Handymann zog kurz eine Augenbraue hoch. Dann verschwand er wieder in seiner Welt. »Welcher Kurs?«

»Polizei!« Neonser wurde jetzt energisch. »Haben Sie hier einen Grusel-Santa gesehen?«

Der Handymann wedelte mit der Hand. »Nein. Wait. Wait. Now, sell it all. Keine Zeit, die Börse in New York. Ich komme morgen zur Wache.« Damit schob er die Tür mit dem Fuß zu.

Olaf lief weihnachtszipfelmützenrot an. »Der kann was er-

94

leben. Wer bin ich denn? Hat der noch alle Lampen am Christbaum?«

»Unser Ahorn auch nicht.« Swantje grinste und warf dabei einen imaginären Badelatschen ins Nirgendwo.

»Jo, zum Brüllen komisch.«

»Ach komm, du bist jetzt doch nicht im Dienst.« Swantje zog ihn mit sich. »Lass uns die Runde zu Ende gehen, einmal kurz auf den Deich. Das wird uns allen guttun, und Frieda macht bestimmt noch einen ordentlichen Haufen.«

Arm in Arm schlenderten die beiden weiter, bis sie die Deichkrone erreicht hatten. Frieda nutzte die Länge der Schleppleine aus, um einen Strauch zu gießen. Zurück in der Siedlung, machte Neonser plötzlich einen Satz nach vorn. »Röxrödeldiböxineingehölzenen! Das kann doch nicht wahr sein, oder?«

Mit ausgestrecktem Arm zeigte er auf eine rot gekleidete Gestalt mit weißem Bommel an der Mütze, die geduckt an der Hauswand entlangschlich und auf das im Buschwerk versteckte Törchen eines hinter einem Haus liegenden Gartens zuhielt. Der rote Mantel flatterte im Wind, der weißgraue Rauschebart war so lang, dass er dem Typen über die Schulter hing. Hinter sich zog er einen dunkelbraunen Sack her, aus dem etwas herauslugte, was entfernt an das Schwert einer Kettensäge erinnerte. Swantje blieb der Mund offen stehen.

»Jetzt schnappe ich mir den Typen.« Mit einem Satz hechtete Olaf über den niedrigen Gartenzaun. Mit einem zweiten Satz sprang er dem anderen direkt auf den Rücken. Krachend brachen die beiden durch Törchen und Buschwerk auf die dahinterliegende Gartenterrasse. Dort brach augenblicklich Tumult aus. Menschen sprangen erschrocken zur Seite, Kinder schrien verängstigt auf, Gläser gingen zu Bruch, ein Akkordeon fiel scheppernd um.

»Ich hab dich, du Deppen-Santa«, schrie Olaf.

»Was zur Hölle …«

»Hilfe!«

»Mama, warum liegt der Mann auf dem Nikolaus?«

»Mein Kleid! Voller Rotwein.«

»Lasst uns froh und munter sein.«

»Cool. Das kommt voll krass auf TikTok.«

»Steck dat Händi weg, Paul.«

»So hilf doch einer dem armen Nikolaus.«

»Uwe, mach wat!«

»Lustig, lustig, tralalalala.«

»Olaf, lass los!« Das war Swantje. Sie war ebenfalls in den Garten gerannt und versuchte, ihren Mann von dem Nikolaus runterzuziehen. »Das ist nicht der Horror-Santa von vorhin. Das ist ein echter Weihnachtsmann.«

Olaf hatte den Mann auf den Rücken gedreht und sich auf dessen Bauch gesetzt. Mit einer Hand hielt er den Bart umklammert, mit der anderen griff er nach dem Sack mit der vermuteten Kettensäge.

»Du hast den Falschen erwischt«, wiederholte Swantje.

»Kann nicht sein, der sieht doch genauso aus.«

»Gehen Sie von mir runter, Sie Spinner.« Nikolaus hatte seine Sprache wiedergefunden.

»Was soll das eigentlich?«, fragte irgendwer.

»Der geilste Nikolausauftritt seit Jahren«, stellte eine ältere Dame im Mantel begeistert fest und hielt Olaf ein Glas Glühwein hin. »Trinken Sie, junger Mann. So einen Sprung muss man erst mal hinbekommen.«

»Aber die Kettensäge im Sack«, stotterte Olaf. Er ließ von dem anderen ab und langte nach dem Glühweinglas.

»Das ist ein Köfferchen mit Grillbesteck, du Dorschkopp«,

wetterte der Nikolaus, als er sich wieder auf die Beine kämpfte. »Welcher Nikolaus ist denn so blöd, eine Kettensäge mit sich rumzuschleppen?«

»Also …«

»Kettensäge? Was für eine köstliche Idee.« Die ältere Dame im Mantel drückte nun auch dem Nikolaus einen Glühwein in die Hand. »Mit Schuss«, zwinkerte sie ihm zu.

»Die Pappnase hat mir meinen Auftritt als Santa versaut«, nörgelte der Nikolaus.

»Ach was. Das war grandios.« Die ältere Dame tätschelte seine Schulter.

»Ich kann das erklären«, stammelte Olaf.

✳

Es war schon spät, als Olaf, gestützt von Swantje und gezogen von Frieda, nach Hause torkelte. Nun trug er die rote Zipfelmütze, der Bommel wackelte von rechts nach links. »Nikolaus, komm zu mir nach Haus, ich muss gleich aus der Hose raus«, lallte er.

»Nicht so laut«, ermahnte ihn Swantje.

»Ismirdochegal«, johlte er. »Ich bin der Schreck aller Santasse, mit oder ohne Säge, egal – ich kriege euch alle.«

Tatsächlich hatte die Geschichte über den Horror-Nikolaus den Startschuss für einen heiteren, feuchtfröhlichen Abend in der Runde der Nachbarn gegeben. Die ältere Dame mit Mantel – die Gastgeberin – hatte darauf bestanden, dass Olaf, Swantje und natürlich auch Frieda mit den anderen feiern sollten. Der Nikolaus hatte sich wieder beruhigt und, wie auch Olaf, dem Glühwein zugesprochen. Irgendwann hatten die beiden den Santa-Sprung durch das Gartentörchen zur allgemeinen

Erheiterung ein weiteres Mal vorgeführt, sich dabei grölend auf dem Boden gewälzt und sich gegenseitig die rote Mütze geklaut. Nun bugsierte Swantje ihn durch die Haustür, die Treppe hoch und ins Schlafzimmer. Dort fiel er, angezogen, wie er war, aufs Bett und begann, zu schnarchen.

❄

Olaf starrte in die Kaffeetasse und verfluchte innerlich mindestens den letzten Becher Glühwein des Vorabends. In seinem Schädel spielte Knecht Ruprecht Schlagzeug und Posaune gleichzeitig. Swantje hatte ihm wohlweislich eine Packung Paracetamol neben den Frühstücksteller gelegt.

»Sorry«, murmelte er verlegen. »Der Abend hätte eigentlich ganz anders verlaufen sollen. Meine Ermittlung ist hiermit offiziell abgeschlossen.«

Sie legte die Hand auf seine. »Lustig war es trotzdem. Dein Sprung durch die Büsche wird Legendenstatus erlangen.« Bevor sie weiterreden konnte, läutete es an der Haustür.

»Nicht jetzt schon.« Olaf hielt sich die Ohren zu.

»Ich gehe«, sagte sie.

Er hörte sie an der Tür mit jemandem reden. »Olaf, komm mal her«, rief sie aufgeregt.

Sofort war Olaf im Alarmmodus. Er sprang auf und lief zur Tür, den Hausschuh bereits wurfbereit in der Hand. Dort stand ein Mann, ein paar Jahre jünger als er selbst, der sichtbar nervös von einem Bein auf das andere tänzelte. Er balancierte einen riesigen, mit Schokolade, Blumen und einem Paar Badeschlappen gefüllten Stiefel in den Händen. »Hallo, Olaf.«

Der Angesprochene machte große Augen. »Helge?«

Swantje sah irritiert von einem zum anderen.

»Jo.«

Olafs Miene hellte sich auf. Überschwänglich nahm er den anderen in den Arm. »Helge ist mein jüngerer Bruder. Swantje, als ich ihn das letzte Mal gesehen hatte, kannte ich dich nicht einmal.« Er grinste wie ein verkatertes Honigkuchenpferd am Tag nach Nikolaus. »Wie war's in Südamerika? Seit wann bist du wieder da?«

»Erst seit ein paar Tagen. Ich bin bei einem alten Freund untergekommen.« Sofort hüpfte Helge wieder von einem Bein auf das andere. »Ähm … ich bräuchte mal die Kettensäge zurück. Die gehört nämlich meinem Kumpel.«

»Was?« Olaf machte überrascht einen Schritt nach hinten. Eine unsichtbare Wolke aus Ärger braute sich über seinem Kopf zusammen. »Du hast gestern Abend diesen Mist hier veranstaltet? Etwas Besseres fällt dir nicht ein – nach mehr als zehn Jahren, in denen wir uns nicht gesehen hatten?«

»Na ja«, stotterte Helge und wäre am liebsten in einem Loch im Boden versunken, »das war doch nur ein Scherz. Ich habe es nicht böse gemeint. Ich dachte, du würdest mich sofort erkennen. Wir haben das doch früher als Teenager so oft gemacht – weißt du noch? Wir hatten uns heimlich *Kettensägenmassaker* auf Video angeschaut und waren dann mit Papas Fuchsschwanzsäge durch die Nachbarschaft gezogen. Es tut mir wirklich leid, dass es so schiefgegangen ist. Ich habe Panik bekommen und bin einfach nur weggerannt.«

Swantje blickte ihren Mann an und begann schon wieder, zu lachen. »Wirklich? Mit einer Fuchsschwanzsäge?«

»Jaja«, sagte Olaf halb unwirsch, halb grinsend. Die Ärgerwolke über seinem Kopf verzog sich langsam, denn obwohl er sich darüber ärgerte, dass mal wieder jemand meinte, alles und jeden verhohnepipeln zu müssen, hatte die Freude darüber,

Helge wiederzusehen, die Oberhand gewonnen. »Trotzdem, Nikolaus ist nun einmal Nikolaus«, sagte er mit gespielt strenger Stimme. »Da stellt man seine Schuhe vor die Tür, und am nächsten Morgen ist Schokolade drin. Eine albtraumhafte Figur gehört da nicht vor die Tür.« Dann grinste er breit und riss Helge wieder an sich. »Du warst schon immer der Kasper der Familie. Egal, toll, dass du da bist.«

Swantje applaudierte. »Jo, so isses!«

»Na ja«, stammelte Helge. »Ist ja eine meiner Stärken, mit meinem Humor übers Ziel hinauszuschießen.«

»Du kannst froh sein, dass ich keine polizeiliche Fahndung eingeleitet hatte«, schmunzelte Olaf.

»Er hat sich selbst in die Ermittlung gestürzt«, warf Swantje ein. »Im wahrsten Sinne des Wortes. Erst hat er einen anderen Santa umgehauen, später ist er selbst abgestürzt. Es war soooo«, sie zog das Wort lang wie Kaugummi, »lustig.«

»Also hat meine blöde Idee doch etwas Gutes bewirkt«, verkündete Helge erleichtert.

Olaf ließ den Abend Revue passieren. »Unterm Strich war es schon verdammt lustig. Jetzt komm rein. Deine Verhaftung ist ausgesetzt.«

»Ich koche uns frischen Kaffee, und später gibt es Fisch«, erklärte Swantje.

»Du kannst dich nützlich machen«, sagte Olaf zu seinem Bruder. »Den Fisch gibt es nachher über offenem Feuer gegrillt. Schnapp dir mal die Kettensäge, und schneid ein paar Holzscheite für die Feuerschale zurecht.«

»Jo. Hohoho.«

Hirt ohne Herde

Felix Leibrock

Als Pfarrer begleitete er oft Sterbende. Er kannte diesen Augenblick, wenn sie still das Leben aushauchten. Oder sich rebellisch gegen den Tod stemmten, sich mit letzter Kraft vom Krankenbett aufbäumten und schließlich doch unterlagen. Er wusste sich zu helfen, um den penetranten Leichengeruch loszuwerden, vor allem, wenn man die Toten erst Tage später fand. Die blasse, wächserne Haut von Toten betrachtete er interessiert, aber angstfrei. Auch hatte er Bestattern beim Brechen der Totenstarre über die Schulter geschaut, wenn sie die Verstorbenen einkleideten. Das alles machte ihm nichts mehr aus. Es war ja sein Job. Der Tod war sein Gefährte. Doch dann kam plötzlich alles anders.

❄

Er leuchtete ins Dunkel der Kabine. Es roch modrig, auch verbrannt. Mit der Handytaschenlampe leuchtete er vom Boden langsam nach oben. Dann sah er in starre, weit aufgerissene Augen. Der Mund des Mannes stand halb offen. Die Lippen waren weiß von gefrorenem Speichel. Ungewollt ging Hirzel zwei Schritte zurück, griff sich an die Brust, wo er einen Stich spürte.

Wenige Stunden vorher hatte er noch mit ihm gesprochen. Jetzt war er tot. An Heiligabend. Über die Jahre waren sie so etwas wie Freunde geworden. Aber wie wenig, so dachte er sich jetzt, wusste er eigentlich von ihm. Wer hatte den Obdachlosen im Klohäuschen angezündet – und vor allem: Warum? Oder war es ein Unfall? Im Rausch geschehen? Denn am Abend zuvor hatte der Obdachlose eine ziemliche Fahne. Auf dem Boden lagen die Hülsen von abgebrannten Chinaböllern. Wenn er die selbst abgefackelt hatte, wäre er am aufsteigenden Rauch in der engen Zelle erstickt. Dann ginge es in Richtung Suizid. Mann, Norbert, was für einen Scheiß machst du nur!

※

Hirzel war Pfarrer an einer Kirche in der Münchner Innenstadt. Gerade kam er von seiner Schwester Luise in Trudering. Mit ihr hatte es einiges zu besprechen gegeben. Vor allem, wie es mit den alt gewordenen Eltern weitergehen sollte. Der Vater in der Demenz, die Mutter deswegen nervlich am Ende. Aber ihren Heiner würde sie nie in ein Heim geben!

Zum Abschied schenkte Luise ihm einen selbst gebackenen Apfelkuchen. Am Isartor stieg Hirzel aus der S-Bahn. Bis zum Marienplatz wollte er laufen. Es war der Abend von Totensonntag. Die Weihnachtsbuden waren aufgebaut und mit Reif bedeckt, der mächtige Weihnachtsbaum aufgerichtet, aber noch unbeleuchtet. Am nächsten Tag würde es losgehen mit Glühwein, Mandelduft und weihnachtlichen Klängen. Jetzt fielen auch noch Schneeflocken, als ob der Himmel mit einem weißen Kleid seinen Teil zum Start in eine heimelige Weihnachtszeit beitragen wollte. Hirzel reckte das Gesicht den Flocken entgegen und genoss den Spaziergang. Ihm war es jetzt trotz des

Schnees warm ums Herz. In seiner Dienstwohnung wartete nur ein kalter Laptop auf ihn.

Ein Obdachloser lag, mühsam mit dreckigen Kartons zugedeckt, im Eingang eines großen Optikerladens in der Neuhauser Straße. Um ihn herum stapelten sich Dutzende vollgestopfter Plastiktüten. Hirzel nahm den Obdachlosen nur unbewusst wahr, so gefangen war er in seinen vorweihnachtlichen Gedanken. Doch wie zwei Laserstrahlen brannten sich die Augen bei ihm ein. Er blieb stehen. Was waren das für Augen gewesen! Genauer gesagt: Was für ein Blick! Sollte er zu dem Obdachlosen zurückgehen? Würde er dann nicht zum Gaffer?

Er ging zurück. Zum ersten Mal blieb er nicht nur kurz vor einem Bettler stehen und warf ihm, von oben herab, ein paar Münzen in seinen Kaffeebecher. Er begab sich in die Hocke, auf Augenhöhe. Wie von anderer Hand geleitet, packte er den Apfelkuchen der Schwester aus. Was schimmerte nur in den Augen des Mannes? Der trug eine Brille mit nur einem Glas, bemerkte der Pfarrer erst jetzt. Er teilte den Kuchen in Stücke, gab dem Obdachlosen eins in die Hand. Wie beim Abendmahl in der Kirche, dachte Hirzel. Und doch ganz anders. Er gab sich einen Ruck und setzte sich auf die verdreckte Decke, die der Obdachlose, er hieß Kurt, ausgebreitet hatte. Es roch streng, Kurt trug eine offene und eitrige Wunde am Unterarm und schmatzte wie ein Hirsch an der Futterkrippe. Aber Hirzel war das in diesem Augenblick egal. Denn ihm war große Freude widerfahren. In den Augen des Obdachlosen sah er Gott. Das war vor fünf Jahren gewesen. Seit diesem Tag hatte der Pfarrer ein besonders weites Herz für Obdachlose.

❄

Am Vorabend von Heiligabend suchte Hirzel einige Obdachlose auf. Mit einem kleinen Präsent für jeden. Für sie würde es
wohl das einzige Geschenk sein. Auch zu Kurt ging er. Die Begegnung mit ihm hatte sein Leben verändert. Kurt selbst überreichte dem Pfarrer ein Exemplar der Süddeutschen Zeitung.
Auch wenn Hirzel die im Pfarramtsbüro liegen hatte, nahm er
sie dankbar entgegen. Etwas schenken zu dürfen, das gehört
auch zur Würde des Menschen, sagte er sich und drückte Kurt
im Gegenzug ein Päckchen in die Hand. Mit seinen gichtigen
Fingern dauerte es, bis der Obdachlose es ausgepackt hatte.
Dann aber weinte er über die Riesenpackung Gummibärchen.
Er liebte Gummibärchen. Für Kurt steckte dahinter viel mehr
als nur die Süßigkeit. Die Erinnerung an sein Kindheitsweih-
nachten. Noch behütet in der Familie, und nicht ausgespuckt
aus der Gesellschaft wie dreckiger Schleim. Jetzt sperrte er sich
nachts in einer öffentlichen Toilette ein. Schlief in Embryo-
haltung, um das Klobecken gekrümmt. Toiletten waren bei
Obdachlosen begehrt. Es gab dort einen Schutz vor extremer
Witterung. Und vor unliebsamen Besuchern. Von Ratten bis
Kriminellen.

Als letzten Obdachlosen besuchte Hirzel Norbert. Der lebte
seit einem halben Jahr ebenfalls in einem Klohäuschen. Bei ihm
war es so eins, wie sie auf Baustellen zu finden waren. Ein Polier
hatte ihm in einem Anflug von Barmherzigkeit einen Schlüssel
gegeben. Eingehüllt wie die Schalen einer Zwiebel in acht, neun,
zehn Shirts, Pullis und Jacken, setzte sich der riesige Norbert
zum Schlafen auf den geschlossenen Klodeckel. Irgendwann, so
hatte er es Hirzel beschrieben, trieb ihn die Müdigkeit in den
Schlaf. Da er das Klohäuschen mit seiner Leibesfülle und der
vielen Kleidung fast vollständig ausfüllte, konnte er nicht um-
kippen.

Als Hirzel sich am Klohäuschen mit der Handytaschenlampe über alle möglichen Baumaterialien hinweg den Weg zu Norbert bahnte, war der nicht da. Der Pfarrer leuchtete die Gegend ab. Dann spürte er eine Erschütterung auf seiner Schulter und erschrak sich im Dunkel zu Tode. Eine gewaltige Pranke hatte sich in seiner Schulter festgekrallt. Norbert. In seinen Mundwinkeln zeigten sich Spuckebläschen. Er schäumte vor Wut.

»Das sind solche Drecksschweine«, brüllte er, trat mit Wucht gegen das Klohäuschen und setzte sich auf einen Holzbalken. Hirzel hatte Norbert noch nie so wütend erlebt. Er reichte dem Obdachlosen eine Packung Zigarillos. Aber Norbert war mit seinen Gedanken ganz woanders.

»Diese Ungarn ... die haben mir meinen Rucksack geklaut«, stammelte er. Hirzel roch Norberts Fahne. Der Obdachlose war betrunken. Er würde sich hoffentlich bald zur Ruhe legen. Genauer: zur Ruhe setzen. Hirzel glaubte, zu wissen, welche Ungarn Norbert meinte. Auf sie schimpfte der Obdachlose immer mal wieder. Sie nächtigten am Königsplatz. Hirzel hielt Norbert die Hand hin, um sich zu verabschieden.

»Pfarrer«, sagte Norbert mit verrutschter Stimme. »Kannst du mir zu Weihnachten nicht eine Bibel schenken?«

Hirzel ließ sich seine Überraschung nicht anmerken.

»Klar, bringe ich morgen vorbei.«

Krippenspiel, Christvesper, Besuche bei drei einsamen Frauen im Seniorenheim, die Liedblätter drucken ... *Wann soll ich auch noch Norbert besuchen?*, fragte sich Hirzel. Blieb nur in aller Frühe. Er würde ihm die Bibel vors Klohäuschen legen. An Heiligabend war auf der Großbaustelle Ruhe. Die Bibel würde Norbert niemand wegnehmen.

❄

Heiligabend. Sechs Uhr. Noch lag himmlische Ruhe über der dunklen Stadt. Hirzels Schritte knirschten auf dem leicht gefrorenen Pflastersteig. Er ging zur Großbaustelle an der Grenze von Maxvorstadt und Schwabing, erfreute sich auf dem Weg dahin an den Lichterketten hinter den Fenstern der Wohnblöcke, an gelb und rot leuchtenden Herrnhuter Sternen. Aus seinen Kopfhörern lief das Weihnachtsoratorium. »Jauchzet, frohlocket …«, summte er mit. Für ihn gab es kein Weihnachten ohne die sphärische Musik von Johann Sebastian Bach. Noch bis ein Uhr in der Nacht hatte er an seiner Predigt für die Christvesper gefeilt.

Das blaue Klohäuschen stand einen Spalt weit offen. Warum hatte Norbert nicht abgeschlossen? War er schon aufgestanden? Hirzel begann, das Häuschen zu öffnen. Seine Hände zitterten vor Kälte. Die Tür hing etwas schief in der Verankerung. Jetzt sah er das verbogene Metall am unteren Türrahmen. Hatte Norbert den Schlüssel verloren und irgendein Eisen zum Aufstemmen benutzt? Tatsächlich lag, nicht weit weg vom Häuschen, ein solches Eisen auf der frisch betonierten Decke der Tiefgarage. Der Pfarrer öffnete die Tür mit einem letzten kräftigen Druck. Das metallische Quietschen hallte über die große Baustelle hinweg bis zu den bewohnten Häusern. Er leuchtete mit dem Handy ins Innere der Kabine. Als er in Norberts Gesicht sah, waren dessen Züge übel verrutscht, die Augen offen, starr, unheimlich. Der Kopf haltlos und schief, einer Marionette außer Dienst gleich. Der massige Körper in sich zusammengesunken. Dazu Brandgeruch. Hirzel spürte, wie eine säuerliche Flüssigkeit in ihm hochstieg. Der Reflux meldete sich zuverlässig bei Stress. Norbert war tot. Da gab es keinen Zweifel. Seine Kleidung im Bereich der Beine und des Bauchs war angekokelt. Auf dem Boden die Hülsen mehrerer abgebrannter Chinaböller. Der Anblick dieser Leiche traf Hirzel mehr als alle anderen, die er schon gesehen hatte. Selbst der Tod seiner geliebten Großmutter hatte ihn nicht so sehr erschüttert: Im Krankenhaus auf dem Sterbebett hatte ihr Gesicht nach langem Krebsleiden etwas Sanftes, Erlöstes gezeigt. In Norberts Augen dagegen spiegelte sich ein Entsetzen, als habe ihn der Leibhaftige persönlich in den Tod gezerrt – und Norbert war dem Pfarrer ans Herz gewachsen. Der Geruch aus Moder, Brand und Leiche ging ihm nicht aus der Nase. Das ganze Weihnachtsfest blieb er ihm, und später, wenn er an Norbert dachte, war der Geruch wieder da. Manche Gerüche haben ein Gedächtnis.

❄

Die Kripo tat sich schwer, Norbert zu identifizieren. Nirgendwo ein Ausweis, keine Dokumente von Ämtern.

»Die waren wahrscheinlich im Rucksack«, sagte Hirzel sichtlich angefasst von Norberts Tod. Wer würde den Obdachlosen vermissen? Wer von seinem Tod erfahren? Vermutlich niemand. Die Bibel, die er ihm schenken wollte, hielt er in der Hand wie ein Stück totes Holz. Er erzählte der Kripo von seinem Besuch bei Norbert am Abend zuvor. Von Norberts Wut, weil der Rucksack weg war. Auch den Verdacht, den Norbert gegen die obdachlosen Ungarn gehegt hatte, verschwieg Hirzel nicht.

Spurensicherung, Anforderung einer Übersetzerin, Befragung der Ungarn, aber auch der Anwohner in den Häusern nahe der Baustelle – die Polizei nahm ihre Arbeit auf. Heiligabend schützte nicht vor Ermittlungen.

Neun Uhr. Der Vormittag gestaltete sich für Hirzel anders als geplant. Aber nachdem ihn die Polizei entlassen hatte, wollte er unbedingt noch die anderen Obdachlosen vom Vortag aufsuchen. Nachschauen, ob mit ihnen alles in Ordnung war. Kurt traf er am Isartor an. Hirzel wusste, wo seine Pappenheimer zu finden waren. Er erzählte ihm von Norbert. Wie er ihn aufgefunden hatte. Von den Chinaböllern.

»Das waren Jugendliche«, kam es sofort von Kurt. Eine Gruppe junger Kerle habe versucht, auch ihn mit einem Böller zu treffen. Aber zu seinem Glück sei eine Polizeistreife zufällig vorbeigefahren. Die Jugendlichen hätten den bereits glimmenden Docht mit der Hand ausgelöscht und seien weitergezogen, als ob sie die Unschuld vom Lande wären. Hirzel bat Kurt, die Jugendlichen zu beschreiben. Einer sei ziemlich klein gewesen, die Haare orange gefärbt, sagte Kurt. Hirzels Blick blieb an dem riesigen Kupferkessel hängen, der unter dem Isartor stand und täglich Tausende Liter Feuerzangenbowle den Weihnachtstrunkenen kredenzte.

Zeitgleich fand die Kripo bei einem der Ungarn am Königsplatz Feuerwerksartikel, auch Chinaböller. Woher hatte er die, und vor allem: Wozu brauchte er die?

Herr Meierdorf, ein Anwohner der Großbaustelle, kannte die Obdachlosen aus Ungarn. »Auch aus Rumänien und Bulgarien sind da welche am Königsplatz, an der TU-Mensa und am Alten Nordfriedhof. Die waren manchmal auch hier auf der Baustelle. Vorige Woche habe ich die Polizei gerufen. Weil die so laut gebrüllt haben.« Die digitalen Protokolle der Polizei bestätigten Herrn Meierdorfs Angaben. Gleich drei Streifen mussten anrücken, um die streitenden und stark alkoholisierten Obdachlosen voneinander zu trennen. Sie bekamen einen Platzverweis. Herr Meierdorf hatte außerdem in der vergangenen Nacht Böller von der Baustelle her gehört. Er war gerade dabei, ins Bett zu gehen.

»Nach den Spätnachrichten. Um ein Uhr.«

❄

Überhaupt, die Baustelle. Nachts herrschte da reges Leben, wie sich aus den Aussagen anderer Anwohner und bei der Baufirma ergab. Mal waren es Jugendliche, die in den Räumen des Rohbaus feierten (leere Rotweinflaschen am nächsten Morgen), mal Liebespaare, die sich dort einen besonderen Kick beim Liebesspiel versprachen (benutzte Kondome). Und mittendrin und dennoch für alle unsichtbar Norbert im Klohäuschen.

Ein Mann Mitte dreißig, Peter Lugauer, meldete sich, nachdem im Radio die Nachricht vom Tod des Obdachlosen gekommen war. Er sei am Vorabend mit seiner Partnerin auf der Baustelle gewesen. Sie hätten sich dort eine Wohnung gekauft. Öfter seien sie dorthin gegangen, um den Baufortschritt anzusehen. Klar wüssten sie, dass das nicht erlaubt sei. Aber man solle nun mal nicht päpstlicher als der Papst sein und so was. Auch gestern seien sie dort gewesen. Erst der Weihnachtsmarkt, viel Glühwein, das hätte sie in eine romantische Stimmung versetzt, sie wollten überlegen, wie sie die Räume aufteilen … Lugauer, so ergaben die Ermittlungen, war Bezirksleiter einer Supermarktkette. Hatten die nicht auch Feuerwerkskörper im Angebot? Der Supermarktmensch war politisch irgendwo weit am rechten Rand angesiedelt. In Internetforen wetterte er gegen, wie er sie nannte, kriminelle Ausländer, Sozialschmarotzer, Feministinnen und Faulpelze. Wieso hatte er sich dann freiwillig bei der Polizei gemeldet, als der Tod des Obdachlosen bekannt wurde? Er machte sich doch dadurch verdächtig. Oder weil er wusste, dass man ihn beobachtet hatte, wie er auf die Baustelle ging? Weil er jeglichem Verdacht vorbeugen wollte, indem er sich selbst meldete?

In einer von Norberts Jacken fand sich das handschriftliche Schreiben eines Heinz Huber. Aus dem Text ging hervor, dass er bei einer der Baufirmen arbeitete. Er forderte in harschem Ton und offenbar nicht zum ersten Mal von Norbert einen Schlüssel zurück. Die Sache mit dem Klohäuschen sei ihm aufgrund nächtlicher Vorkommnisse auf der Baustelle zu heikel geworden. »Wenn du ihn mir nicht zurückbringst, komme ich in der Nacht und hole ihn mir, dann aber nicht auf die sanfte Art«, drohte Huber.

❄

Die Ermittler trafen Huber mitten in der Bescherung an. Zwei kleine Mädchen mit sternenverzierten Rüschenkleidern saßen unter dem Weihnachtsbaum, und jedes packte eine Puppe mit lila Zöpfen aus. Mit dem Zettel in Norberts Jacke konfrontiert, kam Huber ins Stottern. Ja, es sei der Schlüssel vom Klohäuschen, den er Norbert geliehen habe, und Norbert habe nicht reagiert, als er den Schlüssel von ihm zurückforderte, und da habe er ihn gestern am späten Abend aufgesucht. Er, Huber, sei sowieso gerade in der Nähe auf einem Weihnachtsmarkt gewesen. Aber Norbert habe vor dem Klohäuschen gesessen und behauptet, er habe den Schlüssel verloren. Da sei er, Huber, ausgetickt und habe Norbert am Kragen gepackt, aber er sei schließlich davongegangen, und Norbert wäre putzmunter gewesen.

Die Ungarn am Königsplatz gaben sich gegenseitig Alibis. Einen Rucksack von Norbert stehlen, das würden sie nie tun, sagten sie der Übersetzerin in ihrer Landessprache. Norbert habe sie schon häufiger völlig zu Unrecht verdächtigt und angepöbelt.

❄

Stille Nacht, heilige Nacht – der Gemeindegesang verklang. Hirzel kam es in diesen Augenblicken an Heiligabend vor, als ob Engel durch die Kirche schwebten. Aber in diesem Jahr war es anders, ein schiefes Weihnachten.

»Aus aktuellem Anlass erzähle ich heute von Norbert«, begann Hirzel seine Predigt. Der riesige Weihnachtsbaum seitlich der Kanzel war mit wenigen, aber großen roten Kugeln und mehreren schneeweißen Lichterketten bestückt. Hirzel lief wie immer bei seinen Predigten im Altarraum herum, manchmal auch ins Kirchenschiff. Er sah ganz hinten auch Kurt sitzen. Ein Stich der Freude traf sein Herz.

Hirzel erzählte vom schwierigen Leben Norberts, von einer Jugend im Heim, von misslungenen Beziehungen zu Frauen und seinem beruflichen Scheitern, von dem Gefühl, bespitzelt zu werden.

»Das Glück war nicht auf Norberts Seite, kann man definitiv sagen. Auch eigene Fehler hat er wie wir alle gemacht«, führte Hirzel nachdenklich aus und hielt kurz inne. Dabei begab er sich ins Kirchenschiff, blieb an einer Bank stehen. Kurz nahm er Blickkontakt zu Kurt auf, der ihm unmerklich zunickte. »In jedem Fall haben solche verlorenen Menschen am Rande unserer Gesellschaft verdient, dass wir ihnen helfen, wieder Teil der Gesellschaft zu werden.« Er erzählte jetzt mit Emphase von der kalten Nacht in Bethlehem mit den Hirten auf dem Felde.

»Auch diese Hirten waren Außenseiter der Gesellschaft. Sie stehen da wie die Programmansager des Christentums. Das göttliche Kind, in einem kalten und unwirtlichen Stall geboren, die Eltern von allen abgewiesen. Würde sich die Geschichte von damals heute abspielen, dann in einem Klohäuschen auf einer Baustelle. Jesus käme ganz tief unten zur Welt! Dort, wo Menschen sich verstecken, die so dringend unsere Solidarität brauchen.« Wieder machte Hirzel eine Pause, nahm dabei aber einen Gottesdienstbesucher ganz besonders in den Blick. Der schaute schnell und verängstigt zu Boden. »Deswegen suche ich mit unseren Konfirmandinnen und Konfirmanden genau solche Menschen auf. Damit junge Menschen das Gespür dafür bekommen, wie es ist, am Rande der Gesellschaft zu leben.« Hirzel behielt den einen Besucher unablässig im Blick, dessen Körper jetzt zuckte. Weinte er etwa?

❄

Nach der Christvesper zählte Hirzel mit einer ehrenamtlichen Helferin die üppige Kollekte. Dann ging er nach Hause, schob zwei tiefgefrorene vorgebratene Entenkeulen in den Backofen. Gerade wollte er zum Hörer greifen und die Kripo über seine neuen Beobachtungen informieren, da klingelte es an seiner Wohnungstür. Draußen stand ein Elternpaar mit seinem siebzehnjährigen Sohn Konrad.

»Sie haben doch Schweigepflicht, Herr Pfarrer?«

Konrad stammelte ein Geständnis. Er habe mit vier Freunden ein bisschen viel Glühwein getrunken, und weil der eine von ihnen Böller dabeihatte, wollten sie ein paar Leute erschrecken. Das sei ein Riesenfehler gewesen. Und dass dann ein Obdachloser daran stirbt, das hätten sie nie und nimmer gewollt.

Die Eltern wiesen Hirzel erneut auf seine Schweigepflicht hin. Sie würden jetzt selbst zur Kripo gehen, aber mit Anwalt. Dann zogen sie ab. Die Eltern und der Sohn mit den orangen Haaren. Hirzel erinnerte sich, wie ihn die Gleichaltrigen manchmal wegen seines kleinen Wuchses gehänselt hatten.

❄

Bei der Kripo sprach Konrad kein Wort. Auch die Eltern nicht. Stattdessen ein sehr geschmeidiger Anwalt. Ja, sie hätten wohl da so einen Dumme-Jungen-Streich gemacht. Sie, das seien fünf Freunde. Der Anwalt wusste: Alle fünf hatten sich die Böller angeschaut und sie in Händen gehabt. Also Fingerabdrücke und DNA-Spuren von allen an den Tatwerkzeugen. Weil alle fünf Jugendlichen bei einem Prozess schweigen wollten, würde es der Kripo schwerfallen, den einen Täter herauszufinden. Da aber bei Körperverletzung mit Todesfolge eine Haftstrafe möglich war, konnte man erst recht nicht eventuell Unschuldige (mit)verurteilen.

Die Ergebnisse der Obduktion ergaben: Norbert war um dreiundzwanzig Uhr an einem Herzinfarkt gestorben. Herrn Meierdorfs Zeugenaussage bestätigte, dass die Böller erst um ein Uhr nachts in das mit einem Eisen aufgebrochene Klohäuschen hineingeworfen wurden. Die Ungarn, der Polier Huber, der den Schlüssel für Norberts Zuhause, das Klohäuschen, mit Gewalt zurückhaben wollte, das bevorstehende einsame Weihnachten in der Klokabine – das war alles zu viel für den Obdachlosen gewesen. Man hätte auch sagen können: Er war an gebrochenem Herzen, an Einsamkeit, an bösem Umfeld gestorben.

Hirzel erfuhr das alles von der Kripo, als er sie nach den Weihnachtstagen aufsuchte. Danach klingelte er bei Konrad und seiner Familie. Sie öffneten ihm nicht. Aber er hörte in der eleganten Villa am Englischen Garten Schritte, fühlte sich durch den Spion beobachtet.

Da gehe ich mit dem Konfirmanden Konrad zu Obdachlosen, dachte er sich, *und zeige ihm ungewollt, wo Norbert oder Kurt leben. Statt Solidarität zeigt Konrad drei Jahre später seinen Freunden, wie sie Obdachlose noch mehr aus der Gesellschaft befördern. Vielleicht weil er, der Kleine unter Großen, Bestätigung brauchte? Aber das rechtfertigt das Verhalten doch nicht! Wozu bin ich Pfarrer? In Norddeutschland sagt man Pastor, das heißt wörtlich Hirte. Ich bin,* so murmelte Hirzel vor sich hin, *ein Hirte, von dem die Herde wenig bis gar nichts wissen will. Aber eigentlich geht es ja um einen anderen Hirten. Um den, der damals den Hirten auf dem Feld die Angst nahm und seinen Engel sprechen ließ:* »Fürchtet euch nicht! Siehe, ich verkündige euch große Freude, die allem Volk widerfahren wird; denn euch ist heute der Heiland geboren.«

Irgendetwas mache ich falsch, wenn ein früherer Konfirmand jetzt Obdachlose mit Böllern bewirft. Wehrlose. Im Schlaf. Aber liegt das nur an mir? Nicht auch an meiner Kirche? An den Eltern? An der Schule? An fehlenden Vorbildern? Am Internet? An Hass und Hetze?

Sein Blick blieb am Weihnachtsbaum hängen. Im Dunkel der Kirche verbreitete der einen warmen Lichtkreis.

Bei Norberts Beerdigung war außer dem Personal der Bestattungsfirma und Hirzel niemand anwesend. Die Bibel, die sich Norbert gewünscht hatte, legte Hirzel neben die Urne ins Grab. So ein einsamer Tod! Nur ein Geistlicher hat ihn begleitet.

Catwomans Weihnachtsüberraschung

Anette Schwohl

Heute bin ich nicht recht bei der Sache. Ich kauere hier auf dem vordersten Grindelhochhaus und warte auf den Metrobus. Mein Blick gleitet den Grindelberg hinauf und hinunter. Die Dämmerung senkt sich über die Stadt wie ein leichtes kühlendes Tuch. Der Ausblick von hier oben ist atemberaubend. Ich sehe den Fernsehturm, davor das Hamburger Kongresszentrum, die Kirchtürme der Innenstadt und die wellenförmige Kuppel der Elbphilharmonie. Es ist berauschend, diese Stadt zu meinen Füßen zu haben.

Sobald die Waffe in meiner Hand liegt, fühle ich mich sicher. Dieses angenehme Gefühl, wenn die Finger sich zart an den Abzug legen – und dann: warten. Wie eine Meditation ist das. Ich fokussiere mich nur auf diese eine Sache. Töten.

Viele Wochen habe ich den Mann durch Hamburg verfolgt, ihn beschattet, wenn er morgens aus dem Haus ging, zur Arbeit fuhr, zweimal wöchentlich in der Mittagspause in ein Hotel zum Liebesspiel mit seiner Geliebten und einmal in der Woche – immer donnerstags – einen ganzen Abend in deren Wohnung. Seiner Frau hatte er weisgemacht, er würde zum Squash gehen. Bis sie etwas ahnte. Männer sind ja so ungeschickt im Lügen. Das beherrschen die einfach nicht.

In der Szene hat sich herumgesprochen, dass ich spezialisiert bin auf diskrete Entsorgung untreuer oder gewalttätiger Ehemänner. Vier bis fünf Aufträge pro Jahr kommen da schon zusammen. Das sichert mir meinen Lebensunterhalt.

Aber nun diese Unkonzentriertheit.

Schuld daran ist ein Mann, den ich vor zwei Wochen kennengelernt habe. Ein echter Traummann! Die äußere Erscheinung kommt der George Clooneys schon recht nahe, immer ein leicht ironisches Lächeln auf den Lippen, die Stirn in belustigte Falten gelegt; sein Wesen gleicht dem viel zu jung verstorbenen Robin Williams – wenn solche Vergleiche erlaubt sind –, also dem guten Freund, mit dem man lacht und ausgelassen sein kann. Trotz meines heftigen Widerstandes hatte er es innerhalb von wenigen Tagen geschafft, mich um den Finger zu wickeln. Noch nie habe ich mich so schnell so bereitwillig hingegeben. Diese Mischung aus Charme, Humor und Verbindlichkeit hat mir Sternenstaub in die Augen gepustet.

Reiß dich zusammen!

Jetzt kommt der Metrobus in Richtung Innenstadt. Das Gewehr auf dem Schießbock, werde ich eins mit der Waffe in meinen Händen und visiere den Bus durch das Zielfernrohr an. Er stoppt kurz. Ein Kind läuft über die Straße. Der Busfahrer hupt. Man muss auch mal Glück haben. So kann ich mein Zielobjekt schon vorab erkennen und weiß, dass es voraussichtlich in der Mitte aussteigen wird. Der Bus fährt wieder an und bleibt an der Haltestelle stehen. Leider ist diese Strecke von Studenten völlig übervölkert. So auch jetzt. Ein Geschiebe und Gedrängel vor dem Bus. Ah … da ist er! Er steigt aus. Geht nach links ab, tritt aus der Menge heraus, und als er nicht mehr vom Bus verdeckt ist … Peng!

Die Waffe ist nicht laut, hat aber einen ungeheuren Rückschlag. Ich schwöre ja auf die russischen Präzisionswaffen. Wenn man zehn Kilometer weit spähen könnte, könnte man damit auch noch jemanden treffen. Das ist der Hammer!

Der Typ fällt um. Es dauert ein paar Sekunden, bis die umgebenden Passanten bemerken, dass hier ein Anschlag verübt wurde. Sie konnten ja den Schuss nicht hören. Jetzt sehen sie offenbar, wie ihm das Blut aus dem Kopf sickert.

O. k., Zeit, die Sachen zusammenzupacken, bevor da unten die Hysterie ausbricht.

Die Waffe auseinanderbauen. Den Schießbock zusammenklappen. Den Neoprenanzug ausziehen. Den brauche ich gegen die Kälte, und außerdem liebe ich dieses beinahe erotische Gefühl, wenn all meine Poren Kontakt zu dem gummiartigen Material haben, ich mich darin wie umfangen fühle. Beides in die Reisetasche. Jeans, weiße Bluse und Blazer anziehen. In den Fahrstuhl nach unten und unbehelligt zu meinem Clio marschieren. Das ist immer der beste Moment, dann fühle ich mich allmächtig. Aber mit diesem Gefühl muss ich aufpassen, sonst könnte ich zu leichtsinnig werden.

Noch ein Blick zurück auf die Grindelhochhäuser. Wer hätte gedacht, dass die mal so hip werden würden? Sehen aus wie senkrecht aufgestellte Toastbrotscheiben. Kein Wunder, dass die Briten sie erbaut haben.

Nach einem Einsatz brauche ich zu Hause das immer gleiche Ritual: Händel aus dem MP3-Player. Laut. Waffe und Equipment ins Versteck im Türsturz. Klamotten vom Leib und unter die Dusche. Gemeinsam mit Cecilia Bartoli Arien singen, alle angestaute Energie herauslassen, ein Glas Rotwein und dann aufs Sofa. Und Händel wieder ein bisschen leiser stellen, damit die Nachbarn nichts zu meckern haben.

Das Handy klingelt in der Reisetasche. Jetzt nicht! Ich schließe die Augen und lausche Cecilia. Diese Reinheit der Stimme, darin könnte ich ganz versinken.

Zwanzig Minuten später klingelt das Handy erneut. Ich rappele mich auf, krame es aus der Tasche und schaue auf das Display: Rudolf.

»Hallo, Catwoman, machen wir einen Abendspaziergang an der Alster?« Er nennt mich Catwoman, seit er mich das erste Mal in meinem Neoprenanzug gesehen hat – im Herbst, beim Surfen, nicht beim Schießen. Er weiß nicht, dass er einen guten Grund hat, mich Catwoman zu nennen, sind doch die Dächer von Hamburg meine zweite Heimat.

»Gute Idee. Gib mir eine Stunde, und wir treffen uns an Bodo's Bootssteg. Ich komme grad von der Arbeit und möchte erst mal etwas Heißes trinken.« Ich habe ihm erzählt, dass ich bei der Abfallentsorgung arbeite. Das schien mir eine probate Berufsbezeichnung, nachdem ich sie das erste Mal aus dem Mund von Tony Soprano gehört hatte. In gewisser Weise lüge ich ja nicht.

Rudolf erzählt von seinem Tag im Büro, und mein Blick gleitet aus dem Fenster. Draußen ist es längst dunkel. Im Haus gegenüber leuchtet schon die Weihnachtsdeko aus den Fenstern. Blink, blink. Nächstes Wochenende ist der erste Advent, und alles sieht danach aus, dass ich in diesem Jahr Weihnachten nicht allein verbringen werde. Ich werde in den Armen eines mich liebenden Mannes auf dem Sofa liegen, Weihnachtsmusik hören, Rotwein trinken, und später werden wir sensationellen Sex haben.

In so vielen Familien bricht zu dieser Zeit der Stress aus – in meiner war das auch immer so –, alle sind den ganzen Tag zu Hause, das ist man nicht gewohnt, da schwappt die Stimmung schon mal über, und all die heruntergeschluckten Wahrheiten kommen auf den Tisch.

Ich hingegen werde es schön haben!

Zur verabredeten Zeit kommen Rudolf und ich gleichzeitig an Bodo's Bootssteg an. Er schließt mich in die Arme, küsst mich auf die Stirn – warum heute nur auf die Stirn, wo er doch sonst nicht von meinem Mund lassen kann? –, und wir gehen die Treppe zum Steg hinunter.

Ich erkläre mich bereit, die Getränke zu holen, wenn er zwei Plätze besetzt. Während ich ihn von der Warteschlange aus beobachte, sehe ich, wie freundlich und interessiert er alle Frauen hier abscannt. Ein unbehagliches Gefühl drückt sich auf meine Brust, und automatisch mache ich mich gerade. »Was bekommen SIE?«

»Äh … zweimal heiße Schokolade.«

Als ich mit den Getränken an unseren Tisch komme, stellt Rudolf mir einen Stuhl zurecht und reicht mir die Decke.

»Wollen wir zwischen Weihnachten und Neujahr irgendwo hinfahren, wo es warm und sonnig ist?«

Ich bin perplex! Wir kennen einander erst seit ein paar Monaten, und schon will er mit mir Urlaub machen. »Ich fürchte, das geht nicht. Nach Weihnachten ist immer viel los bei uns. Da muss ich sozusagen auf Abruf bereitstehen. Aber wie wäre es in den Tagen vor Weihnachten? Da habe ich frei.«

Rudolf schüttelt betreten den Kopf. »In diesem Jahr bin ICH dran, für meinen Serviceclub den Weihnachtsmann zu spielen. In den zwei Wochen vor Weihnachten bin ich fast jeden Nachmittag mit Wohltätigkeitsveranstaltungen ausgebucht. Kindergärten, Kinderheime und Flüchtlingsunterkünfte.« Auch noch einer, der sich für Kinder engagiert … ich glaube es nicht! Ich schäme mich, dass ich vorhin bei seinem schweifenden Blick einen kurzen Stich von Eifersucht in mir bemerkt habe.

Wir flanieren los. Am Alsterufer entlang Richtung Lombardsbrücke und dann weiter zur Binnenalster. Der obligatorische Tannenbaum inmitten der Wasserfläche leuchtet bereits Weihnachten ein. Irgendwie gemütlich, sich Arm in Arm mit dem Liebsten dem geschäftigen Trubel hinzugeben. Wir essen Sushi beim Japaner in den Colonnaden. Ich finde Sushi hochgradig erotisch. Mundgerechte wohlschmeckende Häppchen. Durch die Schärfe des Wasabi habe ich ein kathartisches Gefühl, es ist wie eine innere Reinigung. Danach begleitet Rudolf mich zu mir, und ich bekomme einen Vorgeschmack dessen, was ich mir für Weihnachten erhoffe.

Ich habe von Anfang an klargestellt, dass er nicht bei mir übernachtet. Nicht auszudenken, sollte er Patronenhülsen, meine Buchführung oder gar das Versteck im Türsturz entdecken! Im wachen Zustand kann ich alles unter Kontrolle behalten.

Heute Abend überkommt mich der Wunsch, in seinen Armen einzuschlafen. Er aber hält sich an meine Ansage, zieht sich an, küsst mich verheißungsvoll und verschwindet.

Zwei Wochen später ruft eine völlig aufgelöste Frau auf meinem Diensthandy an – ein Freund hat mir eine Nummer eingerichtet, die nicht abgehört werden kann. Sie habe von mir und meinen Diensten gehört und fragt, ob sie sie in Anspruch nehmen könne. Es sei jetzt das dritte Mal, dass sie ihren Mann dabei ertappt habe, wie er sie betrügt. Immer wieder würde er ihr ewige Treue schwören, aber immer wieder käme ihm sein Geschlechtsteil dazwischen. Sie habe nun genug davon!

Eigentlich wollte ich vor Weihnachten keinen Job mehr annehmen, aber sie bekniet mich. Da Rudolf auch nicht viel Zeit für mich haben wird, willige ich ein. Ich lasse mir von ihr all die Daten geben, die ich für die Beschattung brauche: Wohnort, Arbeitsadresse, Beförderungsmittel, Freunde … Treibt er Sport? Wenn ja, wo? Bereitwillig beantwortet sie mir all meine Fragen, bis auf die, wer seine Geliebte sei. Das weiß sie nicht.

»Wozu brauchen Sie all diese Details?«, fragt sie.

»Ich muss Ihren Mann erst einmal beschatten, damit ich seinen genauen Tagesablauf kenne. Es darf keine Panne geben. Ich mache es beim ersten Mal oder gar nicht. Wenn es dann nicht klappt, bekommen Sie Ihre Anzahlung zurück.« Das garantiere ich allen Frauen.

»Aber Sie schaffen das noch vor Weihnachten, ja? Ich will nämlich mit den Kindern zwischen Weihnachten und Silvester zu meinen Eltern. Da hätte ich das gerne schon erledigt gewusst. Ich will Weihnachten nicht mit der Vorstellung feiern, dass er sich hier oder sonst wo mit seiner Geliebten vergnügt.« Sie klingt jetzt weniger verzweifelt als abgebrüht.

»Ich versuche es.«

Wir verabreden die Zahlungsmodalitäten – die Hälfte vor und die andere Hälfte nach Erledigung des Auftrags –, und damit ist unser telefonischer Kontakt beendet.

In meiner Freizeit kleide ich mich gerne chic, auch mal extravagant und auffällig bunt, aber für die Beschattung besitze ich eine ganze Reihe unauffälliger Kleidung: Hosenanzüge, Röcke, Blazer und Loafer. Meine Haare sind brünett, da muss ich also nicht viel tun. Beige ist gut in einem solchen Fall. Gerne das eine oder andere Accessoire – aber alles sehr dezent.

Mit der S-Bahn fahre ich gleich zu der angegebenen Adresse, um das Haus in Augenschein zu nehmen. Es liegt am Stadtrand von Hamburg. Gut bürgerlich. Klinker, weiß gestrichen. Ein bisschen Garten drum herum, sehr gepflegt. Einige Stauden schon winterfest eingewickelt. Hinter dem Haus eine Schaukel, eine Sandkiste, die nun abgedeckt ist, und ein Klettergerüst. Nichts los im Moment. Das ist die Zeit, in der die Leute arbeiten und die Kinder in der Schule sind.

Nach einer Stunde Erkundungstour in dem Viertel fahre ich wieder nach Hause.

Am nächsten Tag beginnt die eigentliche Arbeit.

Der Mann geht nach Angabe der Frau um sieben Uhr dreißig aus dem Haus und benutzt normalerweise öffentliche Verkehrsmittel. Das trifft sich gut. Ich beschatte nicht gern mit dem Auto. Wenn in solch einem Viertel ein unbekanntes Auto häufiger zu sehen ist, werden die Leute aufmerksam. Das gilt es zu vermeiden.

Ich stehe also schon in der Nähe des Hauses hinter einem Strauch, als sich die Haustür öffnet und der Mann heraustritt. Er ruft noch »Bis heute Abend, Liebes« ins gekippte Küchenfenster und marschiert davon. Er muss an mir vorbei, wenn er zur S-Bahn will.

Dann sehe ich sein Gesicht!

Rudolf!

Ich bin völlig geschockt.

Mein Herz setzt kurz aus.

Ich kann es nicht glauben!

Ich will etwas sagen, rufen … aber ich beherrsche mich. Ich will meine Deckung nicht aufgeben. Das hier ist mein Job!

Ich folge ihm durch den Tag. Arbeit, Mittagspause, Arbeit, verkleidet als Weihnachtsmann, Flüchtlingskinder im Wohnheim beglückend – ich frage mich, ob die wohl überhaupt etwas mit dem Weihnachtsmann anfangen können –, zurück nach

Hause. Seiner Frau wird er sicher auf ihre Frage *Wie war dein Tag?* antworten, es sei ein ganz normaler Tag gewesen.

Das muss ich erst mal verdauen.

Ich gehe den weiten Weg nach Hause zu Fuß. Bewegung hilft. Schwibbögen und aufgesprühte Eiskristalle zieren die Fenster, überall leuchtet und blinkt es. Alle sitzen mit ihren Familien gemütlich zu Hause, nur ich streife allein durch die kalte Nacht.

Ich muss mich zwischen Job und Gefühl entscheiden.

Zu Hause trinke ich eine halbe Flasche Rotwein und falle irgendwann halb betäubt in den Schlaf.

Am nächsten Morgen das gleiche Spiel. Mittags ruft mich Rudolf an, ob wir am Abend gemeinsam über den Weihnachtsmarkt schlendern wollen: Punsch und Bratwurst, ganz klassisch? Ich willige ein, und wir treffen uns vor dem Rathaus. Es erübrigt sich, zu sagen, dass ich mich so verhalte, dass er mir nichts anmerkt. Ich lache über seine Scherze und lasse mich von ihm umarmen. Hamburgs Innenstadt erstrahlt im Lichterglanz. *Was das wohl für eine Stromrechnung gibt?*, denke ich.

»Ich habe eine tolle Weihnachtsüberraschung für dich. Das Geschenk wird dich umhauen!« Rudolf kichert in sich hinein. Es ist quasi eine Aufforderung, ihn anzubetteln, mir zu verraten, was er mir schenken wird. Aber ich bin so gar nicht in der Stimmung für dieses Spielchen. Ich entgegne nur: »Meins wird dich auch umhauen.«

Gelangweilt von dem Gedudel auf dem Weihnachtsmarkt vor dem Rathaus, latschen wir in Richtung Alsterarkaden und trinken im Arkaden-Café eine heiße Schokolade mit Schuss. Ich täusche Kopfschmerzen vor, kann es nicht aushalten, Frischverliebtheit zu heucheln. Ich befinde mich in einer Art Schockstarre; fühle gar nichts, bin kalt wie Eis.

Zurück daheim, versuche ich, mir in der mit warmem Wasser gefüllten Badewanne wieder Leben einzuhauchen. Aber es will mir nicht gelingen, vor Kälte liege ich die Hälfte der Nacht wach.

Pünktlich um sieben Uhr dreißig stehe ich hinter meinem Strauch auf dem Posten, schleiche ihm hinterher bis zur Arbeit, warte, gehe spazieren, warte wieder. Mittags kommt er heraus, ich klemme mich an seine Fersen. Vor den Deichtorhallen trifft er auf eine rassige Schwarzhaarige, die er überschwänglich küsst. Sie marschieren lachend in die aktuelle Ausstellung und lassen die Hände nicht voneinander. Ich fasse es nicht, der Mann hat offenbar für jede Lebenslage eine entsprechende Frau. Diese hier für die kulturellen Bedürfnisse. Mich hatte er für die Gemütlichkeit auserkoren und seine Frau für den genetischen Fortbestand.

Nachmittags verbringen sie ein Schäferstündchen in einem Stundenhotel, das auf nobel macht.

Wie machen diese Kerle das nur? Schon rein zeitlich gesehen – und dann all diese Lügen, die man koordinieren muss. Das erfordert doch ein ungeheures Management! Aber das bekommen sie eben nicht hin, und das wiederum sichert mir die Einkommensquelle.

Meine Lebensgeister erwachen wieder. Ich spüre eine elektrisierende Energie meine Wirbelsäule hinaufsteigen. Die Gedanken werden klar wie Kristall, und ein Plan formt sich.

Morgen ist der Tag vor Heiligabend, und es wird der Tag der Abrechnung sein. Ich weiß, wie ich es anstellen werde. Dann hat er seinen spektakulären Auftritt mit einem Hubschrauber, das hat er mir gestern erzählt. Soll eine Riesenüberraschung für die Kinder vom Grindel werden. Das ist gut, kenne ich mich doch auf den Grindelhochhäusern zur Genüge aus.

Ich schlafe hervorragend, wache erfrischt auf und packe den Tag an.

All meine notwendigen Utensilien verstaue ich in der Reisetasche.

Heute kann ich mir Zeit lassen, muss ihn nicht mehr beschatten. Es ist ein herrlich klarer kalter Tag, das richtige Wetter für einen Spaziergang um die Außenalster, und ein Tag, an dem ich überzeugt davon bin, den richtigen Job gewählt zu haben.

Als es zu dämmern beginnt, steige ich in meinen Clio und fahre zu den Grindelhochhäusern.

Ich entscheide mich für das Haus neben dem mit der ausgedienten Tankstelle, die heute Abend für die Weihnachtsfeier mit den Kindern gebucht ist. Während ich zu einem der Eingänge gehe, sehe ich sie schon mit ihren Eltern dorthin strömen.

Im letzten Stockwerk, in einer der hinteren Ecken, ziehe ich mich rasch um. Den Neoprenanzug finde ich äußerst praktisch, hält er mich doch warm, und trotzdem bin ich beweglich darin. Ich schließe die Tür auf – es gibt einen lukrativen Schwarzmarkt für Schlüssel – und trete aufs Dach. Hier oben weht es mächtig. Ich baue den Schießbock am Rand des Dachs auf, lege mich auf den Bauch und beobachte die Tankstelle durch das Zielfernrohr meiner SVD. Rudolf erscheint auf der Bildfläche. Die Kinder sind außer sich vor Neugier und zupfen und zerren an ihm herum. Dann plötzlich stellen sie sich diszipliniert vor ihm auf. Mit dem Weihnachtslied »Rudolph the Red Nosed Reindeer« dringen die zarten Kinderstimmchen leise bis hier zu mir nach oben. Ich sehe ihn Geschenke aus seinem Sack verteilen, und dann entfernt er sich winkend von der Kinderschar.

Der Plan ist, dass auf dem Hochhaus hinter der Tankstelle ein Hubschrauber landen wird, der mit Lichtschläuchen in Form von Santa Claus' Himmelsschlitten geschmückt ist. Dort wird Rudolf einsteigen und dann in den nächtlichen Himmel entschwinden. An sich hübsch ausgedacht.

Der Hausmeister hält Rudolf die Tür auf, und er betritt das Dach. Ich bin ganz konzentriert. Er geht bis an den Rand des Daches und winkt mit einer brennenden Fackel den Kindern zu. Die stehen draußen und kreischen zu ihm hoch. So etwas haben sie noch nicht erlebt.

Von Ferne höre ich den Hubschrauber nahen. Ich nehme Rudolf ins Visier, zögere aber. Noch steht er zu dicht am Rand. Ich möchte den Kindern ersparen, dass sie den Weihnachtsmann vom Dach fallen sehen.

Knatternd nähert sich der Hubschrauber. Rudolf löst sich von der Kante und geht auf die Mitte des Daches zu. Ich taste mit dem Blick noch einmal die Umgebung ab und sehe hinter ihm einen unbeleuchteten Funkmast. Der ist mit Seilen auf dem Dach verspannt und bestimmt zehn Meter hoch.

Plötzlich schieben sich Bilder vor mein inneres Auge: Rudolf und ich Hand in Hand auf dem Weihnachtsmarkt, unser Lachen beim gemeinsamen Kochen, seine Lippen auf meinen und seine Hände auf meinem Körper. Ein Brennen durchströmt meinen Körper, meine Haut vibriert vor Verlangen in dem engen Neoprenanzug.

Mein Schweiß tropft mir in die Augen. Konzentrier dich! Wenn du das jetzt vermasselst, kannst du dein Geschäft vergessen.

Der Hubschrauber kreist mittlerweile über dem Dach und setzt zur Landung an. Rudolf läuft in seine Richtung. Doch da verfangen sich die Heckrotorblätter im Funkmast. Der Hubschrauber gerät ins Trudeln, Rudolf direkt unter ihm. Er läuft weg. Ich starre fassungslos auf das Spektakel, nicht in der Lage, den Finger am Abzug zu krümmen. Schwankend gewinnt der

Hubschrauber wieder etwas an Höhe, um dann rücklings direkt auf den fliehenden Rudolf hinabzustürzen. Dann sehe ich nur noch Teile von ihm, die durch die Rotorblätter in die Luft gewirbelt werden.

»Was für ein tragischer Unfall!« So steht es am nächsten Tag in einer *der* Hamburger Tageszeitungen. »Weihnachtsmann vom Hubschrauber zerfetzt.«

Ich werde leider nie erfahren, was für eine Weihnachtsüberraschung er für mich hatte.

Die Anzahlung habe ich selbstverständlich abgegolten, und wie all meinen Kundinnen habe ich auch Rudolfs Frau eine Karte mit den besten Wünschen für ein friedvolles neues Jahr geschickt.

Kehrwieder

Hartmut Höhne

Zurückbleiben, bitte. Attention! Stay back! Knarrend und quietschend zugleich senkte sich die metallene Rampe auf den Anleger der Zielhaltestelle Finkenwerder. Die Schaukelbewegungen der Fähre erzeugten Schabegeräusche auf dem abgewetzten Belag. Das auf- und abschwellende Warngeheul der Sirene begleitete den Vorgang.

Endstation. Wenige Fahrgäste nur verließen die *Kehrwieder*. Ein breiter Steg führte sie nach oben, zum Busbahnhof und in den Ort. Diesig war es an diesem frühen Morgen des 24. Dezember. Die feuchte Luft kroch in die Kleidung, machte sie klamm. Der Anleger war hell genug ausgeleuchtet in der Dunkelheit. Kurz trat der Schiffsführer neben seine Brücke, brummelte einen muffeligen Gruß auf das darunter liegende Deck. Hatte mit dieser Frühfahrt seine Schicht gerade erst begonnen?

Die Fähre bediente er im Alleingang, von der Kommandobrücke aus konnte er den gesamten Betrieb regeln. Mehrere Kameras ermöglichten dies, seine Monitore zeigten ihm alles Geschehen auf den Decks an. Das unkonzentrierte, rumpelige Anlegemanöver ließ vermuten, dass er sich an diesem Heiligabend gerne woanders hinwünschte, möglicherweise zu Frau und Kind oder in den neuen Spielzeugladen, um letzte Besorgungen zu erledigen, bevor er schließlich ganz in Ruhe die Blautanne schmücken würde.

Hier, in Finkenwerder, sah es auf dem Anleger recht übersichtlich aus. Sechs Leutchen bloß, und dafür der Aufwand und die Kosten! Erst später am Vormittag würde es trubeliger werden, wenn in der Innenstadt die Geschäfte öffneten.

❄

Nachdem die eben Angekommenen die *Kehrwieder* verlassen hatten, schlurften die Fahrgäste Richtung St. Pauli Landungsbrücken.

Die weihnachtstypische Maskerade wäre für Piet üblicherweise nicht infrage gekommen, er fand sie peinlich. Zugleich hatte sie aber den Vorteil, dass er unter dem weißen Vollbart des Weihnachtsmannes, den buschig auftragenden Augenbrauen und der roten Mütze gewiss nicht erkannt wurde. Er warf einen Blick auf Henk, seinen zwei Jahre jüngeren Bruder, der genauso aussah wie er. Sie hatten sich bewusst für die gleiche Aufmachung entschieden. Auch ihre zivile Kleidung, die passend in Rot und Weiß gehalten war, sah gleich aus. Je weniger sie sich äußerlich unterschieden, desto besser. Heute.

»Du siehst scheiße aus, Henk«, sagte Piet.

»Mal in den Spiegel geguckt, Piet?«, fragte Henk.

Ein wenig ratlos zuckten sie die Achseln.

Beide waren kräftig gebaut, nicht dick, aber Kompaktklasse, wie Silke, Henks Frau, es gelegentlich ausdrückte. Augenzwinkernd. Sie wusste, dass Henk das nicht gerne hörte, manchmal war er einfach zu eitel. Die meisten Werftarbeiter sahen aus wie er und Piet, da gab es keine spilligen Schmächtlinge. Zuletzt hatten sie Stahlplatten zugeschnitten, für die Bordwände.

Piet zog eine Thermoskanne Kaffee aus dem Rucksack, befüllte die Metallkappe mit dem heißen Getränk. Er gab sie seinem Bruder, der sie mit beiden Händen umfasste. Henk nahm den ersten Schluck, gab einen wohligen Laut ab. Sie standen an die Reling des Oberdecks gelehnt, einander zugewandt. Im Fahrgastraum des Hauptdecks wäre es jetzt um einiges angenehmer, im Innern der Fähre, wärmer, trockener und mit Tannenbaum.

Zurückbleiben, bitte. Attention! Stay back!

Einer der Fahrgäste war kurz nach oben gekommen, entschied sich dann aber doch für den behaglicheren Ort und kletterte die steile Gitterrosttreppe wieder hinab. Sehr gemächlich und rückwärts, mit festem Griff am Handlauf, denn die *Kehrwieder* legte gerade ab und schwamm noch nicht ruhig im Elbwasser.

Nur sie und Breuer befanden sich derweil auf dem Oberdeck. Silke hatte in den vergangenen Wochen herausgefunden, um welche Uhrzeit Breuer die Fähre bestieg und dass er sich immer, bei jedem Wetter, auf dem ungeschützten oberen Deck aufhielt. Jener Breuer, der bei den Kollegen als *Breuer, Breuer, Ungeheuer* verschrien war. So hatten sie ihn auf der letzten, der allerletzten, Betriebsversammlung der Pella-Sietas-Werft beschimpft, nachdem diese, viel zu spät, in die Insolvenz gegangen war. Die Lärmkulisse war umwerfend gewesen. Breuer hatte das ganz abgebrüht professionell mit einer einzigen Handbewegung abgetan, es war erst wenige Monate her.

Im September hatten sie offiziell erfahren, dass sie nicht mehr gebraucht wurden. Nicht, dass sie überrascht gewesen wären, es hatte sich angedeutet. Bereits ab April hatten sie keinen Lohn mehr überwiesen bekommen, ab Juli war schließlich das Jobcenter eingesprungen. Von den drei entgangenen Monatslöhnen hatten sie bis heute nichts gesehen. Für die meisten der Kollegen war das ein Fiasko. Breuers Beraterhonorar landete gewiss regelmäßig und pünktlich auf seinem Konto, sonst hätte so einer sofort aufgehört, sich zu *engagieren*.

Es wäre nicht das Schlechteste gewesen, seine Expertisen erwiesen sich in mancherlei Hinsicht als falsch und überflüssig. Es kamen durchaus Aufträge rein, aber die Kalkulation war ruinös, seit Jahren schon arbeitete die Pella-Sietas-Werft nicht mehr kostendeckend. Auch die Insolvenzverschleppung ging auf seine Kappe, davon sind alle ausgegangen. Für Piet und Henk und die anderen Kollegen war es immer die Sietas-Werft gewesen, ohne Pella und irgendwelchen Schnickschnack.

Breuer erkannte die beiden nicht, und vermutlich hätte er die früheren Mitarbeiter auch in ihrer Alltagsaufmachung nicht zur Kenntnis genommen. Warum auch, er gehörte als Unternehmensberater nicht dem Betrieb an, obwohl er überall seine Nase hineingesteckt hatte. Er tat, wofür das Management ihn engagiert hatte, dafür erwartete er keinen emotionalen Zuspruch der Belegschaft. Knallharte Kalkulation, Optimierung von Produktionsabläufen, Arbeitsverdichtung, Einsparpotenziale aufspüren, auch und gerade im Personalbereich, und all das.

Nebelschwaden vollführten Schleiertänze über der Elbe, ab und zu zerriss einer der Schleier und gab den Blick auf den grauen Strom frei, bevor er sich wieder zuzog. Ein bisschen unheimlich wirkte es, doch heute war der Nebel willkommen. Die Brüder wussten, dass an diesem Morgen alles passen musste, wenn sie ihr Vorhaben umsetzen wollten. Sie hatten nur einen einzigen Plan, der musste sitzen, eine zweite Möglichkeit bekamen sie an Bord nicht. Etwas Glück gehörte sicher dazu, doch darauf konnten sie nur spekulieren.

Mit der *Kehrwieder* waren sie bestens vertraut, sie hatten selbst an der Hafenfähre mitgebaut, drüben, im Obstbauerndorf Neuenfelde, wo die maritime Schwerindustrie und das riesige Obstanbaugebiet des Alten Landes so dicht beieinanderlagen. Der Schiffsname kam in der Belegschaft überwiegend gut an, nur einige mäkelten, dass mit *Kehrwieder* im Norddeutschen die Sackgasse gemeint war. Doch die meisten dachten eher an den so bezeichneten westlichen Teil der HafenCity oder an wehmütige Abschiede von Seeleuten und Überseepassagieren, denen ein inniges *Kehr wieder* zugerufen wurde. Nur zehn Monate hatten sie für die Fähre gebraucht, das Know-how auf der Werft war enorm.

Da, wo das Flüsschen Este in den Elbstrom mündet, war seit bald vierhundert Jahren die Schiffswerft Sietas ansässig. Weithin sichtbar war sie, mit dem gewaltigen Wahrzeichen, dem zweibeinigen Portalkran und dem Verbindungsbalken darüber, durch den man vom einen zum anderen Bein gehen konnte. Die Elbe war hier bis zum Nordufer in Blankenese zweieinhalb Kilometer breit. Für die Bewohner auf der gegenüberliegenden Seite und die Touristen war der Kran ein guter Orientierungspunkt. Der sollte auf jeden Fall bleiben, hieß es. Von einem Gastrobetrieb war die Rede, weil die Aussicht auf die Elbmarsch mit den Obstplantagen so reizvoll war, und natürlich der Blick über die Elbe, mit den Containerriesen, die direkt vorüberglitten. Die Gäste könnten mit dem Aufzug hochfahren. Aber auf was konnte man sich noch verlassen, dachte Piet, ungelegte Eier waren das – und überhaupt: die paar Jobs!

Beim Kollegenstammtisch hatten sie erzählt, dass Breuer in Finkenwerder ein Anwesen in direkter Nähe zur Alten Süderelbe erworben hatte. Ganz idyllisch gelegen, das reinste Bullerbü für seine Kinder.

Aus alter Gewohnheit fuhr er jeden Morgen mit der 62er-Fähre auf die andere Elbseite rüber, um vom Anleger Neumühlen/Övelgönne aus bis nach Teufelsbrück zu joggen. Von dort aus ginge es dann mit der 64er zurück Richtung Finkenwerder. Gleich bei welchem Wetter. Piet schüttelte den Kopf. Seiner Statur nach konnte man ihm nicht ansehen, dass er täglich joggte, er brachte bestimmt mehr Pfunde auf die Waage, als ihm lieb war. Schön dämlich, diese Selbstoptimierer. Die waren ständig im Krieg, mit sich selbst und vor allem mit den anderen. Ein einziges Hauen und Stechen, um ganz vorne mitmischen zu können. Wer dabei warum auf der Strecke blieb, interessierte nicht weiter. Es war eben so, man konnte nicht alle mitschleppen. Für die Breuers dieser Welt war es eben so.

Knapp fünf Meter standen sie voneinander entfernt, sie und ihr Widersacher. Der machte schon mal seine Dehnübungen, bloß keine Zeit verlieren.

Auch Piet und Henk hatten keine Zeit zu verlieren, bis Neumühlen waren es gerade noch zehn Minuten. Dazwischen lag nur die wenig genutzte Haltestelle Bubendey-Ufer. Wenn niemand den Halteknopf drückte, würde der Schiffsführer hier nicht andocken – und so war es. Noch sieben Minuten bis Neumühlen. Piet spürte die Kälte nicht, Henk hatte den Blick nach unten gesenkt, vielleicht ging er im Kopf die Abläufe ein letztes Mal durch. Ab sofort mussten sie hellwach sein.

Es gab zwei Probleme: der Schiffsführer und die Videokameras. Fest stand, dass sie bereits beim Betreten der Fähre aufgenommen worden waren, daran war nicht zu rütteln. Auch jetzt lief die Kamera ständig mit. Die Bilder würden später kriminaltechnisch ausgewertet werden, das war ihnen von Anfang an bewusst gewesen. Deshalb die alberne Vermummung. Ihre Oberbekleidung würden sie nach der Aktion sicher entsorgen, also verbrennen.

Der Käpt'n hatte von der Brücke aus aber auch ohne Kamera eine gute Sicht auf das Oberdeck.

Zwei Treppen führten zum Hauptdeck hinunter, eine an Backbord, die andere steuerbords. Die Fähre steuerte den Anleger Neumühlen/Övelgönne backbordseitig an, der Schiffsführer würde also seine volle Aufmerksamkeit auf diese Seite richten, in Fahrtrichtung links, davon war sicher auszugehen. Die Steuerbordseite wäre für ihn nicht so wichtig, er würde wohl keinen Blick auf den Bildschirm der rechten Seite werfen. Das Abbremsen der Fähre, das Andockmanöver, die Fahrgastrampe und den Vorraum beobachten, in dem sich die Passagiere zum Aussteigen aufhielten, darauf würde er sich konzentrieren. Die Aktion musste also steuerbordseitig ausgeführt werden.

❆

Wozu das alles gut sein sollte, hatte Silke gefragt, die von Beginn an beteiligt war. Man müsse ihn ja nicht unbedingt von einer Fähre werfen, wenn es so riskant sei, erwischt zu werden. Wegen dem wollt ihr in den Knast einfahren? Überlegt doch mal! In Finkenwerder gibt es genug Möglichkeiten. Die Brüder lehnten das ab, es sollte etwas Symbolisches sein. Denk an Steffen, sagten sie, du verstehst das nicht, Bangbüx. Gib endlich Ruhe! Die Elbe musste es sein, was sonst. Silke wusste, dass da nichts zu machen war.

Beim Stammtisch hatte Steffen erzählt, was der Wegfall der drei Monatsgehälter bereits für Auswirkungen mit sich brachte. Das Haus. Die Schulden wollten getilgt werden, die Preise stiegen an allen Ecken, Reparaturen standen an. Wie sollte es erst werden, wenn er seinen Arbeitsplatz verlieren würde! Wo bekäme er eine gleichwertige Stelle her? Er und die anderen dreihundert Kollegen. Mit dem Schiffbau war es doch überall vorbei.

Die Sietas-Werft hätte aber nicht dran glauben müssen, da sah er die Hauptschuld in falschen Unternehmensentscheidungen und in der persönlichen Inkompetenz von Breuer, dem man zu viel Einfluss zugestanden hatte. Eine Werft wie ihre sei eigentlich im Vorteil, weil sie im Spezialschiffbau tätig war, das stand für ihn außer Frage. Sie lieferte fast nur Einzelanfertigungen ab, keinen Serienbau, nichts von der Stange. Die ganze Palette hatten sie bedient: Küstenmotorschiffe, Tanker, Kühlschiffe, Fähr- und Passagierschiffe, Containerschiffe, Fischereischiffe und Trawler, Baggerschiffe, einfach alles. Eben, erwiderte Lina, seine langjährige Freundin, genau das sei einer der Gründe für die Pleite. Besser, Schiffe in Serie bauen, da gibt's immer Anschlussaufträge, meinte sie. Bei der Konkurrenz aus Fernost, die viel billiger produziere, könne man nicht wählerisch sein. Wählerisch! Wer war denn wählerisch!

Es war zu viel für ihn gewesen, alles Widrige kam geballt zusammen, jetzt auch noch Linas belehrendes Gehabe, als er ihre Anteilnahme am nötigsten brauchte. Es klang beinahe so, als hätte sie mehr Verständnis für die da oben als für ihn. Lina nun wieder! Seit wann verstand sie was von dem Globalisierungs-dingens und von der Volkswirtschaft und von Betriebsführung?

Die übrigen Kollegen hatten mit sich selbst zu tun, und beim Stammtisch zog man sich gegenseitig runter. Die einen kamen besser mit der Situation zurecht, die anderen nicht.

Steffen nicht. Er zog es vor, die Abkürzung zu nehmen. Eines Morgens, Anfang November, stand er auf, ging zum Fähranleger und machte den einen, den entscheidenden, Schritt über die Kante hinaus. Der Sog drückte ihn unter den Ponton, erst die nächste Tide gab ihn mit dem ablaufenden Wasser frei.

Die Dinge bekamen eine neue Drehung. Es war Zeit, zu handeln, sagten sich die Brüder und Silke.

❄

Breuer griente. Oder lächelte er? Schwer zu klären, auf jeden Fall machte er mit seinem Smartphone de luxe eine Aufnahme von ihnen. Piet und Henk, die Weihnachtsmänner auf der *Kehrwieder*. Warum das, dachte Piet, die halbe Stadt läuft jetzt so rum, es war nicht originell, eher strunzdoof, und es juckte unter dem Bart.

Vielleicht war Breuer ein guter Ehemann, ein guter Vater und ein guter Nachbar. Vielleicht konnte man ihm getrost seinen Dackel anvertrauen, wer weiß. Es war nicht so einfach, seine Abscheu auf einem gleichmäßig beständigen Hasslevel zu halten. Es war sogar ein Problem. Eine *Herausforderung*, würde Breuer sagen. Piet seufzte.

»Das Handy müssen wir extra in der Elbe versenken, Piet«, bemerkte Henk.

»Ja, das müssen wir, sicher ist sicher, Henk«, bekräftigte Piet. Die *Kehrwieder* schwamm jetzt mitten im Fahrwasser. Der

136

Anleger Neumühlen/Övelgönne war hinter dem Nebelschleier am Nordufer noch nicht zu erkennen. Das Bassdröhnen der Nebelhörner ging ihnen durch und durch. Die akustischen Warnsignale vom Containerterminal am Burchardkai klangen in ihrer Vielzahl nicht weniger lärmig, aber in der Tonlage viel höher, ähnlich dem Gekreisch der Hafenmöwen. Hier wurde bei Tag und bei Nacht gearbeitet, die Riesenbäuche der Frachtschiffe wollten gelöscht und beladen werden, Container um Container. Hier konnte man einen Blick hinter die Kulissen der Weltwirtschaft werfen.

Containerschiffe hatten Piet und Henk und die anderen auch gebaut, nur eine Nummer bescheidener. Vorbei. Jüngst hatte der Insolvenzverwalter alle beweglichen Teile der Insolvenzmasse dokumentiert und registriert. Vieles war im Ausverkauf, vom zweihundert Meter langen Schwimmdock, das zu einer Flensburger Werft geschleppt wurde, bis zu den Betriebsfahrrädern.

»Na, meine Herren«, hörten sie Breuer sagen, »auch schon so früh unterwegs?«

Nur sie konnten gemeint sein. Fast wäre Piet ein launiges *Ach, sieht man das?* herausgerutscht, doch besann er sich und schwieg.

Breuer lächelte sein joviales Lächeln, das ihnen bekannt war. Er trat näher.

»Sie sehen aus, als hätten Sie heute noch was Feines vor.«

Die beiden nickten.

»Ja, so kann man das sagen«, bestätigte Henk.

»Na, Heiligabend ist ja auch ein besonderer Tag, nich wahr. Voller Überraschungen.«

Deine Überraschung wird dir nicht gefallen, mein Lieber, dachte Piet.

Hinter dem Nebelvorhang erschien als roter Farbtupfer kurz der Rumpf der *Elbe 3*, eines der betagten Arbeitsschiffe des Museumshafens am Anleger. Dort hatte es seinen dauerhaften Alterssitz gefunden. Hatte früher als Feuerschiff in der Deutschen Bucht gelegen.

Noch drei oder vier Minuten. Vom Fähranleger aus durfte niemand sehen, was gleich passieren sollte. Zum Glück war der Nebel ihr Verbündeter, und auch hier würden nur ein paar Leute aus- und einsteigen. Die wären mit sich selbst beschäftigt, so wie der Schiffsführer mit seiner Arbeit. Dennoch: Breuer musste die Treppe der Steuerbordseite runter, der Seite zur Elbe hin. Bloß jetzt kein vermeidbares Risiko eingehen.

»Dann mal noch einen schönen Tag, die Herren, und ein frohes Fest.«

»Ja, danke, Ihnen auch«, erwiderte Piet den Gruß höflich. Sie waren nun auf seine Mitwirkung angewiesen. Die Brüder hatten eine klare Vorstellung vom weiteren Lauf der Dinge.

Showtime.

✳

Henk ging auf die Steuerbordseite zu. Vor der Treppe knickte er wie geplant mit dem Fuß um, gab einen Schmerzenslaut von sich, stolperte zum Schein die Stufen hinunter. Piet reagierte nicht sofort, fummelte an seinen Schnürsenkeln herum, wartete, bis Breuer die Initiative übernahm, um nach seinem Bruder zu sehen. Das tat er gleich, jetzt dicht gefolgt von Piet. Schon hatte er die Treppe erreicht.

Es war nur ein kurzer Kontakt mit dem Elektroschocker, der Breuer die Beine wegzog. Seine Muskeln versagten, er gab einen blökenden Schafslaut von sich, bevor er die Stufen hinuntersackte. Henk, der auf halber Treppe stehen geblieben war, bemühte sich, ihn aufzufangen, um Poltereien zu vermeiden. Er geriet dabei heftig ins Wanken, doch auf sein linkes Standbein war Verlass. Piet rückte nach, umfasste Breuer weiter unten, in Höhe der Knie, hob den Körper an, um ihn über die seitliche Treppenbegrenzung zu wuchten. Es verlief nicht so reibungslos wie erhofft, denn auf der Schräge des Geländers rutschte der Oberkörper ein Stück nach unten. Henk hielt ihn erneut auf. Derweil ließ die Wirkung des Stromstoßes nach, der Kontakt mit dem Gerät war recht kurz gewesen, zu kurz, wie sich herausstellte. Piet hatte keinerlei Erfahrung damit. Für einen weiteren Stromkontakt blieb keine Zeit, Piet hatte alle Hände voll zu tun, und der blöde Schocker steckte in der Manteltasche. Das Ding hatte er bei Amazon bestellt wie irgendeinen beliebigen Gegenstand, und gestern war es noch rechtzeitig mit der Post gekommen. Er haderte.

»Los jetzt«, ranzte er seinen Bruder an, »mach hin.« Sie zogen Breuer nun die Treppe ganz herunter. Henk lugte kurz durch die Glastür, zum Glück hielten sich dahinter keine Passagiere auf, der Ausstieg würde in etwa zwei Minuten auf der anderen Seite erfolgen.

Hier, am Treppenfuß, war es einfacher, Breuer über Bord zu kippen, da zwischen der hochgeklappten Rampe und der Seitenwand der Treppe lediglich ein hüfthohes Begrenzungsgitter ohne Schräge war. Leicht zu überwinden.

❄

Breuer krallte seine linke Hand reflexartig in Henks Mantel, jetzt drehte er sogar den Oberkörper so, dass auch die rechte Hand sich wie im Krampf in die Kleidung des Angreifers wühlte.

Fast wirkte es komisch, als der ein empörtes »Na!« ausrief. Die Hände wurde er nicht mehr los. Breuers Pupillen waren unnatürlich weit aufgerissen, es spiegelten sich Angst, Entsetzen und Unglauben darin. Piet drückte ihn rückwärts über das Gitter. Rechnete er damit, dass Breuer den Griff, mit dem er sich an den Bruder festgekrallt hatte, im Kippen lockerte? Das passierte nicht. Breuer zog. Auch Henk neigte sich nun gefährlich über das Absperrgitter. Schon lösten sich seine Füße vom Boden, er tastete nach dem Geländer, suchte nach einem stabilen Halt. Piet reagierte spät, er umfasste Henks rechtes Bein, aber nicht fest genug. »Halt mich, Piet!« Der Schwerpunkt von Henks Körpers lag bereits jenseits der Sperre. Piet konnte die beiden verklammerten Männer nicht halten, ihr Gewicht wog schwer. Breuer schrie nicht, sicher lähmte ihn die Todesangst. Er nahm Henk mit in das vernebelte winterkalte Wasser. Kurz tauchten sie unter, kurz wieder auf, bevor die Heckwelle sie unter der Oberfläche verstrudelte.

All das passierte so unwirklich schnell. Piet wollte Henks Namen brüllen, aber es war ihm nicht möglich, er hatte keine Stimme. Es schien, als löste er sich auf, als hätte jemand den Korken gezogen, als würde alles Leben aus ihm entweichen. Es zog ihn zu Boden, der Hinterkopf schlug gegen etwas, der Schmerz holte ihn zurück.

Kehr wieder, Henk, kehr wieder!

Fine Rink und die Tote im Weihnachtsbaum

Anke Küpper

Kommissarin Fine Rink streckte den Arm aus und lächelte in ihr Handy. Selfie mit Weihnachtsbaum. Die zwei Minuten mussten sein. #größterweihnachtsbaumderwelt bekam jedes Mal über hundert Likes und eine Menge Kommentare. Besonders dieses Jahr, in dem anstelle des Engels erst eine viel diskutierte Kugel den Dortmunder Rekordbaum gekrönt hatte. Wobei es genau genommen nicht nur *ein* Baum war, sondern etliche. Alljährlich ab Ende Oktober wurde auf dem Hansaplatz ein fünfundvierzig Meter hohes Gerüst aufgebaut und mit über tausend Fichten bedeckt.

Fine zoomte so weit weg, dass der gesamte Baum zu sehen war. Als sie im Weitergehen das Foto bei Instagram hochlud, wurden ihr zehn neue Abonnenten angezeigt, darunter ein US-Soldat mit Nikolausmütze, Brad Pitt und der Chef einer Modelagentur. Sie durfte nachher nicht vergessen, diese zu blockieren, sonst würde sie sich vor zweifelhaften Kontaktangeboten nicht retten können. Erst letzte Woche war ein Typ total aufdringlich geworden, hatte sich unbedingt mit ihr treffen wollen.

Ihr Handy piepste. Am Bildschirmrand poppte eine Nachricht auf. *Wo bleibst du?*, drängelte der Kollege vom Kriminaldauerdienst, der sie vor einer halben Stunde zum Weihnachtsmarkt bestellt hatte.

Bin da. Fine schob ihr Handy in die Jackentasche und schlängelte sich durch die Menge. Um halb zwölf am Vormittag lag Glühweindunst in der Luft, Jingle Bells dudelte aus den Lautsprechern. Vor der Reibekuchenbude drängte sich ein Pulk aus Rentnern in Outdoorjacken. »Smakelijk!«, schnappte Fine einen Brocken Holländisch auf. Jäh spürte sie Appetit. Aber das musste warten. Es sei denn, sie wollte es sich mit dem Kollegen verscherzen.

Suchend eilte sie an den Buden vorbei, die eine geschlossene Kette rund um den Weihnachtsbaum bildeten. Irgendwo musste es trotzdem einen Weg geben, um hineinzugelangen. Zwischen Käsespezialitäten und Gummibärchen fand Fine die Lücke. Sie führte in einen schmalen Gang zwischen Budenrückseiten und einem mit grüner Plane verkleideten Bauzaun. Eine uniformierte Kollegin bewachte eine Metalltür im Zaun. Fine zeigte ihren Ausweis und wurde durchgelassen ins Innere des Baums.

Es war, als träte sie hinter die Kulissen eines Theaters, von einer Sekunde zur nächsten erlosch der funkelnde Zauber des Weihnachtsmärchens. Auf einem Betonblock nahe dem Treppenaufgang, im grellen Licht eines Bauscheinwerfers, lag der Leichnam. Fine begrüßte den Kollegen vom Kriminaldauerdienst mit einem Nicken, dann hockte sie sich neben die Notärztin.

Die Tote hatte langes schwarzes Haar und dunkelbraune Augen, genau wie Fine. Die Nase schien gebrochen, die untere Hälfte des Gesichts war komplett blutverschmiert, sodass man nicht viel erkennen konnte. War sie vornübergestürzt?

Schnell ließ Fine den Blick weiterschweifen. Pinkfarbener Fleecepulli mit Schürze darüber. Skinny Jeans. Arme und Beine komplett verdreht. Die Füße in den schwarz-weiß karierten

Slip-on-Vans standen in einem unnatürlichen Winkel von den Waden ab. Wie bei einer Puppe mit ausgeleierten Gelenken.

»Können Sie schon eine Angabe zum Todeszeitpunkt machen?«

»Ewig kann es nicht her sein.« Die Notärztin wies auf den Kopf der Toten und schob erklärend nach: »Die Leichenstarre hat erst bis zu den Schultern eingesetzt.«

»Stoßspuren?«

»Keine sichtbaren. Aber auch dazu fragen Sie besser die Rechtsmedizin.«

»Mein dritter Suizid diese Woche«, kommentierte der Kollege in Fines Rücken.

Wie kam er darauf? Sie stand auf und legte den Kopf in den Nacken. Zwischen den einzelnen Gerüstebenen führte eine Alu-Treppe bis in die Spitze des Baumes, etwa auf der Hälfte sicherte eine Kollegin von der KTU mögliche Spuren. Fine bemerkte, dass dort eine Geländerstange fehlte.

»Es kann auch ein Unfall gewesen sein«, schlug sie vor. »Oder jemand hat sie gestoßen.«

»Wenn du meinst.« Der Kollege reichte ihr ein Paar Handschuhe und einen zusammengefalteten Zettel.

Fine las die mit Bleistift gekritzelten Worte: *Verzeiht mir, ich kann nicht mehr so leben, wie ihr erwartet.* Sie blickte auf. »Soll das ein Abschiedsbrief sein? Das beweist noch gar nichts.«

»Hol dir eine Schriftprobe.« Er schlug sein Notizbuch auf. »Darya Ahmadi, geboren am 4. Juni 2003 in Teheran. Und bevor du fragst: Sie hatte ihren Ausweis dabei. Sie wohnt in der Stahlwerkstraße 8, das ist hinterm Borsigplatz. Ihre Eltern und ein jüngerer Bruder sind dort auch gemeldet.«

Fine erschauerte. Die Tote war auf den Tag genau fünf Jahre jünger als sie – und aus dem Iran. Wie Fines leiblicher Vater, den sie nie kennengelernt hatte. Für einen verrückten Moment fühlte sie sich der Toten nah, fast als läge sie selbst dort. Absurd. Sie schüttelte den Gedanken ab.

»Ich muss weiter.« Geräuschvoll klappte der Kollege sein Notizbuch zu.

»Halt! Wer hat die Tote gefunden?«

»Ich.« Auf einem der Stahlträger im Schatten der Treppe kauerte ein etwa dreißigjähriger Mann mit kahl rasiertem Kopf. Fine trat auf ihn zu.

»Sie sind die Kommissarin?« Er musterte sie, als könne er es kaum glauben. Und Fine verfluchte mal wieder, dass sie so viel jünger aussah, als sie war.

»Was dagegen?«

»Nein, nein!« Entschuldigend hob er die Hände.

»Und wer sind Sie?«

»Adrian Lem. Ich arbeite hier als Wachmann.« Stockend berichtete er, wie er zu Dienstbeginn um halb elf seine Runde am Weihnachtsbaum begonnen hatte. Manchmal warf er dabei einen Blick ins Innere. So auch heute. »Ich habe die Tür aufgeschlossen. Und da lag sie!« Er hatte sie umgedreht, um zu sehen, ob sie noch lebte, und dann sofort den Notruf gewählt.

»Kannten Sie die Frau?«

»Sie hat an der Reibekuchenbude gearbeitet, wenn Sie das meinen. Aber bis eben wusste ich nicht mal, wie sie heißt.« Er rieb sich über das Gesicht.

»Haben Sie eine Idee, wie sie hier reingekommen ist?«

Er hob die Schultern. »Das fragen Sie besser die anderen Schlüsselbesitzer.« Es gab nur vier Sicherheitsschlüssel für die Tür, erklärte er. Die Firma, bei der Lem angestellt war, besaß einen, der jeweils bei Schichtwechsel übergeben wurde. Die restlichen drei gehörten der Gerüstbaufirma, dem Weihnachtsmarktveranstalter und einem von den Schaustellern, in diesem Jahr dem eines Glühweinstandes.

Fine würde zuerst Daryas Arbeitsstelle überprüfen. Bevor sie die Eltern über den Tod ihrer Tochter informierte, brauchte sie eine Stärkung.

❄

»Und für Sie?« Die Frau hinterm Tresen der Reibekuchenbude schaute kaum auf, beidhändig hantierte sie mit den Bratspachteln.

»Drei mit Apfelmus. Kann ich Sie einen Moment sprechen?«

»Nein, Sie sehen doch, was hier zu tun ist. Meine Mitarbeiterin ist heute nicht gekommen.«

»Genau darum geht's.«

»Wollen Sie sich bewerben? Sie können gleich anfangen!« Die Frau klatschte drei Reibekuchen auf einen Pappteller.

Fine zeigte ihren Dienstausweis. »Wir haben Darya Ahmadis Leiche gefunden.«

Der Teller fiel zu Boden. »Hat sie sich umgebracht?«

»Wie kommen Sie darauf?«

»Na, bei der Familie!« Während Fine ihrer Mahlzeit hinterhertrauerte, wendete die Frau schon die nächsten Reibekuchen auf der Bratplatte und nahm weitere Bestellungen auf. Zwischendrin gab sie wieder, was sie von Darya wusste: »Ihre Eltern haben sie wie im Gefängnis gehalten. Nur arbeiten gehen durfte sie. Im neuen Jahr sollte sie heiraten, eine Zwangsehe mit einem zwanzig Jahre älteren Cousin, den sie noch nie gesehen hat. Dass so etwas überhaupt erlaubt ist!« Sie nahm einen neuen Teller vom Stapel und befüllte ihn. »In den letzten Tagen war Darya richtig deprimiert.«

Hatte sie da an Selbstmord gedacht?, fragte Fine sich. Aber wenn es so schrecklich war, rannte man doch weg, statt sich umzubringen. Steckte noch etwas anderes dahinter? Liebeskummer zum Beispiel? »Hatte sie einen Freund?«

»Wann hätte sie den treffen sollen?« Die Frau schnaubte und reichte Fine den Teller. »Fünf Euro.«

Ganz schön teuer! Aber Fine hatte länger keine Spesenrechnung gestellt. Sie suchte sich einen freien Stehtisch, schnitt den ersten Reibekuchen an und tunkte ihn ins Apfelmus. Als sie zubeißen wollte, tippte ihr jemand von hinten auf die Schulter.

Der Wachmann, Adrian Lem.

Ihm war noch etwas eingefallen. Sein Kollege hatte bei der Übergabe eine Frau erwähnt. Gegen sieben Uhr war sie auf einem der Überwachungsmonitore aufgetaucht. Sie war geduckt an der Extra-Wurst-Bude vorm Weihnachtsbaum vorbeigehuscht, als wolle sie nicht gesehen werden. Der Kollege war sofort nach draußen gegangen, hatte jedoch niemanden mehr erwischt.

»Hat er Ihnen die Frau beschrieben?«

»Nein, aber die Aufnahmen werden vierundzwanzig Stunden aufbewahrt. Kommen Sie mit!«

❅

Fine stand hinter Adrian Lem im Container des Wachdiensts und betrachtete das Standbild auf dem Monitor. Auch wenn es schwarz-weiß und grob aufgelöst war, konnte man die Kleidung der dunkelhaarigen Frau gut erkennen: Schürze, Skinny Jeans. Karierte Vans.

»Das ist sie, oder?« Lem sah sich zu ihr um.

Fine nickte. Die Erinnerung an den verdrehten Körper schnürte ihr die Kehle zu. Gut, dass sie nichts im Magen hatte.

Die Reibekuchen hatte sie in der Eile stehen gelassen. »Weiter«, bat sie. Vielleicht tauchte noch jemand anders auf dem Monitor auf. Aber in den nächsten dreißig Minuten regte sich nichts im Kameraausschnitt. War Darya also tatsächlich in den Tod gesprungen?

»Ich schicke Ihnen eine Kopie.« Lem drückte die Stopptaste, lehnte sich in seinem Stuhl zurück und schlug die Beine übereinander.

Im Nachhinein konnte Fine nicht sagen, woher der Impuls kam. Sie hatte sich schon verabschiedet, als sie sich an der Tür noch einmal umdrehte und Lems Schuhe fixierte. »Darf ich kurz hier telefonieren?« Sie wartete die Antwort nicht ab und rief die Kollegin von der KTU an, die vorhin oben an der Treppe gestanden hatte. »Ist der Leichnam noch da?«

Die Kollegin verneinte. Die Tote war bereits unterwegs in die Rechtsmedizin.

»Dann schick mir bitte die Fotos aufs Handy.«

»Wir haben den Laptop gerade eingepackt.«

»Dann pack ihn wieder aus.« Fine verbarg ihre Ungeduld nicht. Keine fünf Minuten später öffnete sie das erste Foto. Sie schob zwei Finger auf dem Display auseinander, um näher heranzuzoomen. Yes!

Bei genauem Hinsehen saß der linke Slipper am rechten Fuß und umgekehrt. Entenfüße nannte man das bei Kindern. Aber eine erwachsene Frau wie Darya würde kaum ihre Schuhe verkehrt herum anziehen. Oder? Zur Sicherheit ließ Fine sich von Lem erneut das Monitorbild zeigen. Kein Zweifel, da saßen die Slipper noch richtig. Hatte Darya sie im Sturz verloren? Dann hätte jemand anders sie ihr wieder an die Füße gesteckt – aber weil die Beine so verdreht waren, hatte die Person versehentlich die Seiten vertauscht. Denkbar war das.

Fine rief in der Rechtsmedizin an und bat die Ärztin, schnellstmöglich die Leichenschau durchzuführen und dabei auf Stoßspuren zu achten. Dann benachrichtigte sie die Kollegen auf der Wache, damit diese sich um die Schlüsselbesitzer kümmerten.

Als sie auflegte, bemerkte sie Lems bohrenden Blick. Er ist Wachmann, fast ein Kollege, beruhigte sie sich. »Wenn Ihnen noch etwas einfällt, melden Sie sich.« Diesmal verabschiedete sie sich wirklich.

❋

Nach der Aussage der Reibekuchenverkäuferin rechnete Fine mit Tschador oder zumindest Kopftuch. Die Frau, die ihr die Tür öffnete und sich als Daryas Mutter vorstellte, trug Rock, Pullover und das schwarz gelockte Haar offen. Ohne zu zögern, bat sie Fine herein.

Im einzigen Sessel im Wohnzimmer saß Daryas Vater und blickte ihr neugierig entgegen. Die Mutter zog sich einen Stuhl vom Esstisch heran. Daryas Bruder – muskelbepackt wie jemand, der täglich Gewichte stemmte – thronte mitten auf dem Sofa. Fine setzte sich neben ihn. Daryas Platz.

»Möchten Sie einen Tee?«, fragte der Vater.

»Nein, danke.« Besser, sie brachte es sofort hinter sich.

Die Mutter schrie auf und warf sich in die Arme des Vaters. Der Bruder blieb reglos sitzen und starrte Fine von der Seite an. Als wäre sie das personifizierte Böse.

Fine spürte Übelkeit in sich aufsteigen. Sie – allein sie! – hatte das Leben der Familie Ahmadi zerstört. Dabei war sie nur die Überbringerin der Todesnachricht, aber so fühlte sie sich nun mal. Als wäre sie schuld, dass Daryas Platz künftig frei bleiben würde.

»Hat Darya jemals von Selbstmord gesprochen?«

»Natürlich nicht!«, sagte der Vater.

»Manchmal hat sie schon damit gedroht«, widersprach die Mutter. Sie löste sich aus der Umarmung und setzte sich zurück auf den Stuhl. »Darya hatte ihren eigenen Kopf. Letzte Woche wollte sie plötzlich nur noch Deutsch statt Persisch mit uns reden. Das hat meinem Mann nicht gefallen.« Sie schluchzte auf. »Das ist doch kein Grund, sich umzubringen!«

Aber vielleicht der Grund, warum der Abschiedsbrief auf Deutsch geschrieben war? War er an die Eltern gerichtet? Meist waren sie es, die ihre Kinder mit Erwartungen erstickten.

Fine holte ihr Handy hervor und reichte es der Mutter. »Ist das Daryas Schrift?«

Die Mutter nickte.

»Azize delam«, sagte der Vater zum ersten Mal etwas auf Persisch, die Stimme rau vor Kummer. »Mein geliebter Schatz! Wir hätten besser auf dich aufpassen müssen!«

Fine horchte auf. »Was meinen Sie damit?«

»Dass immer ein Mann für sie da sein muss«, mischte sich der Bruder ein. »Deshalb ziehen unsere Frauen erst zu Hause aus, wenn sie heiraten.« Bildete Fine es sich nur ein, oder betrachtete er sie abschätzig?

»Stimmt es, dass Darya einen Cousin im Iran heiraten sollte?«

»Wer sagt das?«, brauste der Vater auf.

»Das stimmt nicht.« Die Mutter legte ihm die Hand auf den Arm. »Damit hat mein Mann vielleicht mal im Streit gedroht. Aber das ist schon länger her – und wirklich ernst hat er es nicht gemeint. Das würde er seiner Tochter nicht antun.« Sie lächelte gequält. »Zoltan ist ein lieber Mann.«

Aber warum hatte Darya dann kürzlich von der bevorstehenden Zwangsheirat erzählt? Hatte sie gelogen? Oder logen die Eltern?

Fines Telefon vibrierte in ihrer Hand: die Rechtsmedizin!

»Da muss ich kurz rangehen!« Sie stand auf und trat in den Flur.

»Todeszeitpunkt schätzungsweise zwischen sechs und neun Uhr morgens. Vorausgesetzt, der Aufprall hat sofort zum Tod geführt«, sagte die Ärztin. »Keine sichtbaren Stoßspuren. Dafür aber reichlich Griffspuren.«

Fines Herz schlug schneller. Was, wenn Darya hatte wegrennen wollen und jemand sie daran gehindert hatte? »Das heißt, es war kein Suizid?«

»Frau Rink!« Es klang wie eine Ermahnung. »Wir müssen die innere Leichenschau abwarten.«

»Dann geben Sie das Blut in die Tox«, sagte Fine schnell. »Testen Sie auf K.-o.-Tropfen.« Auch wenn es für den Nachweis wahrscheinlich zu spät war.

Als sie zurück ins Wohnzimmer kam, flüsterte die Familie untereinander auf Persisch.

Die Mutter sah mit Tränen in den Augen zu ihr auf. »Es ist schwer für uns. Sie sehen Darya so ähnlich!«

Fine schluckte.

»Nur ein bisschen«, wiegelte der Vater ab.

»Wie können Sie sicher sein, dass die Tote Darya ist?« Abrupt wechselte der Bruder das Thema.

»Sie hatte ihren Ausweis dabei, und der Wachmann hat sie identifiziert.« Fine beschloss, trotzdem eine DNA-Probe zu veranlassen, um alle Zweifel auszuräumen.

»Welcher Wachmann?«

»Adrian Lem.« Ihr fiel wieder ein, wie er sie gemustert hatte. Weil er auch fand, dass sie aussah wie Darya? Aber warum hatte die Frau in der Reibekuchenbude nichts gesagt? Allerdings hatte diese die meiste Zeit auf ihre Bratfläche geguckt, während sie mit ihr geredet hatte.

»Adrian! Der hat Darya nachgestellt«, behauptete der Bruder. »Ich hab ihr gesagt, der Alman hat keine Werte.«

Fine sog die Luft ein.

»Ich verstehe das alles nicht«, murmelte der Vater.

Ich auch nicht, dachte Fine. Die widersprüchlichen Aussagen wirbelten durch ihren Kopf wie Schneeflocken, verschleierten den Blick auf die Wahrheit. Oder hatte jeder auf seine Art recht mit seiner subjektiven Sichtweise? Wer war Darya wirklich? Fine wünschte, sie könnte Darya selbst befragen. Aber wie redete man mit einer Toten?

❄

Zumindest in einer Sache war Fine am Nachmittag schlauer.

Die Kollegen aus dem Präsidium hatten die Schlüsselbesitzer befragt. Alle drei besaßen ihre Schlüssel noch, genauso wie ein Alibi für die mögliche Tatzeit. Dem Wachmann, der in der Nacht gearbeitet hatte, war nichts weiter aufgefallen. Er hatte allerdings nicht im Baum nachgesehen.

Blieb das Rätsel, wie Darya dort hineingekommen war. Hatte jemand aus Versehen die Tür offen gelassen? Oder zwischenzeitlich seinen Schlüssel verliehen?

Als Fine kurz vor Feierabend endlich Adrian Lem erreichte, beharrte der darauf, Darya nicht näher gekannt zu haben. Wie deren Bruder zu seiner Behauptung kam, wisse er nicht. »Am liebsten würde ich ihn wegen übler Nachrede anzeigen!«, schimpfte er. Aber heute schaffe er es nicht mehr, persönlich vorbeizukommen.

Fine verwies ihn an die Internetwache. Stöhnend legte sie auf. Schlauer zu sein, bedeutete in diesem Fall nicht, dass sie klarer sah.

❋

Am nächsten Morgen saß Fine noch nicht lange am Schreibtisch, als die Ärztin aus der Rechtsmedizin erneut anrief.

»K.-o.-Tropfen negativ. Griffspuren und Hämatome sind prämortal verursacht.«

»Kampfspuren?«, hakte Fine nach.

»Eher nicht.«

»Wurde Darya Ahmadi getragen«, überlegte sie laut, »und dann …«

»Ganz sicher nicht«, würgte die Ärztin ihren Gedankengang ab. »Die Tote ist nicht Darya Ahmadi. Die DNA stimmt nicht überein.«

»Was?« Fine merkte selbst, wie atemlos sie klang. »Wer ist sie dann?«

»Ich weiß es nicht. Ihre DNA ist nicht in unserer Datenbank.«

»Irgendwelche besonderen Merkmale?«

»Brustimplantate. Ich schick euch die Seriennummer.«

Hatten gestern Schneeflocken in Fines Kopf gewirbelt, tobte jetzt ein Blizzard hindurch. Wer war die Tote? Warum hatte sie Daryas Ausweis dabeigehabt? Und wo steckte Darya, wenn sie nicht in der Rechtsmedizin lag?

Fine musste die Familie informieren! Aber vorher fuhr sie schnell ihren Computer hoch. Vielleicht hatte jemand die Tote als vermisst gemeldet. Denn bis sie herausfanden, wo die Implantate eingesetzt worden waren, konnte es dauern.

Eine Viertelstunde später hatte Fine fünf Frauen gefunden,

deren Beschreibung auf die Tote passte. Wobei sie auch auf Fine gepasst hätte. Es gab offenbar mehr 1,60 m bis 1,70 m große Frauen zwischen zwanzig und dreißig mit langen schwarzen Haaren, braunen Augen und südländischem Teint, als sie bislang angenommen hatte. Aber nur eine davon kam aus Dortmund! Ein Timo Witt hatte gestern Morgen seine Freundin Nilufer Gökhan als vermisst gemeldet, nachdem sie am Vorabend nicht nach Hause gekommen war und er sie telefonisch nicht erreichen konnte.

Witt nahm den Anruf nach dem ersten Klingeln an.

Nach kurzem Zögern bestätigte er, dass seine Freundin eine Brustvergrößerung hatte machen lassen. »Warum wollen Sie das wissen? Ist sie …« Er verstummte.

In dem Moment erschien auf Fines Bildschirm die Mail mit der Seriennummer. »Wissen Sie, wo sie ihren Implantat-Pass aufbewahrt?«

»Ich glaube ja.«

Kurz darauf las er die Nummer vor. Es war dieselbe, die die Ärztin genannt hatte.

»Wir haben eine Spur«, log Fine. Frauenmorde waren viel zu häufig Beziehungstaten. Sie musste mit einer Streife bei Timo Witt vorbeifahren, um zu sehen, wie er auf die Todesnachricht reagierte.

»Hat Nilufer erwähnt, dass sie jemanden treffen wollte?«
»Nein.«

»Oder von irgendwelchen neuen Kontakten erzählt?«
»Nein!«

»Denken Sie nach. Es kann auch länger her sein.«

»Nein«, sagte er wieder, diesmal weniger bestimmt. War ihm doch etwas eingefallen? Fine hakte nicht nach, sondern wartete, bis Witt von selbst weitersprach.

»Ich habe mich vorhin in Nilufers Instagram-Account einge-
loggt.«

Instagram! Fine hatte total vergessen, die Reaktionen auf ihr
Weihnachtsbaumfoto zu überprüfen!

»Ja und?«, drängte sie, weil Witt schon wieder schwieg.

»Es kann sein, dass sie ein Vorstellungsgespräch hatte.« Witt
machte eine Pause. »Wegen eines Jobs bei *Starmodel Germany.*«

Der Name des Accounts kam Fine bekannt vor. Mit der freien
Hand holte sie ihr Handy hervor und scrollte durch ihre Nachrichten. Yes! Der Modelagent letzte Woche hatte ihr ebenfalls
über *Starmodel Germany* geschrieben. Sie tippte auf den Profil-
Button. Gelöscht! Aber Fine hatte den Chat archiviert. Nilufer
zum Glück auch. Witt bot an, ihr die Screenshots zu mailen.

»Ich melde mich gleich noch mal«, verabschiedete sie sich.
Nur zwei Minuten später überflog sie die Nachrichten auf ihrem Computermonitor. Anfangs waren diese wortgleich mit
denen, die sie erhalten hatte. Alle unterschrieben von einem
Erol. Dann änderte sich der Ton, wurde weniger drängend.
Wahrscheinlich weil Nilufer – anders als Fine – auf das Angebot
eines kostenlosen Probe-Shootings eingegangen war und sich
vorgestern Abend mit Erol zum Glühweintrinken auf dem
Weihnachtsmarkt verabredet hatte.

Ob die IT-Forensiker herausfinden konnten, wer hinter dem
Account steckte?

In dem Moment registrierte Fine, dass die letzte Nachricht
nicht mit Erol unterzeichnet war. Sondern mit einem ihr bestens
bekannten Namen. Obwohl die Heizung im Büro voll aufge-
dreht war, fröstelte sie. Statt einer Streife forderte sie ein SEK an.

Hoffentlich lag sie nicht falsch.

❄

Die Kollegen umstellten ein heruntergekommenes Einfamilienhaus in Scharnhorst. Weil auf Fines Klingeln und Klopfen niemand öffnete, setzten sie die Ramme an.

Auf dem Tisch im Wohnzimmer stand eine leere Flasche Dom Pérignon, daneben zwei halb ausgetrunkene Gläser. Hinter dem Sofa kauerte Adrian Lem, eine schwarzhaarige Frau im pinkfarbenen One-Piece klammerte sich an ihn.

Als Darya aufblickte, glaubte Fine, in den Spiegel zu sehen. Wie ein elektrischer Schlag durchfuhr sie die Erkenntnis: Auch sie hätte die Tote im Weihnachtsbaum sein können! Zum Glück hatte sie das Angebot des vermeintlichen Modelagenten ignoriert.

❄

»Doppelgängermord in Dortmund?« titelten die Ruhrnachrichten zwei Tage später. Immerhin mit Fragezeichen. Fine hatte die Zeitung am Morgen beim Kiosk gekauft und erleichtert festgestellt, dass noch nicht alles an die Presse durchgesickert war. Jetzt hatte sie Feierabend und genug Zeit, um das Reibekuchenessen auf dem Weihnachtsmarkt nachzuholen. Auch wenn die Schlange vor der Bude bis fast zum Eingang von Karstadt reichte. Während Fine Schritt für Schritt vorrückte, drifteten ihre Gedanken immer wieder zurück zu Adrian Lem und Darya Ahmadi.

Beide gaben an, der jeweils andere habe Nilufer in die Falle gelockt, betäubt und anschließend die Treppe hinaufgetragen. Aber die IT-Forensiker würden bestimmt dahinterkommen, wer den Fake-Account der Modelagentur eingerichtet hatte, um ein Opfer zu finden, das Darya ähnlich sah. Daryas Behauptung hingegen, Adrian, der am Tag vor der Tatnacht Dienst gehabt hatte, habe seinem Kollegen bei der Übergabe einen falschen Schlüssel in die Hand gedrückt und den richtigen behalten, ließ sich im Nachhinein schlecht beweisen. Vor allem, weil Adrian dazu schwieg. Und ob Daryas Bruder wirklich ausgetickt war, als er Adrian und sie knutschend erwischt hatte? Angeblich hatte er ihr früher sogar mal den Pass weggenommen, weil sie in seinen Augen ungehorsam gewesen war. Aber rechtfertigte das die Tat? Wie gewissenlos mussten zwei Menschen sein, dass sie jemand völlig Unschuldiges umbrachten, nur um ihre Liebe zu leben! Oder das, was sie Liebe nannten. Trotzdem hatte Fine nachgehakt, warum die beiden nicht einfach so durchgebrannt waren. Das fragst du, Schwester?, hatte Darya entgegnet und behauptet, dass ihr Bruder sie überall gefunden hätte. Um zu unterstreichen, was dann passiert wäre, hatte sie die Hände in den Handfesseln gehoben und an ihrem Hals entlanggezogen.

»Und für Sie?« Eine energische Stimme riss Fine aus ihren Gedanken. In der Reibekuchenbude stand die gleiche Frau wie neulich.

»Drei mit Apfelmus«, bestellte Fine wieder.

Als die Frau den Teller über den Tresen reichen wollte, entglitt er ihr. Kopfschüttelnd sah sie Fine an. »Entschuldigung, ich habe Sie verwechselt. Ich mache Ihnen sofort eine neue Portion.«

Weihnachten im Wassertank

von Adrian Geiges

Als Monica da Silvas Handy Heiligabend kurz vor Mitternacht einen Anruf ihres Kollegen Fernando Gomes anzeigt, weiß die Juniorermittlerin der Mordkommission: Die schönen Tage sind vorbei, bevor sie richtig begonnen haben. Monica sitzt gerade beim Weihnachtstruthahn in der Wohnung der Familie ihrer Schwester, auch ihre Eltern sind dabei. Gleich um 0 Uhr soll wie landesüblich die Bescherung losgehen. Monicas kleine Nichten tanzen zur Musik aus dem Laptop ihres Vaters. Jetzt stört ihr Kollege Fernando die laute Heilige Nacht mit ruhiger Stimme: »Wir müssen nach Catumbi, auf den Morro da Mineira.«

Fernando ist zwei Jahrzehnte älter als Monica, die frisch von der Polizeischule kommt. Schon in den ersten Wochen der Zusammenarbeit ist ihr dieser Zug an ihm aufgefallen: Er spricht über Dinge, bei denen zumindest Monica einen Kloß im Hals bekommt, so, als seien sie das Selbstverständlichste auf der Welt.

Der Morro da Mineira, wörtlich »Hügel des Bergbaus«, ist eine der berüchtigtsten Favelas Rio de Janeiros. Schon über die Hundehaufen zu springen mit dem Geruch von Urin in der Nase, der dort aus allen Ecken zu strömen scheint, löst bei

Monica, Tochter einer Anwaltsfamilie, Brechreiz aus, wenn sie durch die Slums geht. Bevor sie Polizistin wurde, hat sie dies deswegen tunlichst vermieden. Allerdings geht selbst die Polizei normalerweise nicht in diese Favela, weil viel zu gefährlich. Schließlich wird der Morro da Mineira vom Comando Vermelho beherrscht, übersetzt »Rotes Kommando«, der größten und brutalsten Drogengang von Rio de Janeiro. Die Gang kümmert sich dort selbst um Ordnung oder um das, was sie darunter versteht. Und jetzt soll Monica die Nacht auf den ersten Weihnachtstag dort verbringen?

Zum Glück holt Fernando sie ab, allein wüsste sie nicht, wie sie dort hinkommen soll, kein Bus und kein Taxi fährt in diese Favela. So fahren sie in seinem zerbeulten Gol – einer exklusiv von Volkswagen Brasilien produzierten Mischung aus Polo und Golf, der in diesem Fußballland so benannt worden ist, da »gol« im brasilianischen Portugiesisch wie im Spanischen »Tor!« bedeutet, also Treffer ins Tor. Fernando will Monica nicht verraten, um was für einen Fall es geht, er sagt nur: »Lass dich überraschen.« Typisch für ihn. In seinem Wagen schleichen sie die kurvige Bergstraße hoch. Plötzlich stehen vier junge Männer mit Kalaschnikows in der Hand mitten auf der Fahrbahn – ein Checkpoint der Gang Comando Vermelho. Fernando kurbelt das Fenster herunter. Die Gangster fuchteln mit ihren Gewehren vor den beiden Staatsangestellten herum, Monica meint, sie müsse vor Angst sterben. Fernando hingegen sagt gelassen: »Monica da Silva und Fernando Gomes, Policia Federal. Wir werden erwartet.« Einer der soldados do morro, »Soldaten vom Hügel«, wie sich die bewaffneten Gangmitglieder in den Favelas nennen, flüstert etwas in sein Walkie-Talkie. Die Polizisten müssen ein paar Minuten warten, dann winken die Verbrecher sie durch.

Als sie oben ankommen und aussteigen, dröhnt dort die Musik des Baile Funk, einer brasilianischen Variante des Hip-Hop. Offenbar findet hier eine riesige Weihnachtsparty statt. Sie blicken auf den zentralen Platz der Favela, ungefähr so groß wie ein Fußballfeld. Etwa eintausend Leute tanzen, genauer gesagt tanzen die Mädchen. Den Kopf nach vorne gebeugt, den Hintern zur Musik kreisend, bieten sie den typischen Tanzstil des Baile Funk dar. Sie tragen sehr knappe Miniröcke oder Hotpants. Die Jungs stehen eher herum, bewegen ihren Körper nur geringfügig, trinken Bier und Wodka aus Plastikgläsern. Der eigentliche Hingucker aber sind etwa hundert junge Männer – und einige wenige Frauen –, die in der Mitte der Tanzfläche auf und ab gehen, mit nach oben gestreckten Gewehren und Pistolen. Eine Militärparade der Drogengang. Und das an Weihnachten. Monica hat von solchen Baile-Funk-Partys schon gehört. Aber was sie jetzt zum ersten Mal sieht, übertrifft ihre Vorstellungen. Fernando scheint all das zu kennen.

Am Eingang zum Platz steht ein einfacher Holztisch, bewacht von fünf Bewaffneten. Darauf liegt die angebotene Ware: Marihuana, Kokain und Heroin, in kleinen Tüten abgepackt. Ihr Kollege geht darauf zu wie ein Junkie und sagt auch hier seinen Spruch auf: »Monica da Silva und Fernando Gomes, Policia Federal. Wir werden erwartet.«

Sie stehen ein paar Minuten herum wie weder bestellt noch abgeholt. Obwohl es ein Gehweg ist, rast schließlich ein Motorrad um die Ecke und bremst scharf vor den beiden ab. Ein ungewöhnliches Bild in der ärmlichen Umgebung: Es handelt sich um eine knallrote neue Suzuki. Ab steigt eine sehr schöne Frau, vielleicht fünfundzwanzig Jahre jung. Sie hat die Haare zu einem Pferdeschwanz gebunden, statt eines Helms trägt sie eine schwarze Baseballkappe. Sie geht direkt auf Fernando und Monica zu, hält ihre Wangen zum Küsschen links und Küsschen rechts hin. Das ist in Brasilien üblich, aber zumindest für Monica ist sie keine alte Bekannte. Die Frau wendet sich den Dealern am Holztisch zu, wird von diesen ebenfalls mit Küsschen begrüßt, und nun fragt Monica ihren Kollegen raunend: »Ist es für so eine schicke junge Frau nicht gefährlich hier?«

Fernando lacht schallend auf. Dann flüstert er zurück: »Sie ist die Chefin von allem hier.«

»Chefin wovon genau?«

»Sie führt hier das Comando Vermelho, kommandiert mehr als zweitausendfünfhundert Kämpfer in dieser und den umliegenden Favelas.«

»Wie ist sie als so junge Frau in diese Position gekommen?«

»Sie ist eine ausgezeichnete Scharfschützin, hat viele Menschen ermordet. Deshalb schaffte sie es schon früh bis zur Kommandantin.«

»Wie heißt sie?«

Fernando grinst. »Ich bevorzuge, es nicht zu wissen.«

Monica hat den Eindruck, dass ihr Kollege den Namen kennt, sie aber für zu unerfahren und geschwätzig hält, um ihn ihr zu erzählen.

Die Kommandantin ist zurück bei den beiden und sagt: »Na, dann zeige ich euch mal die Bescherung.«

Kurzzeitig fühlt sich Monica daran erinnert, dass gerade Weihnachten ist. Sie folgen ihr in eines der Favela-Häuser, durchaus ein stabiler Betonblock, aber wie alle Häuser hier sichtlich ohne Beteiligung eines Architekten erbaut, ohne besondere Formen und ohne Anstrich. Auf einer schmalen Treppe mit winzigen und ungeschliffenen Stufen geht es nach oben bis zum flachen Dach des Hauses. Dort steht, wie in Rio auch in den besseren Vierteln üblich, ein Wassertank – ein blauer Plastik-bottich in der Größe eines Kleinwagens. Darin wird keinesfalls Regenwasser gesammelt, wie manche Besucher aus dem Ausland meinen. Vielmehr wird das Wasser nach oben gepumpt und fließt dann, falls alles funktioniert, von oben nach unten, wenn jemand seinen Wasserhahn oder Duschhebel öffnet.

»Bei Pedro unten kam nichts mehr«, sagt die Kommandantin. »Er dachte, das Wasser sei mal wieder ausgegangen, und dann schaute er hier oben nach und fand das.« Sie öffnet den Deckel des Tanks. Statt Wasser sehen Monica und Fernando eine rote Brühe. Dann schreit Monica auf, obwohl sie in ihrem kurzen Berufsleben schon manche Leiche gesehen hat, schließlich gibt es in Rio neun Tötungsdelikte am Tag. Eine erfreuliche Entwicklung, wie der Bürgermeister immer wieder betont, denn 1995 waren es noch dreiundzwanzig Fälle am Tag. Doch dieser dicke nackte Mann, dem der Bauch aufgeschlitzt wurde und der jetzt in seinem Blut im Wassertank liegt – so etwas hat Monica noch nie gesehen.

Die Kommandantin bekommt einen Anruf auf ihrem Handy und lässt die beiden Polizisten kurz allein.

»Seit wann kooperieren die Verbrecher mit der Polizei?«, fragt Monica ihren Kollegen.

»Schau dir mal den Toten an«, entgegnet Fernando, als sei das eine Erklärung.

Außer, dass er zwischen fünfzig und sechzig sein muss, fällt Monica nichts auf. *Nackt sind sie alle gleich*, denkt sie etwas angeekelt.

»Das ist ein Gringo!«

»Aha, ein Ausländer«, versteht Monica jetzt, »und die Gangster aus dieser Favela haben ihn ausgeraubt und dann umgebracht. Aber wie sollen wir das aufklären? In der ganzen Favela ist Verbrechen an der Tagesordnung. Warum haben die uns überhaupt reingelassen?«

»Sie haben uns nicht nur erlaubt, zu kommen, sondern uns sogar gerufen. Denn mit Mord an einem Ausländer wollen sie nichts zu tun haben.«

»Aber die überfallen doch jeden Tag Ausländer, um sie auszurauben.«

»Ja, an der Copacabana, in Ipanema, dort, wo die Touristen und die Reichen sind. Aber innerhalb ihrer eigenen Favela dulden die das nicht. Das verbietet ihr Ehrenkodex.«

Die Kommandantin kehrt zurück.

»Wie kommt dieser Gringo in die Favela?«, fragt Fernando sie.

»Er hat hier gewohnt, seit Jahren schon.«

»Was weißt du sonst noch über ihn?«

»Er war ein Deutscher. Soll ein hohes Tier dort gewesen sein, ein Politiker oder so. Aber genau wissen wir das nicht. Das hat keinen interessiert.«

»Wie heißt er?«

»Gerhart.«

»Nachname?«

»Weiß ich nicht, wir haben ihn immer nur mit dem Vornamen angesprochen.«

»Wie ist das da passiert?«

»Keine Ahnung.«

»Hatte er Feinde?«

»Nicht, dass ich wüsste.«

»Freunde?«

»Hier zumindest nicht. Er grüßte freundlich, wenn er Leuten beim Einkaufen begegnete. Er war nett, gab den Nachbarn das Passwort für sein WLAN. Aber nähere Kontakte vermied er.«

»Hatte er eine Freundin?«

»Ich würde es eher Geliebte nennen. Genau genommen, waren es zwei.«

»Zwei Geliebte? Gleichzeitig?«

»Ja, sie trieben es immer zu dritt. Pedro aus der Wohnung unter ihm hat sich manchmal über den Lärm beschwert. Nicht, dass es ihn selbst gestört hätte, aber der Kinder wegen.«

Die Kommandantin führt sie zu der Wohnung des Toten. Die Tür ist aufgebrochen. Auf dem Boden liegen Klamotten, Papiere und Kondome verstreut. Entweder war er ein Mietnomade, oder jemand hat hier intensiv etwas gesucht. Einen Computer gibt es in den beiden kargen Räumen jedenfalls nicht. Vielleicht nicht mehr. Die Kommandantin lässt Monica und Fernando allein. Sie finden nicht viel, was sie weiterbringt. Aber immerhin den deutschen Reisepass des Verstorbenen. So erfahren sie seinen vollständigen Namen: Gerhart Löffler.

Als sie am frühen Morgen die Favela verlassen, rast die Kommandantin noch einmal mit dem Motorrad an ihnen vorbei und hält kurz an, lächelt freundlich: »Ich wollte nur sichergehen, dass ihr unbeschadet hier rauskommt.«

❄

Mit nur wenigen Stunden Schlaf im Körper verbringt Monica den ersten Weihnachtstag im Büro. Nach der furchtbaren Heiligen Nacht und dem nicht gerade empathischen Verhalten Fernandos ist es für sie fast schon Erholung, mit ihrem zuverlässigen und bemühten Kollegen Google zu arbeiten. Schnell findet sie mehr über den Deutschen Gerhart Löffler heraus. Er war Gründer einer rechtsnationalen Partei in Deutschland, musste dann aber zurücktreten, weil publik wurde, dass er auf einer Party gekokst hatte. Er, der erklärte Law-and-Order-Politiker, in dessen Wahlkampfvideos immer afrikanische Dealer aus den Parks vorkamen, die er bekämpfen wollte. Dieser tiefe Fall erklärt zwar, warum er nach Brasilien ausgewandert war, doch das liegt viele Jahre zurück und kann nach Monicas Ansicht kaum Motive für den aktuellen Mord bieten. Die Spur mit den beiden Geliebten scheint ihr mehr zu versprechen.

Am nächsten Tag besuchen Monica und Fernando die beiden. Bei ihren Onlinerecherchen in deutschen Medien hat die Polizistin gestern am Rande erfahren, dass dieser Tag in Deutschland als sogenannter »2. Weihnachtstag« gefeiert wird. Hier ist es, wie in den meisten Ländern, ein ganz normaler Arbeitstag. Sie treffen Pamela und Jessica in einem Café am Largo do Machado, einem historischen Platz voller Fußgänger und Straßenmusikanten, an dem sich die Stadtteile Flamengo, Laranjeiras und Catete kreuzen. Standesgemäß tragen die Gespielinnen des Deutschen, achtzehn und neunzehn Jahre alt, nichts weiter als Bikinioberteil, superkurzen Minirock und Flip-Flops.

Der Tod ihres »Sponsors«, wie sie ihn nennen, scheint sie nicht besonders mitzunehmen. »Schade, er hat gut bezahlt«, sagt Pamela, die sich Pam nennt. »Aber wir sind jung, wir sind schön, wir sind attraktiv. Wir finden einen anderen.«

Monica hält das für Theater. »Gebt es doch zu: Ihr habt ihn zusammen ausgeraubt. Oder bei euch ist die Eifersucht ausgebrochen, und ihr habt euch um ihn gestritten. Aus Leidenschaft hat eine von euch ihn umgebracht. Ich glaube, du warst es, Pam.«

Sie versucht so, die beiden gegeneinander auszuspielen, zu Zeugenaussagen gegen die jeweils andere zu ermuntern.

Jessica meint gelassen: »Eifersucht? So ein Quatsch. Wir hatten sogar Sex zu viert, und keinen hat's gestört.« Sie zückt ihr Handy und zeigt ein Selfie, das sie mitten in Aktion gemacht hat. Darauf ist neben ihr, Pam und Gerhart Löffler noch ein weiterer älterer Mann zu sehen.

»Wer ist das?«, fragt Fernando.

»Peter, ein anderer Deutscher«, antwortet Jessica.

»Ein Freund Gerharts?«

»Erst dachte ich es. Dann haben sie sich aber gestritten.«

»Wegen der Orgie?«

»Bestimmt nicht, die hat allen gefallen. Ich weiß nicht, worum es ging. Sie haben sich auf Deutsch angeschrien.«

Viel hat dieses Gespräch nicht gebracht. Außer dass sie jetzt noch das Foto eines weiteren Deutschen haben.

Zurück im Büro, ist Monica wieder in ihrem Element. Sie extrahiert das Konterfei dieses Peters, geht auf Google Bilder, zieht das von ihr schnell erstellte Peter-Porträt in den Suchschlitz und klickt auf »Suche anhand von Bildern«. Nach wenigen Minuten weiß sie: Der ominöse Peter heißt mit Nachnamen Kauls und ist Spitzenkandidat einer konservativen Partei für die Bundestagswahlen. In der normalen Google-Suche gibt sie nun die Namen Löffler und Kauls gemeinsam ein. Wie sich herausstellt, wird Kauls vorgeworfen, früher Verbindungen zu Löffler gehabt zu haben – was er vehement bestritten hat. Wenn jetzt bekannt würde, dass er Löffler gerade in Rio getroffen hat, wäre seine Karriere ruiniert. Und wenn dann noch Bilder vom Gruppensex mit jungen Mädchen hinzukommen … Kann der Fall wirklich so einfach sein?

Monica ruft Jessica an, und die bestätigt, was sie vermutet: Löffler ließ sich von ihr Sexfotos geben, auf denen Kauls in eindeutigen Positionen mit dem Trio zu sehen ist.

»In deutschen Zeitungen stand, dass Löffler in finanziellen Schwierigkeiten steckt«, berichtet Monica Fernando später. »Meine These: Er hat Kauls erpresst.«

»Bestimmt hast du recht«, sagt der Ältere. »Wo war Kauls an Heiligabend?«

Monica setzt sich wieder an ihren PC. Es ist nicht ganz einfach, sie spricht kein Deutsch und muss die Texte immer erst durch die Onlineübersetzung jagen. Dann findet sie es: »Kauls hielt am Morgen des 24. Dezember eine Ansprache vor seiner Fraktion in Berlin. Lief live im Fernsehen, auf einem Nachrichtenkanal.«

»Perfektes Alibi!«, meint Fernando. »Natürlich hat er sich nicht selbst die Hände schmutzig gemacht, sondern einen Profi beauftragt. Damit ist der Fall für uns erledigt.«

»Erledigt? Aber wir haben doch noch keinen Täter!«, empört sich Monica.

»Auftragsmorde sind schwer bis gar nicht aufzuklären. Denn anders als bei Beziehungstaten stammt der Mörder nicht aus dem Umkreis des Opfers. Der ist längst über alle Berge.«

»Soll dieses Verbrechen etwa ungesühnt bleiben?«

»Darauf können wir keine Zeit verschwenden, wir haben einfach zu viel zu tun.«

❄

Über Weihnachten gab es in Rio de Janeiro einundzwanzig Morde …

Hafenwelle

Svea Jensen

Dahme, 25. Dezember 2024

Der Schock über das Geschehene saß immer noch tief.

Es lag jetzt zwei Tage zurück, dass die Ostseeküste von einer Sturmflut heimgesucht worden war, wie es sie in diesem Ausmaß schon seit Jahrzehnten nicht mehr gegeben hatte. Natürlich hatte Johanna in ihren achtunddreißig Lebensjahren Sturmfluten in Dahme erlebt, die wirklich schlimmen hatten aber stets die Nordseeküste getroffen und nicht die Ostsee, die von vielen immer noch als Tümpel bezeichnet wurde.

Obwohl keine der Wettervorhersagen von einem außergewöhnlichen Ereignis gesprochen, sondern alle nur eine normale, Jahreszeit bedingte Sturmflut angekündigt hatten, hatten Johanna und ihre Mitarbeiter Vorsorge getroffen. Ihr kleines Familienhotel lag an der Strandpromenade, die dem Deich vorgelagert war, also musste alles so gut wie möglich gesichert werden.

Aber sämtliche Bemühungen waren vergebens gewesen. Das Wasser hatte stärker zugeschlagen als vorhergesagt und ein weiteres Mal das geholt, was ihr lieb und teuer war.

Vor zwanzig Jahren hatte sie Sarah verloren, ihre geliebte Zwillingsschwester. Vor elf Jahren dann die Eltern, die auf der

A7 auf einen Laster aufgefahren waren. Es hatte nie geklärt werden können, ob es aus Unachtsamkeit geschehen war oder mit Absicht, weil sie Sarahs Tod nicht verkraftet hatten.

❄

Auch heute streifte Johanna wieder durch die von der Flut zerstörten Räume des Erdgeschosses, das Restaurant, die kleine Bar, die sanitären Anlagen. An allen Wänden war deutlich zu erkennen, wie hoch das Wasser gestanden hatte. Das Mobiliar war komplett zerstört, der Gedanke, dass alles entsorgt werden musste, auch die Tische und Stühle des Restaurants, die sie erst vor einigen Jahren neu angeschafft hatte, war immer noch unerträglich für sie. Die Eltern hätten diese Käufe nicht gutgeheißen, sie hatten keine Veränderungen gemocht und waren auch nie bereit gewesen, sich darauf einzulassen. Aber Johanna war klar, dass das Hotel eine Generalüberholung brauchte, wenn sie ihre Stammgäste behalten und neue gewinnen wollte. Sie hatte mit einer behutsamen Renovierung begonnen, erst das Erdgeschoss, im nächsten Jahr hatten dann nach und nach die Zimmer folgen sollen.

Dieses Vorhaben würde sie jetzt erst einmal begraben müssen. Das Angesparte würde niemals für die Beseitigung der Flutschäden und die Anschaffung neuer Möbel ausreichen, und dieses Jahr hatte die Kasse auch nur mäßig gefüllt. Die Auslastung im Restaurant und Hotel war durchwachsen gewesen, deshalb hatte sie alle Hoffnung in den Dezember gesetzt, in dem das Hotel ausgebucht gewesen war. Aber angesichts des anhaltend schlechten Wetters hatte eine Reihe von Gästen wieder abgesagt, und die Übriggebliebenen waren von den Flutwarnungen aufgeschreckt worden, was dazu geführt hatte, dass die Letzten am 20. Dezember ausgecheckt und das restliche Geld ihres bereits bezahlten Aufenthaltes zurückerstattet bekommen hatten.

Nachdem sich das Wasser zurückgezogen hatte, hatten Johanna und ihre Mitarbeiter die Möbel mit vereinten Kräften nach draußen geschafft, wo das THW sie zusammen mit denen der benachbarten Restaurants und Geschäfte mit dem entsprechenden Gerät abholen und anschließend entsorgen würde.

Auch Privatleute aus dem Ort hatten mit angepackt, und heute Morgen hatte sie *ihn* dann plötzlich inmitten der Menschen entdeckt. Er war gealtert – natürlich –, aber sie hätte ihn aufgrund der Weißfleckenkrankheit, die seine Augen umrandete und seinen Mund wie einen Clownsmund verunstaltete, überall wiedererkannt. Ihr Schock war so groß gewesen, dass sie wie erstarrt stehen geblieben und zu keiner Handlung mehr fähig gewesen war.

Was machte er hier? War er zu Besuch, oder wohnte er womöglich in Dahme oder in der Umgebung? Aber dann hätte sie ihm doch in all den Jahren einmal über den Weg laufen müssen.

Auch jetzt, am Nachmittag, arbeitete er Seite an Seite mit den anderen, und bei seinem erneuten Anblick loderte der Hass auf, den sie all die Jahre tief in sich verschlossen hatte. So machtvoll und drängend war das Gefühl, dass ihr schwindelig wurde und sie sich an der Hauswand festhalten musste.

»Ist Ihnen nicht gut?« Plötzlich stand er neben ihr. »Kann ich Ihnen helfen?«

Johanna wehrte ihn ab. »Nein, alles in Ordnung.«

Sein Blick war besorgt. »Sind Sie sicher?«

Sie musste sich zusammenreißen. »Ja, alles gut, danke.« Sie stolperte davon, über regennasse Straßen und durch peitschenden Wind, zurück nach Hause, wo sie sich schwer atmend aufs Sofa fallen ließ. Ihre Zweizimmerwohnung lag in der Ortsmitte von Dahme, hinter dem Deich, dort hatten die Häuser keinen Schaden genommen.

Sarah …

Johannas Blick schweifte zu dem Foto ihrer Schwester auf dem Sideboard, und auf einmal standen die Bilder wieder so deutlich vor ihren Augen, als wäre es gestern gewesen …

Khao Lak, 25. Dezember 2004

Sarah und sie hatten zwei Wochen zuvor ihren achtzehnten Geburtstag gefeiert und waren außer sich vor Freude über das Geschenk ihrer Eltern gewesen, das sie zu ihrer Volljährigkeit erhalten hatten.

Eine Woche Weihnachtsurlaub in Khao Lak, der bekannten Urlaubsregion an Thailands Westküste.

Sie liebten ihre Eltern und verstanden sich gut mit ihnen, aber Weihnachten war nicht mehr ihr Ding, nachdem sie älter geworden waren. Das Schmücken des Hauses und des Grundstücks, das ihr Vater von Jahr zu Jahr mehr übertrieb, der Gang in die Kirche, das opulente Menü, das ihre Mutter auftischte und bei dem sie sich nicht reinreden ließ. Den Vorschlag, essen zu gehen, damit sie nicht den ganzen Tag in der Küche stehen musste, hatte sie stets abgelehnt. Es waren diese jährlich wiederkehrenden Rituale, die Sarah und Johanna irgendwann die Luft zum Atmen geraubt hatten. Sie hatten rausgewollt, raus in die Welt, aber vor allen Dingen in die Wärme, in das Licht, das sie in den grauen Wintermonaten so schmerzlich vermissten.

Die Hotelanlage lag am Strand und war ein Traum. Vier in leuchtendem Weiß erstrahlende Häuser mit je drei Stockwerken und kunstvollen Außentreppen, eingebettet in eine üppige

Parkanlage mit zwei Pools und einer Reihe von Bungalows, die sich bis hinunter zum Strand zogen.

Sie hatten ein großes Zimmer im dritten Stock des Haupthauses bekommen, von dessen Balkon man einen fantastischen Blick über die Anlage bis hinunter zum Strand und dem Meer hatte. Die Zimmer und alle öffentlichen Bereiche waren weihnachtlich geschmückt, nicht überladen, aber bei ihrer Ankunft am 22. Dezember hatten sie sich gewundert, weil sie so etwas hier nicht erwartet hatten.

Die ersten Tage hatten sie durchgehend am Strand verbracht. Schwimmen, sonnen, faulenzen, es war wie im Paradies. Sie hatten schnell Anschluss gefunden, eine muntere Clique von zehn Männern und Frauen, alle in ihrem Alter.

Nach dem Fest wollten sie das Landesinnere erkunden, auf eigene Faust, der Mietwagen war bereits reserviert.

Aber jetzt waren erst einmal die Weihnachtstage angesagt, die sie hier so ganz anders verbringen konnten als zu Hause.

Grillen am Strand mit Spezialitäten aus aller Herren Länder, Partys am Abend für Jung und Alt.

Es war ein großer Spaß, und sie waren mittendrin.

Dahme, 26. Dezember 2024

Die Nacht war ein einziger Albtraum gewesen, der Gedanke an die zurückliegende Begegnung mit ihm, an den folgenden Tag, an dem er womöglich wiederauftauchen würde.

Was würde sie dann tun? Sie wusste es nicht.

Johanna ging in die Küche, aber bei dem Gedanken an ein Frühstück wurde ihr schlecht. Unentschlossen stand sie am Tisch, wünschte nichts sehnlicher, als sich in ihrer Wohnung verkriechen zu können. Aber eine unheilvolle Macht, der sie nichts entgegensetzen konnte, zog sie zum Hotel.

Auch heute beteiligte er sich wieder an den Räumungsarbeiten, sie wurde bereits nach wenigen Minuten auf ihn aufmerksam. »Wohnen Sie in Dahme?«, sprach sie ihn aus einem Impuls heraus an und wunderte sich, dass es so viel leichter war, als sie gedacht hatte. »Ich habe Sie noch nie hier gesehen.«

Er hatte gerade einen Tisch aus dem benachbarten Geschäft auf die Promenade gehievt und zog die Arbeitshandschuhe aus. Schweiß glänzte auf seiner Stirn, sein Gesicht war von Anstrengung gezeichnet, als er sich aufrichtete und den Rücken durchdrückte. »Nein, ich besuche Verwandte.«

»Trotzdem packen Sie hier mit an? Über die Weihnachtstage?«

»Das sollte doch wohl jeder tun, der dazu in der Lage ist.« Sein Gesicht wurde hart. »Wasser hat eine solch zerstörerische Kraft. Ich habe so etwas schon einmal erlebt, vor vielen Jahren in Thailand. Damals konnte ich nicht helfen, aber jetzt habe ich die Möglichkeit dazu.«

Damals konnte ich nicht helfen …

Der Satz fraß sich in Johannes Gehirnwindungen, und plötzlich wurde ihr Kopf ganz klar.

Das Schicksal hatte ihr die Möglichkeit gegeben, einen Schlussstrich zu ziehen.

❄

»Natürlich helfe ich Ihnen«, beantwortete er ihre Frage. »Wo steht der Bartresen?«

»Im Erdgeschoss. Ich bekomme ihn allein nicht ins Freie, er ist ziemlich schwer.«

»Das kriegen wir hin, und falls nicht, holen wir noch ein paar Leute dazu.«

Im Erdgeschoss stand das Wasser noch knöchelhoch. Johanna deutete nach rechts. »Die Bar ist nebenan.« Sie beobachtete, wie er sich zielstrebig in Bewegung setzte. Dass sie den Schlüssel nach ihrem Eintreten leise umdrehte und nach einem der übrig gebliebenen Holzbretter an der Wand griff, mit denen sie die Fenster von innen vernagelt hatte, bekam er nicht mit.

»Wie lange führen Sie das …«

Der Schlag auf den Hinterkopf fällte ihn wie einen Baum.

❇

»Johanna?«

Sie war gerade aus ihrer Wohnung zurückgekommen, wo sie heiß geduscht und sich frische Kleidung angezogen hatte. Als sie die Stimme und das anschließende Klopfen an der Restauranttür vernahm, zuckte sie zusammen. Durch die gesicherten Fenster, die Plünderungen der Hotelzimmer verhindern sollten, konnte sie nicht sehen, wer draußen stand, aber sie erkannte die Stimme.

Steffen.

Er war die Pest, sein Verhalten grenzte an Stalking.

»Kann ich dir noch mit irgendwas helfen?«

Kurzzeitig geriet Johanna in Panik.

Er durfte hier nicht rein!

Hastig schloss sie die Tür auf und schlüpfte nach draußen. »Nein, kannst du nicht!« Sie zog die Tür hinter sich zu, als sie sah, wie er einen Blick in das Innere des Restaurants zu werfen versuchte. Nicht zu hastig, ermahnte sie sich, das würde ihn noch neugieriger machen.

Doch ihre Vorsicht nützte nichts. »Du verbirgst da drinnen

wohl was, weil du mich nicht reinlassen willst?« Ein dümmliches Grinsen lag auf seinem Gesicht.

Vorsicht, Johanna! Sei freundlich zu ihm, damit er nicht misstrauisch wird. »Entschuldige, Steffen, ich wollte dich nicht anschnauzen. Ich bin einfach nur fertig.« Sie musste sich überwinden, ihm eine Hand auf die Schulter zu legen und ihn anzulächeln. »Das Mobiliar ist mittlerweile komplett draußen.« Sie deutete auf die zerstörten Möbel auf der Promenade. »Weißt du, wann deine Truppe anrückt, um es zu entsorgen? Wie ich dich kenne, hast du doch bestimmt schon alle Einsätze koordiniert.«

Steffen betätigte sich ehrenamtlich im THW, worauf er bei jeder sich bietenden Gelegenheit hinwies. Ihn auf seine dortige Tätigkeit anzusprechen und ihm ein bisschen zu schmeicheln, war die beste Möglichkeit für einen Themenwechsel.

»Wir wollen morgen um zehn anfangen«, sagte er dann auch eifrig. »Bis dahin muss hier unten aber alles aus den Geschäften und Restaurants raus sein. Da waren allerdings noch nicht alle so fleißig wie du und deine Leute, deshalb muss ich jetzt noch mal ein bisschen mit anpacken.«

Nachdem Steffen gegangen war und Johanna die Restauranttür wieder abgeschlossen hatte, lauschte sie in die Stille, bis sie die Schreie aus dem Keller vernahm, in dem das Wasser noch immer nicht abgepumpt worden war, weil die wenigen im Ort vorhandenen Pumpen an so vielen Stellen benötigt wurden und die Feuerwehr mit der Arbeit nicht hinterherkam.

Es war ein Kraftakt gewesen, ihn dort runterzuschleppen und mit Kabelbindern so an die metallenen Vorratsschränke zu ketten, dass sein Kopf über Wasser blieb. Aber der Hass hatte ihre sämtlichen Kräfte mobilisiert.

Ein Lächeln überzog ihr Gesicht. Die Schreie waren schwächer geworden, nur noch kurze Zeit, dann würden sie verstummen, weil sein Körper das Gleichgewicht nicht mehr halten könnte und er in dem kalten Wasser das Bewusstsein verlieren würde. Und falls er sich im Todeskampf doch noch länger aufbäumen sollte als erwartet, würde sie nachhelfen und seinem elenden Leben ein Ende setzen.

Heute, am 26. Dezember 2024.

Dem zwanzigsten Jahrestag …

Khao Lak, 26. Dezember 2004

Johanna lehnte ab, als Sarah sie zum frühmorgendlichen Schwimmen mitnehmen wollte. Ein Traum hatte sie gepeinigt, nach dem sie lange Zeit nicht wieder hatte einschlafen können. Die Ahnung von etwas Bedrohlichem, ein Wissen, dass sie fliehen musste, bevor es sie einholte.

Nachdem Sarah gegangen war, drehte Johanna sich auf die Seite und fiel in einen unruhigen Schlaf, aus dem sie irgendwann Schreie und ein ohrenbetäubendes, donnerndes Rauschen aufschreckten. Ein Geräusch, das sie gemäßigter von den Sturmfluten an der Ostsee kannte.

Johanna richtete sich auf und warf einen benommenen Blick durch das Zimmer, bevor sie ihr Handy zur Hand nahm.

Kurz nach zehn.

Was um Himmels willen war da draußen los?

Sie erhob sich und trat auf den Balkon, wo sie wie angewurzelt stehen blieb.

Eine Wand aus Wasser türmte sich über dem Strand auf und riss alles mit, was sich ihr in den Weg stellte. Die Parkanlage war in Sekundenschnelle überschwemmt, die Welle bäumte sich hoch bis zu den Wipfeln der Palmen. Menschen liefen in

Todesangst auf die Häuser der Hotelanlage zu und versuchten, die höher gelegenen Stockwerke über die Außentreppen zu erreichen.

Wo war Sarah?

Johanna rannte aus dem Zimmer, wollte nach unten, ihre Schwester suchen, alles Denken war ausgeschaltet.

»Sind Sie verrückt geworden?« Der Mann aus dem Nachbarzimmer fing sie auf der Treppe ab und brachte sie wieder hinauf in den dritten Stock. »Sie können doch nicht runterlaufen, wir haben nur hier oben die Chance, zu überleben.«

»Aber meine Schwester«, stammelte Johanna. »Sie wollte schwimmen gehen.«

»Wenn Ihre Schwester noch da unten ist, können Sie nur beten, dass sie dem Tsunami entkommen ist und sich an einen höher gelegenen Standort retten konnte.«

Tsunami … Johanna hatte das Wort noch nie gehört.

Willenlos ließ sie sich von dem Mann auf ihr Zimmer zurückbringen und trat wieder auf den Balkon. Auch zwischen den Hoteltrakten war mittlerweile alles überflutet; die Schreie der Menschen, die vom Wasser mitgerissen wurden und verzweifelt versuchten, sich irgendwo festzuhalten, würde sie ihr ganzes Leben nicht mehr vergessen.

Sie sah, wie mehrere Personen dem Wasser zu entkommen suchten, indem sie die Außentreppe des gegenüberliegenden Gebäudes zu erklimmen begannen. Ein Mann wollte sich als Letzter emporhieven, als eine Frau, die sich noch im Wasser befand, nach seinem Bein griff.

»Sarah!«, schrie Johanna, als sie in der Frau ihre Schwester erkannte, die verzweifelt versuchte, sich am Bein des Mannes festzuhalten. Dieser hatte mittlerweile Halt auf der Treppe gefunden und hielt sich mit beiden Händen am Geländer fest.

»Helfen Sie ihr!« Johannas Schrei gellte über das tosende Wasser. »Bitte!«

Natürlich konnte er sie nicht hören, und selbst wenn, hätte ihn ihr Hilferuf nicht interessiert, da er begann, auf Sarah einzutreten. Immer wieder, bis ihre Schwester nach einem weiteren kräftigen Tritt endlich losließ und in den Fluten versank.

Dahme, 26. Dezember 2024

»Was habe ich Ihnen getan?«

Johanna stand auf der obersten Stufe der Kellertreppe und ließ ihn nicht aus den Augen. Seit er auf sie aufmerksam geworden war, hatte er geschrien, sie verflucht und immer wieder gefleht, sie möge ihn von seinen Fesseln befreien. Mehrere Male war er in sich zusammengesunken und mit dem Kopf unter Wasser geraten, bevor ihm ein erneuter Adrenalinschub ein weiteres Mal die Kraft verlieh, sich aufzurichten.

Johanna musterte ihn. Die blutigen Handgelenke zeugten von seinem vergeblichen Kampf, sich von den Kabelbindern zu befreien. Sein Blick war wild, Hass, Entsetzen und Angst sprachen gleichermaßen daraus.

»26. Dezember 2004. Sie erinnern sich?«

Er schüttelte den Kopf.

»Dann will ich Ihrem Gedächtnis mal ein bisschen auf die Sprünge helfen.«

Seine Augen weiteten sich, als er ihren Worten lauschte. Nachdem sie geendet hatte, begannen die erwarteten Rechtfertigungen.

Nein, er hätte die Frau nicht getreten, damit sie ihn losließ. Er hätte nur versucht, sich aus ihrem Griff zu befreien. Es sei eine Ausnahmesituation gewesen, in der jeder versucht hätte, sein Leben zu retten. Das müsse sie doch verstehen. Er hätte nichts für ihre Schwester tun können. Es täte ihm so wahnsinnig leid.

Johanna hörte ihm reglos zu, als sich sein Gesicht plötzlich verzerrte und er nach Luft zu ringen begann. Sein Körper bäumte sich auf, dann sackte er mit aufgerissenen Augen in sich zusammen, und sein Kopf verschwand unter der Wasseroberfläche.

Johanna wartete noch eine Weile, bis ihr bewusst wurde, dass es vorüber war. Sie schloss die Kellertür hinter sich und trat auf die Promenade hinaus. Als ein Sonnenstrahl sie traf, blinzelte sie überrascht und richtete ihren Blick zum Himmel, wo die dunklen Wolken gerade aufrissen.

Ich hab dich auch lieb, Sarah. Frohe Weihnachten, wo immer du jetzt bist.

Kestens letzter Fall

Henrik Siebold

Es schneite.

Kesten lenkte seinen alten Golf über die stillen, watteverpackten Hamburger Straßen. Dicke, flauschige Flocken tanzten langsam dem Boden entgegen.

Hatten sie nicht gesagt, so etwas würde es nicht mehr geben? Weiße Weihnachten?

Kesten lächelte. Es war Heiligabend, halb neun.

Von wegen.

Er fuhr kaum schneller als Schrittgeschwindigkeit, und auch die wenigen anderen Autos waren vorsichtig unterwegs. Kesten hörte das Knirschen der Reifen auf der festgefahrenen Schneedecke. Ein wunderbares Geräusch. Es gab kaum schönere. Kinderlachen. Vogelzwitschern. Vielleicht ferne Kirchenglocken.

Er sollte zufrieden sein, dachte Kesten. Sogar glücklich.

Aber war er es auch?

In der Nähe einer S-Bahn-Station standen die verlassenen Buden eines kleinen Weihnachtsmarktes. Dort war längst Feierabend. Obwohl … an einem der Stände glitzerten noch einige Lämpchen.

Kesten hielt an. Er lauschte nach draußen und hörte Musik, halb verschluckt vom Schnee.

Anscheinend war doch noch nicht Schluss. Sollte er auf einen kurzen Glühwein anhalten?

Warum eigentlich nicht?

Er hatte es nicht eilig, nach Hause zu kommen. Niemand wartete dort auf ihn. Seine Frau hatte ihn schon vor Jahren verlassen. Seine Kinder, Melanie und Kai, waren erwachsen und hatten ihr eigenes Leben. Im besten Fall würden sie ihn an einem der Festtage anrufen und fragen, wie es ihm ging.

Vielleicht vergaßen sie es aber auch.

Kesten nahm es ihnen nicht übel. Er war kein guter Ehemann und auch kein guter Vater gewesen.

Bullenschicksal. Die Arbeit bei der Mordkommission war nicht familienfreundlich, nicht nur wegen der Arbeitszeiten. Sondern auch wegen der Dinge, die man mit nach Hause brachte. Der Abgründe, in die man blickte. Der Bilder, die sich einem ins Gedächtnis gruben.

Selbst wenn man nicht darüber sprach, war es einem anzusehen.

Er stellte den Wagen am Straßenrand ab und stieg aus. Von drüben war immer noch etwas zu hören.

Er überquerte zu Fuß die Straße. Gerade als er die geöffnete Bude erreichte, verstummte die Musik. Die Lichtergirlande, die rund um das Verkaufsfenster drapiert war, erlosch.

Wohl doch zu spät. Schade.

Kesten wollte schon umdrehen, überlegte es sich dann aber anders. Er trat an das Verkaufsfenster heran. »Bekomme ich noch etwas? Einen Glühwein vielleicht?«

Der Budenbesitzer war im Inneren mit Aufräumen beschäftigt. Er beugte sich vor. »Tut mir leid. Ich habe gerade Feierabend gemacht.«

»Wirklich nichts zu machen?«

»Sorry, aber ich bin sowieso spät dran. Meine Frau ist stinksauer.«

»Natürlich.«

Der Budenbesitzer lächelte. »Fahren Sie nach Hause, Mann. Wenn es so weiterschneit, kommen Sie bald nicht mehr durch. Ich sehe auch zu, dass ich schnell wegkomme.«

»Sie haben recht«, sagte Kesten.

Der Mann musterte ihn, zögerte kurz und sagte: »Sie können einen Becher für unterwegs haben … wenn Sie möchten.«

»Warum nicht.«

Der Budenbesitzer wandte sich um. Das Klappern von Geschirr, das Plätschern einer Flüssigkeit. Kesten nahm einen dampfenden Becher in Empfang. Der würzige, scharfe Geruch des Glühweins stieg ihm in die Nase.

»Danke. Was schulde ich Ihnen?«

Der andere winkte ab. »Geht aufs Haus. Den Becher können Sie einfach stehen lassen. Oder Sie behalten ihn als Andenken.«

»Das ist sehr freundlich.«

»Heute ist Weihnachten. Also, alles Gute. Schöne Feiertage.«

»Ihnen auch.«

Der Budenbesitzer trat durch eine Hintertür ins Freie. Er löste ein hochgeklapptes Holzpaneel und verschloss damit das Verkaufsfenster, winkte Kesten noch einmal zu und entfernte sich.

Kesten blieb unter dem Vordach der verschlossenen Bude stehen. Er war nun der einzige Mensch auf dem dunklen, verlassenen Weihnachtsmarkt. Er hielt den dampfenden Glühwein in beiden Händen, nahm einen ersten Schluck mit geschlossenen Augen.

Es war, wie immer, billiger Fusel, und doch schmeckte er ihm. In den zurückliegenden Wochen hatte er immer mal wieder mit den Kollegen vom Präsidium einen der Hamburger Weihnachtsmärkte besucht. Sie hatten ebenfalls Glühwein getrunken, meistens mehr als einen, und über alte Zeiten geplaudert. Über vergangene Fälle. Über Erfolge und Misserfolge. Über den neuen Polizeipräsidenten, die Verrentungswelle, die junge Generation neuer Kollegen, die so ganz anders waren als sie selbst.

Es waren Abschiede gewesen. Heute, an Heiligabend, hatte Kesten seinen letzten Arbeitstag gehabt. Nach fast vierzig Jahren im Dienst. Erst bei der Schutzpolizei, dann das nachgeholte Studium an der Akademie, der Aufstieg in den gehobenen Dienst, Betrugsdezernat, Staatsschutz und schließlich Mordkommission. Letzteres fast fünfundzwanzig Jahre lang.

Ein Vierteljahrhundert – und mit dem heutigen Tag war endgültig Schluss.

»Wir werden dich vermissen, Kesten«, hatten die Kollegen gesagt.

»Komm uns mal besuchen.«

»Wenigstens zum Sommerfest und zur Weihnachtsfeier rechnen wir mit dir.«

Kesten hatte es gerne gehört, obwohl er wusste, dass er nicht kommen würde. Vorbei war vorbei. Weiterhin im Präsidium aufzutauchen, womöglich stundenlang in der Kantine herumzusitzen, wie es einige der anderen Pensionäre taten, kam für ihn nicht infrage.

Er würde einen sauberen Schnitt machen.

Darum hatte er schon seit Wochen keine neuen Fälle mehr übernommen. Stattdessen hatte er abgearbeitet, was noch zu erledigen war. Er hatte alte Vorgänge abgeschlossen, Papiere sortiert und vor einigen Tagen dann endgültig die letzte Akte geschlossen.

Er hinterließ einen aufgeräumten, leeren Schreibtisch.

Gestern war sogar der Polizeipräsident in der Abteilung erschienen, um ihm persönlich die Hand zu schütteln. Die Rede, die er hielt, hatte man ihm wohl aufgeschrieben, aber Kesten freute sich dennoch darüber. Ein Lobgesang auf seine vorbildliche Aufklärungsquote.

Fast hundert Prozent.

Ein Ermittler, wie er im Buche steht.

Dabei wusste jeder, dass es nicht stimmte.

Es waren keine hundert Prozent.

Vielleicht neunundneunzig.

Aber dieses eine fehlende Prozent, dieser eine Fall, der quälte Kesten und raubte ihm bis heute den Schlaf.

Er stieß ein bitteres Seufzen aus, verschüttete dabei etwas von seinem Glühwein, der ihm heiß über die Hand lief. Kesten ignorierte den Schmerz.

Nein, er genoss den Schmerz.

Manfred Tonke.

Der Fall lag auf den Tag vierzehn Jahre zurück. Heiligabend 2010. Ein neunjähriger Junge aus Neugraben bekommt zu Weihnachten ein neues Fahrrad. Voller Übereifer und Freude dreht er noch am Abend eine Runde durch das Naturschutzgebiet, das nicht weit von seinem Elternhaus liegt. Er kommt nie mehr zurück.

Spaziergänger finden die Leiche drei Tage später in einem Wassergraben nahe des Elbufers. Der Junge wurde missbraucht und dann erschlagen.

Der Fall wühlte die Stadt auf, beherrschte über Wochen die Schlagzeilen.

Wer tut so etwas? Was unternimmt die Polizei?

Kesten übernahm. Weil er der Beste war. Der Fall musste gelöst werden, und zwar so schnell wie möglich.

Aber es sah nicht gut aus. Alles, was sie hatten, waren ein halber Fußabdruck im Schlamm und eine Zigarettenkippe. Keine Zeugen, keine DNA. Also eigentlich nichts. Er und die Kollegen klapperten wochenlang die einschlägig Vorbestraften ab. Bis sie mit Tonke sprachen.

Kesten wusste nach der ersten Befragung, dass er es war. Aber Wissen reichte nicht. Er musste es beweisen.

Tonke war das klar. Er fühlte sich sicher, sagte grinsend zu Kesten: »Ich war es nicht, Herr Kommissar. Bei einem kleinen Mädchen wäre ich vielleicht schwach geworden. Aber ein Junge? Nein.«

Tonke grinste sogar noch, als Kesten ihn am Kragen packte und zuschlug. Es hätte ihn fast die Karriere gekostet. Aber den Fall hatte er nicht gelöst. Damals nicht und auch in den vierzehn Jahren danach nicht.

Kesten hatte nie lockergelassen. Er hatte sich die Sache immer und immer wieder vorgenommen. Seit damals besuchte er Tonke mindestens einmal im Jahr und setzte alles daran, ihn zum Reden zu bringen. Er drohte ihm, flehte ihn an, beschimpfte ihn, bot ihm Geld.

Ein ungeklärter Kindsmord, ein Cold Case.

Dabei stimmte das gar nicht. Der Fall war geklärt. Tonke war der Täter. Kesten wusste es einfach.

Er saß wieder in seinem Wagen. Das Radio lief. Er fuhr nicht nach Hause, sondern in östlicher Richtung aus der Stadt hinaus.

Es war fast zehn Uhr abends. Keine anderen Autos mehr. Die Schneedecke auf den Straßen war dick und unberührt. An einer roten Ampel kreuzte ein Langläufer auf Skiern Kestens Weg. Er winkte und verschwand dann wieder in der Dunkelheit.

Tonke lebte in einem heruntergekommenen Einzelhaus im Stadtteil Ochsenwerder. Er hatte es von seiner Mutter geerbt. Hamburg war hier mehr Land als Stadt. Verschneite Felder, Deiche, einzelne, verstreut liegende Häuschen.

Kesten sah Licht. Tonke war also da. Er klingelte. Jemand schob den Vorhang hinter der Türscheibe zur Seite, presste das Gesicht ans Glas, öffnete dann.

»Kommissar. Das ist aber nett, dass Sie vorbeikommen.« Tonke strahlte, und fast hätte man meinen können, er freue sich wirklich.

»Spar's dir, Tonke. Du weißt, warum ich hier bin.«

Das Lächeln verschwand. »Echt jetzt, Kommissar? Sogar heute? An Weihnachten?«

»Es war auch Weihnachten, als du den Jungen erschlagen hast. Als du ihm vorher das Schlimmste angetan hast.«

Manfred Tonke war inzwischen Mitte vierzig, sah aber mindestens zehn Jahre älter aus. Graue Haut, fettige Haare. Er hob die Hände in einer Geste der Unschuld. »Ich habe keine Ahnung, wovon Sie reden, Kommissar.«

»Ich sag es noch einmal. Spar's dir.«

Tonke fand zu seinem Grinsen zurück. »Im Übrigen dürfen Sie gar nicht mehr hier auftauchen. Sie sind raus. Es stand in der Zeitung. Hamburgs Vorzeigebulle hat sich in die Rente verabschiedet.«

»Stimmt aber nicht. Noch bin ich im Dienst.«

»Dann lügt die Zeitung?«

»Was denn sonst? Wenn du es genau wissen willst, ich habe meinen Jahresurlaub noch vor mir. Sechs Wochen. Erst danach ist endgültig Schluss.«

»Dann haben Sie ja bestimmt noch Ihren Dienstausweis. Darf ich den mal sehen?«

Kesten schnaubte und schob sich einfach durch die Tür ins Innere des Hauses. Tonke leistete nur halbherzig Widerstand, sagte mit spöttischer Stimme: »Kommen Sie doch herein, Kommissar.«

Sie gingen ins Wohnzimmer, das immer noch mit den Möbeln von Tonkes längst verstorbener Mutter bestückt war. Polstersofa, Stehlampe, Schrankwand. Es roch nach kaltem Zigarettenrauch und ungewaschenem Mensch. Der einzige Fremdkörper im Raum war ein riesiger Flatscreen, in dem eine Spielshow lief.

Tonke stellte den Ton ab, setzte sich dann aufs Sofa. »Also? Was kann ich für Sie tun, Kommissar?«

»Dasselbe wie immer. Gestehen.«

»Sicher. Aber was?«

»Tu nicht so, du Schwein.«

Tonke schüttelte mitleidig den Kopf. »Aber, Kommissar. So wird das nichts mit dem Ruhestand. Wollen Sie denn nicht endlich aufgeben? Einen Schlussstrich ziehen?«

»Genau darum bin ich hier. Ich will die Dinge zum Abschluss bringen.«

Zum ersten Mal flackerte Tonkes Blick. »Was soll das heißen?«

»Wirst du erfahren. Es sei denn, du legst ein Geständnis ab.«

»Aber ich habe nichts zu gestehen. Das, wovon Sie sprechen … ich war es nicht.«

»Wir wissen beide, dass du lügst.«

Tonke grinste und zeigte dabei seine halb verfaulten Zähne. »Lügen ist nicht verboten, Kommissar. Erwarten Sie also nicht, dass ich Ihren Job erledige. Verstehen wir uns?«

»Voll und ganz, Tonke.«

Kesten, der auf einem durchgesessenen Sessel Platz genommen hatte, sah sich um. Seit seinem letzten Besuch vor einigen

Monaten hatte sich praktisch nichts verändert. Sogar derselbe Müll schien noch herumzuliegen. »Vielleicht weißt du es nicht, Tonke. Aber die Mutter des Jungen ist vor einigen Wochen ins Wasser gegangen. All die Jahre hat sie durchgehalten, hat mit dem Schmerz gelebt. Jetzt hat sie es nicht mehr ausgehalten.«

»Tut mir echt leid, zu hören, Kommissar.«

»Das ist alles, was dir dazu einfällt?«

Tonke zuckte mit den Schultern. »Wie wäre es mit einem Gläschen? Weil, trinken dürfen Sie doch jetzt, oder? So richtig im Dienst sind Sie ja nicht mehr.«

Kesten überlegte kurz, nickte dann. »Warum eigentlich nicht?«

Tonke schien es zu freuen. »Wenn das mal nicht der Beginn einer Freundschaft ist.«

»Ist es nicht.«

Tonke stand auf und öffnete ein Fach in der Schrankwand. Er nahm eine Flasche Weinbrand heraus. Zwei Gläser.

Als er sich wieder umdrehte, blickte er in den Lauf der Waffe, die Kesten auf ihn richtete.

»Was soll das denn jetzt?«

Kesten sprach mit leiser Stimme. »Ich hab's dir gesagt. Ich bin hier, um einen Schlussstrich zu ziehen.«

Er entsicherte und lud durch, stand dann auf und fasste die Waffe mit beiden Händen. Tonke ließ die Flasche fallen, die klirrend auf dem Fußboden zersprang. Er sah Kesten mit aufgerissenen Augen an. »Machen Sie keinen Scheiß, Kommissar.«

Kesten seufzte. »Ich werde nicht mit dem Gefühl in Rente gehen, ich hätte meinen Job nicht erledigt.«

Tonke zitterte. Er machte einen vorsichtigen Schritt zur Seite, trat mit seinen Pantoffeln auf eine Glasscherbe, schrie auf vor Schmerz.

»Verdammt, ich werde …«

»Was? Die Polizei rufen? Die würde sogar kommen. Aber nicht rechtzeitig.«

»Wenn Sie es tun, sind Sie nicht besser als ich.«

»Ist mir egal, Tonke. Ich bringe es hier und jetzt zu Ende.«

Tonkes Hose verfärbte sich dunkel.

Dann zerriss ein Schuss die Stille des Heiligen Abends.

Kesten fuhr in die Stadt zurück.

Es hatte aufgehört, zu schneien. Er kurbelte das Seitenfenster ein wenig herunter. Die Kälte drang in den Wagen, aber er konnte das Knirschen der Reifen im Schnee besser hören.

Dieses wunderbare Geräusch. Wie Kinderlachen. Wie Vogelzwitschern. Wie ferne Kirchglocken.

Er fuhr durch die einsamen Hamburger Marschlande. Die Nacht war wegen des Schnees unwirklich hell.

Kesten war zufrieden. Er war glücklich.

Jetzt wirklich.

Sein Weg führte ihn an St. Nikolai in Billwerder vorbei, und zu seiner Überraschung waren die Kirchenfenster erleuchtet. Er blickte auf die Uhr am Armaturenbrett.

Natürlich, die Mitternachtsmesse.

Kesten parkte den Wagen. Als er die Kirche betrat, war der Gottesdienst offenbar schon vorüber. Aber der Pastor, ein Mann von vielleicht Mitte vierzig, dunkelblond und kräftig, hatte eine Gitarre in der Hand. Er sang, und einige der Gemeindemitglieder sangen mit. Es waren keine Kirchenlieder, es waren Popsongs, sanft und melancholisch.

Kesten saß auf einer der hintersten Kirchenbänke. Er lauschte der Musik, und dann weinte er.

Am nächsten Morgen wurde Kesten vom Telefon geweckt. Es war Melanie, seine Tochter, die überraschenderweise ihren Besuch für den Nachmittag ankündigte, zusammen mit den Enkeln. Ob es Kesten recht wäre?

Er lachte. »Ob es mir recht ist? Es ist das schönste Geschenk, das du mir machen kannst.«

»Dann bis später, Papa.«

»Bis später, mein Schatz.«

Als es kurz darauf an der Tür klingelte, wunderte Kesten sich. Melanie konnte ja wohl kaum so schnell hier sein. Wer dann?

Es war Rückert, sein Kollege bei der Mordkommission, mit dem er viele Jahre gemeinsam ermittelt hatte. Rückert war um einiges jünger und noch im Dienst. Seine Miene war ernst.

»Moin, Kesten. Kann ich reinkommen?«

Kesten gelang ein Lächeln. »Ich hätte nicht gedacht, dich so schnell wiederzusehen.«

»Ich auch nicht. Aber es ist etwas passiert.«

»Muss es mich interessieren?«

»Ich denke schon.«

Sie saßen in Kestens Wintergarten und tranken Kaffee. Rückert im Anzug, Kesten im Morgenmantel.

»Also?«, fragte er.

Rückert erklärte mit einer Stimme, der seine Verwunderung anzuhören war: »Du wirst es nicht glauben. Manfred Tonke ist heute Morgen auf der Wache in Bergedorf erschienen und hat ein Geständnis abgelegt. Wegen des Kindermordes vor vierzehn Jahren. Unfassbar, oder? Kesten? Ist alles in Ordnung?«

Der Kommissar war aufgestanden und an die Außenscheibe des Wintergartens getreten. Er sah hinaus in die weiße Schneelandschaft.

»Hat er sonst noch etwas gesagt?«

Rückert schüttelte den Kopf. »Nicht wirklich. Aber er lässt dir etwas ausrichten. Die Kollegen haben es nicht verstanden, aber trotzdem notiert.«

»Ich bin gespannt.«

»Tonke meinte, du schuldest ihm einen Flatscreen. Du sollst ihm das Gerät in die Zelle bringen, sobald er einsitzt. Kannst du mir das erklären?«

Kesten schloss kurz die Augen. Der Abend in dem Haus in Ochsenwerder. Sein Finger, der sich um den Abzug krümmte. Sein spontanes, reflexhaftes Schwenken zur Seite. Die Kugel, die den Fernseher zertrümmerte. Seine Worte, die er an Tonke richtete, bevor er ging: »Du hast recht. Wenn ich dich erschieße, wäre ich nicht besser als du.«

Kesten sagte zu Rückert: »Nein, das verstehe ich auch nicht. Ich habe Tonke seit Jahren nicht gesehen.«

Die Suche nach dem Kleinen Lord

Michelle Marly

Er hatte sie gebeten, eine andere Identität anzunehmen. Das fand sie etwas übertrieben, weshalb sie nur die alten Visitenkarten herausgesucht hatte, auf denen ihr Name und ihre Adresse gedruckt waren, aber keine Berufsbezeichnung, Position und Büroanschrift. Lisa Stirling fand, dass das als Tarnung ausreiche.

Das Chanel-Kostüm, das er sich von seiner Frau für ihren Auftritt als Immobilieninteressentin ausgeliehen hatte, fand sie absolut überflüssig. Dennoch zog sie die Jacke aus Bouclé zu Rollkragenpullover und Jeans an. Als sie nach zweistündiger Autofahrt von London in dem Dorf Rolvenden in der Grafschaft Kent ankam, erschien ihr der kostspielige Schick allerdings völlig ungeeignet. Eine Wachsjacke von Barbour wäre angemessener gewesen.

Immerhin trug Lisa Stiefel, in denen sie durch den ländlichen Matsch stapfte, so blieben zumindest ihre Füße einigermaßen warm und trocken. Ein feiner Nieselregen überzog die Hügellandschaft wie mit einem feuchten Film, und die Auffahrt von Great Maytham Hall wirkte wenig einladend, der Ehrenhof hinter dem imposanten Torhaus war im Sommer wohl auch schöner. Das Gutshaus selbst war aus rotem Backstein erbaut, bestand aus mehreren Flügeln und umfasste einschließlich des Dachgeschosses vier Stockwerke. Es erinnerte Lisa mehr an ein Internat als an ein Wohnhaus. Wie eine fantasiebegabte Person in diesem unprätentiösen Klotz wundervolle Romane schreiben konnte, erschloss sich ihr nicht.

Vielleicht bot der Garten ja eine angenehme Überraschung, dachte Lisa. Doch eigentlich bezweifelte sie das an diesem trüben Dezembernachmittag. Jedenfalls würde sie erst einmal das Innere des Herrenhauses begutachten, bevor sie sich um die Außenanlagen kümmerte. Und sie hoffte inständig, dass sie ihre Suche nach dem Geheimnis von Frances Hodgson Burnett erfolgreich im Trocknen beenden und mit dem Nachlass der Schriftstellerin rasch wieder verschwinden konnte. Natürlich unbeachtet verschwinden. Legal war es nicht, ein angeblich verschollenes Manuskript zu stehlen.

Eine Anzeige in der »Times« hatte ihren Chef auf den Plan gerufen: »Das Anwesen, in dem die Autorin des *Kleinen Lords* gelebt hat, wurde zu Eigentumswohnungen umgebaut. Die Immobilienagentur wirbt mit dem Geist von Frances Hodgson Burnett, der noch durch die Räume schwebt …«

»Vielleicht irre ich mich ja«, wagte Lisa einzuwerfen, »aber verstarb sie nicht vor exakt einhundert Jahren? Nach der langen Zeit kann es mit dem Geist doch nicht mehr so weit her sein.«

»Ich bitte Sie«, widersprach Toby Richardson, seines Zeichens Juniorchef des Verlagshauses Richardson & Son, »in Hampton Court geht seit fast fünfhundert Jahren der Geist Catherine Howards um. Gut, Frances Hodgson Burnett starb wohl eines natürlichen Todes, sie wurde zumindest von ihrem Ehemann nicht enthauptet, aber ich bin sicher, ihre Seele ist ebenso unruhig wie die der Gattin Heinrichs VIII.«

»Was bringt Sie zu dieser Annahme?«, wollte Lisa wissen. Sie bemühte sich um einen weniger aufmüpfigen Ton, was ihr allerdings nicht gut gelang. Richardson hatte sie von ihrem übervollen Schreibtisch in sein Büro zitiert, und sie hatte wirklich keine Zeit, sich über Gespenstergeschichten zu unterhalten. Sie arbeitete als Lektorin von Kinderbüchern, insofern war *Der Kleine Lord* ihr Gebiet, aber an den Geist der Autorin mochte sie trotzdem nicht glauben.

»Das Lebensende von Frances Hodgson Burnett wurde von Magie, Mystik und Spiritualität bestimmt. Das lässt doch auf eine unruhige Seele schließen, oder?«

Lisa zuckte mit den Schultern und schwieg.

»Wie auch immer …« Richardson blickte sie über seinen Schreibtisch hinweg eindringlich an. »Seit Jahren kursiert das Gerücht, Frances Hodgson Burnett habe während ihres Aufenthalts in Kent nicht nur ›Der geheime Garten‹ geschrieben, sondern auch eine Fortsetzung von ›Little Lord Fauntleroy‹. Das Manuskript wurde nie veröffentlicht – und soll sich noch an ihrem damaligen Wohnsitz befinden.«

»Hm …«, machte Lisa und überlegte, wie viel Skepsis Richardson vertrug. »Wann genau wohnte die Autorin dort?«

»Sie lebte von etwa 1895 bis 1905 in Great Maytham Hall …«

Lisa verdrehte ihre Augen.

»Das Anwesen befand sich seitdem in Privatbesitz, aber nun haben wir Zugang, weil das Herrenhaus in Eigentumswohnungen umgewandelt wurde …«

»Wir?«

»Die Kaufinteressenten können die Wohnungen nächste Woche besichtigen.« Richardson tippte auf die Zeitung, die zuoberst auf den Aktenbergen vor ihm lag. »Sehen Sie sich diese Anzeige an …«

»Ich kann und möchte aber kein Apartment in Kent erwerben.«

Die Unterhaltung war noch eine Weile so weitergegangen: Der Verleger sprach mit anscheinend wachsender Begeisterung von dem Auffinden – und natürlich der dann aufsehenerregenden Veröffentlichung – eines unbekannten Manuskripts, Lisa indes versuchte, ihn mit Argumenten zu bremsen, die ihr schlüssig schienen, etwa der langen Zeit, die inzwischen vergangen war. Sie erwähnte auch die anderen Bewohner, die inzwischen in dem Herrenhaus gelebt und sich möglicherweise auch für Literatur interessiert hatten. Doch Richardson ließ sich nicht von seinem Plan abbringen: »Ich möchte, dass Sie zu dem Besichtigungstermin nach Kent fahren, sich als potenzielle Käuferin ausgeben und mir das Buch mitbringen. Wir – nein, Sie stehen vor einer Sensation, Lisa!«

»Es ist kurz vor Weihnachten …«, erinnerte sie schwach.

»Na und? Haben Sie Kinder, für die Sie etwas vorbereiten müssten? Nein. Also freuen Sie sich auf den Ausflug, meine Liebe, und seien Sie dankbar für das Vertrauen, das ich in Sie setze.«

Da der Makler nicht erfahren sollte, dass sie für ein bekanntes Verlagshaus arbeitete, war eine gewisse Zurückhaltung geboten, und um ihre finanziellen Möglichkeiten zu demonstrieren wohl auch das Jäckchen von Coco Chanel. Als Kaufinteressentin eines Apartments stand Lisa nun also vor Great Maytham Hall und fragte sich, wo sie in diesem riesigen Kasten nach dem Manuskript suchen, geschweige denn fündig werden sollte.

Es hatten sich noch drei weitere Personen zu dem Besichtigungstermin eingefunden. Zwei Herren aus derselben Gesellschaftsschicht mit Filzhüten und beschichteten Jacken, der dritte Mann schien sich ebenso deplatziert zu fühlen wie sie. Er trug keinen Hut und einen hellen Trenchcoat, auf dem sich bereits die Erinnerungen an seinen Spaziergang über den Hof abzeichneten – Matschflecken. Zu fünft warteten sie nach einer flüchtigen Begrüßung auf den Makler, blickten unschlüssig mal auf die Durchfahrt am Torhaus und dann wieder auf die Haustür. Nichts.

Lisa überlegte gerade, ob Frauen keine Immobilien kauften, als hinter ihr plötzlich eine weibliche Stimme erklang: »Frances Hodgson Burnett legte großen Wert auf schöne Garderobe, sie gab viel Geld für Kleidung aus. Wenn es ihr möglich gewesen wäre, hätte sie auch ein Chanel-Kostüm getragen.«

Die Männer warfen sich sofort in Positur, begrüßten die Frau, stellten sich vor. Lisa betrachtete die Person stumm und mit hochgezogenen Augenbrauen. Es gefiel ihr nicht, auf ein Kleidungsstück reduziert zu werden, das ihr nicht einmal gehörte und von dem die andere weit entfernt war. Die Unbekannte wirkte wie eine Engländerin aus einem alten Film in Faltenrock und Strickjacke und mit toupiertem Haar. »Ich bin die Haushälterin«, stellte sie sich vor. »Mr. Schroeder hat angerufen, er verspätet sich.«

Aufgebrachtes, wenn auch unverständliches Gemurmel antwortete ihr. Offensichtlich gefiel die Unpünktlichkeit des Maklers nicht allen Kaufinteressenten.

»Selbstverständlich kann ich Sie herumführen. Aber wenn Sie lieber warten möchten, steht Ihnen das natürlich frei …« In beredtem Schweigen brach die Frau ab.

Wieder erhob sich halblautes Stimmengewirr.

»Dann sollten wir gehen«, erklärte Lisa energisch. Eigentlich hatte sie sagen wollen, *dann lassen Sie es uns hinter uns bringen*, aber sie besann sich gerade noch eines Besseren.

»Ich bin Mrs. Tipton«, stellte sich die Frau vor.

Lisa sah sie überrascht an. Minna Tipton war die Betrügerin in der Geschichte um den kleinen Cedric, der in New York aufgewachsen war und plötzlich zu seinem unbekannten, sich als griesgrämig entpuppenden Großvater auf ein Anwesen nach England verpflanzt wurde, wo er die Rolle des Erben Seiner Lordschaft einnehmen musste. Der Name war recht ungewöhnlich und die Duplizität bemerkenswert. Im Roman war diese Figur auch eine Person aus der Halbwelt und keine Engländerin wie aus einem Bilderbuch der 1960er-Jahre. *Oder sie übertreiben es absichtlich mit dem Geist der Schriftstellerin,* fuhr es Lisa durch den Kopf.

Offenbar war keiner der Männer mit klassischer Kinderliteratur vertraut. Jedenfalls schien weder den Filzhüten noch dem Trenchcoat die Verbindung aufzufallen. Zwei sahen auf ihre Uhren und fügten hinzu, dass sie es eilig hätten.

Mrs. Tipton ließ sowohl Lisas erstaunten Blick als auch die Eile der Herren an sich abprallen. Mit größtmöglicher Ruhe und Gelassenheit deutete sie auf das Eingangsportal. »Bitte folgen Sie mir«, bat sie hoheitsvoll.

Das Haus war ein Albtraum. Jedenfalls für jemanden, der keine Wohnung kaufen, sondern ein unbekanntes Manuskript finden wollte. Es ging durch eine prätentiöse Eingangshalle zu den Apartments in den oberen Etagen, breite Treppen hinauf und später wieder hinunter, durch Galerien und Seitenflügel. Offensichtlich besaß Mrs. Tipton einen Generalschlüssel, mit dem sie die Türen öffnete wie Ali Baba den Sesam. Die Wohnungen waren frisch renoviert, zum Teil standen noch die Leitern und Eimer der Maler herum, überall roch es nach Wandfarbe und dem Lack, mit dem das Parkett versiegelt worden war, in den Badezimmern glänzte der

Marmor mit den goldfarbenen Armaturen um die Wette, die Küchen waren nach dem neuesten Standard eingerichtet. Die Möglichkeit, irgendwo ein altes Manuskript zu finden, bestand allein deshalb nicht, weil die hier beschäftigten Handwerker für gerade Wände gesorgt und jeden Mauerriss, der zu einem Geheimnis hätte führen können, zugespachtelt hatten.

Lisa nahm ihr Handy aus der Handtasche und wandte sich zum Gehen. »Entschuldigung, ich muss meinen Mann anrufen«, log sie. In Wahrheit wollte sie ihren Chef darüber informieren, dass sein Plan eine Schnapsidee war und sie sofort nach London zurückfahren würde.

»Gehen Sie nur«, erwiderte Mrs. Tipton. »Wir bleiben hier im Haus.«

Sie nickte, aber sie nahm an, dass sie die Haushälterin nicht wiedersehen würde. Froh über die Aussicht, nach Hause zurückfahren zu können, sprang sie die Treppe hinunter. Sie sah auf das Handy, nicht auf die Stufe, und fühlte nicht einmal, wie sie den Boden unter den Füßen verlor …

In hohem Bogen segelte Lisa abwärts, und ihr gellender Schrei rief die anderen Kaufinteressenten und Mrs. Tipton herbei.

Zehn Minuten später lag sie auf dem Sofa in dem Apartment der Haushälterin im Erdgeschoss, auf der Stirn und dem Knöchel einen kalten Lappen. Zwei der Filzhüte hatten sie gemeinsam mit Mrs. Tipton nach unten gebracht, und diese kümmerte sich ganz vorbildlich um Lisa. Womöglich war der Treppenläufer nicht ordentlich montiert, meinten die Herren. Vielleicht war sie auch geschubst worden. Am vernünftigsten war aber natürlich die Annahme, dass sie nicht aufgepasst hatte, weil ihr Blick auf den Bildschirm gerichtet war …

»Mrs. Tipton«, rief sie aus, »als ich gefallen bin, habe ich mein Handy verloren.« Ohne ihr Mobiltelefon fühlte sie sich plötzlich seltsam schutzlos.

Die Haushälterin sah mitleidsvoll auf sie nieder. »Tipton? Mein Name ist Dawson.«

Lisa öffnete ihren Mund, aber es kam kein Ton heraus. Hatte sie sich wirklich so geirrt? Sie war sich sicher, keiner Verwechslung zum Opfer gefallen zu sein. Vor allem: Dawson war auch eine Romanfigur, so hieß die Haushälterin auf Schloss Dorincourt, wo die Geschichte des *Kleinen Lords* spielte.

»Sie haben sich anscheinend den Kopf angeschlagen«, meinte Dawson, die für Lisa bis eben Mrs. Tipton gewesen war. »Ich kümmere mich um Sie, machen Sie sich keine Sorgen, Miss Stirling. Bleiben Sie nur liegen, Ihr Handy werde ich wiederfinden. Hier im Haus geht nichts verloren.« Mit einem albernen Kichern ging sie hinaus.

Pfeif auf das Handy, riet ihr eine innere Stimme, *verschwinde von hier!*

Unschlüssig, was sie tun sollte, versuchte Lisa, sich aufzurichten. Das kalte Tuch fiel von ihrer Stirn, und sofort veranstalteten die Schmerzen in ihrem Kopf einen Trommelwirbel. Ihr Ellenbogen knickte ein, als sie sich darauf stützte, ihre Schultersehne brannte. Sie biss die Zähne zusammen, schwang die Beine langsam herum, tief durchatmend und sich Kraft einredend, bemühte sie sich, aufzustehen. Ihr war gar nicht klar gewesen, wie sehr sie sich wehgetan hatte. Es gelang ihr erst nach dem dritten Anlauf, an der Sofakante auch nur zu sitzen.

Wie um alles in der Welt sollte sie dermaßen lädiert nach Hause kommen? Der todschicke Mini, den Richardson für sie gemietet hatte, parkte vor dem Herrenhaus, aber sie war nicht so vertraut mit diesem Auto, dass sie sich mit den Schmerzen auf eine zweistündige Fahrt wagte. Dabei wollte sie nichts so dringend wie gerade das. Was für eine unsägliche Situation.

Sie beugte sich vor, griff nach dem Glas Wasser, das auf dem Couchtisch für sie bereitstand, und trank einen Schluck. Ihr Schwindel verschlimmerte sich. Unwillkürlich sank sie nach hinten. Dabei streiften ihre Augen die rechts und links vom Kamin eingelassenen, mit Büchern und Körben vollgestopften Regale.

Mrs. Tipton oder Dawson war anscheinend eine Leseratte. Das passte zu einer Frau, die sich an dem Werk einer vor hundert Jahren verstorbenen Autorin orientierte. In größter Verehrung für Frances Hodgson Burnett lebte und arbeitete sie in Great Maytham Hall, daran hatte Lisa keinen Zweifel. Sie wusste zwar nicht, wie lange die Haushälterin hier bereits tätig war, aber es war doch anzunehmen, dass die begeisterte Leserin in jedem Winkel nach einem Nachlass geforscht hatte. Lisa konnte sich sehr gut vorstellen, wie Mrs. Wie-auch-immer-sie-hieß durch das Gebäude streifte, Handwerker beobachtete und jedes kleinste Fundstück genau inspizierte. War es nicht daher naheliegend, dass sie die unveröffentlichte Fortsetzung von »Little Lord Fauntleroy«, so es sie überhaupt gab, in ihrem Apartment verwahrte?

Die Gelegenheit war günstig, sich ein wenig umzusehen. Nur fürchtete Lisa, nicht genug Kraft dafür zu haben. Dennoch setzte sie sich noch einmal auf. Sie biss die Zähne zusammen, bewegte sich mit eiserner Entschlossenheit. Die Aufregung, die sie erfasste, half ihr, die Schmerzen einigermaßen zu ignorieren. Schließlich schaffte sie sogar trotz des verknacksten Knöchels die wenigen Schritte zu den eingebauten Regalen.

Ein bunter Lesegeschmack empfing sie. Viele Taschenbücher, neue neben älteren Ausgaben, Krimis, historische Romane,

Chick-Lit neben Klassikern. Lisa betrachtete die Titel auf den Buchrücken und fragte sich, wo sich eigentlich die Bücher von Frances Hodgson Burnett befanden, bei der Affinität der Bewohnerin hier hatte sie mindestens ein ganzes Bord voll erwartet …

»Suchen Sie Lektüre?«

Die Frau hatte eine seltsame Art, aus dem Nichts aufzutauchen. Lisa fühlte sich unangenehm ertappt, obwohl sie wirklich nur gelesen und nicht einmal in den Körben gestöbert hatte. »Der Lesegeschmack einer Frau, die sich um das Anwesen einer berühmten Schriftstellerin kümmert, interessiert mich.« Lisa war dankbar, dass ihr diese Antwort so rasch eingefallen war.

»Schauen Sie sich gerne weiter um«, erwiderte Dawson freundlich. »Geht es Ihnen wieder besser?«

Mit einem kleinen Lächeln nickte Lisa. Ihre Reaktion entsprach nicht der Wahrheit: Alles tat ihr weh.

»Ich habe Ihr Handy gefunden, es lag auf dem Treppenabsatz, auf dem Sie gestolpert sind.« Die Haushälterin legte das Mobiltelefon auf den Couchtisch. Als sie sich wieder aufrichtete, fügte sie hinzu: »Sie können sich hier weiter ausruhen, wenn Sie möchten. Mr. Schroeder ist inzwischen angekommen und wartet gerne auf Sie.«

»Danke, sehr freundlich.«

»Am besten, Sie legen sich noch einmal hin. Nehmen Sie sich ruhig ein Buch, wenn Sie gerne etwas lesen möchten.«

»Da ich ja nun schon einmal hier bin, dachte ich eigentlich daran, in einem Roman von Frances Hodgson Burnett zu schmökern, aber ich finde keinen.«

Ihre Gastgeberin zögerte kurz, dann lächelte sie geheimnisvoll. »Diese Bücher liegen selbstverständlich auf meinem Nachttisch. Vielleicht finden Sie aber eine Alternative. Obwohl es derer nicht so viele gibt …« Dann sagte sie in einem Tonfall wie in einem Film: »Ich koche uns erst einmal eine Tasse Tee.«

»Danke, Dawson«, antwortete Lisa höflich.

Die Haushälterin war schon an der Tür, drehte sich jedoch mit überraschter Miene noch einmal um. »Dawson? Ich bitte Sie, wie kommen Sie denn auf diesen Namen? Ich bin Lady Lorradaile.«

Lisas Hand lag auf dem Regalbord, sie hatte gerade einen Krimi von Agatha Christie herausnehmen wollen. Vor lauter Schreck verlor sie plötzlich den Halt, ihr verletzter Fuß trug sie nicht mehr. Im Fallen riss sie die anderen Bücher herunter. Die Bände fielen auf sie herab wie ein Haufen großer Kiesel bei einem Steinschlag. Sie hob den gesunden Arm über den Kopf. Vielleicht war der ja schon erheblicher verletzt, als sie dachte, doch wusste sie immerhin noch mit absoluter Klarheit: Lady Lorradaile war die adelige Tante des kleinen Lords.

Als sich die andere Frau zu ihr beugte, um sie von den Bänden zu befreien, schob Lisa die Hand energisch beiseite. »Danke, das schaffe ich schon alleine«, behauptete sie kühn. »Machen Sie sich meinetwegen bitte keine Umstände. Ich möchte auch keinen Tee …«

»Wie schade. Bei einem Tässchen Darjeeling plaudert es sich so nett. Wir könnten uns über die Wohnungen unterhalten, die zum Verkauf stehen, und …«

»Gewiss«, versicherte Lisa. Sie spürte eine einerseits greifbare, andererseits irrationale Furcht vor dieser biederen, zuvorkommenden Frau. Alles in ihr rief danach, Great Maytham Hall sofort zu verlassen. Irgendetwas stimmte hier nicht – und sie hatte nicht die Absicht, herauszufinden, was es war. »Leider habe ich die Zeit völlig übersehen und möchte Sie nicht weiter aufhalten. Ich muss jetzt aufbrechen.« Mühsam rappelte sie sich hoch.

»Sind Sie sicher?«, gab die andere zurück. »Dabei gibt es von Frances Hodgson Burnett auch noch so viel zu erzählen, und das interessiert Sie doch, nicht wahr?«

»Vielleicht ein anderes Mal.« Lisa griff nach ihrem Handy. »Danke für Ihre Gastfreundschaft. Leben Sie wohl, Mrs. ...« In beredtem Schweigen brach sie ab.

»Hodgson Burnett. Wie die Autorin von ›Little Lord Fauntleroy‹.«

So schnell sie konnte, humpelte Lisa aus dem Apartment.

Vor dem Eingang des riesigen Gebäudes wartete die Gruppe Filzhüte, der Trenchcoat war nicht zu sehen. Dafür hatte sich ein weiterer Mann zu den Interessenten gesellt. In seinem Steppmantel wirkte er dem Wetter und der Jahreszeit angemessen, aber doch irgendwie unenglisch. »Sind Sie Miss Stirling?«, erkundigte er sich freundlich. »Die Herren sagten mir, dass Sie schon eine Besichtigung auf eigene Faust unternommen haben. Ich bin Matt Schroeder, der Immobilienmakler.«

Lisa klappte das Kinn herunter. Mit offenem Mund starrte sie die Männer an. »Ich ... ich ... war doch ... ich meine ... die Frau ...« Hilflos brach sie ab.

Die Herren sahen sich verständnislos an. »Welche Frau?«

»Na ... also ... die Haushälterin ... Mrs. Tipton ... Dawson ... Lady Lorradaile ...«

»Oh! Sie kennen sich gut mit dem *Kleinen Lord* aus«, lobte Matt Schroeder. »Wie ich schon in meiner Anzeige schrieb: Der Geist der Autorin geht noch heute in diesem Haus um. Das ist ja das Besondere an dieser Immobilie. Für Sie als Fan also genau das Richtige.«

Lisa sah die Männer der Reihe nach an. Verzweiflung erfasste sie, Panik vor dem Verlust ihres Verstandes. »Aber Sie müssen sie doch auch gesehen haben …!« Einvernehmliches Kopf-schütteln antwortete ihr.

»So ist das, wenn man sich zu sehr mit einer Figur aus der Vergangenheit identifiziert«, behauptete Schroeder. »Darf ich Sie fragen, für welche Wohnung Sie sich entschieden haben? Oder möchten Sie noch einmal hineingehen und sich um-schauen?«

Stumm schüttelte Lisa den Kopf. Sie griff in die Tasche ihrer Chanel-Jacke und spürte das kühle Plastik eines Autoschlüssels. *Weg hier,* dachte sie, *nur weg von hier.* Ohne ein weiteres Wort marschierte sie zu ihrem Wagen, dabei zog sie den verletzten Fuß nach. Die Schmerzen waren nicht halb so schlimm wie die Sorgen, die sie sich um sich selbst machte.

»Miss Stirling!«, rief ihr der Makler nach.

Lisa startete den Motor.

Auf dem ersten Autobahnparkplatz, den sie fand, fuhr sie links raus. Einen Moment lang lehnte sie die Stirn gegen das Lenkrad. Dann griff sie nach ihrem Handy, das sie auf den Bei-fahrersitz gelegt hatte. Sie gab die Durchwahl ihres Chefs ein.

»Ja, bitte?«

»Lisa Stirling hier, ich bin auf dem Rückweg …«

»Haben Sie das Manuskript gefunden?«, kam es wie aus der Pistole geschossen.

»Nein. Leider …«

»Das darf doch wohl nicht wahr sein! Ich habe viel Geld in diesen Ausflug investiert. Was denken Sie sich? Dass ich Ihnen einen schönen Nachmittag auf dem Land finanzieren wollte?«

»Ich bin Frances Hodgson Burnett begegnet.«

»Wie bitte? Sie haben einen Geist getroffen? Wirklich, Lisa, ich hatte nicht erwartet, dass Sie unsere Unterhaltung von neu-lich dermaßen verinnerlichen. Es tut mir leid, ich hatte große

Hoffnungen in Sie gesetzt, aber diese Gespenstergeschichte disqualifiziert Sie. Ich brauche seriöse Mitarbeiter, die ihre Arbeit ernst nehmen, keine Lektorinnen, die an Geister glauben.«

»Ja, aber …« Ihre Stimme brach. Wie sollte sie erklären, was sie selbst nicht verstand?

»Sie sind entlassen!« Darauf folgte ein Klicken. Das Gespräch war beendet.

Fassungslos starrte sie auf ihr Handy. Dann brach sie in hysterisches Gelächter aus.

Mit ihrem verstauchten Fuß, einer eingerissenen Schultersehne und der Gehirnerschütterung würde Lisa Weihnachten im Bett oder bestenfalls auf dem Sofa verbringen. Sie sagte ihren Eltern und ihren Freunden ab, weil sie sich nicht gut bewegen konnte. Vor allem aber wollte sie ihre Wohnung nicht verlassen, weil sie fast ununterbrochen heulte. Sie weinte um ihren Job, ihr Versagen und auch ein wenig um ihren Verstand, denn es erschloss sich ihr nicht, wie sie auf einen Geist hatte hereinfallen können. Das war einfach absurd.

Sie vertrieb sich die Zeit mit dem Fernsehapparat. Serien, alte Spielfilme, Nachrichtensendungen flimmerten abwechselnd über den Bildschirm. Jedes Buch, das sie versuchte, zu lesen, führte zu einem neuen Weinkrampf, weshalb sie sich dem anderen Medium zuwandte. Angefangen vom Frühstücksfernsehen bis zur Late-Night-Show. Am Weihnachtsmorgen waren die Berichte über strahlende Kinderaugen, Gottesdienste in repräsentativen Kirchen und Umfragen unter den Bewohnern eines Pflegeheims, die gerade vom Nikolaus beschenkt worden waren, jedoch nicht dazu angetan, ihre Stimmung zu heben. Mit Tränen in den Augen sah sie in ihr TV-Gerät und ihr Blick begann, zu verschwimmen. Deshalb nahm sie die in der aktuellen Sendung eingeblendeten Fotos kaum wahr, hörte nur die Stimme der Sprecherin.

»… endlich verhaftet. Der frühere Werbefachmann Matt Schroeder und die arbeitslose Schauspielerin Lucy Devenport werden seit Wochen wegen Betrugs und Einbruchsdelikten gesucht. Die beiden schalteten Anzeigen für den Verkauf von Wohnungen und versuchten durch die Nähe zu Prominenten, Interessenten in Häuser zu locken, die sich gerade im Umbau befinden und daher weitgehend leer stehen. Zuletzt warben sie für Apartments in einem Gutshaus in Kent, hatten dort aber offenbar keinen Erfolg. Anscheinend hatten die Betrüger ihre Opfer mit Helfershelfern in die Irre geführt. Nach diesen wird noch gefahndet. Zeugen und Zeuginnen werden gebeten, sich bei Scotland Yard zu melden …«

Der Tränenstrom versiegte fast augenblicklich. Fassungslos starrte Lisa auf die Mattscheibe. Frances Hodgson Burnetts Geist war also eine Schauspielerin gewesen, und sie hatte sich zum Narren halten lassen. Wenn Richardson nicht damit angefangen hätte, wäre sie vielleicht nicht so leichtgläubig gewesen.

Sie war die perfekte Zeugin für eine Anklage gegen die beiden Betrüger, aber selbstverständlich konnte sie sich nicht bei der Polizei melden, weil sie ja selbst eine Betrügerin war. Und eine potenzielle Diebin.

Was für eine Geschichte! Wieder rannen Tränen über ihre Wangen.

Ihr Handy klingelte. Doch Lisa ließ es läuten, damit beschäftigt, sich zu bemitleiden. Immerhin hatte sie wegen dieser beiden Verbrecher ihren Job verloren.

Ein Piepton signalisierte ihr, dass jemand auf ihre Mailbox gesprochen hatte. Weniger neugierig als vielmehr entnervt griff sie nach dem Telefon, tippte auf die Tastenkombination. Dann lauschte sie mit wachsender Verwunderung einer wohlbekannten Männerstimme: »Hallo, Lisa, schade, dass ich Sie nicht erreichen kann. Ich habe gerade eben im Frühstücksfernsehen gehört, dass Sie und ich Kriminellen zum Opfer gefallen sind. Wäre ja auch zu einfach, wenn Sie auf Anhieb Frances Hodgson Burnetts unveröffentlichtes Manuskript gefunden hätten. Wie fänden Sie es, mit mir einen Ausflug nach Kent zu unternehmen? Da das Haus wohl noch leer steht, könnten wir uns doch ein wenig umsehen und nach dem echten Geist der einstigen Besitzerin suchen. Zwischen den Feiertagen wird da nicht viel los sein. Natürlich sind Sie wieder eingestellt. Rufen Sie mich bitte zurück – und schöne Weihnachten.«

Freud und Leid – Weihnachtszeit

Ben Westphal

Unzufrieden, aber elegant gekleidet sitzt Helmut auf seinem Platz am Kopfende des Tisches. Sein feiner Anzug ist das Einzige von seinem traditionellen Weihnachtsfest, das ihm noch geblieben ist. Der gerade volljährig gewordene Enkel ist lieber mit seiner neuen Freundin auf die Kanarischen Inseln geflogen, anstatt bei ihnen zu feiern. Die älteste Tochter lebt schon länger in Dubai, verbringt dieses Jahr das Weihnachtsfest bei ihren Schwiegereltern in London, und auch bei Helmut zu Hause ist alles anders als sonst.

Das Unheil begann vor gut fünf Wochen, als zwei junge Männer vor seiner Tür standen. Wenn er zu Hause gewesen wäre, dann hätte er ihnen die dunkelbraune Holztür gleich wieder vor der Nase zugeknallt, aber seine gutmütige Ehefrau Gisela musste ausgerechnet an diesem Morgen alleine zu Hause sein. Sie hatte die beiden Männer hereingelassen und deren Bitte zugestimmt, ohne über deren Folgen nachzudenken. »Ist doch spannend, Helmut!«, hatte sie ihm entgegnet, als er nach Hause kam und die Videokamera auf einem Stativ hinter ihrem Wohnzimmerfenster erblickte. Genau dort, wo eigentlich ihr Esstisch steht. »Gegenüber tobt das Verbrechen, Helmut, und wir helfen der Polizei dabei, die Täter zu fassen«, frohlockte sie aufgeregt mit leuchtenden Augen. Seitdem ist sie kaum von ihrem Beobachtungsposten hinter den Gardinen wegzulocken. Die gesamte Adventszeit ist nichts mehr so gelaufen, wie Helmut es gewohnt ist.

Zu allem Übel steht der Esstisch jetzt genau dort, wo ansonsten ihr Weihnachtsbaum das Wohnzimmer ziert. Die bunt geschmückte Nordmanntanne musste in eine kleine Ecke weichen und dafür deutlich kleiner ausfallen. Von seinem Platz aus hat Helmut nicht einmal einen direkten Blick auf den Baum mit seinen in Rot und Silber glitzernden Kugeln. Er muss sich jedes Mal umdrehen, wenn er ihn sehen will.

Seit die Kamera bei ihnen in der Wohnung steht, gibt es für Gisela auch kein anderes Thema mehr als das gegenüberliegende Haus. Sie hat nicht einmal Zeit gefunden, um ihre geliebten Weihnachtsplätzchen zu backen. Stattdessen steht ein Teller mit gekauften Spekulatiuskeksen auf dem Tisch, lieblos garniert mit zwei kleinen Schokoladenweihnachtsmännern und ein paar Tannenbaumzweigen aus dem Garten, die Helmut dazwischen gesteckt hat. Auch der Adventskranz ist von Helmut im Supermarkt gekauft anstatt von Gisela selbst gesteckt worden. Und den kleinen alljährlichen Adventskalender, gefüllt mit leckeren Pralinen, hat Gisela in ihrer Aufregung ebenfalls vergessen.

Wenigstens die lieb gewonnene Weihnachtsmusik läuft im Hintergrund vor sich hin, doch das will Helmuts Stimmung nicht mehr aufhellen. »Wird es nich' langsam mal Zeit für Kaffee und Kuchen, Gisela? Moritz, komm doch endlich mal an den Tisch.«

»Opa, das ist voll spannend. Vielleicht sind dort drüben richtige Verbrecher. Oder, Oma?«, freut sich der zehnjährige Moritz mit glänzenden Augen.

»Das kann gut sein. Der Bewohner dreht sich immer in alle Richtungen um, wenn er mal rauskommt. Wenn du den erst mal siehst – dem magst du im Dunkeln nicht begegnen.«

»Nu übertreib mal nich', Gisela. Ich hätt jetzt echt Kaffeedurst«, wirft Helmut ein und beginnt, mit der Tasse zu klimpern. »Im Anschluss können wir den *Kleinen Lord* schauen, Moritz.«

»Oh nee, schon wieder, Opa? Das ist doch ein Film für kleine Kinder. Ich passe hier lieber auf.«

»Aber den gucken wir doch jedes Jahr.«

»Eben, Opa«, entgegnet Gisela mit vorwurfsvollem Blick.

»Mutti, im Kühlschrank und im Keller habe ich gar nicht die Sahnetorte gefunden. Steht die heute woanders?«, hakt ihre jüngere Tochter nach, als sie die Kellertreppe heraufkommt.

»Ach herrje, die habe ich ja ganz vergessen, zu backen. Vielleicht könntest du schnell zum Bäcker laufen und ein paar Berliner holen? Die sind doch immer lecker.«

»Berliner gibt es zu Silvester, Gisela. Dat is' doch nichts für den Heiligabend«, schnaubt Helmut, wobei sein Gesicht rot anläuft.

»Ich hab auch noch Apfelkuchen eingefroren, den könnte ich schnell auftauen. Sahne haben wir ja genug im Kühlschrank.«

»Soll ich die jetzt auch noch selber schlagen, Gisela?«, schimpft Helmut seiner Frau entgegen, zu der sich nun auch ihre Tochter gesellt.

»Das wäre ganz toll, Helmut. Dann können wir das Haus im Auge behalten. Immerhin haben die Beamten mich gebeten, dass ich umgehend Bescheid gebe, falls uns etwas Ungewöhnliches auffallen sollte.«

»Na, das könn' ja fröhliche Weihnachten werden«, meckert Helmut und geht wütend in die Küche.

❄

Nachdenklich sitzt Jonas auf der Couch und betrachtet seinen sechsjährigen Sohn beim Spielen. Keinen seiner Wünsche kann er ihm dieses Jahr erfüllen. Viel zu teuer sind die Spielzeuge, die in der farbenfrohen Werbung zu sehen sind und die Augen der Kinder leuchten lassen. Drei kleine Geschenke liegen unter dem mickrigen Tannenbaum, den Jonas extra auf einen kleinen Tisch gestellt hat, damit er ein wenig größer wirkt.

Seine Frau ist gerade von der Arbeit im Supermarkt nach Hause gekommen. Sie will sich gleich um das Weihnachtsessen kümmern. Während Jonas traurig zu seinem Sohn hinabschaut, beginnt sein Handy, zu surren. Er schaut auf das Display und verdreht die Augen. Ausgerechnet heute muss sich sein Bruder melden. Dabei muss der doch wissen, dass heute der Tag der Familie ist.

»Was ist?«

»Du musst kommen, Jonas.«

»Sag mal, weißt du eigentlich, was heute für ein Tag ist?«

»Das ist mir scheißegal. Die Leute sind hier überall. Ich kann nicht weg. Du musst es abholen und hier wegbringen.«

»Ich hab keinen Bock mehr auf die Scheiße«, entgegnet Jonas und erntet für das verbotene Schimpfwort einen wütenden Blick seiner Frau. Jonas steht auf und geht ins Schlafzimmer. Nachdem er die Tür geschlossen hat, nimmt er das Telefon wieder ans Ohr. »Hör zu, Fred! Ich bin nicht dein Diener und kann dir nicht ewig den Arsch retten, nur weil du dich mit dem Zeug nicht auf die Straße traust.«

»Halt die Fresse. Bist du verrückt geworden, so am Telefon zu sprechen?«

»Ich sag, was ich will. Ich kann deine Wahnvorstellungen nicht ertragen, Fred. Je dunkler die Jahreszeit, desto wahnwitziger werden deine Gedanken.«

»Ich bin mir sicher. Die lauern draußen und warten auf mich, Jonas. Ich kann jetzt nicht vor die Tür treten, aber die Geschenke sind gepackt. Du musst sie abholen, Jonas. Du hast doch sowieso keine Kohle, wie ich dich kenne, du Versager. Kein Job, deine Alte schaut auch jedem anderen Typen hinterher, stets auf der Suche nach einem neuen Zuhause, und deine kleine Bude stinkt bis zum Himmel in deinem Hochhausbunker.«

»Halt die Fresse, du dummes Arschloch, oder es sind die letzten Worte, die du dieses Jahr gesprochen hast.«

»Ach, und was soll mir passieren? Kommst du vorbei und haust mich? Da habe ich aber Angst. Wenn du vorbeikommst, dann kannst du die vier Pakete gleich mitnehmen und bei Erdal vorbeibringen. Er wartet bereits auf dich.«

»Am Heiligabend?«

»Der hat heute nichts zu feiern, also bekomm deinen Arsch nach oben, und sieh zu, dass du herkommst. Ansonsten wird dein kleiner Sohn dich heute Abend nur mit traurigen Augen anschauen, wenn er die kleinen Spielzeugautos ausgepackt hat und keiner seiner großen Wünsche erfüllt wurde.«

Wutentbrannt legt Jonas auf. Am liebsten würde er aufschreien, den Groll aus sich herausbrüllen, doch er will seinem Sohn keine Angst einjagen. Mehrfach geht er im Zimmer auf und ab. Er überlegt, was er mit dem Geld anfangen könnte, das ihm zusteht für den kleinen Kurierdienst. Es geht immer schnell, nur ein paar Minuten wäre er nicht da. Bis zum Essen und zur Bescherung wäre er längst zurück und vielleicht sogar mit etwas Besonderem im Gepäck. Jonas öffnet einen Spaltbreit die Schlafzimmertür und blickt noch einmal zu seinem Sohn, der glücklich und gedankenverloren aus Bausteinen eine Burg aufbaut, auf deren Türme er kleine Spielzeugfiguren stellt. Jonas nimmt seine Winterjacke vom Garderobenhaken, schaut noch einmal kurz in die Küche, um seiner Frau Bescheid zu geben, dass er gleich wieder zurück ist. »Falls der Lütte mich sucht, dann sag ihm, dass ich draußen noch mal schaue, ob der Weihnachtsmann ein Geschenk für ihn verloren hat.«

Kurz darauf startet er seinen Wagen und fährt mit wild aufbrausendem Motor davon.

❄

»Könnt ihr nich' einmal eine halbe Stunde am Tisch sitzen bleiben?«, schimpft Helmut in Richtung des Fensters, vor dem Moritz und seine Großmutter wieder stehen und das gegenüberliegende Haus beobachten.

»Gönn uns doch die Freude, Helmut. Es dämmert langsam. Bald ist es dunkel. Dann können wir eh nichts mehr sehen.«

»Als würde dich das davon abhalten, trotzdem hinauszuschauen«, entgegnet Helmut und verdreht die Augen, während Gisela sich missmutig zu ihm an den Tisch setzt. »Die letzten Wochen konnten wir keinen normalen Abend mehr miteinander verbringen. Schau mal, das sind noch immer die ersten Kerzen auf dem Kranz. Wir sitzen gar nicht beisammen und genießen die Weihnachtszeit bei Keksen und Kerzenschein. Keine Vanillekipferl, kein Pfefferkuchen, und deinen Stollen hast du auch nicht gemacht, gar nichts. Ohne mich würde selbst der Tannenbaum noch nicht geschmückt sein. Apfelkuchen zu Weihnachten. Das is' doch nich' schön, Gisela.«

»Oma, da hält ein Auto. Direkt vor der Einfahrt«, ruft Moritz begeistert, lässt Gisela wieder aufspringen und zurück zum Fenster laufen. »Kennst du den Mann?«

»Ja, der war vor ein paar Wochen schon mal hier. Die Kripo meinte, dass ich ihnen gleich Bescheid geben soll, wenn der hier wiederauftaucht. Wo hatte ich denn die Nummer hingelegt?«, grübelt Oma Gisela.

»Direkt neben dem Telefon«, gibt Helmut schroff von sich.

»Ach ja. Stimmt.« Mit schnellen Schritten läuft sie zu dem alten Tastentelefon und beginnt, zu wählen. »Hallo? Ja? Spreche ich mit der Kripo? Genau. Frau Lehmann hier von gegenüber, also dort wo Sie die Kamera stehen haben. Ja. Der Mann ist wieder da. Der mit dem schwarzen Auto. Ja, genau. Gerade eben. Richtig.« Gisela hält die Hand auf die Sprechmuschel und wendet sich ihrem Enkel zu. »Moritz, ist der schon im Haus?«

»Nee, Oma. Der steht vor der Tür und wartet.«

»Hören Sie? Der wartet vor der Tür.«

»Jetzt geht er ums Haus, Oma. Er schaut in die Fenster. Nun steht er wieder vor der Haustür und klopft dagegen. Jetzt holt er etwas aus der Jacke. Scheint ein Handy zu sein. Das Display leuchtet auf. Er versucht, zu telefonieren.«

»Hören Sie, Herr Kommissar? Der Mann scheint nicht reinzukommen.«

»Oma, der geht jetzt wieder zur Seite. Der fummelt da irgendwie am Fenster herum. Jetzt klettert er hoch. Der bricht ein, Oma. Wir müssen die Polizei anrufen.«

»Hab ich doch am Hörer, Moritz. Ja, nee, mein Enkel ist hier. Ist doch Heiligabend. Der Mann ist jetzt in das Haus eingestiegen durch ein Fenster. Kommen Sie? Ja, okay. Bis gleich.«

Gisela legt auf, geht schnellen Schrittes wieder zu dem Fenster und stellt sich neben Moritz. »Hier kannst du was erleben, Moritz.«

»Ja! Das ist das beste Weihnachten, was ich je erlebt habe, Oma.«

»Weihnachten, ts, dass ich nicht lache«, wirft Helmut schmollend in den Raum, steckt sich ein Stück Apfelkuchen in den Mund und verschränkt die Arme wieder vor der Brust.

❄

Ächzend setzt Jonas den ersten Fuß auf den schwarz-weiß gekachelten Boden der Küche. Es stinkt nach vergammeltem Essen und altem Bier. Der Boden klebt an der Sohle beim ersten Schritt, den Jonas macht. »Ekelhaft, Fred«, schimpft er vor sich hin. »Mich einbestellen und dann vor der Tür stehen lassen. Das sieht dir ähnlich. Wehe, wenn du mir zu Gesicht kommst.« Zorn steigt in Jonas auf, den er kaum bändigen kann. Er geht ins gegenüberliegende Zimmer, in dem ein paar Hantelstangen und Gewichte liegen. Die Rollos sind herabgelassen, und die Dunkelheit umfasst den Raum. Vorsichtig tastet Jonas nach einem Lichtschalter an der Stelle, wo er ihn vermutet. Gleißendes Licht durchflutet das Zimmer und lässt die vier Kartons erkennen, die sein Bruder hinter der Tür aufeinandergestapelt hat. Nacheinander nimmt er sie herab und öffnet sie, um nachzuschauen, wie viele Pakete in jedem einzelnen sind. Von dem Inhalt macht Jonas ein Foto, klappt die Deckel ineinander und verklebt sie mit einem Klebeband, das auf dem Boden neben der Tür liegt. Auf die Seite schreibt er jeweils eine große Fünf und auf den letzten Karton eine Vier.

Eintausendneunhundert Euro Provision bedeutet das für Jonas, und der Gedanke an das Geld bringt seine Augen zum Glänzen. Davon wird er seinem Sohn alle Wünsche erfüllen können, die er ihm zu Beginn der Adventszeit auf einen Zettel für den Weihnachtsmann geschrieben hatte. Jonas schaut auf seine Uhr. Er hat noch mehr als eine Stunde Zeit, um die Geschenke zu besorgen. Erdal wohnt nur eine Viertelstunde entfernt, und auf dem Heimweg hält er dann am großen Einkaufszentrum an. Jetzt muss nur noch Fred rechtzeitig wiederkommen, damit er von ihm seinen Lohn erhält. Vielleicht sollte er die Zeit nutzen, um die Kartons bereits zu Erdal zu bringen? Dann könnte er auf dem Rückweg noch einmal herkommen. Lange bleibt Fred eigentlich nie von zu Hause fern. Vielleicht holt er nur etwas zu essen beim Grill-Imbiss oder Alkoholnachschub für die nächsten Tage, wenn die Geschäfte geschlossen haben. Beherzt greift Jonas nach den ersten beiden Kartons. Er schaut zur Haustür, die gleich durch mehrere Ketten verschlossen ist, und geht mit den Kartons zum Küchenfenster, wo er sie hinauswirft. Kopfschüttelnd über den Verfolgungswahn seines Bruders, geht er zurück in den Sportraum, um die letzten beiden Kartons zu holen.

Mühsam steigt Jonas aus dem Fenster, bringt die Kartons zu seinem Auto, in dessen Kofferraum er die vier Umzugskartons hineinlädt, nachdem er den Kindersitz auf den Beifahrersitz gelegt und die Rückbank umgeklappt hat. Er schließt den Kofferraum und richtet sich kerzengerade auf. Kann das sein? Hat er das eben richtig gesehen? Jonas schaut zurück zur Haustür. Doch, er ist sich absolut sicher. Er läuft an die Tür und beginnt, wild gegen sie zu hämmern. »Mach auf, du Arsch. Fred, mach die Tür auf.« Wenige Momente bleibt Jonas stehen. Hitze steigt in ihm auf und lässt sein Gesicht rot anlaufen. »Na warte. Mich verhöhnen, scheuchen und dann verprellen wollen.« Jonas rennt um die Hausecke herum und springt geradezu mühelos, getrieben von seiner Wut, durch das Fenster ins Haus hinein.

❄

»Wo bleiben denn deine Freunde und Helfer? Die lassen ganz schön auf sich warten«, grollt Helmut vor sich hin, nimmt einen letzten Schluck Kaffee und trottet in die Küche.

Aufgeregt schaut Gisela die Straße hinab. »Das frage ich mich auch langsam«, spricht sie eher zu sich selber und beobachtet dann wieder gebannt das Haus. »Vielleicht sollte ich da noch einmal anrufen und über die Neuigkeiten berichten.«

»Gisela? Wo ist denn der Schweinebraten? Hier ist ja noch gar nichts vorbereitet.«

»Ach herrje, der Schweinenacken ist noch im Tiefkühler. Ich befürchte, das wird heute nichts mehr, Helmut. Das tut mir jetzt echt leid.«

»Was? Is' das dein Ernst? Das kann ja wohl nich' wahr sein. Was nu? Gibt es Schwarzbrot zum Heiligabend?«

»Nee, ich hab doch Baguette gekauft, und wir haben auch noch Bockwürste. Vielleicht schnippeln wir noch ein paar Kartoffeln, Eier und Zwiebeln zu einem Salat zusammen. Das essen viele Leute zu Weihnachten.«

»Jetzt reicht's. Nichts ist so, wie es sein soll, und nun nicht einmal mehr der Braten. Das geht so nicht. Ich klär das auf meine Art, und zwar sofort.« Helmut nimmt seine Jacke und schlupft in seine Winterstiefel, bleibt jedoch im Türrahmen stehen, als mehrere Wagen vor dem gegenüberliegenden Haus mit Blaulicht anhalten. Die uniformierten Polizisten stellen sich rund um das Haus herum auf, während dunkel gekleidete Personen aus zivilen Fahrzeugen aussteigen und zur Haustür laufen. Entgeistert schaut Helmut zu, wie die Beamten mit einem Rammbock gleich mehrere Male gegen die Tür schlagen, bis sie unter dem ächzenden Knacken von Holz und Metall aus der Zarge fliegt.

❄

216

»Polizei, Polizei!«, hört Jonas wilde Rufe hinter sich, doch er ist nicht in der Lage, zu reagieren. Vor ihm liegt sein Bruder auf dem Rücken. Die Augen vor Schreck weit aufgerissen, der Mund wortlos geöffnet, und ein breites Küchenmesser steckt tief in seiner Brust.

Jonas' Hände sind von dem austretenden Blut seines Bruders rot gefärbt. Er kniet in der Lache, die sich immer weiter ausbreitet. Die feuchte, warme Luft riecht nach Marihuana. Gedankenverloren wird Jonas von kräftigen Händen an den Armen gepackt und gefesselt. Er wird auf seine Füße hochgezogen und lässt sich durch den Flur hinaus in die kalte Winterluft schieben. Das Blaulicht mehrerer Streifenwagen auf der Straße blendet ihn, doch das wutverzerrte Gesicht eines alten Mannes bleibt ihm nicht verborgen. »Das habe ich nur dir zu verdanken. Du bist schuld! Du bist schuld!«, brüllt der Mann ihm schnaubend entgegen. Eine ältere Dame hält ihn dabei zurück und bittet den weiterhin schimpfenden Mann, endlich wieder zurück ins Haus zu kommen, damit sie Heiligabend feiern können. Aber das scheint ihn nur noch mehr zu provozieren. Nur schemenhaft nimmt Jonas noch das Umfeld wahr, wie er bei eintretender Dunkelheit in einen Streifenwagen gesetzt und davongefahren wird. Vor seinen Augen sieht er die enttäuschten Gesichter seines Sohnes und seiner Frau, die jedoch immer wieder von dem entsetzten Gesichtsausdruck seines Bruders vertrieben werden.

Jonas lässt das Kinn auf die Brust sinken und schließt die Augen. Die Zeit scheint stillzustehen, und dennoch öffnet sich kurze Zeit später bereits die Tür neben ihm, und ein junger Polizeibeamter bittet ihn, auszusteigen. Stoisch lässt er sich Fingerabdrücke abnehmen und Fotos von sich machen, bis er in eine kleine Zelle mit Holzpritsche und zwei rauen braunen Wolldecken gebracht wird. Die schwere Metalltür schließt sich mit einem lauten, scheppernden Ratschen. Kurz darauf kehrt unerträgliche Stille in den hell beleuchteten Raum ein, dessen weiße Wände mit diversen eingeritzten Schriftzügen versehen sind.

Jonas kann keinen klaren Gedanken fassen. Sein Zeitgefühl hat er völlig verloren, als sich eine Klappe in der Metalltür öffnet. Kurz darauf knatschen die Riegel, und eine mittelalte, blonde Frau erscheint in der Tür. Hinter ihr steht ein junger Mann.

»Guten Tag, Herr Johannsen. Ich möchte Sie gerne zur Vernehmung mitnehmen. Haben Sie einen Anwalt, den wir zuvor verständigen könnten?«

Wortlos schüttelt Jonas den Kopf. »Ich habe keinen Anwalt, und ich habe auch nichts getan. Ich weiß gar nicht, was ich hier soll.«

»Bevor wir darüber sprechen können, muss ich Sie bei diesem Tatvorwurf mit einem Anwalt sprechen lassen, Herr Johannsen. Ansonsten wäre all das, was Sie jetzt aussagen würden, später nicht gerichtsverwertbar. Kommen Sie bitte mit, ich werde den anwaltlichen Notdienst kontaktieren.«

Jonas folgt der Kriminalbeamtin in einen Raum mit einem dunklen Tresen und einem Schrank, in dem ein schwarzes Telefon steht. Sie wählt, wartet kurz ab, erläutert ihrem Gesprächspartner den Stand der Ermittlungen und streckt Jonas dann den Hörer entgegen. »Nutzen Sie gerne die Zeit, die Sie brauchen, um alles mit Rechtsanwalt Reinke zu besprechen. Wir warten solange draußen auf dem Flur, damit Sie ungestört reden können.«

»Ich habe nichts getan. Das müssen Sie mir glauben«, wimmert Jonas leise.

»Das können Sie mir gerne gleich erklären, aber zunächst müssen Sie mit dem Anwalt sprechen.«

Kurze Zeit später legt Jonas den Hörer auf, atmet tief ein und tritt auf den Flur. Er schaut den beiden Kriminalbeamten ausdruckslos entgegen, die wortlos wartend an die Wand gelehnt im Flur stehen. »Kann ich jetzt aussagen?«

»Ist Ihr Anwalt damit einverstanden?«

»Ich will nicht in den Knast. Ich möchte aussagen, und das hat er zu akzeptieren.«

»Dann folgen Sie uns bitte«, erwidert die Kriminalbeamtin mit erstauntem Gesichtsausdruck, denn normalerweise verhindern sämtliche Anwälte eine Aussagebereitschaft ihrer Mandanten, bevor sie keine Einsicht in die Ermittlungsakte erhalten haben.

Jonas wird in einen gemütlich anmutenden Raum gebracht, in dem mehrere Sessel stehen, in denen sie Platz nehmen. Aus einem Tisch in der Mitte ragen Mikrofone heraus.

»So, Herr Johannsen. Mein Name ist Jahnke, und neben mir sitzt der Kollege Brecht. Ich werde nun mit der Aufnahme der Vernehmung beginnen.« Sie lehnt sich leicht vor und schiebt einen Regler am Tisch vor, um die Mikrofone einzuschalten, woraufhin eine kleine rote Leuchte in der Mitte des Tisches zu leuchten beginnt. »Herr Johannsen, ich möchte zunächst mit dem Tatvorwurf beginnen. Sie werden beschuldigt, am heutigen Nachmittag Ihren Bruder durch einen gezielten Messerstich ins Herz getötet zu haben.«

»Das stimmt nicht. Ich habe nichts getan.«

»Ferner wird Ihnen vorgeworfen«, führt die erfahrene Beamtin unbeeindruckt von Jonas' Einwurf fort, »dass Sie Ihrem Bruder durch Kurierfahrten Beihilfe zum Handel mit Marihuana im Kilogrammbereich geleistet haben. Wir konnten in dem Wohnhaus Ihres Bruders bereits eine Plantage mit mehr als fünfhundert Pflanzen auffinden. Auch die neunzehn Kilo-

gramm Marihuana in Ihrem Fahrzeug haben wir sicherge-
stellt.« Die Beamtin schiebt mehrere Seiten Papier zu Jonas
über den Tisch. »Das sind die Durchsuchungsbeschlüsse für
Ihr Auto sowie das Haus Ihres Bruders. Des Weiteren würde
ich Sie bitten, die rechtliche Belehrung zur Vernehmung durch-
zulesen und mir zu unterschreiben, damit wir fortfahren
können, sofern Sie sich weiterhin zu dem Sachverhalt äußern
wollen. Sie müssen sich nicht selber belasten, auch keine Verwandten. Zudem steht Ihnen jederzeit das Recht zu, sich erneut
mit Ihrem Anwalt zu besprechen.«

»Ich will auf jeden Fall aussagen. Das ist alles ein großes
Missverständnis. Ich habe meinen Bruder nicht getötet. Okay,
ich habe für ein bisschen Geld seine Pakete ein paar Straßen
weiter gebracht, aber ich habe mit dem Handel nichts zu tun.
Ich bin Familienvater, niemals würde ich mit Drogen handeln.
Es ist Heiligabend. Ich möchte bitte einfach nur nach Hause zu
meiner Familie.«

»Wir beobachten Sie und Ihren Bruder schon seit Längerem.
Auch Ihre Telefone haben wir überwacht. Wir wissen also um
Ihren Streit vor dem heutigen Treffen, Ihre Drohung und das
angespannte Verhältnis zwischen Ihnen und Ihrem Bruder.«

»Dann müssten Sie ja ebenfalls wissen, dass ich mit ihm und
seinen Geschäften nichts mehr zu tun haben wollte. Mein Bruder ist ein Arschloch, ich wollte seinen Machenschaften zwar
aus dem Weg gehen, aber ich hätte ihm dafür niemals etwas
angetan.«

»Wir haben Sie in dem Haus vor der Leiche Ihres Bruders
angetroffen. Mit blutverschmierten Händen. Sie sind mehrfach
in das Haus eingestiegen, haben dort das Marihuana herausge-
holt und sind zum Abschluss in den Keller gegangen. Kam es
dort zum Streit? Vielleicht um Ihren Kurierlohn? Wollte Ihr

Bruder Sie nicht bezahlen für Ihre Dienste? Oder hat er Sie wieder verhöhnt?«

»Nein. Er lag einfach dort. Er war schon tot, als ich in den Keller kam. Ich wollte ihm noch helfen, kniete vor ihm nieder, aber er war bereits tot.«

»Sie sind die einzige Person in dem Haus gewesen. Wir haben mehrere Zeugen.«

»Er spricht immer von Leuten, die ihm folgen würden. Er hatte Angst um sein Leben. Vielleicht sind die es gewesen?«

»Niemand außer Ihnen hat das Haus betreten. Alle Türen sind mehrfach verschlossen, zusätzlich mit Ketten und Querbalken gesichert. Es gibt keinerlei Aufbruchspuren an anderen Fenstern, außer an dem Küchenfenster, durch das Sie eingestiegen sind. Wir haben das bereits überprüft.«

»Das kann nicht sein.« Jonas beginnt, verzweifelt zu lachen und den Kopf zu schütteln. »Ich weiß doch, was ich gemacht habe. Okay. Ich habe die Kartons abgeholt, aber meinen Bruder habe ich nicht getötet.«

»Dann erklären Sie mir, wie es sonst gewesen sein soll.«

Wortlos zuckt Jonas mit den Schultern. Mehrfach öffnet er den Mund, um etwas zu sagen, aber ihm will keine Antwort über die Lippen kommen. In diesem Moment vibriert das Handy der Kriminalbeamtin auf dem Tisch. Sie schaut aufs Display, bittet Jonas um einen Moment und nimmt das Gespräch entgegen. Schweigend erhebt sie sich aus ihrem Sessel und verlässt den Raum.

❄

Sandra Jahnke steht auf dem Flur vor dem Vernehmungsraum und lauscht den Erklärungen des Gerichtsmediziners, an die die Kollegen am Tatort das Handy weitergegeben haben. Ihre

Augen zucken unmerklich hin und her, sie nickt gelegentlich und verabschiedet sich dankend, um gleich darauf wieder den Vernehmungsraum zu betreten.

»Herr Johannsen, das waren die Kollegen vom Tatort. Der Zeitpunkt des Todes liegt eindeutig in dem Zeitraum, als Sie ins Haus eingestiegen sind.«

Unglaube und Panik steigen Jonas ins Gesicht, während er sich die verkrusteten Hände durchs halblange Haar schiebt.

»Aber es gibt auch gute Nachrichten für Sie, wenn man das in dieser Situation sagen darf. Die Kollegen konnten eine Videoüberwachung im Haus Ihres Bruders feststellen, die seinen Selbstmord aufgezeichnet hat. Der Tatvorwurf der Tötung Ihnen gegenüber hat sich somit erledigt. Nach vorsichtiger Einschätzung des Gerichtsmediziners dürfte sich Ihr Bruder aufgrund seines erhöhten Marihuanakonsums und einer daraus resultierenden paranoiden Schizophrenie selbst mit dem Messer erstochen haben.«

»Das kann doch nicht sein. Er kann sich doch nicht selber …«

»Doch. Die Aufnahmen sind eindeutig. Durch seine Wahnvorstellungen scheint er nur noch durch den Suizid ein Entkommen für sich als Ausweg gesehen zu haben. Eventuell angetrieben durch die Einbruchsgeräusche Ihrerseits.«

»Dann bin ich schuld am Tod meines Bruders?«

»Das wiederum ist eine reine Spekulation. Schuld an seiner psychischen Erkrankung ist offensichtlich seine exzessive Sucht nach Cannabis. Überall im Haus quillen die Aschenbecher über vor aufgerauchten Joints. Außerdem konnten wir in den letzten Wochen im Rahmen unserer Ermittlungen bereits feststellen, dass er erhebliche Mengen Marihuana konsumierte.«

Jonas schweigt einen Moment. In seinen Augen spiegeln sich die durch seinen Kopf fliegenden Gedanken. »Bedeutet das …«

»Das bedeutet, dass Sie heute zu Ihrer Familie nach Hause können. Wir sehen keine Fluchtgefahr, die eine Untersuchungshaft für Ihre Beihilfe rechtfertigen würde. Dennoch wird es ein Gerichtsverfahren gegen Sie geben. Vielleicht schenkt Ihnen der tragische Tod Ihres Bruders zum Fest die Chance auf ein neues, das von Ihnen erhoffte andere Leben zusammen mit Ihrer Familie.«

Weihnachtsmärchen

Kathrin Hanke

Anneke winkte dem Mann zu, dessen bloßer Anblick ihren Körper zum Kribbeln brachte. Sie hatte Marco vor knapp zwei Wochen auf einem Datingportal kennengelernt. Nachdem sie einander nur kurz geschrieben hatten, hatten sie sich ziemlich schnell getroffen, und Anneke war sofort schockverliebt gewesen. Marco schien es genauso zu gehen, denn seitdem sahen sie sich fast jeden Tag. Inzwischen nannte er sie »Prinzessin«, und sie hatten sich beide von der Datingplattform verabschiedet. Es war zu schön.

Für heute hatten sie sich auf dem erst gestern eröffneten Weihnachtsmarkt verabredet, und später wollte Marco ihr etwas zeigen, »was dich umhauen wird«, wie er gemeint hatte. Obwohl sie nachgebohrt hatte, hatte er das Geheimnis nicht gelüftet, und gespannt hatte sie sich direkt nach ihrem Dienst auf den Weg zum Weihnachtsmarkt gemacht.

Nachdem er sie mit einer innigen Umarmung begrüßt hatte, hatte Marco seinen Arm um Anneke gelegt, und so waren sie über den Weihnachtsmarkt gebummelt. Der Markt schlängelte sich durch die gesamte Altstadt des kleinen Ortes und war berühmt für seine liebevoll gestalteten Märchenboxen, die je ein Märchen der Gebrüder Grimm zeigten. Für Anneke war es gleichgültig, wo sie sich gerade befand, sie hatte kaum Augen für die Boxen, das Glitzern und Funkeln um sich herum, und auch die köstlichen Düfte, die sie umschwirrten, nahm sie nicht wahr. Ihre Sinne waren allesamt auf Marco konzentriert. Die Siebenundzwanzigjährige war einfach nur glücklich.

Bald hatten sie den Weihnachtsmarkt hinter sich gelassen und schlenderten weiter, bis sie in ein Gebiet kamen, in dem Anneke noch nicht gewesen war – sie war erst vor ein paar Monaten in die Kleinstadt gezogen und kannte sich noch nicht gut aus. Es schien sich um ein Industriegebiet zu handeln. Auf Anhieb war ihr diese Gegend, in der sie bisher keiner Menschenseele begegnet waren, unheimlich. Sie schmiegte sich enger an Marco, doch das wohlige Gefühl war verflogen. Anneke fröstelte. Auch wurde ihr plötzlich deutlich, dass sie wenig über Marco wusste. Ja gut, er aß gern Pizza und trank auch gern einmal einen Rotwein. Aber bisher war sie noch nicht bei ihm zu Hause gewesen, weil er stets zu ihr gekommen war, sie hatte keinen seiner Freunde kennengelernt, und auch über seinen Beruf als Berater erzählte er nicht viel.

Als sie ihn jetzt auf ihr Ziel ansprach, antwortete er ausweichend. Annekes Unwohlsein verstärkte sich. In ihr stritten widersprüchliche Gefühle. Bisher war von Marco nichts ausgegangen, was ihre Alarmglocken zum Schrillen gebracht hatte. Andererseits gab es auf der Welt nicht nur großartige Verstellungskünstler, sondern viele Verrückte. Als Protokollantin am Landgericht wusste sie das nur zu gut!

Gerade als sie sich entschloss, umzukehren, bogen sie um eine Ecke. Anneke erstarrte.

❄

»Wie findest du es?«, fragte Marco.

»Das ist der Hammer«, antwortete Anneke noch immer staunend. Sie standen vor einem prächtig geschmückten alten Wasserturm, der von blinkenden Zuckerstangen und lichtdurchfloten Rentieren umgeben war. Marco zog Anneke sanft mit sich und schlug vor, den Turm von innen zu erkunden.

»Sag jetzt nicht, dass du hier wohnst!«, platzte es ungläubig aus Anneke heraus. Marco lachte auf, verneinte und erklärte, dass er jedoch an der Gestaltung des Turms beteiligt war. Als Anneke daraufhin meinte: »Aber wir können da doch nicht einfach hineinspazieren«, zog ihr Freund einen Schlüssel hervor und antwortete verschmitzt grinsend, dass das schon okay wäre und sie ihm einfach vertrauen solle. Annekes erhebliche Neugier siegte über ihre wenigen Skrupel.

Mit nur wenigen Schritten waren sie an der imposanten Turmtür. Marco schloss auf, und sie betraten die Eingangshalle, die ebenso weihnachtlich geschmückt war wie das Äußere des Turms. In der Mitte befand sich eine Wendeltreppe über vier Etagen, die jeweils eine Tür aufwiesen, deren Rahmen mit jahreszeitlich gebundenen Girlanden verziert waren. Auch hier unten in der Halle befand sich eine Tür, wie Anneke beim Umherschauen bemerkte, doch diese war nicht nur ungeschmückt, sondern auch niedriger und eher unscheinbar, sodass sie auf die junge Frau fehl am Platz wirkte.

»Komm«, sagte Marco nun auffordernd, lotste sie zur Treppe und stieg mit ihr bis zur ersten Etage hoch, wo er vor der Tür stehen blieb, den altertümlichen Knauf drehte, sie mit einem »Bitte eintreten« öffnete und für Anneke aufhielt. Gespannt betrat sie den Raum, der ihr fast den Atem raubte, so unwirklich erschien er ihr: Bis auf eine weiß lackierte Truhe, einen Weihnachtsbaum, der mit silbern schimmernden Kugeln behängt war, und einem großen Kronleuchter an der Decke war er leer. Der Boden war mit Spiegelkacheln gefliest, und von den Wänden glitzerte es bläulich kalt, als hätten sich Eiskristalle auf ihnen gebildet. Fasziniert drehte Anneke sich einmal im Kreis und fühlte sich wie im Palast der Schneekönigin aus dem Märchen, das sie als Kind stets ein bisschen gegruselt, aber gleichzeitig fasziniert hatte.

»Ich komme mir vor wie in einer anderen Welt«, sagte sie strahlend zu Marco, der im Türrahmen stehen geblieben war.

»Dann hast du jetzt ausreichend Gelegenheit, sie zu erkunden«, antwortete er mit einem ungewohnten, bedrohlichen Ton und zog die schwere Holztür vor sich zu. Anneke runzelte die Stirn. Was sollte das denn jetzt? Sie trat wieder an die Tür und musste zu ihrer Überraschung feststellen, dass auf dieser Seite kein Knauf angebracht war. Auch keine Klinke oder sonst etwas, womit sie sie hätte öffnen können. Das unwohle Gefühl von vorhin kehrte zurück. Marco hatte sie tatsächlich hier eingesperrt. Sie klopfte gegen das Holz. »Marco? Marco, lass mich bitte hier raus, ja? Marco? Hörst du mich?« – Sie bekam keine Antwort.

Was war hier los? Erlaubte Marco sich nur einen Scherz mit ihr? Und was, wenn nicht? Was, wenn er sie aus anderen Beweggründen eingesperrt hatte? Bösen Beweggründen? Nein, daran wollte sie nicht denken. Wut stieg in ihr hoch, und sie schlug jetzt hart mit den Fäusten gegen die Tür. »Marco! Hast du sie noch alle? Ich finde das überhaupt nicht lustig. Lass mich gefälligst hier raus!«

Immer und immer wieder rief sie und hämmerte, doch nichts rührte sich dahinter. Ach, hätte sie doch auf ihr Inneres gehört, als sie durch dieses vermaledeite Industriegebiet gegangen waren! Was hatte Marco mit ihr vor? Gutes bestimmt nicht, dachte Anneke nun doch bestürzt. Verzweifelt kämpfte sie gegen die Tränen an. Reiß dich zusammen, heulen bringt dir jetzt auch nichts, mahnte sie sich und zog ihr Smartphone hervor, nur um festzustellen, dass sie kein Netz hatte. Verdammt!

Auf der Suche nach irgendetwas, womit sie die massive Tür aufbrechen oder aufstemmen konnte, sah sie sich in dem fensterlosen Raum um. Nichts, gar nichts war hier, was ihr von Nutzen sein konnte. Plötzlich surrte es, und sie hörte Marcos Stimme, der anscheinend über einen Lautsprecher zu ihr sprach: »Es liegt an dir, wie schnell du herauskommst. Löse die Aufgaben, und du bist frei. Dies ist die erste: Befreie die Tote, und hole sie zurück zu den Lebenden.«

»Welche Tote? Wo bist du? Lass mich raus!«, schrie die junge Frau außer sich, während ihre Blicke auf der Suche nach den Lautsprechern durch den Raum huschten, doch sie konnte keinen entdecken, und auch Marco schwieg wieder.

Panik ergriff Anneke, als ihr klar wurde, dass Marco ihr nicht antworten würde und sie nach wie vor seine Gefangene war. Sie nahm an, dass er sie über Kameras beobachtete, und so riss sie sich zusammen. Sie wollte sich ihm nicht als hilfloses Opfer präsentieren – auch das hatte sie in ihrem Beruf gelernt –, sondern lieber als ebenbürtige Gegnerin. Ihre Gedanken hingegen sahen ganz anders aus: Was, wenn sie die Aufgaben nicht löste? Gab es tatsächlich eine Tote? Welches perfide Spiel trieb Marco mit ihr? Warum hatte sie nicht bemerkt, wie durchgeknallt der Typ war? Verzweiflung löste jetzt ihre Panik ab. Was sollte sie bloß machen? Sollte sie einfach Marcos Spiel mitspielen? Möglicherweise hatte er einfach einen scheußlichen Humor, und hier rumstehen und sich der Angst hingeben nützte ihr überhaupt nichts. Also los, befahl Anneke sich, straffte ihre Schultern und wiederholte in ihrem Kopf die Aufgabe, die der

Arsch ihr genannt hatte: Befreie die Tote, und hole sie zurück zu den Lebenden.

Hatten die Worte eine metaphorische Bedeutung, oder sollte sie sie wörtlich nehmen? Ihr Blick streifte zu der Truhe. Würde sie darin die Lösung finden? Zögerlich näherte sie sich ihr. Sie war durch kein Schloss gesichert, sodass Anneke vorsichtig den Deckel anhob. Kaum konnte sie hineinsehen, ließ sie den Deckel mit einem Aufschrei nach hinten aufkrachen und stolperte drei Schritte rückwärts. Sie hatte gefunden, was sie suchte: Bleichgesichtig lag eine Frau in der Truhe. Dann war das hier doch kein Scherz von Marco! Sie begann, zu zittern. Wo war sie da nur hineingeraten?

Es dauerte eine Weile, bis Anneke sich wieder gefasst hatte. Sie stellte sich erneut an die Truhe und sah hinein. Die Daliegende trug ein Hochzeitskleid, ihre Lippen waren blutrot geschminkt, und ihre langen schwarzen Haare lagen ausgebreitet wie ein Kranz um sie herum. Schneewittchen, schoss es Anneke durch den Sinn. Die Märchenprinzessin war durch den Kuss ihres Prinzen wiederauferstanden. Aber zuvor war sie tot gewesen! War die Frau, die hier lag, auch tot? Nein, das konnte nicht sein, das wollte Anneke nicht glauben! Sie sah genauer hin. Das Gesicht der Frau war wächsern, und roch es nicht auch leicht moderig aus der Truhe? Wie gebannt starrte Anneke auf das Schneewittchen. Es schien wirklich tot. Die Brust hob und senkte sich kein bisschen, und als sie den Bildschirm ihres Handys vor die Nase der Frau legte, beschlug dieser nicht. Ogottogott, was sollte sie nur machen? Sie konnte doch keine Tote küssen! Was war Marco nur für ein Mensch? Ein Sadist? Hatte er die Frau getötet? Würde sie selbst auch in einem Sarg landen? Marco war eindeutig krank, doch diese Erkenntnis kam erstens zu spät, und zweitens half sie ihr nicht weiter. Anneke sank auf die Knie – die Verzweiflung hatte sie übermannt.

❄

Mit ihrem Jackenärmel wischte Anneke sich über den Mund. Noch immer spürte sie die harten Lippen der Toten darauf. Allein die Vorstellung, eine Leiche geküsst zu haben, ließ sie würgen.

Sie hatte lange gezaudert, sich dann jedoch überwunden. Denn wenn dieser kranke Typ Wort hielt, wäre das die Lösung ihrer Aufgabe und ihre Chance, aus diesem verfluchten Weihnachtsturm herauszukommen. So hatte sie gedacht und sich langsam über den Truhensarg gebeugt. Kurz bevor sie die toten Lippen berührt hatte, hatte sie die Augen geschlossen. Dann hatte sie die Tote geküsst, und noch bevor sich ihr Mund von dem der Leiche lösen konnte, hatte Anneke in ihrem Rücken ein mechanisches Geräusch wahrgenommen. Sie hatte sich umgedreht und gesehen, wie sich eine der Wände aufschob. Instinktiv war sie losgerannt und hatte sich in diesem Raum hier wiedergefunden.

Wieder wallte Verzweiflung in ihr auf – sie war nach wie vor in dem Horrorturm gefangen. Dann schaltete sich ihr Verstand wieder ein. Stimmte ja, Marco hatte von Aufgaben in der Mehrzahl gesprochen! Das schaffst du, sprach sie sich Mut zu. Eben hast du eine Leiche geküsst, was kann da noch Schlimmeres kommen? Ja, was? Was für eine Aufgabe galt es in diesem Raum zu erledigen? Sie hatte keine Instruktionen. Lagen die vielleicht bei der Frauenleiche? Panik kroch erneut in ihr hoch und verdrängte die Verzweiflung, denn die Wand hatte sich bereits wieder geschlossen. Es gab kein Zurück mehr.

230

Der Raum war eindeutig dem Frühling zuzuordnen. Sein Boden glich einer Wiese aus einem Disneyfilm, auf der umrahmt von blühenden Narzissen, Tulpen und Hyazinthen wieder eine Truhe stand, eine alte, fröhlich bemalte Bauerntruhe. In der Hoffnung, die Aufgabe bei ihr zu finden, setzte Anneke sich in Bewegung. Kaum war sie mit wenigen Schritten dort angekommen, erklang tatsächlich Marcos Stimme: »Befreie, wen es zu befreien gibt, dann befreist du auch dich.«

Anneke reagierte weder auf ihren Gefängniswärter, noch fragte sie sich, was die Worte bedeuten konnten. Sie würde es schon erkennen, wenn sie die Truhe geöffnet hatte. Diesmal hob Anneke den Deckel nicht zaghaft an, sondern in einem Ruck. Sie schreckte zurück, als sich ihr ein riesiger, auf dem Rücken schlafender Schäferhund – oder war es gar ein Wolf? – präsentierte. Würde das Tier gleich aufwachen und sie zerfleischen? Sie konnte sich gerade noch zügeln, den Deckel nicht einfach zuzuschlagen. Davon würde das Tier ganz bestimmt aufwachen.

Es war eine Hündin oder Wölfin mit einer frischen Wunde am Bauch, wie von einem Kaiserschnitt. Sie war lediglich mit einem einfachen Zickzackstich, wie Kinder ihn machten, zugenäht. Darauf lag eine Nagelschere. In was für einem Albtraum steckte sie hier nur drin? Natürlich wusste sie, was das bedeutete: Sie sollte das Tier wieder öffnen und den, die oder das lebende Wesen im Bauch befreien! So, wie der Jäger im Rotkäppchen-Märchen den Wolf aufgeschlitzt hatte! Ob da noch Junge drin waren? Während Anneke ihre Skrupel ausschaltete und zur Nagelschere griff, hoffte sie, dass die Hündin noch in tiefer Narkose lag. Dann schnitt sie resolut den Faden auf und zog ihn aus der Naht, die sofort auseinanderklaffte und Tausende von kleinen, beigen Würmern offenbarte. Sie konnte den Schrei nicht unterdrücken, drehte sich um und sah zu ihrer Erleichterung wieder eine Wand aufgehen. Schnell schlüpfte sie durch den Spalt in den nächsten Raum. Hoffnung keimte in ihr auf, doch noch aus diesem Turm zu entkommen.

❄

Wie sie bereits angenommen hatte, war sie jetzt im Sommer gelandet. Ohne Zögern ging Anneke direkt zur Truhe. Sie wollte keine Zeit verlieren, sondern einfach nur raus hier. Für die prachtvollen Sonnenblumen und den kleinen Tümpel, über dem eine Horde Schmetterlinge tanzte, hatte sie keine Augen. Dennoch dachte sie kurz an die Schmetterlinge in ihrem Bauch, die inzwischen zu hässlichen Nachtfaltern geworden waren. Wieso war sie auf Marco hereingefallen? Versinke jetzt bloß nicht in Selbstmitleid, schimpfte sie sich, das nützt gar nichts.

In Erwartung, dass Marco ihr durch den Lautsprecher die nächste Aufgabe nennen würde, blickte sie hoch an die Decke. Doch es kam nichts. Sie wartete eine Weile, dann rief sie: »Marco, was soll ich machen?« Anneke bekam keine Antwort. Was war los? Hatte sie einen Fehler gemacht, als sie den Wolf geöffnet hatte? Aber wieso war dann die Wand aufgegangen? Resigniert ließ sie ihren Kopf wieder sinken, und gerade als sie den Truhendeckel in der Hoffnung anheben wollte, sie würde im Innern ihre Aufgabe finden, sah sie darauf etwas aufblitzen. Eine kleine, kreisrunde goldfarbene Tafel mit einer Inschrift!

Finde den Richtigen.
Du hast fünf Versuche.

Anneke hob den Deckel an und war erleichtert – keine Leiche, kein gefährliches Tier, nur jede Menge Frösche, die ihr entgegenquakten.

Sie wusste sofort, was sie zu tun hatte: Wie die Prinzessin im »Froschkönig« sollte sie einen Frosch an die Wand werfen, damit er sich verwandelte. Aber sie hatte nur fünf Versuche. Was passierte, wenn sie fünfmal den falschen warf? Das wollte sie sich nicht vorstellen. Ja, sie durfte es nicht, damit sie nicht in einen völligen Angstzustand verfiel. Noch schaffte sie es ganz gut, sich zusammenzunehmen, um wenigstens zu funktionieren.

Konzentriert blickte sie auf die quakenden Frösche, die in der Truhe herumhüpften und erstaunlicherweise nicht heraussprangen. Wenn sie es richtig sah, waren es vier verschiedene Froscharten. Welches Tier musste sie werfen und gegen welche der vier Wände? Sie überlegte, welche Wände in den vorherigen Räumen aufgegangen waren.

Im Leichenraum war es die der Truhe gegenüberliegende Wand gewesen, im Madenraum die rechts daneben. Jetzt müsste es demnach die nächste im Uhrzeigersinn sein, die, auf die sie gerade schaute. Doch was, wenn sie sich irrte? Oder war die Wand egal? Plötzlich fühlte Anneke sich wie in einem Videospiel, nur ohne die Gelegenheit, einfach von vorn zu starten. Hier hatte sie nur wenige Versuche. Und wenn sie scheiterte? Nein, nein, nein, daran darfst du nicht denken!, beschwor sie sich ein weiteres Mal. Bisher waren die Aufgaben zwar gruselig gewesen, hatten aber eine systematische Lösung gehabt. Sie beschloss, auch hier das System beizubehalten und die Wand vor sich zu nehmen. Nur welchen der mindestens hundert Frösche sollte sie wählen? Sie musste im Ausschlussverfahren vorgehen, ja, das könnte klappen.

Kaum hatte sie das gedacht, erkannte Anneke, dass eine Gruppe der Tiere keine Frösche waren, sondern Kröten. Sie war in der Schule gut in Biologie gewesen und wusste deshalb, dass Kröten größer waren und eher krochen als sprangen. Kröten hatten zudem warzenartige Haut. Damit konnte sie direkt eine weitere Gruppe, die Unken, ausschließen, die Kröten ähnelten, aber kleiner waren. Blieben noch zwei Gruppen. Die Wahl fiel ihr nicht leicht, doch am Ende entschied sie sich gegen die beige-braunen und für die grasgrünen Frösche. Denn so hatte sie sich den Froschkönig aus dem Märchen immer vorgestellt; und auch die Illustrationen, die Anneke kannte, zeigten ihn in dieser Farbe.

Wenn die ollen Frösche doch nicht alle so durcheinander- hüpfen würden! Verdammte Mistviecher! Natürlich konnten die Tiere nichts für ihren Zorn, sie benahmen sich lediglich ge- mäß ihrer Natur. Im Grunde war es die Wut auf sich selbst, die Anneke verspürte, gepaart mit der Angst vor Marco und dem Unbekannten, was sie womöglich noch erwartete. Sie war so dämlich gewesen; und jetzt saß sie wie eine Fliege im Spinnen- netz in diesem verfluchten Gruselturm fest! Auch die Unsicher- heit darüber, ob Marco sein Wort halten und sie ziehen lassen würde, wenn sie tatsächlich alle Aufgaben löste, machte ihr zu schaffen. Konnte er es überhaupt riskieren, sie gehen zu lassen? Oder war er so ein richtig perverser Typ, der erst dieses Spiel- chen mit ihr trieb, um ihr dann noch Schlimmeres anzutun? Immerhin hatte er eine Leiche im ersten Raum platziert. Wo hatte er sie her? War es eine Frau, die er ebenfalls durch diesen Turm geschickt und danach getötet hatte? In Annekes Kopf fing es an, zu rauschen, ihr wurde schwindelig, und sie begann, zu hyperventilieren. Kipp jetzt nur nicht um, sagte sie sich ein paarmal hintereinander und konzentrierte sich darauf, ganz ruhig ein- und vor allem langsam wieder auszuatmen. Nach ein paar Minuten hatte sie ihren Körper wieder einigermaßen unter Kontrolle und sagte sich, dass sie es darauf ankommen lassen musste. Beherzt griff sie deswegen einen der grünen Frösche. Er war glibschig, und fast wäre er ihr aus der Hand geflutscht, sodass sie diese schnell erhob und ihn gegen die gegenüberliegende Wand warf. Sie hielt den Atem an. Es klatschte geräuschvoll beim Aufprall, und nahezu sofort verflüssigte sich das Tier, und eine grüne sirupartige Suppe floss zäh die Wand herunter. Gleich darauf ertönte Marcos Stimme, die lobte: »Gut gemacht, Prinzessin. Du hast die passende Wand gewählt, nun wähle den aufrichtigen Prinzen.«

Hatte sie ihre Wut eben noch unterdrücken können, schrie Anneke sie nun heraus: »Du Schwein, ich hab dein Spiel satt! Was bist du für eine arme Wurst, die auf diese Weise Macht ausübt? Traust du dich nicht, mir in die Augen zu sehen? Musst du dich hinter Lautsprechern verstecken?« Zornentbrannt griff sie ein weiteres Mal in die Truhe, nahm in jede Faust einen Frosch und schleuderte beide direkt hintereinander an die Wand. In diesem Moment war ihr alles egal. Während der eine ebenso zerplatzte und an der Wand herunterlief wie der erste, fiel der andere einfach ab und hüpfte in Richtung Truhe. Gleichzeitig schob die Wand sich auf.

❄

Anneke hatte jegliches Zeitgefühl verloren. Darüber hinaus war der Akku ihres Handys inzwischen leer, sodass sie nicht nach der Uhrzeit schauen konnte. Sie stand mitten im vierten fensterlosen Raum, der offensichtlich den Herbst repräsentierte und deswegen der letzte für sie sein müsste. Das hoffte Anneke wenigstens. Der Boden war mit welkem Laub bedeckt und die obligatorische Truhe von einer kahlen Dornenhecke umgeben. Würde sie jetzt gleich Dornröschen vorfinden? Die wäre dann wenigstens nicht tot, sondern schliefe nur. Wie die Wölfin. Oder bekäme Anneke es mit einer vergifteten Spindel zu tun? Die junge Frau ballte ihre noch von den Fröschen verschleimten Hände zu Fäusten. Sie war bis unter die Haarspitzen angefüllt mit Wut. Furcht verspürte sie keine mehr. Dafür den Willen, gegen Marco zu siegen, koste es, was es wolle.

Zügig ging sie zur Truhe und zwängte sich hierzu durch die Dornenhecke, die sie zu ihrer Verwunderung weder aufhielt noch stach. Im Gegenteil hatte Anneke das Gefühl, sie würde für sie sachte zur Seite weichen. Andererseits hatte die junge Frau Durst, und das Laub roch vermodert – vielleicht war sie auch schon duselig im Kopf. Sie achtete nicht weiter darauf, sondern untersuchte die Truhe, fand jedoch nirgendwo eine Anweisung. Ratlos blickte sie sich im Raum um. Als hätte es nur darauf gewartet, wirbelte plötzlich das Laub hoch, und die auf den Boden zurückfallenden Blätter formten nacheinander den Satz: *Lass dich herunter.*

Was sollte das denn bedeuten? Sicherlich würde sie die Aufgabe wieder einmal nur verstehen, wenn sie in die Truhe sah.

Zu Annekes Überraschung war die Truhe leer. Ein geflochtener Zopf aus langen blonden Haaren verhinderte wie ein Riemen, dass der Deckel komplett nach hinten fiel. Erinnerungen an das Märchen von Rapunzel flammten in ihr auf – nicht nur um das Dornröschenschloss rankte sich eine Dornenhecke, auch bei Rapunzel hatte eine solche Hecke eine Rolle gespielt. Für den Bruchteil einer Sekunde verspürte Anneke Erleichterung, denn das Märchen empfand sie als weniger grausam. Dann begriff sie jedoch entsetzt ihre Aufgabe.

Alles in ihr sträubte sich, als sie ein Bein nach dem anderen über die Truhenwand schwang und in diese hineinkletterte. Mit angezogenen Knien blieb sie sitzen. Nichts passierte. Langsam, Wirbel für Wirbel, legte sie sich deswegen hin. Kaum hatte sie auch ihre Beine ausgestreckt, schlug der Truhendeckel von allein zu, und Anneke war umfangen von tiefer Schwärze. Wie eine Leiche in einem Sarg. Sie versuchte sofort, den Deckel wieder hochzudrücken. Erfolglos. Anneke wollte schreien, doch sie brachte nur ein Krächzen heraus. Die zurückgekehrte Angst schnürte der jungen Frau die Kehle zu.

❊

Wurde die Truhe bewegt? Trug jemand sie weg? Das würde Marco niemals allein schaffen, das hieß, er hatte Komplizen! War sie da etwa in die Fänge von einem Perversen-Club geraten, der sie erst durch diese grausame Märchenwelt mürbegemacht hatte und sich nun Mann für Mann an ihr vergehen würde? Oder rettete man sie gerade? Vielleicht war es auch nur Zufall, dass die Truhe bewegt wurde, und diejenigen, die es taten, wussten nicht, dass sie hier drin lag. Vielleicht sollte sie sich durch Klopfen bemerkbar machen? Oder doch lieber nicht?

Noch bevor die angsterfüllte junge Frau zu einer Entscheidung kam, wurde die Truhe fast hochkant gestellt, und ihr Körper rutschte nach unten. Jedoch nicht gegen die Truhenwand, sondern hinab in eine gewundene Röhre. Die Erkenntnis traf Anneke wie ein Schlag: Niemand hatte die Truhe hochgehoben, der Truhenboden unter ihr hatte sich nur langsam aufgeklappt, und sie wurde unkontrolliert nach unten befördert. Ihre Versuche, sich an den glatten Wänden festzuhalten, waren vergeblich. Wohin führte die Röhre? Direkt in ein Folterverlies? Der Knoten in ihrer Kehle löste sich, und Anneke schrie. Sie konnte gar nicht anders. Sie schrie um ihr Leben.

❄

Den Aufprall spürte sie kaum. Im Grunde hörte sie einfach auf zu rutschen, was Anneke so sehr verwunderte, dass sie ihr Schreien abrupt beendete. Sie war durch die unscheinbare und wahrscheinlich für diesen Zweck offen stehende Tür gerutscht und direkt in der weihnachtlich geschmückten Eingangshalle gelandet. Dort sah sie sich Marco gegenüber, der sie lächelnd betrachtete. Als er jetzt auf sie zutrat, sammelte Anneke all ihre Kräfte zusammen, sprang auf und brachte sich in Kampfposition. »Du Schwein«, zischte sie ihn an, »komm bloß nicht näher.«

»Und was willst du mir tun?«, fragte er ruhig. Sein Lächeln wurde zu einem Grinsen, während er einen weiteren Schritt auf sie zu machte. »Willst du mich küssen, aufschlitzen oder vielleicht sogar an die Wand klatschen?«

»Alles zusammen«, schleuderte sie ihm hasserfüllt entgegen. In diesem Moment betrat ein anderer Mann die Eingangshalle. In der einen Hand hielt er ein Schild, auf dem in großen Lettern das morgige Datum stand sowie:

Neueröffnung
Escape-Room

Er lächelte Anneke ebenso wie Marco eben an, musterte sie von oben bis unten und meinte: »Hi, ich bin Lukas. Toll, dass du alles getestet hast. Ich hab gehört, Marco hat dir vorher nichts verraten, weil er die Wirkung unserer Attrappen noch einmal final checken wollte. Sie sind wie echt, oder? Du hast ja nur die kleine Escape-Tour gemacht, aber ...«

Anneke ließ ihn nicht ausreden. Mit einem Satz war sie bei dem jungen Mann, entriss ihm das Plastikschild und schlug es Marco heftig ins Gesicht. Ohne sich um sein Wutgeheul zu scheren, lief sie daraufhin aus dem Turm.

Auf ihrem Weg nach Hause war sie sich sicher: Mit Marco würde sie nie wieder auch nur ein Wort sprechen, und von Weihnachtsmärchen hatte sie erst einmal genug.

Juist! Immer wieder Juist!

Michael Thode

Norddeich,
Heiligabend 2021

Gestern Nachmittag hatte Katharina bei der Telefonhotline der Reederei *FRISIA* nachgefragt, ob die Fähre bei diesen Wetterverhältnissen überhaupt fuhr, denn der Wetterdienst hatte dichtes Schneetreiben und Sturmböen vorhergesagt.

»Keine Sorge!«, hatte eine sympathische Dame geantwortet. »Der Kapitän hat versprochen, dass er alle Gäste, die Weihnachten auf Juist verbringen möchten, rechtzeitig zur Bescherung auf die Insel bringt.«

Katharina hatte aufgeatmet und für die Fahrt von Köln nach Norddeich einen besonders großen Zeitpuffer eingeplant. Sie wollte die einzige Fähre, die an diesem Tag nach Juist fuhr, auf gar keinen Fall verpassen.

Tatsächlich verschwand die Landschaft, die während der Fahrt in Richtung Norden an ihren Seitenscheiben vorbeizog, mehr und mehr unter einer dichten Schneedecke. Zusätzlich legte der Wind von Stunde zu Stunde an Stärke zu.

Auf den letzten Kilometern liefen die Scheibenwischer auf höchster Stufe, dennoch erreichte Katharina den Fährhafen in

Norddeich pünktlich. Ein großer Teil ihrer Anspannung fiel mit einem tiefen Seufzer von ihr ab.

Sie beeilte sich, ihren Wintermantel vom Rücksitz zu nehmen und ihn anzuziehen. Sie stülpte die Kapuze über den Kopf und zog den Reißverschluss bis ganz nach oben. Dann streifte sie sich die Handschuhe über, koppelte den Wagen mit einer Elektro-Ladesäule und schulterte den Rucksack.

Während Katharina das Auto abschloss, blickte sie umher. Im Internet hatte sie gelesen, dass ein Bus zwischen dem Parkplatz und dem Fähranleger pendelte. Wo war er? Das Einzige, was sie sah, war eine Handvoll Menschen, die ihre Koffer in Richtung Hafen hinter sich herzogen.

Katharina begann, zu zittern, denn nach der langen Fahrt sowie zahllosen durchwachten Nächten hatte ihr Körper der Eiseskälte kaum etwas entgegenzusetzen. Ihr war klar, dass es keinen Sinn hatte, auf einen Bus zu warten, der vielleicht gar nicht kam. Also stemmte sie sich wie alle anderen Fahrgäste gegen den Wind, der Schneeflocken waagerecht vor sich hertrieb, und machte sich zu Fuß auf den Weg zum Hafen.

Kurz vor dem Juist-Terminal kam sie an einem riesigen Display vorbei. Darauf stand:

Nächste Abfahrt
24.12.21, 11:30
nach Juist

Katharina betrat die Wartehalle. Sofort nahm behagliche Wärme sie in Empfang. Die Halle vermittelte durch große Glasfronten, warme Farben und geschickte Beleuchtung einen modernen Eindruck. Obwohl nur sehr wenig los war, lag der Duft von frisch gebrühtem Kaffee in der Luft.

Katharina klopfte sich den Schnee von den Ärmeln und ging zum Schalter. »Guten Tag, ich möchte mit der nächsten Fähre nach Juist fahren.«

»Sehr gern«, erwiderte die Dame. »Haben Sie schon ein Ticket?«

»Ja, das habe ich letzte Woche auf Ihrer Website gebucht.«

»Prima! Wir beginnen in dreißig Minuten mit dem Einsteigen. Es reicht, wenn Sie das Ticket dann direkt an der Fähre vorzeigen.«

»Vielen Dank!«

Die Dame am Schalter lächelte. »Frohe Weihnachten!«

Katharina atmete auf. »Danke, Ihnen auch!« Sie ging zum Kiosk, kaufte einen Becher Kaffee und setzte sich auf eines der Ledersofas. Je näher der Minutenzeiger in Richtung der Abfahrtszeit der Fähre rückte, desto größer wurde das Chaos in ihrem Kopf.

Warum sie ausgerechnet heute nach Juist fahren wollte?

Weil eine Freundin sie im Herbst gefragt hatte, was sie sich zu Weihnachten am sehnlichsten wünschte.

»*Seelenfrieden!*«*, war es förmlich aus Katharina herausgeschossen.*

Seelenfrieden: Sie hatte ihn auf Juist verloren, und nur hier würde sie ihn wiederfinden.

Alles, was sie in den vergangenen zwanzig Jahren aus ihrem Kopf zu verbannen versucht hatte, kam wieder an die Oberfläche.

Die unbeschwerte Kindheit auf Juist.

Ihre Eltern.

Die Grundschulzeit in der Inselschule.

Die Trennung vom Töwerland, um das Internatsgymnasium in Esens zu besuchen.

Die herrlichen Sommer auf Juist.

Derk, Klaas und Wiebke.
Und dann ... natürlich auch ... Jan.

»Entschuldigung?«

Erschrocken sah Katharina auf und blickte die Dame an, die vorhin noch hinter dem Schalter gesessen hatte. »Ja?«

»Es ist höchste Zeit! Die Fähre legt in wenigen Minuten ab!«

Katharina sah sich um. Tatsächlich war die Wartehalle leer. »Das tut mir leid! Ich muss die Zeit vergessen haben!«

»Die Fähre wartet nur noch auf Sie!«

Am anderen Ende der Halle stand ein Mitarbeiter der Reederei am Durchgang zum Anleger. Er streckte beide Arme hoch in die Luft und tippte auf seine Armbanduhr.

Die Dame lächelte. »Wir wollen doch nicht, dass Ihre Lieben heute ohne Sie am Tannenbaum sitzen.«

»Ich ...«, stammelte Katharina.

Die Dame stutzte. »Ist alles in Ordnung?«

Katharina stand auf. Sie nahm ihren Rucksack und ging schnurstracks zurück zum Ausgang in Richtung Parkplatz. »Nächstes Jahr«, murmelte sie. »Vielleicht nächstes Jahr.«

Juist,
Sommer 2001

Das Revier von Oberkommissar Ocke Thedsen war siebzehn Kilometer lang, fünfhundert Meter breit und hatte eintausendfünfhundert Einwohner. Es lag mitten in der Nordsee und trug den Namen Juist.

Thedsen war der Meinung, dass die Insel im allgemeinen Sprachgebrauch ganz zu Recht als Töwerland bezeichnet wurde, was im Friesischen für den Begriff Zauberland stand. Juist war autofrei und galt als ungekünstelte Naturschönheit. Unabhängig und eher desinteressiert an Mode und Zeitgeist – und das trotz der einhunderttausend Besucher, die jedes Jahr auf die Insel kamen.

Einbrüche, Diebstähle und Körperverletzungen, mit denen sich Thedsen in seiner letzten Verwendung bei der Kriminalpolizei in Aurich tagtäglich beschäftigt hatte, spielten hier kaum eine Rolle. Das Töwerland hatte seine eigenen Regeln. Hier hatte Thedsen es hauptsächlich mit Touristen zu tun, die das Betretungsverbot der Salzwiesen zwischen Juist-Ort und dem Flughafen missachteten, die See- und Watvögel in ihren Brutgebieten störten oder durch die Dünen trampelten.

Den größten Teil des Jahres war Thedsen allein für die Sicherheit der Insel verantwortlich. Nur im Sommer kamen zwei Kollegen vom Festland zur Verstärkung, um der Besucherscharen Herr zu werden.

Heute hatte Ocke Thedsen es mit einem Fall zu tun, der ganz und gar nicht dem Standard entsprach. Er schob das Ringbuch mit dem Aufdruck *Gesetz über den Nationalpark »Niedersächsisches Wattenmeer«* beiseite und nahm die Brille ab. Er legte sie vor sich auf den Schreibtisch und blickte die junge Frau an, die ihm gegenübersaß. »Sie wissen, warum Sie hier sind?«

Sie nickte. »Ja, wegen gestern Nacht.«

»Zuerst würde ich Ihre Personalien gern aufnehmen.«

»Okay.«

»Sie heißen Katharina Boekhoff?«

»Richtig.«

»Wann und wo geboren?«

»Am dritten März 1983 in Aurich.«

»Ihre aktuelle Adresse?«

»Niedersächsisches Internatsgymnasium, Auricher Straße 58, 26427 Esens.«

»Sie sind auf Juist groß geworden?«

»Meine Familie lebt hier. Leider können wir in der Inselschule kein Abitur ablegen. Dafür müssen wir aufs Festland wechseln. Meine Abschlussprüfungen sind im nächsten Jahr. Anschließend möchte ich Medizin studieren und als Ärztin nach Juist zurückkehren.«

Thedsen lächelte. »Das klingt nach einem guten Plan. Sie haben im Moment Sommerferien?«

»Ja, ich verbringe jede freie Minute auf Juist.«

»Das kann ich sehr gut verstehen! Eine schöne Gelegenheit, alte Freundschaften zu pflegen. Bei dem großartigen Wetter der vergangenen Wochen ist es hier auf der Insel besonders schön.«

Der Oberkommissar wartete vergeblich auf eine Antwort. Nach einigen Augenblicken fuhr er fort: »Wenn meine Informationen stimmen, haben Sie den Abend gestern mit Derk Janssen, Klaas Bockelmann, Jan Nissen und Wiebke Krull verbracht?«

Die junge Frau nickte. Dabei war ihr Blick auf ihre Hände gerichtet, die sie im Schoß gefaltet hatte.

»Heute Morgen um drei Uhr dreißig haben Sie die Notrufnummer gewählt und Jan Nissen als vermisst gemeldet«, ergänzte Thedsen. »Ich wüsste gern, wie die Stunde davor abgelaufen ist.«

Thedsen beobachtete, wie die junge Frau den Kopf hob, tief Luft holte und schließlich zu einer Erklärung ansetzte.

»Derk, Klaas, Jan, Wiebke und ich sind zusammen aufgewachsen. Wenn ich auf der Insel bin, verbringen wir so viel Zeit wie möglich miteinander. Gestern Abend haben wir uns am Strand getroffen. Wir hatten zwei Rucksäcke mit Bier dabei und einen tragbaren CD-Player. Wir haben den ganzen Abend *Daft Punk* gehört. Irgendwann – ich weiß noch, dass es weit nach Sonnenuntergang war – ist Jan in die Dünen gegangen. Zum Pinkeln, hat er gesagt. Er ist nicht zurückgekommen.«

Thedsen wartete ab, ob sie noch weiterreden wollte. Das war offensichtlich nicht der Fall. Ihm fiel auf, dass die wenigen Sätze Katharina Boekhoff bereits außer Atem gebracht hatten. »Ist alles in Ordnung?«

Sie nickte heftig. »Ja, ja. Es geht schon.«

»Dann haben Sie angefangen, nach Jan zu suchen?«

»Ja, das haben wir.«

»Aber Sie konnten ihn nicht finden?«

»Richtig, er war einfach weg.«

»Sie haben die Vermutung geäußert, dass er mit einem Boot hinaus auf die Nordsee gefahren sein könnte?«

Katharina nickte und erklärte: »Ich habe mit Derk, Klaas und Wiebke auch in der Surfschule seiner Eltern nach Jan gesucht. Uns ist aufgefallen, dass ein Boot fehlte – ein weinrotes Schlauchboot mit einem Fünfzehn-PS-Außenborder.«

Thedsen fiel auf, dass die junge Frau während ihrer Ausführungen unruhig mit den Beinen wippte. Er hob die Augenbrauen. »Mhm.«

»Sie glauben mir nicht?«

»Doch, doch. Ich frage mich nur, welchen Grund Jan gehabt haben könnte, zur Surfschule zu gehen und hinaus auf die Nordsee zu fahren.«

»Keine Ahnung.«
»Es war stockfinster!«

✳

Norddeich,
Heiligabend 2022

Heute unternahm Katharina den zweiten Versuch, ihren Seelenfrieden auf Juist wiederzufinden. Sie war fest entschlossen, dieses Mal wirklich auf die Insel zu fahren.

Im Vergleich zu letztem Jahr war auch das Wetter mit wolkenfreiem Himmel, sachtem Wind und angenehmen Temperaturen deutlich angenehmer für eine Reise in die Vergangenheit.

Auf dem Parkplatz koppelte Katharina das Elektrokabel ihres Autos mit der Ladesäule und machte sich auf den Weg zum Juist-Terminal. Als sie an dem riesigen Display vorbeikam, wurde ihr flau im Magen.

Nächste Abfahrt
24.12.22, 8:45
nach Juist

Als sie die Wartehalle betrat, sah sie zum Schalter hinüber. Dort saß die Dame, die sie schon vom Vorjahr kannte. Ihre Blicke trafen sich, und offensichtlich erinnerte die Dame sich auch sofort an sie. Beide winkten sich zu und wünschten sich *Frohe Weihnachten*.

Gut, dass von außen nicht erkennbar war, dass in Katharinas Kopf das gleiche Chaos herrschte wie im letzten Jahr. Von dem

Seelenfrieden, den sie sich von ihrem Besuch auf Juist erhoffte, war sie noch meilenweit entfernt. Sie kaufte sich am Kiosk einen Kaffee, umfasste den heißen Becher und lenkte ihre Konzentration ganz auf den köstlichen Geruch.

Es vergingen einige Minuten, dann ließen die Reederei-Mitarbeiter sie und die anderen Fahrgäste an Bord der *FRISIA IX*. Katharina fand einen schönen Platz am Fenster, und pünktlich um Viertel vor neun löste die Fähre sich vom Anleger. Die Fahrt von Norddeich nach Juist dauerte knapp eineinhalb Stunden, und mit jeder Minute fiel es ihr schwerer, die Gedanken in ihrem Kopf zu sortieren.

Die *FRISIA IX* war erst eine Viertelstunde unterwegs, als eine Männerstimme sie von hinten ansprach: »Darf ich mich zu dir setzen?«

Sie fuhr herum und traute ihren Augen nicht. »Derk?«

»Hallo, Katharina«, antwortete er knapp. Die Ablehnung und die Härte, die in seiner Stimme mitklangen, waren nicht zu überhören. Er nahm auf der gegenüberliegenden Bank Platz.

»Was machst du hier?«

»Ich bin Kapitän der *FRISIA IX*«, erwiderte Derk. »Ich habe dich zufällig entdeckt und wollte dir gerade die gleiche Frage stellen.«

»Na ja …«, stammelte Katharina. »Ich will … es ist … also … schwer zu sagen …«

Derks Miene verfinsterte sich noch mehr. »Es ist nicht gut, wenn du nach Juist zurückkehrst!«

»Aber …«

Er griff nach ihrem Unterarm und nahm ihn fest in seinen Griff. »Es ist für *UNS ALLE* nicht gut!«

»Aua!«

Derk ließ los, zog seine Hand zurück und zischte: »Damals hast du den Kontakt zu uns allen abgebrochen. Du hast auf Juist nichts mehr zu suchen!«

Katharina spürte, dass ein Schwindel sie überkam und Derks Konturen verschwammen.

»Wir haben auf Juist einen kurzen Aufenthalt, um die Fracht und die Gäste zu tauschen«, sagte Derk. »Dann geht's wieder zurück nach Norddeich.«

»Aha, und was hat das mit mir zu tun?«

»Du wirst hier sitzen bleiben und mit mir zurückfahren!«

Sie presste die Daumen gegen die Schläfen und blinzelte. Ihr Blick klärte sich. »Nein, das werde ich nicht! Ich muss mir ganz dringend etwas zurückholen, was ich damals auf Juist zurückgelassen habe!«

Derks Hände ballten sich zu Fäusten. »Das hättest du dir früher überlegen müssen. Dafür ist es längst zu spät!«

Katharina lehnte sich zurück. Sie sah aus dem Fenster und beobachtete die Wellen, die sanft über die Nordsee zogen. Schließlich seufzte sie. »Es ist Weihnachten.«

»Wo wohnst du heute?«

Katharina war irritiert. »In Köln.«

»Sehr schön«, antwortete Derk. »Weihnachten ist ein Fest, das man zu Hause feiert! Heute Mittag setze ich dich in Norddeich ab, und dann bist du rechtzeitig am Heiligen Abend zurück in Köln!«

Katharina hatte nicht die Kraft, sich Derk zu widersetzen. Also stand sie am frühen Nachmittag wieder in Norddeich auf dem Parkplatz.

Während der Rückfahrt nach Köln kreisten ihre Gedanken

um Juist und um den Seelenfrieden, den sie wieder nicht gefunden hatte.

Kurz vor Osnabrück schallte Chris Reas Song *Driving Home for Christmas* aus den Lautsprechern, und niemals zuvor hatte Katharina ein Lied als so unpassend empfunden.

❄

Juist,
Sommer 2001

Titelseite der »Nordwest-Zeitung«

18-jähriger Juister vermisst
Trotz groß angelegter Suchaktion
keine Spur von jungem Mann

Juist. MT. Die Polizei sucht nach einem 18-jährigen Insulaner, der seit der Nacht auf Samstag, 11. August 2001, verschwunden ist. Im Rahmen der Öffentlichkeitsfahndung wurde auch ein Foto des jungen Mannes veröffentlicht.

Nach Angaben der Polizei hat Jan N. eine private Feier am Juister Strand am Samstagmorgen gegen 1 Uhr verlassen und ist bislang nicht wieder zurückgekehrt.

Trotz groß angelegter Suchaktion von Polizei, Feuerwehr, Seenotrettern und Hubschraubern konnte der Verbleib des jungen Mannes bislang nicht geklärt werden. Möglicherweise ist der Vermisste mit einem weinroten Schlauchboot der Marke »Quicksilver« und einem dunkelblauen 15-PS-Außenbordmotor der Marke »Yamaha« unterwegs, heißt es im Polizeibericht.

Der vermisste Jan N. ist etwa 1,90 m groß, circa 80 Kilo schwer und von sportlicher Statur. Er hat kurze dunkelblonde Haare. Bekleidet war der junge Mann bei seinem Verschwinden mit einem grauen Kapuzenpullover, schwarzen Badeshorts und dunkelblauen Clogs der Marke »Crocs«.

Die Polizei bittet um Mithilfe auf der Suche nach dem 18-Jährigen. Hinweise zum möglichen Aufenthaltsort des Vermissten oder dem Verbleib des Schlauchboots nehmen die Polizeiinspektion Aurich/Wittmund oder jede andere Polizeidienststelle entgegen.

❄

Norddeich,
Heiligabend 2023

Es war mittlerweile Katharinas dritter Versuch, am Weihnachtstag nach Juist zu fahren.

Diesmal ging alles gut: Sie war mental stark genug, um die Fähre zu betreten, und heute hatte ein anderer Kapitän Dienst.

Katharina verließ die Fähre im Juister Hafen um kurz nach 8 Uhr und machte sich sofort auf den Weg zum Hammersee.

Auf dem knapp fünf Kilometer langen Weg lagen so viele Orte, die ihr früher etwas bedeutet hatten. Dort waren so viele Erinnerungen an ihre Kindheit und die Jugend.

Später vielleicht, dachte sie und lief schneller.

❄

Juist,
Sommer 2001

Pressemeldung der Deutschen Gesellschaft zur Rettung Schiffbrüchiger (DGzRS)

Auf der Nordsee unweit der Insel Juist koordinieren die Seenotretter seit den frühen Morgenstunden des Samstags, 11. August 2001, eine groß angelegte Suche nach einem vermissten Jugendlichen. Rettungseinheiten der Deutschen Gesellschaft zur Rettung Schiffbrüchiger (DGzRS) sowie zahlreiche weitere Schiffe und zwei Hubschrauber suchen ein Seegebiet vor den Ostfriesischen Inseln ab.

Gegen 3:45 Uhr erhielt die von der DGzRS betriebene deutsche Rettungsleitstelle See (Maritime Rescue Coordination Centre [MRCC] Bremen) die Meldung, dass ein 18-jähriger Mann sich bei Dunkelheit mit einem motorisierten Schlauchboot von der Insel Juist aus auf die Nordsee begeben haben soll. Im Einsatzgebiet herrschte derzeit ablandiger Wind aus südlicher Richtung.

Die Seenotretter leiteten sofort eine groß angelegte Suche ein. Daran beteiligten sich im Revier fahrende Handels- und Behördenschiffe, ein Forschungs- und ein Kreuzfahrtschiff sowie seitens der DGzRS selbst die Rettungskreuzer *BERNHARD GRUBEN* (Station Norderney), *HANNES GLOGNER* (Station Langeoog), *ALFRIED KRUPP* (Station Borkum). Aus der Luft beteiligten sich ein deutscher Such- und Rettungshubschrauber der Marineflieger sowie ein niederländischer Such- und Rettungshubschrauber.

Die Hubschrauber werden das von der DGzRS berechnete und dauerhaft aktualisierte Suchgebiet in den nächsten Stunden mehrfach absuchen.

Nachtrag von Montag, 13. August 2001, 14:30 Uhr: Die Suche wurde eingestellt.

❋

Juist,
Hammersee,
Heiligabend 2023

Katharina war sich sicher, dass hier die richtige Stelle war. Sie kniete sich nieder und begann, zu graben. In dreißig Zentimetern Tiefe stieß sie auf etwas Festes.

Sie wischte es frei – und tatsächlich, es kam ein weinrotes Stück Plastik zum Vorschein.

Katharina nahm ihr Smartphone aus der Jackentasche und wählte die Nummer, die sie schon vor drei Jahren in ihrem Telefonbuch gespeichert hatte.

»Thedsen?«

»Hier spricht Katharina Boekhoff. Vielleicht erinnern Sie sich noch an mich?«

»Selbstverständlich«, hörte sie den Oberkommissar antworten. »Das Verschwinden von Jan Nissen ist der einzige Fall, den ich in meiner Dienstzeit nicht lösen konnte.«

»Ich würde mich gern mit Ihnen unterhalten.«

»Dienstlich oder privat?«

Katharina zögerte kurz, dann antwortete sie: »Dienstlich.«

»Dann bleibt uns nicht mehr viel Zeit! Ich gehe Anfang nächsten Jahres in Pension.«

»Passt es Ihnen heute? Ich meine ... jetzt?«

»Sind Sie hier auf der Insel?«

»Ja, ich stehe am Hammersee.«

»Soll ich dahin kommen?«

»Das wäre gut.«

»Worum geht es?«

Katharina bemühte sich um eine feste Stimme. »Ich möchte meine Aussage von damals ergänzen. Es fehlt noch etwas.«

Als das Gespräch beendet war, liefen Tränen über ihre Wangen. Die ersten Tränen seit zwanzig Jahren.

Noch nicht, sagte sie zu sich selbst. *Du bist noch nicht fertig!*

Sie wählte die nächste Telefonnummer und wartete, dass Derk Janssen sich meldete.

»Ja?«

»Hallo, Derk, hier ist Katharina.«

Am anderen Ende der Leitung blieb es still.

»Ich stehe am Hammersee und habe gerade mit Oberkommissar Thedsen telefoniert. Er kommt jetzt auch hierher.«

Katharina zitterte so sehr, dass sie das Smartphone kaum noch halten konnte. Da sie nichts hörte, presste sie das Gerät fester ans Ohr. »Derk?«

Jetzt hörte sie ihn atmen.

»Es war doch bloß ein Unfall!«, brachte sie mit letzter Kraft hervor. »Es war doch einfach nur ein Scheißunfall! Wir hatten doch alle keine Schuld!«

Alle Jahre nie wieder

Sina Beerwald

»Herrlich!«, ruft mein Mann und entkorkt die Sektflasche. Wir sind auf unserer Lieblingsinsel Sylt angekommen, stehen in Hörnum auf der verschneiten Düne mit Blick Richtung Meer und genießen den Sonnenuntergang. Strand und Meer, so weit das Auge reicht. Mein Mann gibt mir ein gefülltes Sektglas.

»Auf uns!«, sage ich. Es ist kalt, aber idyllisch hier. Nur wir beide. Ganz allein. Im Sonnenuntergang auf Sylt. An Heiligabend. »Wie schön. Man hört nur das Meer rauschen …«

»Ja, richtig schön. Ich freue mich …«, pflichtet mir mein Mann bei und seufzt tief. »Diese Ruuu-he …«

Er zieht das U besonders lang, während er ausatmet. Der tiefe, volle Klang seiner Stimme erinnert an den Bass einer Kirchenorgel. Kraftvoll, wohlig, warm. Die zweite Silbe hingegen fügt er wie einen knappen Akkord an. Wie den Auftakt zum Weihnachtsoratorium, unserem Weihnachtsfest auf Sylt, das wir nur zu zweit genießen werden, denn die Arie meiner Schwiegermutter haben wir uns alle Jahre wieder anhören müssen – und damit ist jetzt Schluss. Alle Jahre nie wieder.

Meine Schwiegermutter ist der Inbegriff der schwäbischen Hausfrau. Alles, was sich bewegt, wird mit »Grüß Gott« bedacht, und alles, was sich nicht bewegt, wird geputzt. Das könnte mir ja noch gleichgültig sein, wenn Herta nicht nach dem Tod ihres Mannes vor fünf Jahren quasi bei uns eingezogen wäre. Seither mischt sie sich in alles ein, bemuttert ihren Sohn, und als Krönung ist Weihnachten jedes Jahr ein Drama.

Ein Drama in fünf Akten.

Es begann schon Anfang November damit, dass sie den künstlichen Tannenbaum aufstellte – in unserem Wohnzimmer. Noch ohne Schmuck und Lichter, schließlich musste ja erst Totensonntag abgewartet werden – doch kaum war dieses Datum verstrichen, glich die Wohnung der weihnachtlichen Dekoabteilung eines amerikanischen Kaufhauses. Unsere Wohnung.

Der erste Wendepunkt folgte stets mit dem Adventskaffee. Wir unterzogen unsere Gebisse dem alljährlichen Stresstest, indem wir auf ihren steinharten Plätzchen herumkauten – und aus Angst, dass wir uns an einem der Betonkrümel, der auch ein Inlay sein könnte, verschlucken würden, sagten wir kein Wort.

Daran schloss sich nahtlos der Höhepunkt an, alle Jahre wieder. Meine Schwiegermutter verlangte, dass sowohl ihre Plätzchen als auch ihr wunderhübscher Baum samt Dekoration angemessen von uns bewundert und gelobt wurden, andernfalls war sie nicht bereit, das Weihnachtsfest mit uns zu feiern. Letzteres war mir ganz recht, und das sagte ich auch laut. Das brachte mir zwar den strafenden Blick meines Mannes ein, allerdings war der Adventskaffee nach einer Schimpftirade meiner Schwiegermutter stets beendet, und das sollte mir ebenfalls recht sein.

Mit dem zweiten Wendepunkt erfolgte die Versöhnung. Um des lieben Friedens willen. Mit knirschenden Zähnen – wobei Hertas Gebiss das besser verträgt.

Am Ende saßen wir mit eingefrorenem Lächeln vor dem hässlichsten Weihnachtsbaum aller Zeiten, hörten »Last Christmas« in Dauerschleife, und ich packte das alljährliche Geschenk meiner Schwiegermutter aus – hautfarbene Miederunterwäsche.

Sie glaubte wohl wirklich, dass ich diese Liebestöter trug und diese Dinger allmählich ihre Wirkung auf ihren Sohn haben würden.

Ich grinse meinen Mann verschwörerisch an. »Wir haben alles richtig gemacht. Auf dich, mein Liebster. Prost!«

»Auf dich, mein Schatz, und auf ein schönes Weihnachtsfest zu zweit. Es kann doch alles so einfach sein. Nur wir beide, unsere Insel und unser Wohnwagen – was brauchen wir mehr?«

»Nichts, vor allem nicht deine Mutter.«

Mein Mann entgegnet nichts, weil es seine Mutter ist. Ich weiß jedoch, dass er genauso denkt wie ich.

Anfänglich hatte ich ja noch Verständnis dafür, dass sie nicht so gut allein sein konnte, und mein Mann wollte seiner Mutter in dieser schweren Zeit natürlich beistehen.

Doch nachdem das erste Jahr vorüber war, sie sogar die Vorzüge des Witwenlebens entdeckte und beim Tanztee mit den Herren flirtete, da hätten wir unsere Zweisamkeit in unserem Reihenendhäusle in Schwieberdingen doch gerne wiedergehabt.

Meine Schwiegermutter allerdings hatte sich ihren Sohn als neues Opfer ihrer Fürsorge auserkoren. Maultaschen, Kässpätzle oder Linsen mit Saitenwürschtle standen bereit, kaum dass wir von der Arbeit zu Hause waren.

Aus Rücksicht auf meine Figur lehnte ich immer höflich, aber bestimmt ab. Das schien meiner Schwiegermutter sogar recht zu sein, so konnte ihr armer Junge eine zusätzliche Portion essen, schließlich drohte er jeden Moment zu verhungern.

Der arme Junge hat in den vergangenen fünf Jahren zwanzig Kilo zugenommen.

Für gewöhnlich setzte sich meine Schwiegermutter nach dem Essen wie selbstverständlich auf unser Sofa und unterhielt sich mit uns – weil sie ja sonst so einsam wäre.

Besser gesagt: Sie redete. Mein Mann sagte immer nur hm, hm, und ich flüchtete in die Küche, um aufzuräumen. Freiwillig.

Wenn wir ihr dann signalisierten, dass wir den weiteren Abend gern allein verbringen würden, setzten bei meiner Schwiegermutter wie auf Glockenschlag wieder mal irgendwelche Herzbeschwerden ein, und in solch einem Zustand konnte sie selbstredend nicht in ihr Zimmer gehen und dort allein sein.

Seit Jahren hatten mein Mann und ich keinen Abend für uns. Sogar in den Sommerurlaub nach Sylt hatten wir sie mitgenommen, damit sie nicht so allein war.

Dieses Jahr jedoch habe ich schon Anfang Oktober zu meinem Mann gesagt: »Noch ein Weihnachten mit deiner Mutter überlebe ich nicht.«

»Ich weiß«, hat mein Mann geseufzt. »Außerdem möchte auch ich Weihnachten mit dir allein feiern.«

Kurz darauf stand der ausgefeilte Geheimplan für den 24. Dezember.

Heute sind wir im Morgengrauen abgehauen und haben am frühen Nachmittag via Hindenburgdamm Sylt erreicht. Zu Hause haben wir meiner Schwiegermutter eine Nachricht hinterlassen: »Todesfall in Yvonnes Familie. Sind nach München gefahren. Melden uns.«

Dass meine Schwiegermutter von Anfang an konsequent jeglichen Kontakt zu meiner Familie vermieden hat, kann mir nun mehr als recht sein.

Zugegeben – nicht ganz fair, ihr gegenüber so zu handeln, aber das zählt als Notwehr, finde ich. Glücklich richteten wir uns in unserem alten Wohnwagen ein, in dem ich als Kind sozusagen aufgewachsen bin. Den Campingplatz gibt es schon, seitdem der Ort Hörnum noch in den Kinderschuhen steckte und ein Sandhaufen mit ein paar Häusern war. Hafen, Leuchtturm, die Dünen und das Meer – was braucht man mehr? Als Kind habe ich das anders gesehen, aber meine Eltern hatten recht.

Nachdem wir unser Glas Sekt genossen haben, ist die Sonne untergegangen, und wir verabschieden uns vom Meer und gehen beschwingt den sandigen, leicht gewundenen Dünenpfad entlang zurück zum Wohnwagen.

Der Weg führt uns in eine Senke, wo unser kuscheliges Refugium windgeschützt steht. Sechzehn Quadratmeter, ohne Vorzelt. Wir müssen uns also mit Zweiflammenherd und einem Gaskühlschrank, in den gerade mal ein Marmeladenglas und ein Päckchen Butter passen, begnügen. Mehr brauchen wir zum Glücklichsein aber auch nicht.

Jede Minute ohne Herta ist eine schöne Minute.

Gerade, als ich uns den restlichen Sekt einschenken will, wummert es gegen unsere Wohnwagentür.

Mit der Sektflasche in der Hand erstarre ich.

Mehrere Möglichkeiten schießen mir durch den Kopf, wer das sein könnte. Die Nachbarn, obwohl die uns schon frohe Weihnachten gewünscht haben, der Platzwart, obwohl die Rezeption bereits geschlossen ist, oder – meine Schwiegermutter.

Für einen Moment überlege ich, nicht zu öffnen, denn ganz gleich, wer es ist, wir wollen jetzt nicht gestört werden.

Da höre ich eine männliche Stimme unseren Namen rufen. »Familie Bodle?«

Nach einem Blickwechsel mit meinem Ehemann öffne ich die Tür. Vor mir steht ein Mann mittleren Alters in Jeans, weißem T-Shirt und schwarzer Daunenjacke. Neben ihm zwei Koffer.

Ein verirrter Tourist also. Nur woher weiß der unseren Namen? »Kann ich Ihnen helfen?«

»Allerdings. Ich hätte gern ein neues Ohr. Meins wurde mir nämlich abgekaut.«

Ich runzle die Stirn. Ist der Typ irre, oder was will er mir damit sagen?

Er wuchtet einen der Koffer in den Wohnwagen, mir direkt vor die Füße.

»Was soll das?«, rufe ich.

»Wenn Sie diese Betonklötze bitte entgegennehmen würden und …« Er deutet hinter sich, wo weiter entfernt ein Fahrzeug steht mit einem gelb leuchtenden Schild auf dem Dach. »… und Ihre Mutter.«

Aus der Dunkelheit kommt mir eine Gestalt in Wollrock und Stiefeln energischen Schrittes entgegen.

»Wussten Sie nicht, dass sie kommt? Das ist dann wohl eine gelungene Überraschung.«

»Das ist meine Schwiegermutter.«

»Oh, dann mein herzliches Beileid«, entgegnet der Taxifahrer.

Ich drehe mich zu meinem Mann um, der beim Stichwort »Schwiegermutter« aufgesprungen ist.

»Du weist deiner Mutter sofort die Tür und schickst sie zurück nach Hause«, zische ich ihm zu.

»Wie soll ich das machen?«, flüstert er, während das Unheil in Person unvermeidlich näher kommt.

Am liebsten würde ich mich jetzt mitsamt dem Wohnwagen in Luft auflösen. Letzteres ist jedoch, was mich betrifft, gar nicht notwendig, denn Herta behandelt mich wie Luft, als sie unser einsames Domizil in den Dünen erreicht.

So müssen sich einst die Burgherren gefühlt haben, wenn der Feind ihre sicher geglaubte Festung erstürmte.

»Mein Walterchen!« Ihr Ausruf klingt wie triumphales Siegesgeheul. »Wie schön, dich zu sehen! Was habe ich nicht alles auf mich genommen, damit wir Weihnachten doch noch zusammen verbringen können. Tausend Kilometer mit dem Taxi von Stuttgart bis …«

»Mit dem Taxi? Bist du wahnsinnig geworden?«, ruft er.

»Glaubst du, ich setze mich in die Bahn? Du weißt doch, mein krankes Herz. Wenn ich Beklemmungen bekam, hat der Taxifahrer sofort auf dem nächsten Rasthof angehalten. Ein wirklich guter Chauffeur und ein sehr netter Mensch.«

»Für tausend Euro wäre ich auch nett gewesen«, platzt es aus mir heraus.

»Tausendfünfhundert«, sagt Herta, ohne sich von ihrem Sohn abzuwenden. »Mir ist es einiges wert, mit dir zu feiern.«

Mir bleibt die Spucke weg.

»Woher wusstest du, dass wir …«, bringt mein Mann hervor.

»Glaubt ihr wirklich, ich würde auf so einen billigen Trick reinfallen? Wer wegen eines plötzlichen Todesfalls in der Familie der Schwiegertochter alles stehen und liegen lässt, nimmt keine großen Koffer mit und packt den halben Kleiderschrank ein. Das macht nur jemand, der in den Urlaub fährt.«

Mein Mann lässt die Schultern hängen wie ein Fünfjähriger, den seine Mutter beim heimlichen Griff in die Süßigkeitenschublade erwischt hat.

Sag etwas, flehe ich meinen Mann stumm an – bevor ich etwas sage.

»Es ist alles nicht so, wie du denkst …«, beginnt mein Mann.

Na toll. Ein ziemlich halbherziger Versuch, und meine Schwiegermutter steigt natürlich voll drauf ein.

»Das weiß ich doch, mein Walterchen. Dich trifft keine Schuld.« Dafür trifft mich in diesem Moment ihr giftiger Seitenblick. »Aber das ist doch jetzt auch alles nicht wichtig. Ich habe Kartoffelsalat und Würstchen mitgebracht. Deine Frau hat das Weihnachtsessen im Kühlschrank vergessen.«

»Ich …«, hebe ich an, doch mir fällt nichts ein, was nicht unmittelbar zu einer Anzeige gegen mich wegen grober Beleidigung führen würde.

Ungerührt öffnet Herta ihre große Lederreisetasche und fördert eine Schale Kartoffelsalat zutage, die sie auf den Tisch stellt. Die leere Sektflasche schiebt sie kopfschüttelnd beiseite.

»Moment mal, Mutter«, sagt mein Mann in einem unmissverständlichen Ton.

Endlich, jetzt greift er durch.

»Du brauchst mir nicht zu helfen, Walterchen. Mach es dir bequem. Ich muss nur noch die Kerzen und die restlichen Sachen im Koffer finden und das Wasser für die Würstchen aufsetzen.«

Bequem.

Wir sitzen auf dem Doppelbett, eingekeilt von zwei Koffern, aus denen sie noch die Weihnachtstischdecke, die guten Porzellanteller, Silbergabeln, Stoffservietten und einen Kerzenhalter hervorzaubert und damit den Tisch eindeckt. Selbstverständlich erst, nachdem sie Letzteren mit hochgezogenen Augenbrauen abgewischt und poliert hat.

Dann holt sie zwei Gläser Würstchen aus dem Koffer, füllt einen Topf mit Wasser und stellt ihn auf den Gasherd.

»Tu was«, zische ich meinem Mann zu. »Das muss ein Ende haben.« Das Brodeln des Wassers übertönt meine Worte.

»Das sehe ich auch so – und zwar richtig. Ein für allemal muss Schluss sein.«

Meint Walter das so, wie er es gerade gesagt hat? Ihr Eindringen in unseren Schutzraum scheint etwas in ihm ausgelöst zu haben.

»Sie erdrückt mich mit ihrer Liebe.« So, wie er es sagt, klingt es nicht wütend, auch nicht resigniert, vielmehr entschieden.

»Und was willst du machen?«, frage ich nahe an seinem Ohr.

Mein Mann zuckt mit den Schultern. »Ich weiß es nicht.« Seine Stimme wird noch leiser. »Ich will sie los sein. Für immer. Der Volksmund hat schon recht, in der Verzweiflung kann jeder Mensch zum Mörder werden.« Als er das so sagt, kriechen Skrupel in mir hoch. So oft habe ich diese Frau zum Teufel gewünscht. Aber was jetzt? Er kann sie doch nicht umbringen!

Herta zündet die Kerzen an, rückt das Silberbesteck millimetergenau zurecht, dann bestückt sie mit einem triumphalen Lächeln unsere Teller.

Anschließend lässt sie sich nieder. »Weihnachten. Wie schön. Undenkbar, wenn ich an diesem Tag nicht bei euch gewesen wäre. Vor allem bei dir, mein Walterchen.«

Mein Mann schiebt den Teller ruckartig von sich. »Mutter, ich muss dir etwas sagen. Es geht um unsere Zukunft.«

»Möchtest du, dass ich meine Wohnung verkaufe und für immer zu dir ziehe?«, unterbricht sie ihn. »Daran habe ich auch schon gedacht. Wie schön, dass du es jetzt ansprichst. Ich werde schließlich nicht jünger.«

»Es geht um unsere Beziehung.«

Ihre Augen werden groß, und ihr Blick wechselt zwischen ihrem Sohn und mir. »Ihr trennt euch?« Es liegt kein Entsetzen, sondern Begeisterung in ihrer Stimme.

»Schluss jetzt!«, ruft mein Mann. »Ich weiß, das hättest du wohl gerne. Nein, es geht um unsere Mutter-Sohn-Beziehung. Ich habe genug, oder besser gesagt, ich habe es satt, nein, noch mehr, ich habe die Nase gestrichen voll von deiner erdrückenden Fürsorge, deiner Bemutterung, deiner Rücksichtslosigkeit! Du kannst allein glücklich werden mit deinem Kartoffelsalat und allem, was du uns aufnötigst. Du nimmst einem die Luft zum Atmen, merkst du das nicht?«

Über den Ausbruch ihres Sohnes ist Herta still geworden. »Das meinst du doch nicht wirklich so, mein Walterchen?«, fragt sie mit Tränen in den Augen. »Wie sprichst du denn plötzlich mit mir?«

»Es ist höchste Zeit. Nein, eigentlich ist es viel zu spät. Du bist längst zu weit gegangen, und du begreifst es nicht. In Zukunft kannst du in deinen eigenen vier Wänden übernachten, dein angeblich krankes Herz wird das schon mitmachen. Ich habe ein Recht auf mein eigenes Leben! Verstehst du das? Wenn wir zurück sind, will ich meine Ruhe vor dir! Es reicht, wenn du alle vier Wochen mal sonntags zum Kaffeetrinken kommst!«

Betroffenheit schlägt sich in Hertas Blick nieder. Sie knetet ihre Finger, und dann sagt sie: »Du hast recht, Walterchen, ich nehme euch die Luft zum Atmen. Ich bedauere zutiefst, dass es so weit kommen musste und du deine Konsequenzen ziehst. Das war es also, und mir bleibt wohl keine andere Wahl, als das zu akzeptieren.«

Staunend höre ich zu, welcher Wandel sich gerade zwischen den beiden vollzieht. Wenn ich gewusst hätte, wie einfach das ist, hätten wir uns all die Jahre ersparen können. Mein Mann musste tatsächlich nur einmal kräftig auf den Tisch hauen, um sich von der krankhaften Fürsorge seiner Mutter zu befreien.

Unglaublich. Eigentlich viel zu schön, um wahr zu sein.

In mir macht sich Skepsis breit. Diese Einsicht meiner Schwiegermutter kann doch nicht echt sein?

»Ich habe wirklich verstanden«, betont Herta. »Gleich morgen früh reise ich wieder ab. Nur lasst uns wenigstens jetzt noch gemeinsam den Heiligabend verbringen, und dann nehmen wir Abschied voneinander.«

Nun gut. Das können wir ihr nun wirklich nicht abschlagen.

Während ich zur Gabel greife, habe ich für einen perfiden Moment lang den Gedanken, der Kartoffelsalat könne vergiftet und ihr Einlenken deshalb nur gespielt sein.

Doch er schmeckt vorzüglich, und es grummelt auch nicht im Magen, als wir uns noch eine Weile unterhalten.

Dann greift Herta zu ihrer Jacke und verlässt ohne weitere Umschweife oder große Worte des Abschieds den Wohnwagen. Sie sagt nur: »Ich hoffe, wir sehen uns wieder.«

Nachdem sie die Tür hinter sich geschlossen hat, fühlt es sich an, als würde eine neue Zeitrechnung beginnen. In Zukunft dürfen wir wieder unser eigenes Leben führen. Wir können unser Glück kaum fassen.

»Was ist das für ein Geräusch da draußen?«, fragt mein Mann und steht auf. »Ist das der Wind, oder macht sich da jemand an unserem Gaskasten zu schaffen?«

Verheerende Explosion auf Sylter Campingplatz

An Heiligabend ereignete sich auf dem Hörnumer Campingplatz ein folgenschweres Unglück, bei dem drei Menschen ums Leben kamen. Zwei Personen, ein Ehepaar aus Süddeutschland, befanden sich in dem Wohnwagen, der komplett ausbrannte, obwohl die örtliche Feuerwehr binnen kürzester Zeit zur Stelle war. Nach einem ohrenbetäubenden Knall stand der Wohnwagen in meterhohen Flammen, wie Camper berichteten.

Die verbrannte Leiche einer weiteren Person wurde außerhalb, direkt neben dem Wohnwagen, gefunden.

Gas muss die Ursache für die Explosion gewesen sein, da ist sich einer der Dauercamper sicher. Durch den lauten Knall aufgeschreckt, alarmierte er die Rettungskräfte. Doch zu diesem Zeitpunkt war aus dem Wohnwagen bereits ein riesiger Feuerball geworden, so der Augenzeuge. Vom Wohnwagen sind nur Stahlstücke des Fahrzeugrahmens und die Felgen übrig. Nur durch das schnelle Eingreifen der Feuerwehr gerieten keine weiteren Wohnwagen in Brand.

Der Campingplatzbetreiber ist erschüttert. »Man hört immer wieder von solchen Unglücken, aber hier in Hörnum ist so etwas in all den Jahrzehnten noch nicht vorgekommen.«

Momentan sind Brandermittler vor Ort, um die Ursache der Explosion zu klären. Die Kriminalpolizei geht davon aus, dass eine defekte Gasleitung schuld an dem Unglück ist, jedoch kann Brandstiftung zum derzeitigen Stand der Ermittlungen nicht ausgeschlossen werden.

Der Satansbraten

Markus Kleinknecht

Ich beobachtete, wie die alte Frau ihre Karte in den Geldauto-
maten steckte, das Tastenfeld bediente und einen Stapel hüb-
scher Scheinchen herausholte. Das Limit der meisten Auto-
maten liegt bei zweitausend Euro. Ich schätzte, dass das alte
Mütterchen genau diese Summe in die Innentasche ihres langen
Mantels steckte. Pech für mich, dass sie es in keine Handtasche
tat. Dann wäre es leichte Beute gewesen. Pech für sie, dass ich
sie dafür nun bis nach Hause verfolgen musste.

Vorhin hatte es geschneit. An Heiligabend ein Geschenk für
alle Kinder und sentimentalen Gemüter. Ich gehörte nicht zu
ihnen. Dass ich Weihnachten hasste, wäre zu viel behauptet. Es
bedeutete mir einfach nichts. Mal ehrlich, der Firlefanz war
doch mit dem Glauben an Wunder und allem anderen Kram
völlig überhöht. Deshalb hatte ich auch keine Skrupel, die alte
Frau, die sich nun mit vorsichtigen Schritten über den Bürger-
steig tastete, passend zum Fest um ihr Geldbündel zu erleich-
tern.

Ein viel zu schneller Autofahrer, der vermutlich noch Geschenke besorgen musste, spritzte mir den Schneematsch der
Cuxhavener Straße auf die Schuhe. Armleuchter! Ich blieb vor
dem Altbau stehen, in den die Alte verschwand, trat fest auf die

Gehwegplatten, um den Matsch von meinen Schuhen loszuwerden, und wartete darauf, hinter welchem Fenster Licht anginge. Schon bald sah ich das erhoffte Zeichen. Großmütterchen wohnte im zweiten Stock, links vom Treppenhaus. Mit kalten Fingern drückte ich die Klingel.

»Hallo?«, kam es mit brüchiger Stimme aus der Gegensprechanlage.

»Hallo«, erwiderte ich möglichst fröhlich. »Rate mal, wer hier ist!«

»Ich weiß nicht. Holger, bist du das? Deine Stimme klingt so fremd.«

»Ja, ich bin's. Holger.« Schon summte der elektrische Türöffner.

Mein Opfer erwartete mich an der Wohnungstür. Die Frau erschien mir uralt. Keine Ahnung, zwischen achtzig und neunzig vielleicht. Ihre grauen Haare waren hinten zusammengesteckt. Die Haut im Gesicht und an den Händen faltig wie bei einer Hexe aus dem Märchen. *Schon gemein, was die Natur aus uns macht, wenn sie nur lange genug die Gelegenheit dazu hat*, dachte ich. Denn ich glaubte, in der alten Frau noch immer die Schönheit zu sehen, die sie vor einem halben Jahrhundert und mehr gewesen sein musste. Während sie mich ansah, zeigte sich Erstaunen in ihren Augen. Vermutlich fragte sie sich, was für einen Streich ihr Gedächtnis ihr nun schon wieder spielte. Immerhin hatte sie mich zuvor noch nie gesehen.

Schnell machte ich einen Schritt vorwärts und küsste sie auf die Wange. Die Haut fühlte sich weich und dünn wie Pergament an. »Hallo, Oma. Gut siehst du aus.«

»Du meine Güte«, entgegnete sie überrascht. »Du bist aber schnell groß geworden, Holger. Wann ist denn das passiert?«

Ich lachte auf. »Ach, Oma. Das sagst du doch jedes Mal.« Bei diesen Worten schob ich sie ein Stück nach hinten und schloss die Wohnungstür.

Nun waren wir allein. Hoffte ich jedenfalls. Unauffällig warf ich in jedes Zimmer einen Blick, an dem wir auf dem Weg durch den langen Flur vorbeikamen. Die Wohnung war groß. Die Decken hoch und mit Stuck versehen. Omi war also nicht arm.

»Ich wollte gerade Tee aufgießen«, sagte sie, als wir die Küche erreichten. »Holst du die Kekse aus dem Schrank?«

Die Fensterbank schmückte ein elektrisch beleuchteter Julbogen, auf dem Tisch am Fenster wartete ein Kerzengesteck auf ein Streichholz und ein Büfett aus dunklem Holz stand links neben der Tür. Wie selbstverständlich öffnete ich eine Schranktür. Vor mir standen Becher, Tassen, Unterteller, aber keine Kekse. »Doch nicht da, Dummerchen«, stellte das Großmütterchen fest. »Unten. Wie immer.«

»Weiß ich doch«, erwiderte ich lachend. »Wollte mir nur schon mal einen Becher nehmen. Für dich wie immer eine Tasse, richtig?« Die Alte nickte.

Ich fand die Keksdose im Unterschrank und stellte sie auf den Küchentisch. Beim Teetrinken bemühte ich mich dann, möglichst eingekehrt und geknickt auszusehen.

»Was ist denn, Holger? Hast du Sorgen?«

»Nein, nein«, wehrte ich ab.

»Mir kannst du es doch sagen …«

Ich hielt den Kopf gesenkt, faltete die Hände über dem Bauch und presste lange die Lippen aufeinander. Dann erzählte ich meiner vermeintlichen Großmutter eine herzzerreißende Geschichte von einem Unfall, den ich verursacht hätte. Ich solle Schmerzensgeld an den Unfallgegner zahlen. Aber leider sei ich zurzeit nicht flüssig und hätte schon mit der monatlichen Miete zu kämpfen. Ich wüsste nicht, wie ich das Schmerzensgeld bezahlen solle, und müsste deshalb ersatzweise in den Bau. »Nur zehn Tage. Aber ich war noch nie im Gefängnis«, endete ich.

»Mein armer Schatz«, seufzte die alte Frau mit vor Schreck weit geöffneten Augen und einer Hand auf der Brust.

Eine halbe Stunde später war ich wieder auf der Straße. Die Welt schien mir gar nicht mehr so nasskalt wie vorhin noch. Denn ich war um dreitausendfünfhundert Euro reicher. Zweitausend stammten frisch aus dem Bankautomaten, und eintausendfünfhundert hatte das Großmütterchen noch aus einem Versteck geholt. Ein weißer Briefumschlag mit lauter Hunderten und Fünfzigern steckte nun in meiner Jacke. Genau wie die alte Dame hatte ich das Geld in die Innentasche gesteckt, denn man wusste ja nie, ob man nicht einem Taschendieb über den Weg lief. Gerade vor Weihnachten war dieses Gesindel in der ganzen Stadt unterwegs. Aber nicht mit mir, Freunde.

Ich war in Festtagslaune, als ich zu meinem Auto zurückging. Neben Rotwein, den ich mir aus dem Supermarkt holen wollte, beschloss ich, dass es heute Abend etwas Schönes vom China-Imbiss geben sollte. Was dem einen sein Gänsebraten mit Rotkohl, war mir Ente süßsauer an Basmatireis. Beim Festtagsschmaus würde ich dann in Ruhe überlegen, wie es weitergehen sollte.

Anfang Februar begann die Skisaison. Da gab es viele leere Wohnungen und Häuser in der Stadt. Ein geübter Blick konnte sie leicht finden, denn entsprechende Hinweise gab es genug. Eine Mülltonne zum Beispiel, die bereits samstags auf der Straße stand, obwohl erst am Montag der Abholtermin war. Oder Lichter in Häusern, die immer zur selben Minute angingen. Da war dann wohl eine Zeitschaltuhr statt eines Menschen am Werk.

Plötzlich hörte ich ein kleines Stück hinter mir eine Kinderstimme aufquieken. Als ich mich umdrehte, sah ich gerade noch, wie ein Junge in ein Auto gezerrt wurde. Er schien sich zu wehren. Doch wer auch immer ihn hinter die getönten Scheiben eines großen Geländewagens zwang, war stärker als er.

Als der Allrad mit aufheulendem Motor an mir vorbeibrauste, hob ich den Arm und stieß ein protestierendes »He!« aus. Dann fragte ich mich, was mich das anging. Ich hatte genug mit mir selbst zu tun. Umso überraschter war ich, als ich dem Geländewagen hinterherlief und mich kurz darauf hinter das Lenkrad meines eigenen Autos klemmte. Der alte Golf schlitterte, ohne zu blinken, aus der Parklücke. Aufgebrachtes Hupen von hinten. Ich suchte die Straße nach den etwas höher liegenden Rücklichtern des Geländewagens ab. Die Autos vor mir krochen dahin, als hätten wir eine geschlossene Schneedecke. Zum Glück gab es hier zwei Spuren je Fahrtrichtung. Mein Puls schoss zusammen mit der Tachonadel in die Höhe.

Ich überlegte, wohin der Entführer unterwegs sein konnte. Die Straße führte sowohl in die Hamburger Innenstadt wie auch zur A1. War er zur Autobahn unterwegs, würde ich ihn nicht mehr einholen. Wenn er das Kind aber irgendwo in der Nähe verstecken wollte, was logisch erschien, fiel mir als Erstes das Harburger Hafengebiet jenseits der Eisenbahnschienen ein. Weiter vorn war eine Brücke, die die meisten Autofahrer nahmen. Doch wer sich in der Gegend auskannte, konnte die Schienen schon eher kreuzen. Ein paar Straßen weiter gab es einen kleinen Tunnel für Fahrräder und Fußgänger, der breit und hoch genug für meinen Golf war. Eben noch in einer Wohnsiedlung, befand ich mich kurz darauf in einem Industriegebiet mit Anlagen der Petrochemie und zahllosen Lagerhallen. Der gesuchte Geländewagen bog nur etwa fünfzig Meter vor mir auf ein Grundstück mit einer heruntergekommenen Fabrikhalle. Ein echtes Weihnachtswunder, verdammt noch mal.

Ich stieg aus dem Golf, trommelte mit den Fingern aufs Dach, stieg wieder ein, rieb mir die Stirn. Dann stieg ich wieder aus. Im Kofferraum lag mein Einbruchswerkzeug. Es war ein weißer Farbeimer mit Schraubenzieher, Gummihandschuhen, weißem Maleranzug und weiteren Malerutensilien. Also alles, was ich brauchte, um in ein Haus oder eine Wohnung zu gelangen. Sollte ich in einem Treppenhaus jemandem begegnen, rief der Farbeimer keinen Verdacht hervor, und wenn ich über ein fremdes Grundstück marschierte, auch nicht.

Kurz sah ich über die Schulter und ging die parallel zur Straße verlaufende Seite einer alten Fabrikhalle entlang. Die Wände waren aus rotem Backstein, die meisten Fenster blind. Wo das Glas zerbrochen war, hatte jemand Sperrholz dahinter genagelt. Ich hörte einen kraftvollen Motor und Reifen, die über Kopfsteinpflaster rollten. Zwischen Mauer und Büschen sah ich kurz etwas vorbeihuschen. Es musste der Geländewagen gewesen sein. Weil ich kaum etwas sehen konnte, hatte mich der Fahrer bestimmt auch nicht bemerkt. Eine Ladung Schnee löste sich vom Dach und traf mich im Nacken.

Ich beschied einer weiteren Verfolgung wenig Chancen und wollte schon aufgeben. Doch dann dachte ich an die Möglichkeit, dass das Kind noch hier sein könnte, und suchte nach einem passenden Fenster, um in die Halle zu gelangen. Mein Lieblingswerkzeug für solche Aufgaben war der Malerspachtel. Mit dem kam ich in die schmalsten Ritzen und hatte schon manches Fenster aufgehebelt. Hier war es sogar noch einfacher, brauchte ich doch nur eine gegen den Rahmen gesetzte Sperrholzplatte zu lösen und anschließend nach innen zu drücken. Ich drehte den Farbeimer um, stieg darauf und ließ mich durch den geschaffenen Zugang gleiten.

Was in der Halle produziert worden war, ließ sich nicht mehr erraten. Es gab helle Stellen auf dem Boden, wo früher große Maschinen gestanden haben mussten. Alles roch ölig. Ich erkannte im Zwielicht zwei große Hallentore und eine kleinere Eingangstür fürs Personal. Rechts davon verlief eine Wand mit weiteren Türen. Ehedem war dort wohl die Schichtleitung untergebracht. Vielleicht auch ein Pausenraum und die Toiletten. Wenn ich jemanden einsperren wollte, dann dort. Ich widerstand der Versuchung, an den Türen zu lauschen. Denn ob Sie es glauben oder nicht, die Polizei nimmt auch Ohrabdrücke, wenn jemand so dumm ist, seinen Löffel gegen eine Tür zu pressen.

Wie bei einem Adventskalender öffnete ich die erste Tür und fand dahinter einen alten Schreibtisch und einige leere Regale vor. Ich wollte schon zur nächsten Tür weitergehen, als ich aus den Augenwinkeln einen Schatten neben dem hintersten Regal entdeckte, der irgendwie nicht ins Bild passte. Noch während ich den Kopf drehte, um ihn mir näher anzusehen, löste er sich aus der Ecke und stürmte auf mich zu. Beinah hätte der Junge mich über den Haufen gerannt. Doch ich konnte ihn gerade noch im letzten Moment schnappen.

»Stopp!«, rief ich. »Ich tu dir nichts.« Er zappelte in meinen Armen wie ein Weihnachtskarpfen, den man gerade erst aus seinem Teich gezogen hatte. In Panik. Im Überlebenskampfmodus. Trotzdem war ich stärker und behielt seine Handgelenke umschlossen. Also begann er, nach mir zu treten. »Hör sofort auf damit!«, brüllte ich. »Sonst lasse ich dich hier zurück.«

Eine leere Drohung, dachte er wohl. Doch er täuschte sich. Ich ließ den widerspenstigen Jungen los, drehte mich um und hievte mich kurz danach wieder durch das kaputte Fenster nach draußen. Ohne mich umzudrehen, ging ich mit meinem Farbeimer den Weg zurück, den ich gekommen war. Kurz hinter mir hörte ich, wie zwei Füße auf dem Boden landeten. Der Junge folgte mir. Schnell ging ich weiter zur Straße und stieg in meinen klapprigen Golf. Ich wartete einen Augenblick, dann beugte ich mich zur Seite und öffnete die Beifahrertür. Der Dezember blies mir seinen kalten Atem entgegen.

»Wo wohnst du?«, fragte ich den Jungen, als er zu mir ins Auto gestiegen war. Ich schätzte ihn auf zehn Jahre, dabei sah er frech wie mindestens dreizehn aus. Auf seinem Nasenrücken gab es ein paar verblasste Sommersprossen, die in den Winter passten wie Eiswürfel in Glühwein. Ich hatte mich entschieden, ihn nach Hause zu fahren. Meinen Wagen und das Nummernschild kannte er sowieso schon, und mit Glück gab es von den Eltern eine Belohnung fürs Abliefern.

»Der Kerl hat mich einfach ins Auto gezogen«, begann der Junge, als ich vom Grünstreifen auf die Straße wechselte. Zunächst war ich froh, dass es nur Worte statt Tränen waren, die aus ihm heraussprudelten. Aber dann hörte er gar nicht mehr mit Reden auf. »Stark wie ein Bär, der Typ. Ich musste mich im Fußraum verstecken. Als ich das erst nicht wollte, hat er mir eine geschallert. Hier, guck mal, mein Gesicht.«

Ich guckte.

»Ich wünsche mir ein neues Fahrrad zu Weihnachten. Jetzt ist es natürlich ein bisschen kalt zum Radfahren. Aber wenn wir vom Skifahren zurück sind, kommt ja schon bald der Frühling.«

Die letzte Information fand ich spannend. Sie wurde sogar

noch interessanter, als ich sah, in welcher Gegend der Junge wohnte. Es waren die Harburger Berge. Das Blankenese der nördlichen Elbseite. Hohe Zäune und Büsche verrieten, dass es dahinter Häuser gab, die es wert waren, versteckt zu werden. Noch bevor wir die große Eingangstür einer Villa erreichten, wurde diese von innen aufgerissen, und die Hausherrin stürmte heraus, unmittelbar gefolgt vom Gatten, wie ich vermutete. Die Frau schloss den Jungen in ihre Arme.

»Siehst du, alles Blödsinn«, kommentierte ihr Mann. Dann wandte er mir seinen Blick zu. »Wir hatten gerade einen merkwürdigen Anruf. Jemand hat behauptet, Holger entführt zu haben, und wollte ein Lösegeld. War das etwa ein Scherz von Ihnen?«

»Quatsch«, widersprach Holger. »Mich hat wirklich jemand entführt.«

»Du sollst nicht Quatsch sagen«, tadelte sein Vater.

Die Hausherrin – ich erfuhr bald, dass sie Sophia hieß – drängte darauf, hineinzugehen. Die Eingangshalle war groß, dunkel und kalt. Dafür empfing uns im Salon ein prasselndes Kaminfeuer. Vor den hohen Fenstern stand ein geschmückter Weihnachtsbaum, der sich auch in einem Einkaufszentrum gut gemacht hätte.

Holger erzählte die Geschehnisse in seiner überschwänglichen Art. Danach durfte ich meine Version hinzufügen. »Sie sollten die Polizei anrufen und in den Harburger Hafen schicken«, schloss ich. »Mit etwas Glück erwischen die den Entführer noch. Holger kann ihn bestimmt gut beschreiben.«

»Kann ich.« Der Junge grinste stolz.

»Nur eine Bitte: Halten Sie mich aus der Geschichte raus. Ich, nun ja, ich mag nicht im Rampenlicht stehen. Ich mag auch keine Aussagen unterschreiben und so.«

Holgers Vater sah mich schräg von der Seite an. Ich trug ausgebeulte Jeans und eine dunkle Kapuzenjacke. Das reichte offenbar, um ihm zu erklären, wieso ich mit der Polizei nicht konnte. Jedenfalls stimmte er meiner Bedingung zu und ging telefonieren. Als ein Streifenwagen den Kiesweg heraufkam, verzog ich mich in den Nachbarsalon. Auch hier gab es einen brennenden Kamin, davor standen im Halbkreis zwei große Ohrensessel und ein breites Chesterfield-Sofa. Auf dem Kaminsims entdeckte ich Familienfotos. Neben Holger gab es offenbar noch eine Tochter. Auf dem Foto steckte sie in einem Skianzug und blinzelte in die Sonne. Ich schätzte sie auf vierzehn. Anschließend inspizierte ich die Fenster, suchte nach Alarmanlagen. Das Foto der Kleinen hatte mich an den zweiten Grund für meinen Besuch in der Villa erinnert. Im Februar würden alle auf Skireise sein, hatte Holger erzählt. Wir verstehen uns?

Das wärmende Feuer ließ mich schließlich in einen Sessel sinken. Für einen Moment musste ich eingenickt sein, denn plötzlich war es bis auf den Schein aus dem Kamin ganz dunkel um mich herum. Die Nacht der Nächte hatte sich heimlich hinter den Fenstern herangeschlichen.

»Es schneit«, hörte ich Holgers Stimme von jenseits der Tür, und er hatte recht. Dicke Flocken begannen, draußen die dunklen Flächen mit Konturen zu versehen. Ich entdeckte die Büsche wieder, die zuvor vom Schwarz verschluckt waren, und der Rasen breitete sich hinter der Villa wie ein gefrorenes Gewässer aus. Die Salontür flog auf. »Kommst du mit raus? Wir bauen einen Schneemann, und dann beballern wir ihn mit Schneebällen. Komm schon! Schnee an Heiligabend. Wir müssen einfach raus.«

Ich nickte und spekulierte darauf, so noch mehr über das Sicherheitssystem der Villa herauszufinden. Als wir eine knappe Stunde später wieder ins Haus kamen, glühten unsere Gesichter, und die Hände schmerzten, während sie sich langsam wieder aufwärmten. Nun erfuhren wir, dass die Polizei den Kindesentführer tatsächlich bei der verlassenen Fabrik erwischt hatte. Holger würde ihn noch identifizieren müssen, aber das hatte Zeit. Der Haftrichter schickte ihn auch so über die Feiertage hinter Gitter. Ich hatte kein Mitleid. Kindesentführung war eine miese Nummer. Der Kerl hatte den Knast verdient.

Dann lud Sophia mich mit den Worten »Sie müssen unbedingt bleiben« zum Weihnachtsessen ein.

»Bestimmt wartet jemand auf ihn«, versuchte mir der Hausherr einen Ausweg zu bieten. In diesem Moment hätte ich noch verschwinden können. Mein natürlicher Fluchtinstinkt hätte es mir sogar raten müssen. Doch fragen Sie mich nicht, diesmal versagte er.

Eigentlich wartet da nur eine Ente süßsauer vom China-Imbiss, dachte ich. Der Duft hingegen, der sich im Haus während unserer Tollerei im Neuschnee ausgebreitet hatte, versprach ein Festessen mit dampfenden Kartoffeln und Backobst.

Ein tiefer Gong erfüllte die Eingangshalle, während ich vor dem Kamin stand und meine Hose am Körper trocknete. Die Zahl der Teller auf dem Esstisch verriet mir, dass noch zwei Besucher fehlten. Sophia eilte aus der Küche in die Eingangshalle. Ich hörte Begrüßungsworte. Eine weibliche Stimme fragte: »Wo ist er? Geht es ihm gut?«

»Hier bin ich«, rief Holger, der mittlerweile in einem Anzug steckte und eine Fliege um den Hals trug.

Ich hörte, wie Küsse ausgetauscht wurden. Irgendwie peinlich, wenn man nicht zur Familie gehörte. Dann sagte Holger: »Komm mit. Ich will dir meinen Retter vorstellen. Er ist ein echter Held, du wirst sehen.«

Du grüne Neune, dachte ich. Der Junge sprang in den Salon und zog ein Mädchen hinter sich her. Es musste seine Schwester sein. Doch als ich ihr ins Gesicht sah, zweifelte ich kurz. Das Mädchen vom Foto auf dem Kaminsims war ein Teenager, doch die junge Frau, die Holger mit in den Raum schleifte, war erwachsen. Sie trug ein dunkelrotes Samtkleid mit einem goldenen Streifen am Saum und einem kleinen Stehkragen am Hals. Ein altmodisches Kleid, aber feierlich, wie ich noch keines zuvor gesehen hatte. Allgemein stellt man sich Engel mit langen blonden Haaren vor und mit Locken, wie mit einem Brenneisen gedreht. Holgers Schwester hingegen hatte einen wasserstoffgebleichten Pagenschnitt, und trotzdem glaubte ich, einen Engel vor mir zu haben. Dann betrat eine zweite Frau den Raum. Mein eben noch trommelndes Herz setzte einen Augenblick aus.

»Das ist Oma«, stellte Holger vor. Vor mir stand die Greisin aus der Altbauwohnung, die ich noch vor wenigen Stunden um ihr Erspartes geprellt hatte, und sah mich prüfend an.

»Wo gibt's denn so was? Gleich zwei Holger«, stellte die alte Frau fest. »Wer ist denn nun der echte?«

»Na, ich«, erwiderte Holger und lachte laut auf. »Das da ist doch mein Retter. Er hat gesehen, wie ich vor deinem Haus entführt wurde, und hat mich dann befreit. Und jetzt sind wir Freunde. Den Schneemann da draußen haben wir zusammen gebaut. Die Karotte als Nase und den Kochtopf auf dem Kopf hat er von mir.«

»Ist ja nicht zu fassen«, lachte die Alte auf. »Das musst du mir aber ganz genau erzählen.«

»Mache ich«, stimmte Holger zu. »Aber erst gibt es Geschenke.«

»Zuerst gibt es Essen«, widersprach Sophia.

Das Essen war bestimmt großartig. Schade, dass ich es nicht richtig würdigen konnte. Während Holger nur an die Geschenke zu denken schien, die es bald geben sollte, fragte ich mich, wie tüddelig die Alte, die mir am Tisch gegenübersaß, wirklich war. Wann würde mein Schwindel platzen und sie mit der Wahrheit rausrücken? Statt eines Retters und Helden, wie von Holger angekündigt, hatte sich die Familie einen Betrüger an den Weihnachtstisch geholt.

»Nun noch der Nachtisch«, sagte Sophia und schielte zu Holger hinüber. Der stöhnte erwartungsgemäß auf, als seine Mutter »Reingelegt« sagte. »Jetzt gibt es erst einmal die Geschenke, stimmt's, Horst?« Der Hausherr nickte. Feierlich erhoben sich alle und schickten sich an, vom Esszimmer in den großen Salon zum geschmückten Weihnachtsbaum zu wechseln. Ich blieb als Letzter sitzen.

In der Tür blieb die alte Frau stehen, die ich so schändlich hintergangen hatte, und drehte sich zu mir um. »Für dich habe ich heute leider nichts mehr«, sagte sie. »Aber dein Geschenk hast du ja schon, du Satansbraten.« Dann zwinkerte sie mir zu.

Holger bekam sein neues Rennrad und legte an diesem Abend unzählige Runden durch die Räume und Flure der Villa zurück. Dazu wurden alle erdenklichen Türen geöffnet. »Ich finde mein neues Rad toll«, gestand er mir bei einer Verschnaufpause. *Und ich deine große Schwester*, erwiderte ich in Gedanken.

Natürlich war Annemarie kein Engel. Doch das war auch gut so. Denn sonst hätte sie gar nicht zu mir gepasst, und fragen Sie mich nicht, wieso, aber irgendwie gefiel ich ihr offenbar auch.

Oma Juliana starb im kommenden Sommer friedlich in ihrem Bett. Ich nenne sie Oma, weil ich in dieser kurzen Zeit ein

Teil der Familie wurde. Bis zu ihrem Tod konnte sie mich und den echten Holger zwar nie richtig auseinanderhalten, trotzdem wusste ich, dass sie mich gernhatte. Annemarie und ich bezogen anschließend die Altbauwohnung an der Cuxhavener Straße. Ich erfuhr, dass die Eigentumswohnung seit vielen Jahren in Familienbesitz war. Sophia war in ihr groß geworden. Annemarie und Holger wären es auch, wenn Horst nicht die Villa in den Harburger Bergen gekauft hätte. Platz genug für Kinder war in der Wohnung jedenfalls, und das war auch nötig. Denn ab dem Spätherbst brauchte Annemaries Bauch Türdurchgänge in Übergröße. Stichtag war der 24. Dezember.

Annemarie wollte unbedingt eine Hausgeburt. Deshalb rannte ich am nächsten Heiligabend durch die Flure unserer Wohnung und besorgte alles, worum mich die Hebamme bat. Bei einem dieser Gänge fiel mein Blick zur Ausgangstür. Ich hätte sie einfach aufreißen und wegrennen können. Dann wäre ich alle Verantwortung mit einem Schlag wieder los gewesen. Ein verlockender Gedanke.

Aber jetzt sagen Sie mal selbst, wie unwahrscheinlich das alles war, was ich in den vergangenen dreihundertfünfundsechzig Tagen erlebt hatte. Warum hatte ausgerechnet ich gesehen, wie Holger auf dem Weg zu seiner Großmutter entführt wurde? Außerdem gab es zig Möglichkeiten, bei denen ich mich anders hätte entscheiden können. Von der verrückten Idee, den Kidnapper zu verfolgen, bis hin zum Verweilen in der Villa nach der Schneeballschlacht, obwohl Horst mir die Möglichkeit gegeben hatte, mich noch vor dem Weihnachtsessen elegant zu verabschieden. Dann wäre alles anders gekommen. Dann säße ich vermutlich auch dieses Jahr mit Essen vom China-Imbiss in meiner Butze und hätte mich langsam mit Rotwein betrunken, während draußen der Schnee lautlos auf den Fenstersims rieselte. Stattdessen hatte mich mein Weg hierhergeführt. Noch ein Weihnachtswunder. Verdammt.

Jedenfalls war ich nun Hausmeister an der Grundschule, in der Annemarie als Lehrerin arbeitete. Mein handwerkliches Können hatte die Direktorin überzeugt, nachdem Annemarie mich für den Posten empfohlen hatte. Ich trat den Job mit Herzklopfen an, was nichts mit der Bankfiliale zu tun hatte, deren Tresorraum nur eine Tunnellänge vom Heizungsraum der Schule entfernt lag. Dieser Umstand war mir beim Besichtigen meines neuen Arbeitsplatzes nur rein zufällig aufgefallen. Ganz ehrlich.

Ich hatte nunmehr also einen festen Job, eine feste Freundin, und, ob Sie es glauben oder nicht, die Kinder an der Schule mochten mich. Darauf musste sich doch etwas aufbauen lassen. Jedenfalls hoffte ich es. Denn ein Teil von mir geriet in absolute Panik, wenn ich daran dachte, dass ich noch in dieser Heiligen Nacht Vater werden würde.

Dann hörte ich neue Geräusche in der großen Wohnung. Es war eine greinende Kinderstimme. Ich löste den Blick von der Ausgangstür und ging den Flur entlang aufs Schlafzimmer zu. Kurz war es mir, als sähe ich Oma Juliana aus den Augenwinkeln noch in ihrer Küche sitzen. Dort, wo wir vor einem Jahr Tee getrunken und Kekse gegessen hatten. Wo ich sie angeschwindelt hatte, dass sich die Balken bogen. Ich glaubte, ein verschmitztes Lächeln auf ihrem Gesicht zu erkennen.

Im Schlafzimmer durfte ich schließlich unsere neugeborene Tochter zum ersten Mal im Arm halten. Annemarie sah erschöpft, aber glücklich aus. »Was hältst du davon, wenn wir sie Jule nennen, nach ihrer Urgroßmutter?«, fragte ich und war von meiner Idee selbst überrascht. Jules winzige Faust schloss sich um meinen Zeigefinger, als hätte sie meine Worte verstanden.

Das machte mich noch glücklicher, als ich es sowieso schon war. Einem Kind mit dieser Fingerfertigkeit würden wir einiges beibringen können. Von ihrer Mutter konnte sie das Klavierspielen lernen. Aber wer weiß, wie sich die Zeiten entwickelten. Zu wissen, wie man einen Tresor knackt, konnte auch nicht schaden. Oder was meinen Sie?

Halali

Carolyn Srugies

Er betrachtete sein unscharfes Spiegelbild im Fenster eines parkenden Autos.

»Hallo, Stephan«, sagte er zu sich selbst, wandte den Blick ab und biss sich auf die Lippe. Der Termin in der Villa war der letzte für diesen Abend. Sollte der Plan nicht aufgehen, wäre die tagelange Recherche für die Katz. Auf die heutigen Einsätze als Weihnachtsmann hatte er sich akribisch vorbereitet. Diese Chance, fremde Häuser zu betreten, ja sogar dazu gebeten zu werden, musste er nutzen. Sein Atem bildete weiße Wölkchen in der Luft. Der bewölkte Himmel über ihm ließ einige Lücken. Der Kleine Wagen rollte seit einer Ewigkeit über das samtschwarze Firmament. Als er sich drehte, sah er den Orion zwischen grauen Wolken. Später noch sollte es schneien. Weiße Weihnachten, hatte es ihm vorhin aus dem Autoradio entgegengejubelt. Er zündete sich eine Zigarette an, inhalierte tief und stieß den Rauch in den Nachthimmel. Kurz dachte er an seine Familie, die jetzt bei Kartoffelsalat und Würstchen im festlich dekorierten Wohnzimmer saß. Er warf einen Blick auf sein Handy. Alles war bereit, wie man ihm versichert hatte. Ob sie diesmal Glück hatten?

Stephan zwang sich zur Konzentration. Fünf Familien hatte

er bereits hinter sich gebracht. Nur noch eine blieb übrig. Er warf die Kippe in eine Pfütze, wo sie zischend verglühte. Seine innere Anspannung stieg. Ob er hier endlich an der richtigen Adresse war? Er betrachtete das imposante Haus, das im Dunkeln lag.

»Du bist eine Villa, kein einfaches Haus«, murmelte er in die Winternacht. Vor seinem inneren Auge sah er gediegene Möbel, dicke Teppiche und Zierrat aus Silber auf dem Kaminsims stehen. Warum brannten keine Lichter? Warum hatte man ihn für 20 Uhr bestellt, wenn niemand zu Hause war? Ungeduldig stampfte er ein paarmal auf, um die Kälte aus den Gliedern zu vertreiben. Er fasste mit den behandschuhten Händen an die Gitter des Zauns und musterte erneut das Anwesen.

»Du bist ein Sahnestück«, sagte er.

»Nicht klingeln«, hatte der Auftraggeber am Telefon gesagt. »Ich hole Sie an der Vordertür ab. Seien Sie pünktlich. 20 Uhr.«

Nun war es 19:58 Uhr. Er fror. Der billige, dünne Weihnachtsmannmantel wärmte ihn nicht. Zeit solle er mitbringen, hatte der Mann am Telefon gesagt. Der Betrag, den er in Aussicht gestellt hatte, erstickte jeden Widerspruch im Keim. Wenn jemand freiwillig mehr berappt als gefordert, hindert man ihn nicht.

»Mist«, murmelte er mit zusammengebissenen Zähnen. »Die haben mich verladen.« Er war so sicher gewesen, hier an der richtigen Adresse zu sein. Es gab nur einen Weg, das festzustellen. Sein ausgestreckter Zeigefinger näherte sich dem Klingelknopf.

Neben ihm stoppte ein Auto. Das Fenster auf der Fahrerseite fuhr herunter. »Ich habe doch gesagt, nicht klingeln!«

Der Weihnachtsmann stand weiterhin mit ausgestrecktem Zeigefinger da. Dann beugte er sich zum Fahrer. Der Mann grinste ihn an. »Ich muss nicht fragen. Sie sind der Weihnachtsmann. Stephan Bertram?«

Wie viele Weihnachtsmänner standen am Heiligen Abend wie bestellt und nicht abgeholt im vollen Kostüm am Straßenrand? Stephan nickte. Er erkannte die Stimme seines Auftraggebers.

»Steigen Sie bitte ein.«

Misstrauisch ging Stephan ums Auto und setzte sich auf den Beifahrersitz. Wohlige Wärme umfing ihn. Aus dem Radio klang die sanfte Stimme Billie Eilishs. Er war noch nicht angeschnallt, als der Mann losfuhr.

»Sie sind jünger, als ich vermutete. Ich bin Dr. Thomas Bender. Thomas reicht.«

»Stephan.«

Thomas nickte. »Bitte entschuldige die Umstände. Wir haben uns heute Morgen spontan entschlossen, nicht in der Villa zu feiern, sondern in der Hütte.«

Hütte? Stephan drehte den Kopf. Mist. Das kommt nun doch überraschend. *Ich glaube nicht, dass du hier in der Villa wohnst,* dachte er. *Du hast mich nur zu dieser Adresse bestellt. Wer weiß, wie du wirklich heißt.* Sein Körper straffte sich.

Der Fahrer hob entschuldigend die Hand. »Leider haben wir bei all dem Tohuwabohu vergessen, dich zu informieren. Es ist nicht weit. Du hast doch Zeit? Es gibt delikates Essen, nachher fahre ich dich gerne nach Hause. Oder wirst du heute noch erwartet? Hast du noch einen Termin? Als Weihnachtsmann oder privat?«

Dr. Bender nickte zufrieden, als Stephan den Kopf schüttelte. Eine Weile schwiegen sie. Stephan musterte den Mann. Bender war Ende vierzig, etwa so alt wie er selbst, hatte kurze, lockige schwarze Haare. Obwohl er saß, erkannte Stephan, dass es sich um einen großen Mann handelte. Er betrachtete das Innere des Wagens. Eine Limousine der Luxusklasse. Der Fahrer reizte das Tempo auf der Landstraße aus. Ein Blick auf den Tacho sagte Stephan, dass sich Thomas an die vorgeschriebene Geschwindigkeit hielt. Die Straße lag wie ein langer dunkler Teppich vor ihnen. Es waren kaum Autos unterwegs. Schneefall setzte ein. Regelmäßig leuchteten am Straßenrand die weißen Begrenzungspfeiler mit den blauen Reflektoren auf. Stephan sah seinen Auftraggeber von der Seite an. Eine kostbare Uhr blitzte an dessen Handgelenk. Eine Audemars Piguet, stellte der Weihnachtsmann mit Kennerblick fest.

»Dr. Bender? Bist du Arzt?«

»Jurist. Ich vertrete leidenschaftlich Recht und Gesetz.« Der Mann grinste.

Stephan richtete sich auf. »Wie lange fahren wir?« Er versuchte, einen Blick auf seine Uhr zu werfen.

»Nicht mehr lange. Tut mir leid, wir haben nicht darüber nachgedacht, dass es eine Zumutung ist, dich für eine so späte Uhrzeit zu buchen.«

»Nicht so schlimm, ehrlich gesagt, bin ich froh. Die meisten Familien wollen mich um 16 Uhr am Tannenbaum haben. Ich wundere mich nur darüber, dass es eure Kinder so lange ausgehalten haben. Du hast mir noch nichts über die Anzahl und ihr Alter gesagt.«

»Kinder?« Bender blinkte, verlangsamte die Fahrt und bog von der Landstraße rechts in einen Feldweg. Er deutete auf einen verwitterten Wegweiser aus Holz. »Jagdhaus Forstenbek« konnte Stephan erkennen.

»Den Weg von hier zum Haus solltest du dir merken, sage ich immer zu meinen Gästen. Damit du im Wald nicht verloren gehst!« Bender schmunzelte.

Stephans Mund wurde trocken. *Aussteigen!*, riet ihm eine innere Stimme. Trotz der angenehmen Temperatur im Wagen fröstelte er. Natürlich blieb er sitzen. Der stärker werdende Schneefall setzte die Scheibenwischer in Gang. Nach einigen Hundert Metern ging der Feldweg in einen schmalen Forstweg über. Das Auto fuhr über Baumwurzeln. Links und rechts schlugen Äste an die Scheiben, als versuchten sie, nach ihm zu greifen. Stephan schaute konzentriert durch das Fenster.

»Wir sind gleich da.« Der Jurist deutete nach vorne. Stephan sah Lichter. Eine große Laterne neben der Eingangstür spendete warmes Licht. Hinter den beleuchteten Fenstern bemerkte er Menschen hin und her gehen.

Der Fahrer drückte einmal kurz auf die Hupe, woraufhin sich die große Holztür öffnete. Eine Frau in Jeans und einem Pullover mit weihnachtlichem Muster hob ein Weinglas in die Höhe. »Willkommen!«, rief sie.

Thomas warf Stephan einen Blick zu, der eine Mischung aus Spott und Entschuldigung ausdrückte. »Das ist Lola. Wir sollten bald essen, sie ist schon beim Rotwein.«

Stephan betrat hinter Thomas das Haus. Er blinzelte ins Licht. Die Bezeichnung »Hütte« war nicht zutreffend. Stephans geübter Blick scannte die Einrichtung. Auf dem Fliesenboden lagen dicke Teppiche. Ein riesiger massiver Eichenschrank nahm fast die gesamte Stirnwand des Raums ein. Im gemauerten Kamin prasselte ein Feuer. Der große Wohnraum, fast eine Halle, war so warm, dass es zusätzlich zum Kamin eine Heizung geben musste. Stephan betrachtete die Wände mit Geweihen. Damwild? Rotwild? Er kannte sich mit so etwas nicht aus, schätzte dafür ein Stück Rehbraten mit Rotkohl und Klößen auf dem Teller. Stirnrunzelnd bemerkte er einige Weihnachtsmannmützen, die an den Spitzen des größten Geweihs hingen. Auf dem Kaminsims standen silberne Leuchter. Er widerstand dem Impuls, nachzusehen, ob sie echt seien. Ölbilder hingen zwischen den Geweihen an den Wänden. Vermutlich waren sie ebenso echt wie die Kerzenhalter und die Teppiche. Stephan atmete tief ein. Diese »Hütte« war ein Traum für jeden Einbrecher. Thomas riss ihn aus seinen Gedanken, indem er ihm auf die Schulter schlug und ihm ein Glas mit einer dampfenden Flüssigkeit in die Hand drückte.

»Punsch«, sagte Thomas. »Wohl bekomm's.«

Stephan nickte und nippte an der heißen Flüssigkeit. Dann beobachtete er die Menschen, die ihn ebenfalls musterten. Thomas deutete auf die Leute im Raum, nannte Namen, die Stephan sich zu merken versuchte. Vielleicht brauchte er sie später noch. Etwas stimmte nicht. Er zählte die Gäste in der Jagdhütte. Mit Bender waren sie zu dreizehnt. Nur Erwachsene. Stephan atmete tief durch. Hier war er richtig. Endlich. Er glaubte, die Antwort zu kennen, fragte aber dennoch, wie es ein Weihnachtsmann tun würde: »Wo sind denn die Kinder?«

Eine der Frauen, deren Name nicht in Stephans Gedächtnis haften geblieben war, lachte. »Kinder? Thomas, hast du ihm nichts gesagt?«

»Was gesagt?« Stephan wandte sich seinem Auftraggeber zu. Thomas Bender warf entschuldigend die Hände in die Höhe. »Gina hat recht, sorry, Weihnachtsmann. Hier sind keine Kinder zu bespaßen, hier sind nur wir. Unsere Kinder sind entweder schon erwachsen, feiern mit ihren neuen Familien oder sind heute, wie in meinem Fall, bei den geschiedenen Partnern.«

Aufmerksam blickte Stephan in die Runde. Die Jüngste war etwa Mitte zwanzig, der Älteste um die sechzig.

»Wir brauchen dich für eine ganz besondere Aufgabe«, sagte Thomas und trat einen Schritt auf Stephan zu. Der wich unwillkürlich zurück. »Wir benötigen eine neutrale Person. Du sollst bestimmen, wer von uns ein Extrageschenk erhält.«

Stephans Blick wanderte zum Weihnachtsbaum, dessen Lichter und Kugeln festlich schimmerten. Hier bin ich richtig, dachte er erneut und sagte: »Ich sehe keine Geschenke. Habt ihr euch schon beschert?«

Die Frau, die Gina hieß, schüttelte den Kopf. »Wir schenken einander nichts. Wir sind einsame Seelen, gute Bekannte, die sich regelmäßig treffen. Besonders der Heilige Abend ist uns wichtig.«

»Was hat es mit dem Extrageschenk auf sich?«

Gina schmunzelte. Stephan gefiel die Frau mit den schulterlangen Locken und der schlanken Figur. War sie mit einem der Männer zusammen? Vielleicht mit Thomas? Sie hob ihr Punschglas und zwinkerte ihm zu. Stephan nippte nur an seinem Getränk. Er wollte seine Sinne beisammenhalten.

»Es ist nur eine einfache Aufgabe. Jetzt wird gegessen. Ein Happen vorab. Klein, aber fein.«

»Vor was?«

»Danach essen wir echtes Schweizer Käsefondue«, sagte die Frau, die Lola hieß. »Vorher speisen wir nie was Schweres.«

»Vor was?«, wiederholte Stephan.

»Hör nicht auf sie.« Gina schüttelte mahnend den Kopf.

Stephan stellte den vollen Becher ab. Eine Gruppe Menschen, die auf den ersten Blick nicht zusammengehörten. Was verband sie? Nur der Beruf? Ein einsames Haus im Wald, keine Kinder, ein Baum ohne Geschenke. Stephan spürte, dass die Blicke der Gäste, auch wenn sie sich leise miteinander unterhielten, auf ihm ruhten. Wie weit war es bis zur Hauptstraße? Er versuchte, sich zu erinnern. Einen Kilometer? Zwei? Die Schnellstraße war bis zur nächsten Ortschaft von Wäldern gesäumt. Stephan fragte sich, was den Fluchtreflex in ihm auslöste. Er hatte nicht gewusst, aber geahnt, auf was er sich einließ. Ein Happen vorweg. Dann die angeblich simple Aufgabe, die mitnichten im Abhören von Weihnachtsgedichten oder Lob und Tadel für kleine Kinder bestand. Seine Hand fuhr an die Hosentasche und wollte nach dem Handy greifen. Er kämpfte gegen den Impuls an. Nachher Käsefondue. Stephan hatte noch nie so ein Fondue gegessen, fürchtete aber, dass sich die Mahlzeit in die Länge ziehen würde. Er schaute auf die Uhr. 20:47 Uhr. Keinesfalls würde er mehr Zeit als nötig in dieser Gesellschaft verbringen. Aber er musste seinen Plan zu Ende führen. Heute. Morgen würde es für dieses Jahr zu spät sein. Sein Blick fiel auf das Geweih mit den rot-weißen Mützen. Thomas sah ebenfalls dahin. »Toll, oder? Mein erster Sechzehnender!«

»Du bist Jäger?« Stephan fühlte ein Kribbeln im Nacken.

»Das sind wir alle«, antwortete sein Gastgeber gelassen. Er fasste seinen Gast leicht am Ärmel. »Gehen wir nach nebenan. Dort ist aufgetischt.«

Im Nebenraum befand sich ein schwerer Eichentisch mit einem Dutzend Stühlen. Stephan erblickte kalte Platten mit Roastbeef, geräucherter Putenbrust, Salaten und einer großen Brotauswahl. Auf einer Warmhalteplatte stand ein Topf mit Suppe. Ein geräucherter Lachs und ein Holzbrett mit verschiedenen Käsesorten machten das Büfett komplett.

»Na?«, fragte Thomas. »Ist was für dich dabei?«

»Ja, sicher. Auf mich warten zu Hause nur Kartoffelsalat und Würstchen. Trotzdem werde ich nicht zum Fondue bleiben. Wenn ich meinen Auftrag erfüllt habe, möchte ich nach Hause.«

»Das ist schade, aber ich verstehe das. Wir haben nicht nachgedacht.« Er klatschte in die Hände. »Guten Appetit! Esst nicht so viel, lasst noch Platz im Magen, sonst könnt ihr nachher nicht mehr laufen!«

Laufen?, fragte sich Stephan und nahm sich nur eine zarte Scheibe Roastbeef vom Büfett. Gerade so viel, damit sein leerer Teller kein Misstrauen erweckte.

»Nicht so bescheiden!« Thomas häufte ihm unaufgefordert Lachs auf den Teller.

»Probieren Sie mal den Nudelsalat, den habe ich selbst gemacht.« Stephan drehte sich zu der jüngsten Dame in der Runde um. Sie trug derbe Schuhe, löchrige Jeans und ein rot kariertes Holzfällerhemd. »Ich bin zum ersten Mal dabei«, sagte sie mit gedämpfter Stimme. Sie lächelte ihn an. »Können Sie nicht ein wenig nachhelfen, damit ich das Extrageschenk bekomme? Sagen wir, links unten?« Sie knuffte ihn in die Seite, und Stephan sah ihr stirnrunzelnd nach. Was wollte sie von ihm? Links unten? Was? Von wo?

Gina trat auf ihn zu. Sie hielt ihm eine gefüllte Platte unter die Nase. Zögernd bediente er sich mit einem Spieß mit Käsewürfeln und Cocktailtomaten, machte aber keine Anstalten, zu essen.

»Na, was wollte die kleine Sara von dir?«, fragte Gina. »Hat sie dir gesagt, wohin du sie hängen sollst?«

»Du sprichst in Rätseln. Die junge Dame hat mir ihren Nudelsalat empfohlen.«

Gina nickte zufrieden. Sie trug Jeans und einen Rollkragenpulli. Ihm war schon aufgefallen, wie rustikal die Gäste gekleidet waren. Von weihnachtlichem Schick konnte man nichts spüren. Sein Blick glitt über die Gesellschaft. Von festlichen Blusen bei den Damen oder Schlips und Kragen bei den Herren war nichts zu entdecken. Die Schuhe der Anwesenden waren alle derb. Stephan atmete zischend ein und aus. Er spürte, wie sich die Härchen auf seinen Unterarmen aufrichteten, und stellte seinen Teller ab. Seine Kopfhaut prickelte. Er war am richtigen Ort.

»Bist du satt?« Thomas wartete nicht auf Stephans Antwort, sondern legte ihm die Hand auf seine Schulter. »Leute, es geht los.«

Ohne auf das Gelächter und die begeisterten Rufe der anderen zu achten, schob der Jurist Stephan sanft zurück in den Hauptraum und schloss die Tür. Vor dem großen Tannenbaum blieben sie stehen. Thomas hielt Stephan einen grün glänzenden Gegenstand entgegen. »Weißt du, was das ist?«

Verdutzt nahm der Weihnachtsmann das Teil in die Hand. Es handelte sich um einen Christbaumanhänger in einer seltsamen Form.

»Eine Gurke?« Stephan schmunzelte. »Ich habe davon gehört. In den USA geht das Gerücht um, die Deutschen würden sich eine Gurke in den Baum hängen. Wenn sie in einem deutschen Haushalt sind, suchen sie den Baum ab und sind enttäuscht, wenn sie keine finden. Die Weihnachtsindustrie hat sich darauf eingestellt und produziert jetzt diesen Tinnef. Somit wurde aus einem Märchen Wirklichkeit.«

»Stimmt haargenau. Du sollst bitte diese Gurke im Baum verstecken. Dann werden meine Gäste und ich danach suchen. Gleiche Chance für uns alle.« Thomas zwinkerte. »Der Gewinner oder die Gewinnerin erhält dann das Geschenk.«

Stephan nahm die Gurke und ließ seinen Blick durch den Raum schweifen. Kein Präsent weit und breit. »Das muss etwas ganz Besonderes sein. Was ist es denn?«

»Sechzig Sekunden«, antwortete Thomas feierlich. »Eine ganze Minute.«

»Eine Minute? Wie ist das gemeint? Wie können sechzig Sekunden ein Geschenk sein?«

Thomas hielt seinen Zeigefinger vor die Lippen. »Gleich. Du wirst es gleich erfahren.«

Stephan atmete tief durch, nachdem sich die Tür hinter seinem Gastgeber geschlossen hatte. Er zog sein Handy aus der Hosentasche und las die eingegangenen Nachrichten. Er tippte nur ein Wort als Antwort ein: »Jetzt.« Dann steckte er das Mobiltelefon wieder weg und zog den Mantel darüber zurecht. Sein Blick fiel auf das Geweih mit den Weihnachtsmannmützen. Er zählte sieben Stück und nickte. Dann wandte er seine Aufmerksamkeit dem Baum zu und platzierte die Gurke.

Als er die Tür öffnete, fielen ihm die Gäste fast entgegen. Unter allgemeinem Gejohle hielten sie sich gegenseitig zurück, um schneller am Baum zu sein. Die robusten Stiefel der Gäste polterten über die Holzbohlen. Die junge Frau namens Sara warf ihm einen fragenden Blick zu. Stephan hob die Schultern. Es dauerte nur wenige Sekunden, bis ein Jubelschrei durch den Raum hallte. In der Menge der Leute ragte eine Faust in die Höhe.

»Gina, endlich hat sie mal Glück«, meinte einer der Männer. Die Frau drehte sich langsam im Kreis, die Hand mit der grünen Glasgurke erhoben. Von allen Seiten wurde sie beglückwünscht und umarmt. Stephan sah aufmerksam zu. »Herzlichen Glückwunsch«, sagte er, als der Trubel sich gelegt hatte. »Ich möchte gerne meinen Lohn. Fährt mich jemand nach Hause, oder muss ich mir ein Taxi rufen?« Er zog ein zweites Handy aus den Tiefen des Weihnachtsmannmantels. Die Gespräche der Anwesenden verstummten schlagartig. Stephan ließ es zu, dass Thomas ihm das Mobiltelefon aus der Hand nahm und hinter sich auf eine Anrichte legte.

»Aber nein, du brauchst kein Taxi anzurufen, und deinen Lohn sollst du bekommen.« Die Gruppe der schweigenden

Menschen trat dichter an ihn heran. Stephan reckte das Kinn. Er wich nicht zurück.

Thomas lächelte. »Die Sache läuft so. Du kannst, du musst rennen. Sobald du durch die Tür bist, läuft die Zeit. Du hast eine Minute, dann folgt dir Gina. Nach weiteren sechzig Sekunden kommen wir alle nach. Du hast also eine ehrliche Chance, zu überleben. Allerdings wärst du der Erste. Genau genommen bist du das Geschenk. In deinem Interesse hoffe ich, dass du dir den Weg gemerkt hast. Ich habe dich gewarnt.«

Stephan stockte der Atem. Aus den Augenwinkeln sah er, wie einer der Männer den großen Eichenschrank öffnete und Gewehre herausholte. Eifrige Hände griffen nach den Waffen. Stephan schloss kurz die Augen. Sein Puls raste. Er sprach mit einer Ruhe, die er nicht empfand. »Wie oft habt ihr das schon gemacht?« Sein Blick blieb an dem Geweih mit den Mützen hängen.

»Gut kombiniert«, lobte Thomas und ließ sich eine Büchse aushändigen. »Du bist der Achte.«

»Warum? Was habe ich dir getan?«

»Getan?« Thomas verzog verächtlich das Gesicht. »Du bist ein überflüssiges Subjekt. Ehemaliger Knastbruder, unbelehrbar. Du bist ein Einbrecher, Räuber, Dieb. Unsere Recherche war gründlich. Wir sind Juristen. Über kurz oder lang wirst du wieder einsitzen, dem Staat als Parasit auf der Tasche liegen. Wir sind Jäger. Für Verbrecher gibt es keine Schonzeit. Dein Pech.«

Ein krachendes Geräusch erfüllte den Raum, als Thomas das Gewehr durchlud. Stephan stolperte einen Schritt nach vorne, um nach seinem Handy zu greifen. Ein Mann stellte sich ihm in den Weg. »Nicht doch. Damit fahren wir später ein wenig umher, falls man dich wider Erwarten vermissen sollte und es jemand orten möchte.«

Thomas öffnete die Außentür. Kalte Luft drang in die Hütte. Das Feuer im Kamin flackerte nervös. Thomas wies hinaus. »Jede Verzögerung geht von deiner Zeit ab. Viel Glück. Die Zeit läuft ab jetzt. Schatz, mach dich bereit.«

Stephan musterte kurz Gina, die ihn mit einem Gewehr im Arm mit fiebrigen Augen ansah. Er drehte sich auf dem Absatz um und stürmte aus dem Haus. Der Schneefall behinderte seine Sicht, gut für die Flucht, dachte er, während er keuchend davonrannte. Gleichzeitig fiel ihm ein, dass er Spuren auf der Schneedecke hinterließ. Beim Übergang vom gepflasterten Parkplatz zum steinigen Waldweg wäre er fast über eine Baumwurzel gestolpert. Er warf den hinderlichen roten Mantel ab und fingerte sein echtes Handy aus der Hosentasche. Unterdrückt fluchend, rutschte er über die Schneedecke. Wenige Sekunden später bog er vom Weg ab und stolperte im Zickzack durch das Unterholz. Äste schlugen ihm ins Gesicht und zerkratzten seine Wangen. »Dreizehn Personen, alle bewaffnet! Vorsicht! Zugriff!«, japste er in sein Mobiltelefon. Er rannte weiter über das raschelnde Laub, sprang über Äste, bis er Thomas »Gina, jetzt!« rufen hörte. Keuchend ließ er sich hinter einen umgekippten Baum sinken.

Ruhig atmen, befahl er sich selbst und sprach mit unterdrückter Stimme: »Beeilt euch!« Er schaltete sein Handy aus, damit ihn weder das Licht noch die Antwort seiner Kollegen verrieten. Im neuen Jahr melde ich mich im Fitnessstudio an, schwor er sich, während er auf dem Rücken auf dem kalten Waldboden lag. Dünne Zweige und Tannenzapfen bohrten sich durch seinen Pulli. Es roch nach Nadelwald und verwelktem Laub. Der schmelzende Schnee unter seinem Pullover drang kalt und nass bis zu seiner Haut. Erleichtert sah er Lichter durch den Wald huschen, nicht vom Haus, sondern vom Feldweg kommend. Stimmengewirr, Schüsse fielen.

»Sicher!«, rief eine Stimme nach einer Weile, die Stephan endlos vorkam.

Er robbte hinter dem Stamm hervor, richtete sich auf und ging zurück zum Haus. Davor sammelten Kollegen die Waffen ein. Einige der Gäste lagen bäuchlings auf dem Weg.

»Wo wart ihr so lange?«, fragte er und hielt sich die Rippen.

»Geht es dir gut? Sind das alle, Frank?«, fragte ihn ein Kollege.

Frank, der sich bis eben Stephan genannt hatte, zählte die Anwesenden und nickte. »Ich glaube, ja. Seid trotzdem vorsichtig.«

Suchend sah er um sich, bis er Thomas mit dem Gesicht nach unten inmitten seiner Jagdgesellschaft auf dem Parkplatz liegend entdeckte. Frank atmete wieder normal und lächelte auf den Juristen hinab. »Gewonnen!«

Thomas sah ihn mit schmalen Augen und zusammengepressten Lippen an.

»Wir stehen auch auf der Seite von Recht und Gesetz.« Frank deutete auf sich und seine Kollegen. »Aber wir tun das wirklich. Ich bin Kriminalhauptkommissar Frank Hagen. Im letzten Jahr ist uns ein Muster aufgefallen. Entlassene Straftäter verschwanden in den Weihnachtstagen. Alle hatten sich als Weihnachtsmänner angeboten. Sie haben damit Häuser ausgekundschaftet und Einbrüche vorbereitet. Glücklicherweise konnten wir ermitteln, dass sich die Männer offenbar jedes Jahr auf eine gleich lautende Anzeige hin bewarben. Ich sehe Ihrem diesjährigen ausgewählten Opfer Stephan Bertram etwas ähnlich.« Frank nahm von einer Kollegin Handschellen entgegen und legte sie Thomas an. Zufrieden vernahm der Kommissar das klackende Geräusch. »Käsefondue fällt für euch für die nächsten Jahre aus. Frohe Weihnachten!«

Auf der Jagd nach den Mordlichtern

Sabine Weiß

Wie ein Zirkuszelt hängen die Lichterketten über dem Kreuzfahrtschiff. Die *Havebugt* ist ein schwimmendes Schmuckstück unter dem unendlichen Sternenhimmel Norwegens. Oder ist sie eher ein gut ausgeleuchteter Gefängnishof? Cora schiebt den morbiden Gedanken weg. Wie auch immer: In dieser Weite und Einsamkeit ist alles möglich. Du schaffst das, feuert sie sich an. Jetzt allerdings braucht sie erst einmal eine Auszeit in der Sauna oder in dem Whirlpool auf dem Oberdeck, in dem man geschützt durch massive Glasscheiben die arktische Nacht genießen kann. Der Fellkragen kitzelt an ihrem Hals, als sie sich zu ihm neigt. »Was für ein perfekter Ausflug – und was für ein Glück, dass wir diese besonderen Momente gemeinsam erleben dürfen!« Kurz fürchtet sie, zu dick aufgetragen zu haben, doch dann sieht sie das Lächeln auf seinem kantigen Gesicht.

»Wer hätte das bei Antritt der Reise gedacht? Das Schicksal hält immer wieder Überraschungen für uns bereit.«

Die Atemwolken hängen in der Luft, als würden sie bei minus siebenundzwanzig Grad gefrieren und als Eiskristalle auf der Erde zerschellen. Sie lehnt den Kopf an seine Schulter.

Das Schiffspersonal begrüßt sie an der Gangway. Rote Sweatshirts zu grünen Hosen, dazu Zipfelmützen, breite Lächeln, als

wären sie der Weihnachtsmann persönlich. »God Jul, Herr …«
Der Steward stockt, nickt dann eifrig. Anscheinend kennt er
den richtigen Namen – den er jedoch nicht aussprechen darf.
»… Herr Müller. Frohe Weihnachten, Frau Meiring. Hatten Sie
einen schönen Ausflug?« Roger – Rohschee, wie er selbst sagt –
geht nickend an ihnen vorbei, für Personal hat er wenig übrig.
Er mag sich bescheiden geben, doch den Abstand zum gemei-
nen Volk hält er penibel ein. Schlichte, markenlose Kleidung,
kein Schmuck außer einer einfachen Smartwatch. Kaum einer
hier weiß, dass er ein Hidden Champion ist. Sein Unternehmen
ist in seinem Segment Marktführer, und er scheffelt Millionen.
Für die Mitreisenden ist er nicht Roger Müpper, Erfinder der
innovativsten LED-Technik für Waffensysteme, er ist Herr Müller, Kaufmann im Groß- und Einzelhandel, und was Cora angeht, soll das auch so bleiben.

»Perfekt wie immer«, gibt Cora dem Schiffspersonal freundlich Antwort. »Ich freue mich schon auf eine kurze Auszeit und
das Galadinner. Das wird ganz sicher der Höhepunkt dieses
Weihnachtsfestes, oder was meinst du, Roger?«

»Der Höhepunkt des Weihnachtsfestes wäre es, wenn wir endlich Polarlichter sehen würden! Dabei gibt es auf diesem Schiff
doch eine Polarlichtgarantie«, grummelt Roger und strebt dem
Fahrstuhl zu, vor dem Weihnachtsmann und Christkind Spalier
stehen, debil grinsend, als hätten sie sich selbst zu viele Trips
beschert. Zwei Vorreiter der Kitschoffensive, die auf dem Kreuzfahrtschiff Einzug gehalten hat. »Ich zumindest werde jetzt aufs
Oberdeck fahren! Da wird ja hoffentlich auch das Funknetz wieder funktionieren.« Bei dem Landausflug hat er ständig seine
Polarlicht-App zu aktualisieren versucht – vergeblich.

Ade, Saunahitze und Nickerchen. Cora lächelt, nicht zu
krampfig, wie sie hofft. »Eine wunderbare Idee! Wir können

eine schöne heiße Schokolade trinken, während wir den Himmel beobachten! Ich brauche nicht viel Zeit, um mich für das Dinner in Schale zu werfen.« Sie ziehen Mützen und Handschuhe aus, hängen die Daunenjacke über den Arm.

Die Aufzugtüren schließen sich hinter ihnen. Ein kurzer Moment der Klaustrophobie. Über den Tiefen des Atlantiks, gefangen in einem Metallkäfig mit einem Mann, den sie erst seit wenigen Tagen kennt. Roger legt die Hand auf ihre Halsbeuge, zieht sie an sich und küsst sie leidenschaftlich, was sie überrumpelt. »Ich kann es kaum erwarten, dich nachher in meiner Kabine für mich zu haben«, flüstert er.

Cora erwidert seinen Kuss, macht sich aber zärtlich los. Sie hält ihn schon ein paar Tage hin, weiß um seinen Jagdinstinkt. Schließlich hat sie alles über ihn gelesen, was das Internet hergegeben hat, horchte Bekannte und Geschäftspartner aus und erstellte ein Profil. Sie ist ebenfalls Profi auf ihrem Fachgebiet, und sie darf sich keinen Fehler mehr erlauben.

Als die Fahrzeugtüren sich auf dem obersten Deck öffnen, perlt ihnen *Santa Claus Got Stuck in My Chimney* entgegen und hellt Coras Laune verlässlich auf. »Zwei Lumumba, und machen Sie dieses Gedudel aus, ich kann das Lied nicht leiden«, blafft Roger den Barmann an und bringt damit dessen diensteifriges Lächeln zum Gefrieren.

»Vielleicht können Sie den Song einfach auf der Playlist überspringen. Das wäre sehr freundlich«, setzt Cora verbindlicher hinzu. Kurz fragt sie sich, ob das in Zukunft ihre Rolle sein würde: Rogers soziale Inkompetenz ausbügeln. Das wäre ein Preis, den zu zahlen sie bereit ist. Aber noch ist sie nicht am Ziel.

Roger nimmt seinen Lieblingsplatz in diesem Glaskasten von Lounge ein. Gemütliche Sessel, weicher Teppich, Ferngläser auf den Tischen. Auf der anderen Seite des Decks steigen wabernd Dampfwolken vom Pool auf, und dahinter leuchtet kurz vor den Schornsteinen die Glaskuppel des Whirlpools, in den Cora sich kurz und heftig sehnt. Das unvermeidliche *Last Christmas* löst Ella Fitzgerald ab, und gleich darauf stehen zwei dampfende Gläser mit Eisbergen aus Schlagsahne vor ihnen. Einen Augenblick brütet Roger vor sich hin. Sachte legt Cora ihre Hand auf seine. Sie schwitzt. In der dicken Hose und den Wanderschuhen ist ihr jetzt viel zu heiß. Warum haben sie sich nicht wenigstens erst einmal umgezogen? Die pompöse Auslaufmusik kündigt die Weiterfahrt an.

Roger drückt ihre Finger. »Du bist wirklich eine Ausnahme … musst nicht jede Situation totquatschen.« Er lässt ihre Hand los und sucht mit dem Fernglas den Himmel ab. »Das war das Lieblingslied meiner verstorbenen Frau«, sagt er wie beiläufig. Es ist das erste Mal, dass er den Todesfall erwähnt. Wie soll sie darauf reagieren? In den Zeitungen war nichts über die Todesursache verlautbart worden. Ein Schweigen, das sie stutzig macht, umgibt den Tod seiner Ehefrau. Gemächlich schaukeln sie aus dem Fjord. Gewaltige Klippen mit vereinzelten beleuchteten Hütten auf der einen, den Ozean auf der anderen Seite. Cora nippt an der Schokolade und bezwingt ihre Neugier mühsam. Viel zu reichhaltig vor dem Menü. Wenn sie nicht aufpasst, rollt sie in ein paar Tagen vom Schiff. Aber vielleicht trägt sie dann wenigstens einen Ring am Finger und hat ihr erstes Ziel erreicht. Ein Schweißtropfen perlt ihre Schläfe hinunter.

»Möchtest du darüber reden? Wie du sie verloren hast?«, fragt sie sanft.

»Herzstillstand – und nein.« Roger erhebt sich und stellt sich vor die Scheibe. Cora tritt zu ihm, und er legt den Arm um sie. Sie darf ihn nicht bedrängen, das weiß sie. Schweigend sehen sie auf den Ozean hinaus, ein funkelndes Glasscherbenmeer im Mondlicht. Malerisch, das schon. Aber es gibt nicht den kleinsten Tupfer Blutrot, Grasgrün oder leuchtend Violett am Horizont. Nicht einmal der blassgelbe Streifen, der die Aurora borealis üblicherweise ankündigt. Das einzige Bunte hier sind die Dekorentiere mit ihrem rot-grün blinkenden Zaumzeug. Kitsch as kitsch can. Außerdem köchelt sie in ihrer warmen Kleidung. Wenn Cora daran denkt, dass sie sich dafür beim Aufbrezeln für das Galadinner abhetzen muss, kriecht Ärger in ihr hoch. Rogers Hand streicht über ihren Rücken und bleibt auf ihrem Hintern liegen. Er liebkost ihren Hals.

»Ich muss nur mal eben für kleine Christkinder«, wispert sie ihm ins Ohr und lässt ihn mit gekonntem Hüftschwung – nicht zu bemüht, ein perfekt vor dem Spiegel eingeübtes Schwingen – stehen. Sie schaut nicht zurück, ahnt auch so, dass er ihr nachsieht. Den ganzen Tag schon hat er sie mit Blicken ausgezogen, und endlich hat er von einer gemeinsamen Zukunft geredet. Nicht, dass er ihr Typ ist. Aber mit neununddreißig Jahren muss sie langsam sehen, wo sie bleibt. Zwei Ehemänner hatten sich – aus unterschiedlichen Gründen – als Flops entpuppt, und egal, was man von Roger hält, solvent ist er nun mal. Als Waffenzulieferer macht er gut Kohle, ob legal, halblegal oder illegal, muss ihr egal sein. Hauptsache, sie kann an seiner Seite endlich das Leben führen, von dem sie schon so lange träumt. Den Altersunterschied von knapp zwanzig Jahren nimmt sie dafür gerne in Kauf.

Vor dem Fahrstuhl steht ein schwarz gekleideter Mann mit einer großen Tasche und sieht sich prüfend in der Lounge um. Er kommt ihr unbekannt vor. Hat sie ihn schon einmal auf dem Schiff gesehen? Die Fahrstuhlanzeige blinkt. Sie blickt noch einmal auf die schneebepuderten Fjorde Norwegens hinaus und verschwindet dann in der Toilette. Nur schnell das Make-up erneuern. Nicht, dass sie Lippenstift an den Zähnen oder Wimperntusche auf der Wange hat. Kritisch mustert sie sich. Der Wechsel von Kälte und Hitze hat rote Flecken in ihrem Gesicht hinterlassen. Lippenstift ist in die feinen Fältchen an ihren Mundwinkeln gekrochen. Ihr Zeitfenster schließt sich unerbittlich. Nicht nur, was ihr Aussehen angeht. Auch bei Roger muss sie sich ranhalten. An dreihundertvierundvierzig Tagen im Jahr ist er als international handelnder Kriegsgewinnler ein harter Hund. Aber an den drei Wochen um Weihnachten und den Jahreswechsel herum wird selbst er rührselig. Zu dieser Zeit brechen ungeschützte Stellen im Panzer auf. Diese Schwachpunkte hat sie bei Roger genau ergründet. Sie kennt seine Laufbahn genauso auswendig wie seine Stärken und Schwächen. Dennoch hat er ihr länger standgehalten als erwartet, was auch an dieser Molly liegt.

Unwirsch wischt Cora den Lippenstift ab und schminkt sich neu. Molly klebt an Roger wie der Tracker am Verbrecherauto. Ein Wunder, dass sie sie heute abschütteln konnte! Lebenslustige Alleinreisende. Überbordendes Temperament. Übergriffig, was Gefühlsbekundungen angeht. Roger ist darauf angesprungen, statt von Coras kühler Erotik gefesselt zu sein, die ihn seinem Beuteschema nach triggern müsste. Was hat Cora alles für ihn auf sich genommen! Albernes Knusperhausbacken, Polarkreistaufe wie aus dem Schmierentheater, Schlittenhundefahrt bei eisiger Kälte und endlose Himmelsbeobachtungen. Tiefgründige Gespräche, in denen sie ihn dazu gebracht hat, ihr immer mehr zu vertrauen, sie als Seelenpartnerin zu erkennen. Jetzt steht Heiligabend an. Das Epizentrum der Weihnachtsrührseligkeit, an dem jeder einen Liebsten an der Seite haben will, um den romantischen Abend zu genießen.

Cora tuscht ihre Wimpern nach. Da plötzlich ein Knall. Sie zuckt heftig zusammen. Kreischen. Hat jemand geschossen? Sofort läuft ein Film auf ihrer inneren Leinwand ab. Der in Schwarz gekleidete Mann ein Konkurrent von Roger, der diesen aus dem Weg räumen will. In der Tasche ein Gewehr. Ist es vielleicht gar keine Geheimniskrämerei, die Roger unter einem Pseudonym reisen lässt? Ist es blanke Angst? Ihr erschrockener Gesichtsausdruck im Spiegel. Ein Schmierstreifen über der Stirn – sie hat vor Schreck die Wimperntusche verrissen. Fahrig wischt sie darüber, hetzt dann in die Lounge zurück. Ein Grüppchen hat sich um ihren Tisch geschart, Rücken verdecken den Blick. Sie drängt sich durch.

»Roger?« Ihre Stimme klingt zu schrill, um souverän zu sein.

Ein Mitreisender dreht sich um, grinst sie an. »Keine Panik auf der *Titanic*, ich meine natürlich *Havebugt*!«

Auf Tisch und Teppich glitzerndes Konfetti, Luftschlangen, Zettel und Plastikfiguren. Neben Roger hat sich ausgerechnet Molly breitgemacht. Diese trägt einen Partyhut zu dem halb heruntergestreiften Skianzug und versucht, dem sich zierenden Roger ebenfalls einen aufzunötigen. Überall in ihren Locken glitzert es. Kein Schuss, nur Christmas Crackers. Auch so eine bescheuerte Weihnachtsmode.

»Zier dich doch nicht – der Hut steht dir gut!« Molly lacht Roger an. Blonde Locken, tiefer Ausschnitt, naiver Blick – als hätte sie *Wie angelt man sich einen Millionär?* in Dauerschleife gesehen. Allein schon der vertrauliche Ton. Erbärmlich.

»Haben Sie denn die Aurora borealis auf Ihrem Radar entdeckt?«, fragt Cora den bestens organisierten Mitreisenden, um Rogers Aufmerksamkeit abzulenken.

»Ich bin froh, dass keine Polarlichter zu sehen sind!«, ruft Molly und setzt sich das für Roger gedachte Hütchen auch noch auf, was zu Coras Entsetzen nicht albern, sondern lustig aussieht. »Schließlich haben wir heute auf unserer Exkursion gehört, dass die Ureinwohner sie für die Seelen der Toten halten, die man nicht auf sich aufmerksam machen soll. Hat euer Guide auch erzählt, dass die Lichter nach unten greifen und einen in den Himmel entführen oder einem sogar den Kopf abschlagen können? Da gruselt's mich!« Molly legt schaudernd eine Hand auf Rogers Arm.

»Was für ein alberner Aberglaube!«, springt Roger auf das Thema an.

»Dieser Glaube ist in unserer Urangst vor dem Unerklärlichen begründet. Die Wikinger glaubten, die Polarlichter seien die irdische Manifestation ihrer Götter«, will ihr Mitreisender Molly beruhigen.

Roger schüttelt entschieden den Kopf. »Alles Quatsch. Polarlichter zeichnet der Sonnenwind in unsere Atmosphäre. Bei Eruptionen werden diese kleinen, geladenen Teilchen von der Sonne ausgestoßen und bringen Atome bei uns zum Leuchten – und glauben Sie es mir, mit Licht kenne ich mich aus!« Er wischt über seine Smartwatch. »Mein Polarlicht-Alarm sagt mir, dass wir heute noch in den Genuss dieser natürlichen Himmelserscheinung kommen werden. Für diesen Moment sieht es allerdings tatsächlich mau aus.«

»Wie schade! Vielleicht können Sie mir in der Zwischenzeit erklären, wie die Polarlichter genau entstehen, dann bin ich etwas beruhigter.« Molly legt den Kopf schief und zwirbelt neckisch eine ihrer Locken. Das ist ja nicht auszuhalten!

Cora sieht demonstrativ auf ihre Uhr. »So spät schon! In einer Stunde beginnt das Galadinner! Zeit, sich festlich herauszuputzen. Wir wollen doch weder den Kapitän noch den Weihnachtsmann verärgern. Vielleicht bringt der ja einige Sachbücher für diejenigen, die noch immer nicht begriffen haben, um was für ein Phänomen es sich bei der Aurora borealis handelt«, setzt sie beiläufig und doch spitz hinzu. Cora trinkt ihre Schokolade aus, denn Roger hasst Verschwendung. Der Bodensatz schmeckt bitter, vermutlich, weil sie mit echtem Kakao angerührt ist.

Roger erhebt sich. »Ein sehr guter Vorschlag. Es soll ja in jeglicher Hinsicht ein festlicher Abend werden.«

»Bis gleich«, ruft Cora in die Runde, ehe sie mit Roger zum Fahrstuhl geht. Auf halbem Weg dreht er noch einmal um und marschiert zu dem Barmann zurück. Er weist bei dem Gespräch vage in ihre Richtung, während das Blinklicht der Rentiere in ihre Augen sticht; sie bekommt doch nicht etwa Kopfschmerzen? Entschieden schiebt sie den Gedanken weg. Der Fremde in Schwarz hat übrigens ein überdimensionales Teleskop ausgepackt. Wie albern von ihr, etwas anderes zu denken. Hat Roger etwa eine Überraschung für sie? Plant er etwas für den heutigen Abend? Zufrieden lächelnd kehrt er zu ihr zurück und legt den Arm um sie. Ja, das muss es sein!

Ein paar Minuten später lässt Cora sich auf ihr Bett fallen, streift die Schuhe ab und schält sich aus der Thermohose. Die Kälte ist wirklich anstrengend. Außerdem fühlt sich ihr Kopf wattig an. Hat sie sich vielleicht erkältet? Sie muss noch duschen, sich frisieren, umziehen. Viel Zeit bleibt ihr nicht. Andererseits kann sie die Augen kaum aufhalten. Nur ein kleines Nickerchen …

Cora schreckt hoch. Ein kurzer Blick aufs Handy. So spät schon! Das Galadinner beginnt in fünf Minuten. Wie hat sie nur einschlafen können, und warum hat sie sich nicht wenigstens einen Wecker gestellt? Sie schießt hoch, wankt. Ihr ist schwindelig, galliger Geschmack im Mund. Sie begreift das nicht. Sie hat sich doch gut gefühlt, als sie von dem Ausflug zurückgekommen war. Ja, sie war etwas müde gewesen, doch die heiße Schokolade … Prompt fällt ihr der bittere Geschmack des Bodensatzes ein. Ob ihr jemand etwas in den Lumumba geworfen hat? Nein, nicht jemand. Wenn, dann muss es Molly gewesen sein, die sie aus dem Weg haben wollte. Du bist paranoid! Nur, weil du das einer Konkurrentin antun würdest … In Rekordzeit wäscht sie sich, feuchtet die Haare an, föhnt sie, springt in ihr geschlitztes Seidenkleid mit Schleppe – sexy, aber nicht billig –, schlüpft in die High Heels, auf denen sie gefährlich wankt, weil sie sich noch immer wackelig fühlt, und eilt hinaus.

Sie stöckelt durch die Shopping-Arkade und die Grand Lobby, wo die Kinder quengelnd an den Geschenken vorbeigeschleift werden müssen, die unter bunten Plastiktannen liegen. Bescherung ist anscheinend auch hier erst nach dem Festessen. Cora ist nicht die Letzte, die dem eleganten Speisesaal entgegenströmt, doch Roger wird bestimmt schon dort sein. Festlich gekleidetes Schiffspersonal und ein Weihnachtsmann begrüßen sie am Eingang des Saals. Für die aufwändige Dekoration an Wänden, auf Tischen und am Büfett hat Cora keinen Blick. Sie sieht nur Roger, der neben Molly sitzt, die ihn mit Amuse-Gueules füttert. Den ersten Gruß aus der Küche hat sie also bereits verpasst. Mollys Ausschnitt ist waffenscheinpflichtig, und neben ihr kommt Cora sich auf einmal schrecklich alt vor. Was will diese Molly mit einem Mann, der leicht ihr Vater sein könnte?

»Cora, da bist du ja!« Roger begrüßt sie mit einem Handkuss. Mollys Züge hingegen sind angesäuert. In diesem Augenblick ist Cora klar, dass Molly ganz genau weiß, wer Roger ist. Dass sie sie tatsächlich aus dem Weg schaffen wollte. Na warte …

Cora setzt sich auf Rogers andere Seite, und Molly verwickelt sie sofort in ein Gespräch über die Vorteile des Weihnachtsfestes auf einer Kreuzfahrt. »Allein schon die tollen Dekorationen! So schön könnte ich es zu Hause nie selbst gestalten! Roger, hast du auf dem Büfett die aus Obst und Gemüse geschnitzten Weihnachtsmänner und Rentiere gesehen? Die Sternschnuppen und Schlitten, die kleinen Geschenke aus Marzipan, die es nachher zum Nachtisch gibt – wie wunderbar!«, ruft Molly aus. Zu Coras Entsetzen geht Roger auf dieses Gesprächsthema ein.

Cora grätscht dazwischen. »Für mich ist die Natur der wahre Grund, zu dieser Zeit auf eine Kreuzfahrt zu gehen. Die schneebedeckten Fjorde und der unendliche Sternenhimmel sind unbezahlbar, ganz zu schweigen natürlich von …«

»… unserer Aurora!«, führt Roger ihren Satz fort und legt die Hand auf Coras Oberschenkel. Sie sieht ihm tief in die Augen.

»Aus meiner Sicht gibt es nur einen Grund, Weihnachten auf einem Kreuzfahrtschiff zu verbringen: Man muss die bucklige Verwandtschaft nicht beschenken, die Schnorrer, die nur darauf warten, dass man endlich abkratzt«, ruft Coras Sitznachbar auf der anderen Seite aus.

»Die Vorsuppe steht am Büfett bereit. Wollen wir?«, richtet Molly das Wort an Roger. Cora wäre es lieber, wenn das gesamte Menü serviert werden würde. Andererseits bietet ein Büfett ihr mehr Freiräume. Sie verwickelt Roger in ein Gespräch und richtet es so ein, dass zwischen ihr und Cora ein weiterer Gast ansteht. Sobald Molly ihre Suppe hat, dreht sie sich um, tut so, als knicke sie mit ihrem Absatz um, und versetzt dabei dem Nebenstehenden einen Stoß, der wiederum Molly anrempelt. Wie geplant ergießt sich die Suppe über Mollys Dekolleté und Kleid.

»Au, heiß!« Molly lässt die Schale fallen und hüpft schreiend auf und ab, verzweifelt bemüht, die heiße Suppe abzuwischen.

»Das wollte ich nicht!« Nicht nur der Rempler, sondern auch alle anderen Umstehenden kommen Molly zu Hilfe. Roger tupft schon beinahe zu hingebungsvoll für Coras Geschmack Mollys Kleid ab.

»Warten Sie, ich helfe Ihnen!« Cora schiebt ihn behutsam weg. »So ein Malheur! Ich fürchte, Sie werden sich umkleiden müssen.«

Molly zieht eine Schnute, eilt aber davon.

In der nächsten halben Stunde genießen sie ihre Suppe und die Weihnachtsansprache des Kapitäns. Das Licht wird gedimmt, und gemeinsam mit einem Chor aus Künstlern und Künstlerinnen, Kellnerinnen und Kellnern singen sie Weihnachtslieder. Cora ist glücklich, denn Roger hält die ganze Zeit über ihre Hand, küsst und streichelt sie immer wieder. Jetzt, wo diese Molly weg ist, kann es endlich der außergewöhnliche Abend werden, den sie geplant hat. Anschließend werden erlesene Weine und Hauptspeisen serviert.

»Was für ein Jammer, ich habe doch nicht wirklich die Weihnachtsansprache verpasst?« Molly trägt zu Coras Entsetzen ein noch aufreizenderes Kleid. Sie hat Tränen in den Augen. Sofort überschlagen sich alle, sie zu trösten, auch Roger. Es ist ein zähes Ringen, Roger immer wieder an sie zu fesseln. Insgeheim kann Cora es kaum erwarten, dass dieses Essen endlich ein Ende hat. Würden sie danach noch in den Ballsaal zum Tanz gehen oder sich mit Roger in dessen Kabine zurückziehen? Als das Licht gelöscht wird und unter schwungvoller Weihnachtsmusik der Nachtisch in Form einer wunderkerzenfunkelnden Parade Einzug hält, erheben sich alle und klatschen. Kellner mit gewaltigen Eistorten paradieren an ihnen vorbei.

Begeistert weist Cora auf eine Schneelandschaft aus Baiser, Sahne und Himbeeren, die von Polarlichtern überkront ist, die wie Buntglas aussehen. So groß ist diese Torte, dass sie von zwei Bedienungen getragen werden muss. Molly wirkt, als würde sie am liebsten sofort den Finger in die Sahne stecken. Aus dem Augenwinkel nimmt Cora eine Bewegung wahr. Molly würde doch nicht … Schon gerät der erste Kellner ins Stolpern. Das Tablett mit der Winterlandschaft wankt, legt sich schief und … Cora will sich noch wegducken, als die süße Masse ihr schon ins Gesicht fliegt. Blind taumelt sie, will sich an ihrem Stuhl festhalten, greift jedoch daneben. Plump landet sie auf dem Hintern. Schreie, Gelächter. Beschämt und panisch kratzt sie sich die Sahne aus den Augen – und blickt in unzählige amüsierte Gesichter und Handykameras. Sie ist die Lachnummer des Abends! Das hat sie nur dieser Molly zu verdanken!

»So ein Malheur. Ich fürchte, Sie werden sich umkleiden müssen«, wiederholt Molly mokant Coras Worte.

Roger wendet ihr sein verkrampftes Gesicht zu – unterdrückt er etwa gerade ein Lachen? »Ich fürchte, sie hat recht.«

Kaum ist die Tür ihrer Kabine hinter Cora zugefallen, brüllt sie vor Wut. Diese heimtückische Schlange! Genau hat sie gesehen, wie Molly ihren Fuß ausgestreckt hat, um den Kellner zu Fall zu bringen! Aber so nicht! Sie wird sich rächen! Ein Blick in den Spiegel enthüllt das ganze Ausmaß der Katastrophe: Baiser-Krusten sitzen wie Käppchen auf ihrem sahneverklebten Haar, flankiert von Himbeeren wie rote Furunkel. Da hilft nur eins – ab unter die Dusche. Es dauert, bis die Haare trocken geföhnt sind und das neue Kleid angezogen ist. Als sie zurück in den Saal stöckelt, sind die Tische bereits für das Frühstück gedeckt. Aus dem Ballsaal dringt Musik. Eng umschlungen tanzen die Paare, dazwischen einsame Herren und Damen, die Augen geschlossen und selbstvergessen. Cora sucht die Bars ab. Keine Spur von Roger. Aber auch Molly ist verschwunden. Warum hat er nicht auf sie gewartet? Hat er sie wirklich zugunsten dieser dreisten Jüngeren abserviert? Sie versucht, ihn anzurufen, doch er meldet sich nicht. Was soll sie tun? Das Schiff absuchen? Ist er vielleicht aufs Oberdeck gefahren, um nach Polarlichtern Ausschau zu halten? Fehlanzeige. In der Aussichtslounge herrscht gähnende Leere, nicht einmal die Rentiere blinken noch. Gekränkt und wütend stürmt Cora zu den Kabinen hinunter. Sie muss Roger finden, muss diese Molly ausbooten. Ein kurzer Stoß über die Reling, und Molly wäre im Atlantik verschwunden. Das wäre die einfachste Lösung. Hieß es nicht, dass jährlich mehr als zwanzig Menschen auf Kreuzfahrtschiffen verschwinden? Molly wäre sicher nicht die erste Alleinstehende, die an Weihnachten deprimiert ist und sich in die Tiefe stürzt.

Vor Rogers Kabine atmet Cora tief durch. *Beruhige dich. Du darfst wegen dieses Missgeschicks nicht die Arbeit der letzten Wochen aufs Spiel setzen!* Sie lauscht, klopft. Stille, dann das Klappen einer Tür und Schritte. Ist Roger der Trubel einfach zu viel geworden und er hat sich allein in seine Kabine zurückgezogen? Er öffnet. Zu ihrem Erstaunen ist er in einen der flauschigen Bademäntel gehüllt, den Kragen hat er um den Hals hochgefaltet.

Roger zieht sie an sich, küsst sie leidenschaftlich. »Da bist du ja endlich, Liebste.«

Sie lässt sich von ihm in die Suite ziehen. Gegen ihre kleine Kabine ist diese regelrecht weitläufig, ganz abgesehen von dem eigenen, uneinsehbaren Balkon. Wenn sie erst zusammen oder gar verheiratet sind, wird sie nur noch in derartigen Suiten logieren. Das Licht ist gedämpft. Rogers Hände sind überall, ihr Kleid gleitet zu Boden. In ihrer Erleichterung, dass sie ihn nicht an Molly verloren hat, lässt sie sich von seiner Leidenschaft mitreißen. Plötzlich löst er sich von ihr, umfasst das Revers des Bademantels, grinst. »Ich sagte doch, ich habe eine Überraschung für dich.«

Sie strahlt. »Du bist ein Schatz. Ich kann es kaum erwarten.«

Er reißt den Bademantel auf. Plötzlich ist die Suite in buntes Licht gehüllt. Cora kann nicht fassen, was sie sieht. Sie hätte nicht gedacht, dass man das Zaumzeug der Rentiere derart zweckentfremden kann. Ihr Lächeln gefriert, sie weicht zurück. Was wird das? Schon wirft er ihr eins der blinkenden Bänder wie ein Lasso um den Hals, zieht die Schlinge zu.

Cora will sich losmachen. »Ich weiß nicht, ob mir das gefällt …«

»Das hat noch jeder gefallen, und du bist robust genug …«

»Was meinst du damit?«

»Das wirst du noch früh genug erfahren.«

Das Band schneidet ihr die Luft ab. Cora versucht, die Finger zwischen Kunstleder und Haut zu schieben. Sie atmet pfeifend, taumelt zurück, knallt gegen die gläserne Terrassentür des Balkons. Roger erregt die Situation sichtlich. Er drückt ihr seine Zügel in die Hand. »Du auch …« Sollen sie sich etwa gegenseitig würgen? Wo ist der mausgraue, biedere, geheimniskrämerische Roger geblieben? Der hat ihr besser gefallen!

»Ich will das nicht! Lass mich …« Luft, sie braucht Luft. Mit dem Ellbogen kommt sie gegen die Balkontür, die auffliegt. Eiseskälte umhüllt ihre nackte Haut wie ein klatschender Waschlappen.

»Du willst es hier tun?« Er lacht schaurig. »Mal was anderes. Vielleicht sehen wir ja sogar die Aurora. Nun zieh das Zaumzeug endlich zu, so wie ich …«

Roger presst sie an das Geländer, stöhnt animalisch. Er ist nicht mehr er selbst, ist wie von Sinnen. Sie sieht in die Tiefe. Unter ihr das schwarze Wasser. Als würde sie auf einem Wolkenkratzer stehen, so hoch sind sie. Wenn sie hier das Gleichgewicht verliert, ist sie es, die auf der Oberfläche zerschellt und ein einsames Grab auf dem Meeresgrund findet. Cora röchelt. Schwarze Flecken mischen sich in die absurd rot-grünen Blinklichter. Sie muss sich befreien … er muss sie loslassen …

Plötzlich ein Schatten, rasende Bewegungen. Ein Ruck. Pfeifend saugt sie die Luft ein. Endlich wieder frei atmen. Cora fällt.

Wasser umgibt sie, plätschert über ihre Haut, kitzelt die wunden Schnürmale an ihrem Hals. Neben ihr eine leise Stimme, genüsslich. »Wie gut das tut! Ich dachte wirklich, mein letztes Stündlein hätte geschlagen. Wenn du nicht gekommen wärest …«

Cora blinzelt. Molly rekelt sich in dem angenehm temperierten Whirlpool. Sie hat mehr Blessuren als Cora, denn Roger hat sie auch noch geschlagen, als sie sich gegen das Würgen wehrte. Über ihnen funkeln Tausende Sterne, und doch ist ihnen warm. »… wärest du jetzt tot, und wenn du nicht gekommen wärest, wäre ich jetzt tot. Wie Rogers erste Frau.«

Roger hatte Molly im Badezimmer gefesselt, als Cora an die Tür der Suite geklopft hatte. Im letzten Moment konnte Molly sich befreien. Behutsam streicht Cora neue Wundsalbe auf die tiefen Schnürkerben auf Mollys Hals, damit diese keine Narben hinterlassen. »Dass er dir das gestanden hat!«

»Es hat ihn angetörnt, mir das zu erzählen. Wie stolz Roger war, dass der Notarzt für eine relativ geringe Summe einen natürlichen Tod bescheinigt hat.« Molly schaudert. »Was meinst du, wann sie ihn finden?«

Cora nippt an ihrem Champagner. Sie hatten in Rogers Zimmer einiges an Bargeld gefunden. Ein Trostpreis. »Spätestens, wenn wir morgen in einen Hafen einlaufen. Die Reederei wird sich beeilen, Rogers Tod als natürlich einzustufen. Sie werden die genauen Umstände vertuschen.«

»Es sei denn, jemandem gelingt es, ein Foto zu machen. Ich sehe schon die Schlagzeile: *Deutscher Millionär erhängt sich im Rentier-Zaumzeug am Balkongeländer.*« Molly hatte Roger einen Stoß versetzt und Cora so gerettet. Nur dass dieser das Gleichgewicht verloren hat und über die Reling gestürzt ist, und leider hatte sich sein Zaumzeug an dem Geländer verhakt. Das Knacksen, das sein Genick beim Sturz von sich gegeben hat, wird Cora wohl nie vergessen. Eine Gänsehaut überzieht sie und lässt sie tiefer in die angenehm schmeichelnden Blasen des Whirlpools sinken. Erleichterung und Erschöpfung machen sich in ihr breit.

»Wie kann man sich nur so in jemandem irren?«, murmelt sie.

»Meinst du mich? Ich zumindest habe mich in dir geirrt. Du scheinst nett zu sein. Tut mir leid mit den Schlaftabletten in der heißen Schokolade.« Molly grinst. »Wir wären sicher ein gutes Team. Heiratsschwindel, Trickbetrug – da fällt mir einiges ein.«

Cora legt den Kopf in den Nacken und schaut durch die dicken Glasscheiben in den Sternenhimmel, der jetzt endlich von den leuchtenden Farben des Nordlichts umschmeichelt wird. Sie stellt sich vor, dass es Rogers Seele ist, die in den Himmel aufsteigt. »Das wären wir.«

Schöne Bescherung

Christian Kraus

»Lieber guter Weihnachtsmann, schau mich nicht so böse an. Ich will auch immer …«

Das Mädchen presste die Lippen aufeinander, die Farbe wich aus seinem Gesicht, und seine Augen weiteten sich. Finn fragte sich, ob die Kleine etwas von seiner Kacklaune mitgekriegt und Angst vor ihm bekommen hatte, trotz dichten Rauschebarts, Schminke und Weihnachtsmannkapuze. Finn hasste Weihnachten, seit er denken konnte, und den Weihnachtsmannjob hatte er nur angenommen, weil sein alter Herr ihm nach dem Abbruch seines Studiums die monatliche Kohle gestrichen hatte.

Nein, die Kleine hatte schlicht die Zeilen durcheinandergebracht. Laut Finns Spickzettel hieß sie Sophie Marleen, war vier Jahre alt, trug ein zum Niederknien süßes Blümchenkleid und wünschte sich vom Weihnachtsmann ein Fahrrad, ein Feenschloss sowie Bücher, Puzzle, Hörspiele und überhaupt alles von Käpt'n Sharky.

Finn verkniff sich ein Grinsen und genoss mit unbewegter Miene das sich abzeichnende Drama. Sophie Marleen war offensichtlich ein Kind, dessen Wünsche sich gewohnheitsmäßig erfüllten. Zumindest bis jetzt. Er folgte ihrem verunsicherten Blick quer durchs Wohnzimmer, vorbei an dem mit einheitlich

roten Glaskugeln geschmückten, bis knapp unter die hohe Alt-
baudecke ragenden Weihnachtsbaum und weiter zum Esstisch,
vor dem die stolzen Eltern saßen. Der Vater trug eine schicke
Tuchhose und schwarze Lederschuhe, wohl als Zugeständnis an
die Gemütlichkeit hatte er auf eine Krawatte verzichtet und den
obersten Knopf seines Hemdes geöffnet. Mutter hatte sich in
ein edles blaues Kostüm geworfen und die blonden Haare kompliziert hochgesteckt. Er bestimmt Arzt, Anwalt oder Architekt,
sie irgendwas mit Kunst, Mode oder Medien. In ihren Gesichtern spiegelte sich die plötzlich aufkommende Anspannung.
Vermutlich war dies eine der ersten Prüfungen, bei denen sich
ihr Töchterchen bewähren musste – und an der es gerade kläg-
lich scheiterte.

»Das Leben ist scheiße und gemein, gewöhn dich schon mal
dran«, hätte Finn ihr am liebsten zugeflüstert. Immerhin – langsam begann der Job, ihm Spaß zu machen.

Sophies Mutter schaute zu ihrem Mann, ihr Tu-doch-was-
Blick ließ ihn aufstehen, den Raum durchschreiten und sich
neben seine Tochter stellen. Aus Augen und Nasenlöchern des
Mädchens quollen erste Tränen.

»Noch mal von vorne, Sophie«, sagte der Vater und tätschelte
ihre Schulter. »Ganz ruhig. Lieber guter Weihnachtsmann …«

Die Kleine schniefte, wischte sich den Rotz aus dem Gesicht,
hob den Kopf und blickte dem Weihnachtsmann tapfer in die
Augen. »… schau mich nicht so böse an. Stecke deine Rute ein.
Will auch immer artig sein.«

»Na bitte!« Der Vater nickte, die Mutter klatschte in die
Hände, und im Gesicht des Mädchens erblühte ein Lächeln.

Gerade noch die Kurve gekriegt, dachte Finn. Der kurze Anflug von Schadenfreude verflog so schnell, wie er gekommen
war, und er tat, was sich für den Weihnachtsmann gehörte:

lachte mit brummendem Basston, lobte ihr Gedicht und verwies auf den Sack mit Geschenken, den er, weil der doch so groß und so prall gefüllt war, vor der Tür abgestellt hatte.

Wenige Minuten später trottete Finn durch die Wohnstraße zu dem Mietwagen, den ihm die Weihnachtsmannagentur zur Verfügung gestellt hatte. Hinter den großen Fenstern der Altbauwohnungen schimmerte es bunt und warm, hier draußen war es dunkel und scheißkalt. Der billige Mantel und die Handschuhe wärmten nicht mal andeutungsweise, außerdem juckte der angeklebte Bart. Niemand, der die Wahl hatte, trieb sich noch rum. Ein paar einsame Schneeflocken trudelten durch die Nacht und starben einen geräuschlosen Tod auf dem Asphalt.

Finn zog sein Handy hervor und schaute auf die Auftragsliste. Noch eine letzte Familie, dann war die Tour durch das beschauliche Nobelviertel beendet, und er musste die Welt der Reichen verlassen. Er würde sich in seiner mickerigen Bude im Osten Hamburgs verkriechen und es sich mit dem Tetrapack Rotwein und dem Gras gemütlich machen, in das er einen Teil der Bezahlung investiert hatte.

Er stieg ins Auto und fuhr los. Sein Einsatzort war nur eine Straßenecke entfernt. Er quetschte den Smart hinter einen für diese feine Gegend ungewöhnlich heruntergekommenen VW Golf alten Baujahrs mit Schweriner Kennzeichen.

Laut digitalem Spickzettel ging es um den fünfjährigen Paul, dessen Mutter vor zwei Jahren an Krebs verstorben war. Der Weihnachtsmann sollte durch die Gartenpforte kommen.

Finn steckte das Handy weg, zupfte Bart und Perücke zurecht, machte sich auf den Weg und erreichte wenig später die Terrassentür. Die Vorhänge waren zugezogen. Er klopfte gegen die Scheibe.

Es passierte nichts. Finn wollte ein zweites Mal klopfen, da griff ein schwarzer Lederhandschuh nach der Gardine und zog sie zur Seite.

Finn stutzte. Hinter dem Glas stand der Weihnachtsmann. Nein, kein Weihnachtsmann, wurde ihm klar. Ein groß gewachsener Mann mit Bischofshut und Ziermantel. Im Gesicht trug er eine Gummimaske mit rot geschminkter Nase und Pausbacken, die in einen weißen Rauschebart übergingen. Es war der heilige Nikolaus. Da musste was schiefgegangen sein bei der Buchung.

Nikolaus schob die Terrassentür auf. Und hob die freie Hand in die Höhe.

Ein anderer Finn – ein mutigerer, aufgeweckterer, also insgesamt besserer Finn – wäre angesichts des Revolvers zur Seite gehechtet, durch die Gartentür geflitzt, hätte die Polizei informiert und so den Fortgang eines schrecklichen Verbrechens gestoppt.

Der echte Finn erstarrte vor Schreck. Seine Kinnlade klappte herunter, und er konnte nur zusehen, wie der heilige Nikolaus die Waffe auf ihn richtete und ihn ansprach: »Was für eine Überraschung. Komm doch rein, hier wird's gerade gemütlich.«

Finn folgte wie ferngesteuert der Aufforderung und trottete in die warme Stube.

Hier war das Böse eingeschlagen wie ein Meteorit in einen Weihnachtsmarkt. Das mit edlen Möbeln, Kronleuchter und Orientteppich eingerichtete Wohnzimmer war mit Weihnachtsdeko zugekleistert. An den Wänden klebten Wattebäusche und knallrote Girlanden. Der üppige Weihnachtsbaum war mit bunten Kugeln, Lametta und Kerzen überladen, dazwischen baumelten unzählige Weihnachtsengel, die aussahen, als hätten sie sich kollektiv an den Tannenzweigen erhängt. Auf dem ausladenden Wohnzimmertisch standen gleich zwei Fonduetöpfe nebst Zubehör und Geschirr.

Der Hausherr saß, die Hände hinter dem Rücken gefesselt, auf einem der Stühle am Kopfende der Tafel. Er war ein schlanker Mann um die vierzig, dessen Gesicht die Farbe seiner blassgrauen Strickjacke angenommen hatte. Neben ihm hockte ein Junge, offenkundig sein fünfjähriger Sohn Paul, der sich zu Weihnachten ein Spiderman-Kostüm und tonnenweise Playmobil gewünscht hatte. Der Kleine sah Finn mit großen Augen dabei zu, wie der sich zu einem weiteren Stuhl führen und anstandslos fesseln ließ. Hinter dem Tisch saß eine Frau in elegantem Kleid, vielleicht die Schwester oder neue Freundin des Mannes. Auch ihre Hände waren auf dem Rücken zusammengebunden, aus ihrem verkniffenen Gesicht stach ein blutroter Lippenstift hervor.

Der heilige Nikolaus hatte seinen Gehilfen dabei. Knecht Ruprecht trug eine dunkle Kutte, schwarze Schminke, eine schwarze Perücke und einen Kunstbart. Er durchwühlte die Wohnzimmerschränke und stopfte alles, was irgendwie wertvoll aussah, in einen Jutesack, drehte sich aber zu Finn herum. Sein breites Grinsen war trotz Verkleidung gut zu erkennen. »Scheiße, der Weihnachtsmann«, sagte er, »und ich hab kein Gedicht gelernt.«

Okay, immer mit der Ruhe, dachte Finn. Die schlechte Nachricht: Er war mitten in einen bewaffneten Raubüberfall geplatzt. Die gute: Die Gangster wollten nichts von ihm. Sie hatten ihm nicht einmal Bart und Kapuze heruntergezogen, um sein Gesicht zu sehen, und sie waren selbst maskiert. Sie würden einsammeln, was immer es zu holen gab, und wieder abziehen. Finn würde nichts passieren, und die kleine Familie war bestimmt versichert.

»Was macht der denn hier?« Die Frau versuchte, zu flüstern, aber so richtig wollte ihr das nicht gelingen.

»Es sollte eine Überraschung sein.« Die Stimme des Mannes zitterte. »Für Paul und für dich.«

»Ruhe auf den billigen Plätzen!« Der heilige Nikolaus wandte ihnen nur kurz den Kopf zu, denn sein Knecht zog gerade eine schwere Holzschachtel aus der Kommode und kramte allerlei Ketten und Broschen daraus hervor.

»Das ist der Schmuck meiner verstorbenen Frau.« Der Mann schluchzte. »Bitte! Nehmt mir den nicht auch noch weg!«

Der falsche Bischof baute sich vor dem Hausherrn auf, holte mit der Linken aus und verpasste ihm eine Ohrfeige, die seinen Kopf herumriss und ihn augenblicklich zum Schweigen brachte. »Sie braucht ihn ja nicht mehr. Wenn wir hier fertig sind, braucht hier niemand mehr irgendwas.«

Finn schluckte. Das klang jetzt nicht nach aussitzen, nach Hause fahren und sich mit Alkohol und Gras die Kante geben. Vielleicht war es nur eine leere Drohung. Aber wenn nicht? Klar, sein Leben war scheiße, er bekam so gut wie nichts auf die Kette und hatte keinen Schimmer, wie er in den nächsten Wochen über die Runden kommen sollte. Aber sterben wollte er nicht. Schon gar nicht wegen dieses dämlichen Jobs. Zum ersten Mal kroch echte Angst zwischen seinen Eingeweiden hervor.

Nikolaus' Blick wanderte weiter zu der Frau. Er trat zu ihr, packte ein prächtiges Medaillon, das sie an einer zierlichen Goldkette trug, und riss es ihr vom Hals. »Das gehört bestimmt auch dazu.« Die Frau presste die rot geschminkten Lippen aufeinander, war aber klug genug, die Klappe zu halten. Der Räuber trug die Beute zu seinem Kumpan und versenkte sie im Jutesack.

»Hey!« Das kam von der Seite. Der kleine Junge hatte sich Finn zugewandt, flüsterte in seine Richtung. »Du bist doch der Weihnachtsmann. Kannst du nicht irgendwas machen?«

Es gab sicher bessere Momente, um Kindern die Illusionen zu zerstören, aber das Leben war nun mal ein Arschloch. »Und wie stellst du dir das vor?« Finn ruckte auf seinem Stuhl herum, rieb die gefesselten Hände gegeneinander. »Tut mir leid, Kleiner. Ich kann gar nichts tun.«

»Aber du hast doch Superkräfte«, flüsterte der Junge.

Superpech, Supertollpatschigkeit, Superblödheit, dachte er. Die Liste hätte er beliebig fortsetzen können. Aber etwas anderes erregte seine Aufmerksamkeit. Der Kabelbinder, der seine Hände samt Handschuhen hinter dem Rücken fixiert hielt, war nicht wirklich festgezogen. Wenn er die Hände aneinander rieb, bewegte sich der Filz samt Fessel millimeterweise Richtung Fingerspitzen.

Knecht Ruprecht kippte den Schmuck aus der Holzbox in den Sack, trat von der Kommode weg. »Jetzt der Tresor im Schlafzimmer?«, fragte er. Nikolaus nickte. Er legte seinen Revolver auf den Wohnzimmertisch, griff eine Minigurke und ein Gemüsemesser, schob sich das Gürkchen durch den Mundschlitz der Gummimaske und stellte sich vor den kleinen Paul. »Was meinst du? Ob dein Vater uns die Zahlenkombination verrät?«

Paul schwieg, aber der Vater schrie: »Ich sage Ihnen alles, was Sie wissen wollen. Drei, Fünf, Sieben … nein, falsch.«

Nikolaus packte Pauls Ohr und zog daran. »Vielleicht muss ich etwas nachhelfen?«

»Drei, Fünf …« Der Mann heulte. »Verdammt, ich bin zu aufgeregt. Im Arbeitszimmer steht mein Schreibtisch, dort liegt ein Zettel in der Schublade, auf dem der Code aufgeschrieben ist.«

Nikolaus führte das Messer ans Ohr des Kleinen. »Letzte

Chance«, sagte er. »Ich lass mich nicht verarschen. Die Zahlen. Jetzt. Oder das Ohr ist ab.«

Finn rieb unermüdlich die Hände aneinander, und endlich konnte er die Handschuhe samt Fesseln abstreifen. Er dachte nicht lange nach, sondern sprang vom Stuhl auf, langte nach dem Revolver auf dem Tisch und zielte damit auf den Bischof. »Keine Bewegung.« Seine Stimme zitterte mindestens so stark wie die Hand, in der er die Waffe hielt.

Der heilige Nikolaus stand zwei Schritte entfernt, drehte sich langsam zu ihm herum. Er lachte. »Du wirst nicht auf mich schießen, Junge. Ich erkenne, ob jemand den Mumm dazu hat. Und du hast den definitiv nicht.« Die Hand mit dem Messer ließ er herabsinken. Als ob seine Willenskraft allemal reichte, um einen Schwächling wie Finn in die Knie zu zwingen.

Leider hatte der Typ vollkommen recht. Finn hatte noch nie eine echte Schusswaffe in der Hand gehalten. Das Ding klemmte wie ein Fremdkörper zwischen seinen Fingern und schien von Sekunde zu Sekunde schwerer zu werden. Er wusste nicht einmal, ob das Teil entsichert war und wie er es herausfinden konnte. Nikolaus trat auf Finn zu, streckte ihm die Hand entgegen. »Gib sie mir, Junge.« Selbst durch die Maske hindurch konnte Finn das breite Grinsen erahnen. »Ich will es mir nicht mit dem Weihnachtsmann verscherzen, indem ich ihm die Hand brechen muss. Oder Schlimmeres.«

Finn zögerte. Das Zittern der Hand verstärkte sich, der Rest seines Körpers schloss sich an. *Erbärmlich*, dachte er. *Du Opfer.* Schon zum zweiten Mal innerhalb weniger Minuten fühlte er sich unfähig zu irgendeiner Aktion. Sein Vater hatte recht, alle anderen auch. Finn war durch und durch ein Versager. Er hasste sein Leben. Er hasste seinen Vater. Er hasste sich. Aber mehr noch hasste er dieses beschissene Weihnachten. Seinen Job als

Weihnachtsmann mit dem strunzdämlichen Kostüm. Das ganze festliche Getue mit Christbaum, Geschenken, aufgesetzter Heiterkeit und maßlosem Fressen. Sein Blick streifte über den Wohnzimmertisch mit den sorgfältig platzierten Tellern, gefalteten Stoffservietten, Silberbesteck und schweren Kristallgläsern. Auf kleinen Serviertellern warteten Fleisch-, Gemüse- und Brotstücke darauf, frittiert oder in Käse getunkt und verspeist zu werden. Wer zum Teufel aß heutzutage eigentlich noch Fondue?

»Los, Junge. Wir haben nicht ewig Zeit.«

Finn nickte. Er senkte den Arm, legte den Revolver zurück auf den Tisch. Ein befreiendes Gefühl, dieses klobige Ding nicht mehr in der Hand zu halten.

»Gute Entscheidung.« Der Typ machte einen weiteren Schritt, streckte die Hand nach der Waffe aus. »Vielleicht …«

Finn packte den Griff des Fonduetopfs. Er riss das Gefäß in die Höhe, schwenkte es herum. Volltreffer. Ein Schwall siedendes Öl ergoss sich über den Kopf des heiligen Nikolaus.

Der ließ das Messer fallen und schrie. Erst vor Überraschung. Dann vor Schmerz. Die Gummimaske schlug Blasen und schmolz, der falsche Bischof versuchte, sie herunterzureißen, aber er hätte bei dem Versuch wohl mindestens genauso viel Gesichtshaut erwischt. Also ließ er es bleiben. »Verdammt, wie das brennt.« Er betatschte mit seinen Lederhandschuhen Kopf und Gesicht, was offenbar noch mehr wehtat.

Finn wechselte den Topfgriff von der rechten in die linke Hand, packte mit der frei gewordenen das zweite Fonduegefäß und hob es in die Höhe. »Noch etwas Käse als Nachschlag?«, fragte er.

Nikolaus torkelte Richtung Zimmermitte. Ruprecht trat zu ihm, verzog den Mund. »Was sollen wir tun, Chef?«

»Scheiße, Mann, wir hauen ab. Nimm den Sack, und dann nichts wie raus.«

»Was ist mit dem Tresor?«

»Drauf geschissen.«

Knecht Ruprecht warf den Beutesack über die Schulter, stützte mit dem freien Arm seinen Herrn und führte ihn aus dem Wohnzimmer.

Finn starrte ihnen nach. Nach wenigen Augenblicken ging die Haustür auf und wieder zu. Voller Unglaube betrachtete er die zwei Töpfe in seiner Hand. Er drehte sich um und sah in die strahlenden Gesichter des Jungen und seines Vaters. Lediglich die Frau schien nicht begriffen zu haben, dass die Gefahr vorüber war. Sie ruckte unruhig auf ihrem Stuhl herum.

Finn stellte die Töpfe zurück auf den Tisch, hob das Gemüsemesser vom Boden auf und befreite erst Paul, dann den Vater. Der wandte sich sogleich der Frau zu.

Finn starrte ihr ins Gesicht, in dem es angestrengt arbeitete. Noch immer keine Spur von Erleichterung. Im Gegenteil: Die Frau schien sich von Sekunde zu Sekunde unbehaglicher zu fühlen.

»Entschuldigen Sie«, sagte Finn. »Aber ich glaube, die steckt mit drin.«

Der Mann verkniff die Augen. »Wieso glauben Sie das?«

»Sie hat mehr mit den Räubern gelitten als mit Ihnen, und woher hatten die wohl den Tipp mit dem Schmuck und dem Tresor?«

Der Mann zögerte.

»Hör nicht auf ihn.« Die Frau zischte. »Mach mich sofort los!«

Finn schüttelte den Kopf. »Vielleicht warten wir damit, bis die Polizei da ist?«

❇

»Dann hat der Weihnachtsmann die Einbrecher verscheucht. Ganz allein. Mit dem Fondue.« Der kleine Paul trug sein neues Spidermankostüm, hatte ein paar Playmobilfiguren rund um seinen Teller aufgebaut. »Er hat den Öltopf genommen, und dann WUUUSCH. Voll in die Fresse von dem Arschloch, und weil der Weihnachtsmann das Auto von denen gesehen hat, hat die Polizei sie geschnappt, und die blöde Kuh, die Papa verhext hat, haben sie auch gleich mitgenommen.«

»Paul«, sagte der Vater und verzog den Mund. Aber wirklich streng sah er dabei nicht aus.

»Wieso? Ist doch wahr.« Der Kopf des Kleinen glühte fast so hell wie die Kerzen am Weihnachtsbaum. Er stocherte mit der Gabel auf seinem Teller herum. »Vorher hat er die Pistole zurück auf den Tisch gelegt. Nicht weil er Angst hatte, ganz bestimmt nicht. Das war sein Plan. Er wollte den falschen Weihnachtsmann ablenken, und dann: WUUUSCH.«

Wenn du wüsstest, dachte Finn. Er saß mit den beiden am festlich gedeckten Wohnzimmertisch. Die Weihnachtsdeko funkelte in aller Pracht, und aus dem Radio erklang klassische Weihnachtsmusik. Es gab, na was wohl, natürlich Gänsekeulen mit Rotkohl und Kartoffeln. Schmeckte gar nicht übel. Zumal seine Alternative für den ersten Weihnachtsfeiertag eine seit Monaten abgelaufene Tiefkühlpizza gewesen wäre. Das, was Paul mit WUUUSCH vertonte, hatte sich als dunkler Fleck auf dem Parkettfußboden verewigt und würde lange an diesen denkwürdigen Heiligabend erinnern.

Finn war der Held des Tages. Die Geschichte vom Weihnachtsmann, der die Räuber verscheucht und eine kleine Familie gerettet hatte, beherrschte die Schlagzeilen fast aller Onlinezeitungen. Sogar im Radio hatten sie darüber berichtet. Es war nur eine Frage der Zeit, bis sein Vater es erfahren und sich bei ihm melden würde. Finn hatte sich fest vorgenommen, ihn aus Genugtuung ein paar Tage zappeln zu lassen. Na ja, zumindest ein paar Stunden.

Der Hausherr hatte Finn als Geschäftsfreund vorgestellt. Paul hatte nicht weiter nachgefragt und freute sich offensichtlich, jemandem seine Erlebnisse schildern zu können. »Wahrscheinlich benutzt der Weihnachtsmann keine Schusswaffen«, sagte er. »Aus Prinzip. So wie Spiderman.« Der Kleine nickte voller Überzeugung. »Ich habe schon angefangen, meinen Wunschzettel fürs nächste Jahr zu schreiben. Damit er unbedingt wiederkommt.«

»Ja«, sagte der Vater und lächelte. »Das wäre wirklich toll.«

Finn schnitt ein Stück Fleisch von der Keule, schaufelte es sich mit etwas Rotkohl und Kartoffeln in den Mund und spülte das Essen mit einem Schluck Rotwein herunter. Ein Hammertropfen. Kein Vergleich zu der Plörre aus der Papptüte. Vielleicht ging da doch noch was, dachte er. Mit ihm und Weihnachten.

Stille Nacht, raue Nacht

Nicole Neubauer

Sie haben da drin einen Christbaum aufgestellt.

Die Kerzen funkeln durchs Hüttenfenster, ein gelbes Viereck inmitten eines Meeres von Blau. Von hier aus sieht man kein anderes Licht, keine Häuser, keine Spur von Zivilisation, nur die Hütte und die Berge. Die Dämmerung wirft schon ihre Schatten über die dünne Schicht von Schnee, die alles bedeckt.

Ein Windstoß treibt mir feine Eisnadeln ins Gesicht, ich ziehe den Kopf ein und vergrabe mich tiefer in meinem Mantel. Drinnen bewegen sich dunkle Silhouetten gegen das Licht. Noch könnte ich umkehren, die gewundene Straße wieder hinunterlaufen, bevor es komplett dunkel wird und die erste Raunacht anbricht.

Ein kleiner Umriss löst sich von der Gruppe und läuft zum Fenster, zu schnell, um in Deckung zu gehen. Ein Kind. Claudia hat mal wieder ihren Sohn mitgeschleppt. Mist. Das hat mir noch gefehlt. Der Kleine legt eine klebrige Hand an die Scheibe, die beschlägt, als sein Mund Worte formt.

Es ist, als läge mir ein Klumpen im Magen. Ich habe nicht damit gerechnet, wie endgültig es sich anfühlt, wenn einem die Entscheidung abgenommen wird.

Claudia öffnet die Tür. Schnell knipst sie ein weihnachtlich einladendes Lächeln an. »Simone!«, ruft sie mit angestrengter Munterkeit. »Mit dir haben wir gar nicht gerechnet!«

Meine Geschwister haben mich seit zwanzig Jahren treu und vergeblich zur Hüttenweihnacht eingeladen, das muss man ihnen lassen. Erst per Postkarte, dann per Mail, dann per WhatsApp-Gruppe, in die sie mich zwangsweise gesteckt haben. Obwohl ich nie etwas schreibe, kann ich so ihren Leben folgen, die vor allem daraus bestehen, etwas zu verkaufen. Gesichtscremes, Proteinshakes, Ferienwohnungen.

»Hallo, große Schwester.« Eine winzig kleine Stimme meldet sich in mir, dass ich sie vermisst habe, aber sie ist so leise, dass ich sie sofort zum Schweigen bringen kann.

»Du warst nicht mehr hier oben, seit …«

»Ja.« Ich schlucke, mein Hals ist trocken. »Seit.«

Seit Marina.

Meine Geschwister haben weiterhin Weihnachten hier oben verbracht, als wäre nichts passiert. Als hätte es Marina nie gegeben.

Es ist genau zwanzig Jahre her, dass ich mit Marina hier hochgefahren bin, in einem VW Käfer, der die Steigung fast nicht gepackt hat. Marina sitzt neben mir auf dem Beifahrersitz, in ihren Teddymantel eingekuschelt.

»Und wenn wir einfach umkehren?«, fragt sie.

»Weihnachten feiert man halt mit der Familie.«

Marina zieht die Beine an und stemmt die Füße mit den flauschigen Weihnachtssocken gegen das Armaturenbrett. Sie ist so klein und schmal, dass sie immer friert. »Aber das ist nicht meine Familie.«

Mama hat Marina mitgebracht, aus erster Ehe. Von Anfang an hat der Vater ihr klargemacht, wo ihr Platz in der Dillinger-Dy-

nastie ist. Von klein auf hat sie am Tisch bedient, das Haus ge-
putzt, Drecksarbeiten gemacht. »Man muss sich verdienen, eine
Dillinger zu sein«, hat ihr der Vater immer eingebläut. Zu Weih-
nachten hat sie die abgelegten Sachen der Geschwister bekommen,
keine Gameboys, keine goldenen Armbanduhren. Nur ich habe
manchmal den Mund für sie aufgemacht, aber der Vater hat
mich stets mit wochenlangem Schweigen bestraft. Auch ich bin ein
Bankert, aus der ersten Ehe des Vaters. Aber ich bin meinen Halb-
geschwistern ähnlicher als Marina, vierschrötig, laut, ausladend,
sie haben mich akzeptiert als Produkt von Vaters übermächtigem
Genpool.

Der Käfer röhrt die letzten Serpentinen hoch. Ich schalte in
den ersten Gang und fasse Marinas Hand. »Ich bin ja dabei. Wir
werden Weihnachten überstehen. Und nimm unsere Geschwister
nicht so ernst, sie meinen's nicht so, wenn sie dich ärgern. Es ist
doch nur Spaß.«

»Komm rein, sonst weht dich der Sturm weg.« Claudia öffnet
die Tür weit und fügt mit vorwurfsvollem Klagelaut hinzu: »Wir
haben jetzt aber gar kein Geschenk für dich.«

Bullige Wärme und der Gestank des alten Ölofens schlagen
mir entgegen, der Geruch meiner Kindheit, noch immer gibt es
hier oben keine Zentralheizung. »Das Ding wird uns mal alle
umbringen«, hatte Mama gesagt. Komisch, dass mir das jetzt
einfällt.

Meine Brüder sitzen links und rechts vom Ofen in Ohren-
sesseln wie zwei Patriarchen. »Moni!« Andi springt auf und
umarmt mich mit seinen mächtigen Bodybuilderarmen. »Was
treibst du denn hier?« Er hält mich von sich weg und betrachtet
mich, als sähe er seine verlorene Schwester zum ersten Mal.
»Frohe Weihnachten.«

»Frohe Weihnachten.« Max nickt mir kühl aus dem Sessel zu. Im Gegensatz zu Andis lustigem Rentierpulli trägt er Anzug und Hemd, an seinem Handgelenk schimmert eine Rolex.

»Ben kennst du ja schon.« Claudia schiebt den kleinen Jungen nach vorn. »Das ist deine Tante Moni.«

»Hallo.« Ben beäugt mich durch ein Brillenglas, das andere Auge ist mit einem Dinopflaster abgeklebt.

»Du bist aber groß geworden«, bringe ich hervor. Oder was sagt man zu Kindern? Ich habe keine Ahnung. Mit einem Grundschüler im Haus habe ich nicht gerechnet, das passt nicht in meinen Plan.

»Ich habe Nachtisch mitgebracht.« Schnell ziehe ich die Dose mit den Cookies aus dem Rucksack und öffne den Deckel. Der Geruch von Schokolade strömt durch die Stube. Der kleine Ben greift danach, aber ich lege den Deckel rasch wieder darauf. »Für später.« Verschwörerisch zwinkere ich ihm zu, und er wird rot.

Marina hat damals auch eine Nachspeise mitgebracht, Buttermilchkaltschale mit Blaubeeren. Ich stehe dämlich mit der Schüssel im Flur, als der erste Streit ausbricht. Wegen Marinas Plüschmantel mit dem Leopardenmuster.

»Soll das ein Witz sein?«, donnert Max. Rote Flecken blühen in seinem Gesicht. Max Dillinger, Erbe des Pelzhauses Dillinger, das er gerade in eine Insolvenz steuert, um die angehäuften Schulden abzuschütteln. Seit fünf Minuten brüllt er, ein Mantel aus Kunstpelz ist für ihn eine pure Provokation.

Marina hat das geplant. Das erkenne ich an dem feinen Lächeln auf ihrem Gesicht. Seit sie aus der Villa ausgezogen ist, ist sie selbstbewusster geworden.

»Jetzt beruhige dich«, versuche ich, zu beschwichtigen. »Es ist doch nur ein Mantel.«

»Nur ein Mantel, nur ein Mantel, das ist …« Er stockt, wird bleich, wieder rot. Mit einem Ruck reißt er Marina das Fellungeheuer aus der Hand, öffnet die Haustür und wirft es nach draußen in den Schnee.

Die Polizei wird später in ihren Bericht schreiben, Marina habe die Hütte ohne Jacke verlassen.

Andi schiebt seinen massigen Körper zwischen uns. »Ihr stellt jetzt mal die Schüssel in die Küche, und ich zeig euch euer Zimmer, ihr Mäuse«, sagt er und schubst uns aus der Diele, weg von Max, den er mit einer Hand an Ort und Stelle hält.

Es gibt nicht genügend Zimmer auf der Hütte, also beziehen wir ein gemeinsames Bett. Marina lässt sich auf den Rücken fallen und starrt an die Decke. »Warum hassen die mich alle so?«

»Sie hassen dich nicht, Blödsinn. Denk nur an den Stress, in dem sie stecken. Der Vater ist gestorben, dann der Rechtsstreit …«

»Mit mir. Der Rechtsstreit mit mir. Um meinen Pflichtteil.« Sie hat laut gesprochen, und das Gespräch der Jungs draußen verstummt.

Ich lasse mich mit meinem ganzen Gewicht auf die Matratze fallen, sodass Marinas zierlicher Körper nach oben katapultiert wird. »Ich hasse dich nicht.«

Sie dreht sich um und legt einen Arm über mich wie einen warmen Schal. So bleiben wir liegen, bis Claudia aus der Küche nach mir ruft. Die Mamas kochen, die Jungs saufen Schnaps, so war es schon immer im Haus Dillinger, und so wird es immer sein.

Es gibt Fondue, wie vor zwanzig Jahren. Das Gasflämmchen des Rechauds tanzt unter dem Fonduetopf. »Wenn's überhaupt für alle reicht«, hat Max gemosert, aber auf dem Tisch liegen Berge von Fleisch und Gemüse, damit könnte eine Hundertschaft satt werden. Dazu Baguette, Antipasti, Kaviar, den kaum jemand anrührt, aber der unbedingt auf die Tafel muss, weil er »dazugehört«. Max und Andi scrollen auf ihren Handys und fachsimpeln darüber, wo man am besten eine gebrauchte Rolex kaufen kann. Claudia versucht hartnäckig, mich zum Verkauf von Gesichtscremes zu überreden. »Hashtag Girlboss«, sagt sie und malt tatsächlich mit ihren Fingern ein Hashtagzeichen in die Luft. Die Stimmung ist aufgekratzt, bis ich das Glas hebe und sage: »Auf Marina.«

»Auf …« Andi hebt auch das Glas, bevor er zu seinem Bruder hinüberschaut, der den Mund zu einer dünnen Linie verzogen hat. Schnell lässt er es sinken und stochert in seinem ungewürzten Hühnchen.

»Musste das sein?«, fragt Claudia.

»Das ist ja wohl reichlich geschmacklos«, stößt Max hervor. Sein Gesicht wird immer röter.

»Sie war unsere Schwester.« Ich trinke allein auf sie, schlucke den Wein, der in meinem Mund zu Säure wird. »Auch wenn ihr keine Gelegenheit ausgelassen habt, sie zu quälen, war sie eure Schwester.«

Die Tür geht auf, und Marina kommt herein, in einem glitzernden Flapper-Kleid, ein Stirnband mit Straußenfeder auf dem Kopf. Sie stockt, als sie uns alle in warmen Pullovern und Jogginghosen sieht.

»Aber …«

Max sagt: »Willst du jemanden aufreißen?« Die Jungs lachen dröhnend los.

»In der Einladung stand doch, das Motto wäre Zwanzigerjahre …«

»In deiner Einladung«, ruft Andi.

Alle Farbe weicht aus ihrem Gesicht, als sie kapiert, dass sie

Opfer von einem Streich geworden ist. Sie schaut mich an. Hast du das gewusst?, fragen ihre Augen, ich wende den Blick ab. Kaum hörbar sagt sie: »Ich gehe mich umziehen.«

»Nichts da.« Andi packt sie und zieht sie mitten ins Zimmer, ihre dünnen Beine stolpern. Er zwingt sie zu ein paar Schritten ungelenkem Walzer. »Jetzt machen wir Party.« Ein brutaler Zug ist in seinem Gesicht, bei Andi ist es ein schmaler Grat zwischen Spaß und Grausamkeit. Vielleicht stemmt er deswegen so viele Gewichte, um das Dillinger-Gen in Schach zu halten.

»Lass sie«, sage ich halblaut, und er stößt Marina so von sich, dass sie sich noch einmal um ihre Achse dreht.

»Ja, lass sie«, sagt Max. »Sonst kriegen wir nie was zu essen. Marina, deck bitte den Tisch.«

Marina richtet sich zu ihrer vollen Größe auf, das ist nicht viel. »Wie wär's, wenn du ihn deckst?«

»In welchem Ton redest du mit mir?«

»Wie kommst du darauf, dass ich eure Dienstbotin bin?«

Ich stehe auf, mit Tränen in den Augen. »Den Tisch decke ich, setzt euch hin. Setzt euch einfach.«

Das wäre die zweite Gelegenheit gewesen, einzugreifen, die ich habe verstreichen lassen. Nachher habe ich immer und immer wieder durchgespielt, was ich hätte anders machen können.

Zwanzig Jahre später sind wir von wesentlich weniger Wein betrunken. Unsere Lebern vertragen nichts mehr. Andi hat das Tischgespräch wieder auf harmlose Bahnen gelenkt, er erzählt von seinen Trainingsplänen, seiner Keto-Diät, und Max erzählt von seinen Ferienwohnungen und den Behörden, die immer spießiger werden, sodass man als Vermieter und Unternehmer gar nichts mehr gestalten kann. Claudia zwingt uns alle, an einem Cremetiegelchen zu riechen. »Wie geht's dir so, in deinem

Job, nine to five, noch alles schick?«, fragt Andi, und ich bestätige, dass alles schick ist, und fast könnte es ein normales Familientreffen sein. Bis ich den obersten Knopf meiner Bluse öffne und mich hinüberbeuge, um nach der Keksdose zu greifen. »Nachtisch«, sage ich munter, aber meine Geschwister starren mich mit offenem Mund an. Nicht mich. Die Smaragdkette, die um meinen Hals baumelt.

Claudias Blick ist hungrig, sie ist die Erste, die die Sprache wiederfindet. »Wo hast du die her?«

»Ich bin im Frühjahr noch mal hochgefahren, nachdem der Schnee geschmolzen ist.«

Max sagt: »Die hätte in die Erbmasse gehört.«

Entgeistert starre ich ihn an und lache dröhnend los. Er sieht so lächerlich aus mit seinem ernsthaften Sakko und seinem roten Kopf. Doch dann denke ich an Marina, und das Lachen bleibt mir buchstäblich im Kehlkopf stecken.

»Die Kette gehört niemandem von uns«, sage ich. »Aber da Marina keine lebenden Verwandten hatte, behalte ich sie. Als Finderlohn.«

Meine Geschwister schauen drein, als würden sie mich gleich wegen eines mittelgroßen Smaragds umbringen. Ich kann ihren Hass förmlich riechen.

Ich hebe die Keksdose hoch. »Jetzt kommt. Wir haben uns seit zwanzig Jahren nicht gesehen, und wir feiern Weihnachten zusammen. Nur wir, die Dillingers.«

Andi stößt hörbar die Luft aus. »Okay«, sagt er und nimmt einen Cookie. »Frohe Weihnachten.« Auch wenn sein Gesicht sich verzieht, als würde er gleich heulen. Ich bin sicher nicht die Einzige, die den Abend damals in Endlosschleife im Kopf durchspielt.

Wir haben alle zu viel getrunken, die Stimmung ist aufgekratzt, immer wieder sind die Jungs miteinander in Streit geraten, aber Marina lassen sie zum Glück in Ruhe. Bis Andis Blick auf ihre Halskette fällt. Ein dicker Smaragd ruht in ihrem Ausschnitt. Wieder eine kleine Provokation, dass sie das Collier heute trägt. Die neue Marina.

»Ist das Mamas Kette?«

»Es ist meine.« Marina trinkt ihr halbes Glas Wein in einem Zug aus.

Max mischt sich ein. »Es kann nicht deine sein. Mamas Schmuck hat zur Erbmasse gehört.«

Sie hält seinem Blick stand. »Die hier aber nicht. Weil Mama sie mir geschenkt hat, als sie noch gelebt hat.«

»Halt, halt, halt.« Max hebt die Hände. »So einfach ist das nicht. Da laufen Fristen. Wann genau …«

»Lass es gut sein«, grätsche ich hinein.

»Nein, lass ihn.« Marina nimmt die Kette ab und lässt sie provokativ über dem Tisch baumeln. »Das können wir gern ausdiskutieren. Hier und jetzt.« Ihre Silben schlingern, sie hatte zu viel Wein. »Sag ruhig, dass ich eine Erbschleicherin bin. So laut, dass es alle hören.«

Max stützt sich auf den Tisch wie eine Bulldogge und beugt sich drohend darüber. »Wenn es das ist, was du willst: Eine Erbschleicherin bist du. Ein Blutegel.«

»Stopp«, sagt Andi. Claudia schaut triumphierend von einem zum anderen, sie genießt das alles.

»Dein ganzes Leben lang hast du von unserer Familie gelebt und auch noch die Frechheit gehabt, dir von dem Geld abzugreifen, das der Vater sich hart erarbeitet hat …«

»Stopp.« Andi wird lauter.

»Dann tauchst du hier auf, in deinem räudigen Plastikmantel,

und riskierst die dicke Lippe und lässt dich vorn und hinten be-
dienen …«

»Schluss jetzt.« Blitzschnell reißt Andi Marina die Kette aus der
Hand, öffnet das Fenster und wirft sie hinaus.

Max gefriert in Schockstarre. Marinas Mund klappt auf, ihre
Unterlippe zittert, dann bricht sie in Tränen aus. Sie springt auf
und rennt zur Tür, auf Strümpfen, die goldenen Schuhe hat sie
längst weggekickt.

»Marina!« Ich laufe ihr hinterher. »Marina!«

Sie steht mit ihren Feinstrümpfen im Schnee und übergibt sich.
Schwankend richtet sie sich auf. Ihr Make-up ist zu einer Clowns-
maske verlaufen. Der Wind zerrt an den Fransen ihres Kleides,
treibt die Schneeflocken fast waagrecht am Haus entlang. »Lasst
mich in Ruhe.« Sie taumelt. »Lasst mich doch alle in Ruhe.«

»Marina, komm wieder rein«, rufe ich. »Es war doch nur
Spaß!«

Max zieht mich zurück und wirft die Tür der Hütte zu. Die
plötzliche Stille dröhnt in den Ohren.

»Sie soll sich fünf Minuten abkühlen«, sagt er.

»Du spinnst.« Ich versuche, ihn wegzuschieben, aber er verschränkt die Arme wie ein Fels. »Sie erfriert da draußen.«

Andi und Claudia schauen auf ihre Schuhspitzen. Niemand
hilft.

Ich stelle mich auf die Zehenspitzen und komme Max' Gesicht
so nahe, wie es geht. »Wenn du nicht sofort die Tür frei machst,
schicke ich dir die Steuerfahndung auf den Hals.«

Er lässt mich zappeln. Ein paar Sekunden.

Mein ganzes Leben lang werde ich grübeln, ob es diese paar
Sekunden waren, die den Unterschied gemacht haben. Dass wir
sie nicht mehr gefunden haben im wirbelnden Schnee, bei dem
man die Hand nicht vor Augen sah.

Eine Stunde später bin ich es, die sie findet, obwohl die Polizei und die Bergwacht Suchscheinwerfer über die Straße schwenken. Sie hat die Abkürzung nehmen wollen, den Fußpfad, der sogar im Sommer halsbrecherisch ist. Zwanzig Meter weiter unten liegt sie in einer Kuhle. Ihr Gesicht und ihre Gliedmaßen sind zugeschneit, doch das goldene Kleid glitzert immer noch über dem Schnee.

Max, Andi und Claudia haben ihre Version schon abgesprochen. Marina hat zu viel getrunken, sie war psychisch instabil, wir haben gedacht, sie hätte sich hingelegt. Ein tragischer Unfall. Ich korrigiere die Version nicht.

Die Dillingers sind so schnell müde geworden. Eine Stunde warte ich, bis alles ruhig ist in den Zimmern der Geschwister, bis auf Andis knatterndes Schnarchen. Die Kekse mit dem gemahlenen Valium tun ihre Wirkung.

Ursprünglich wollte ich hinterher abhauen, die Serpentinen ins Tal laufen und dort in mein Auto steigen. Aber genauso gut kann ich hier oben bleiben, bei meinen Geschwistern. Seit zwanzig Jahren bin ich ein Gespenst gewesen, seit ich das glitzernde Kleid im Schnee gesehen habe. Heute lege ich mich mit den Dillingers zur Ruhe. In den Raunächten treibt man die bösen Geister aus. Oder etwa nicht?

Ich kontrolliere, ob alle Fenster geschlossen sind, ziehe die Vorhänge zu und schiebe den Zugluftstopper sorgfältig vor die Ritze der Haustür. Der Ölofen ist erloschen, vorsichtig öffne ich den Deckel. Der Gestank von verbranntem Öl kommt mir entgegen, und mein Herz schlägt bis in den Kehlkopf. Ein kurzer Anfall nackter Todesangst, schon lange habe ich nichts mehr so intensiv gespürt. Ich drehe am Regler, ein Rinnsal vom frischen Öl schießt in die Kammer, der Zündfunke zischt.

Das erkaltete Gehäuse knackt, als es sich langsam wieder erwärmt. Ich fahre mit der Hand am Ofenrohr entlang und prüfe die Dichtungsbänder, bis ich eine Stelle finde, wo die uralte Isolation in Fetzen hängt. Es dauert nicht lange, bis sich ein Teil des Rohrs vom anderen löst. Hitze bläst aus dem entstandenen Spalt. Es geht so leicht, viel zu leicht, die bösen Geister auszuräuchern.

Hinter mir klickt es. Die Tür geht auf, leise Schritte tappen auf käsigen Socken herein. Die letzte Person, die ich jetzt sehen will.

»Ich kann nicht schlafen.« Ben reibt sich sein Auge. Ohne die Brille sieht er noch kleiner aus.

»Geh wieder ins Bett. Sag's deiner Mama.«

»Mama wird einfach nicht wach.«

Ben klettert auf einen Küchenstuhl. Ich folge ihm mit wackeligen Schritten, das Zimmer um mich herum dreht sich. Schwer lasse ich mich auf einen Stuhl plumpsen. »Bald tut dein Kopf nicht mehr weh. Ehrenwort.«

Meine Stimme kommt zu mir zurück wie ein Echo.

Ben zieht eine halb leere Flasche Cola zu sich. »Darf ich die?«

»Nur zu.«

Er trinkt in gierigen Schlucken. Seine Wangen sind unnatürlich gerötet. Auf seinem Pyjama tanzen lachende Eisbären.

Ich könnte ihn unter einem Vorwand ins Freie hinausschicken, ins Auto setzen, mit einem funktionierenden Handy. Das Kerlchen hat noch nie im Leben etwas Böses getan. Aber dann hätte er keine Mama mehr. Was ist schon richtig und falsch? Vielleicht ist es gar nicht so schlecht, wenn diese Blutlinie ein für alle Mal endet.

Ben setzt die Flasche ab. »Ich kann schon ganz lange nicht mehr schlafen.«

Ich stütze meinen schwummerigen Kopf in die Hände. »Was ist los, kleiner Mann?«

»Es sind die anderen. In der Klasse. Die lassen mich einfach nicht in Ruhe.«

»Was machen sie denn, die anderen?«

»Vor den Ferien haben sie alle meine Stifte runtergeschmissen, und als ich auf dem Boden herumgekrabbelt bin, um sie einzusammeln, haben sie noch mehr Zeug geworfen, immer mehr, und sie haben alle gelacht. Sie haben mir einen Böller in die Jackentasche gesteckt und Hundekacka in meine Brotzeitbox.« Mit kleiner Stimme sagt er: »Ich will da nicht mehr hin.«

»Weiß deine Mama das?«

»Sie sagt, ich soll sie ignorieren, dann hören sie schon auf. Es wäre doch nur Spaß.« Er schüttelt den Kopf, zu erwachsen für sein Alter. »Aber die hören nicht auf, oder?«

Ich schließe die Augen, sehe Marina vor mir, zitternd und schluchzend im Schnee in ihrem dünnen Glitzerkleid. *Es war doch nur Spaß*, höre ich meine eigene Stimme. Es war doch nur Spaß.

»Hör gut zu, kleiner Mann.« Ich packe sein Gesicht mit beiden Händen, so fest, dass ich seine Wangen zusammendrücke und er ein bisschen wie ein Fisch aussieht. »Sie hören nicht auf. Nicht von selbst. Du musst dich wehren, so laut, wie du kannst. Lass sie nicht damit durchkommen. Denn es ist niemals nur Spaß, hörst du? Niemals. Geh zu einem Erwachsenen. Und wenn der nichts tut, geh zum nächsten Erwachsenen, so lange, bis dir einer hilft.«

Mit einem großen Auge schaut er zu mir auf. »Bist du so eine Erwachsene?«

»Geh wieder ins Bett.« Ich lasse ihn los, und er fällt zurück auf den Stuhl. »Du holst dir hier noch den Tod.«

Er stakst in Richtung Zimmer, an der Tür dreht er sich noch mal um. »Geh«, sage ich, und er huscht hinaus.

Meine Knie geben nach, als ich aufstehe, hinter meiner Stirn hämmert es mörderisch. Ich muss mich vom Tisch abstoßen, um es zum Fenster zu schaffen. Mit beiden Händen stoße ich es auf, eine Sturmböe reißt mir die Flügel aus der Hand und lässt sie gegen die Hauswand knallen. Nach ein paar tiefen Atemzügen lässt der Schwindel so weit nach, dass ich zum Ofen gehen und den Regler auf null drehen kann.

Nacheinander öffne ich alle Fenster und die Haustür. Der Sturm fegt durchs Haus und bringt die Kugeln auf dem Christbaum zum Klirren. Es hilft nichts, die bösen Geister auszuräuchern. Es werden immer neue Geister nachkommen. Das Einzige, was man machen kann, ist, sich ihnen entgegenzustellen, immer und immer wieder. Vielleicht ist das meine Aufgabe da draußen.

Ich hülle mich in meinen Mantel, lasse die winddurchtoste Hütte hinter mir, ohne zurückzuschauen. Der Sturm hat nachgelassen, der bleiche Mond beleuchtet die Bergstraße. Der frische Schnee knirscht unter meinen Schritten. Die Luft ist klar, jedes Detail zeichnet sich ab. In den Raunächten wird der Schleier zwischen den Welten dünn.

Sie geht an meiner Seite, ich spüre sie. Ihre nackten Füße in den zerrissenen Feinstrümpfen machen kein Geräusch im Schnee. Vorsichtig greife ich in ihre Richtung und fasse ein klammes Handgelenk. Ihre knochigen Eisfinger legen sich um die meinen und drücken sanft, und trotz der Kälte fühlt es sich an wie ein warmer Schal. Sie ist mir nicht böse. Sie sagt Lebewohl.

Meine Hand ist leer. Der Schleier hat sich geschlossen.

Ich beschleunige meine Schritte, unterwegs reiße ich mir die Smaragdkette vom Hals und werfe sie über die Böschung.

Wie leicht sich das anfühlt. Mein Atem dampft, meine Füße stampfen schwer im Schnee, und unten im Tal gehen die ersten Lichter an.

Die Nacht, die mein Leben veränderte

Michael Römling

Eins gleich vorweg: Ich bin nicht mehr der, der ich war, als diese Geschichte begann. Ich sage das nur, damit ihr nicht gleich nach den ersten Sätzen euer Urteil über mich fällt. Den, der ich bis zu jener Nacht gewesen bin, den gibt es nicht mehr.

Ich will ganz offen sprechen. Ich war ein Taugenichts und eine Schande für meine Familie: abgebrochene Lehre, zweifelhafte Freunde, Gaunereien, Besäufnisse, Prügeleien, Randale. Es gibt wohl keine Arrestzelle in Nazareth, in der ich nicht irgendwann beim Ausnüchtern meinen Namen in die Wand gekratzt habe. Ich kann es meinem Vater nicht verdenken, dass er eines Tages die Nase voll hatte und mich aus dem Haus warf. Als ich kurz darauf die Stadt verließ, war mein Ruf vollständig ruiniert. Nicht, dass mich das sonderlich gestört hätte. Ich bin nicht deshalb fortgegangen.

Nein: Eine unglückliche Liebe war es, die mich dazu bewog, meiner Heimatstadt den Rücken zu kehren. Sie hieß Mirjam und war die Tochter von Joachim, für den mein Vater damals Mietshäuser baute. Vielleicht wäre alles anders gekommen, wenn ich ihr ein paar Jahre früher über den Weg gelaufen wäre, aber leider lernte ich sie erst kennen, als ich schon auf die schiefe Bahn geraten war.

Unsere erste Begegnung lief folgendermaßen ab: Bei der Heimkehr von einem Saufgelage erwischte ich die falsche Tür und platzte versehentlich ins Arbeitszimmer meines Vaters. Und da stand sie, in einem blauen Kleid, das mit der Farbe ihrer Augen korrespondierte. Keine Ahnung, warum sie ihren Vater ausgerechnet an diesem Tag begleitet hatte. Sie strahlte wie die Sonne und setzte mich in Brand. Ich wollte sie und nur sie und niemals eine andere als sie, und dummerweise sagte ich das auch noch, stammelnd und lallend, und dann kotzte ich ihr vor die Füße. Mein Vater packte mich am Kragen, schleifte mich hinaus und beförderte mich mit einem Tritt in den Ziegenstall.

Doch meine Liebe verflüchtigte sich nicht mit dem Rausch. Ich liebte Mirjam auch am nächsten Tag noch, und auch in der nächsten Woche und einen Monat später. Joachim aber reichte die eine Begegnung, um mich von der Liste möglicher Schwiegersöhne zu streichen, ganz abgesehen davon, dass mein Vater mich eher eigenhändig mit dem Zimmermannsbeil kastriert hätte, als zuzulassen, dass ich die Tochter eines Mannes entehrte, dem er einen guten Teil seiner beruflichen Existenz verdankte. Mirjam wurde von mir abgeschirmt. Ich sah sie tagsüber aus der Ferne mit den anderen Frauen am Brunnen und träumte nachts davon, mit ihr durchzubrennen. Ich betrank mich nicht mehr aus Übermut, sondern aus Kummer. Dass Mirjam selbst auch ein ganz schönes Früchtchen war, das wusste ihr Vater damals genauso wenig wie ich oder sonst irgendjemand in Nazareth.

Nachdem ich mich dort also nach allen Regeln der Kunst unmöglich gemacht hatte, ging ich nach Jerusalem. Aber das Leben in der Großstadt ist teuer, vor allem wenn man schon mittags in den Tavernen sitzt, zecht und würfelt und die Gesellschaft von Mädchen mit lockeren Sitten sucht, in deren Armen man die eine vergessen will, die man nicht haben kann. Fast ein Jahr lang schlug ich mich so durch, aber irgendwann schrieb kein Wirt mehr für mich an. Ich brauchte Geld.

So konnte ich das Angebot unmöglich ablehnen, das ein gewisser Sempronianus mir eines Abends in einer dieser Tavernen unterbreitete. Damit ihr versteht, warum seine Offerte so unwiderstehlich war, muss ich etwas ausholen.

Es begab sich zu der Zeit, als Quirinius Statthalter in Syrien war. Die Römer hatten Judäa gerade annektiert und dieser Provinz zugeschlagen. Quirinius ordnete eine Steuerschätzung an und schickte Buchprüfer und Soldaten. Im Volk begann es, zu gären. Nachts rannten sie mit Fackeln durch die Straßen. Beamte verweigerten die Arbeit, Archive gingen in Flammen auf, Patrouillen wurden von den Dächern mit Steinen beworfen. Eine Gruppe von Spinnern unter der Führung eines gewissen Judas aus Galiläa begann, von der baldigen Ankunft des Messias zu fabulieren.

Nicht, dass ich die Römer besonders mag, aber sie schreiben einem wenigstens nicht vor, wie man zu leben hat. Judas und seine Leute dagegen waren üble Fanatiker, die jeden Buchstaben des mosaischen Gesetzes wörtlich nahmen. Wenn es nach ihnen gegangen wäre, hätte es in Jerusalem gar keine Tavernen gegeben, kein Würfelspiel und keine leichten Mädchen. Ich handelte also gewissermaßen auch in meinem eigenen Interesse, als ich den Auftrag annahm, den Sempronianus mir antrug.

Er fädelte es geschickt ein, das muss ich ihm schon lassen. Wir tranken und würfelten um Geld, das ich nicht hatte. Sempronianus ließ mich ein paarmal gewinnen, dann wechselte das Glück die Seiten. Ich nehme an, er hatte dabei irgendwie nachgeholfen. Sempronianus war mit allen Wassern gewaschen, denn er war der örtliche Chef der Geheimpolizei von Quirinius, was ich aber erst erfuhr, als ich ihm bereits zweihundert Sesterze schuldete. Ich war betrunken und verbissen genug, noch weiterspielen zu wollen, aber er schob die Würfel beiseite und sah mich aus Schlangenaugen an. Der Wein schien überhaupt keine Wirkung auf ihn zu haben. Vielleicht hatte er die Becher heimlich unter dem Tisch ausgekippt.

»Wollen wir mal gemeinsam überlegen, wie du deine Schulden bei mir loswerden kannst?«, fragte er. »Ich meine, ich kann dir auch die Beine brechen lassen, aber davon hätten wir ja nun beide nichts.«

»Nein, wohl nicht«, räumte ich gepresst ein.

Er beugte sich vor. »Ich will, dass du dich mit ein paar Leuten anfreundest. Schaffst du es, ein paar Tage in der Woche nicht zu saufen?«

»Klar doch«, lallte ich.

So wurde ich zum Verbindungsmann der syrischen Geheimpolizei.

Meinen Auftrag erklärte Sempronianus mir am nächsten Tag in seinem Büro. Ich sollte die Gefolgschaft von Judas aus Galiläa infiltrieren, um den Anführer bei der ersten Gelegenheit ans Messer zu liefern.

»Warum ausgerechnet ich?«, fragte ich beim Abschied.

»Weil du einer bist, dem nichts heilig ist«, sagte Sempronianus. Für ihn schien das ein Kompliment zu sein. »So einen muss man in diesem Land erst mal finden.«

In den folgenden Wochen drückte ich mich am Sabbat vor dem Tempelbezirk herum und schimpfte halblaut auf die Besatzer. Wenn eine römische Patrouille vorbeikam, spuckte ich demonstrativ auf den Boden, und wann immer über dem Tempel der Rauch des zu Ehren des Augustus dargebrachten Opfers aufstieg, wünschte ich für alle Umstehenden hörbar den Messias herbei, der das Haus des Herrn schon bald mit eisernem Besen auskehren würde.

Es dauerte nicht lange, bis mich jemand ansprach, ein bleicher, schlaksiger Kerl, der sich als Eliud vorstellte. Er lud mich in sein Haus in der Oberstadt ein und fühlte mir auf den Zahn. Ich wusste, was ich zu antworten hatte.

Eliud kannte die Thora besser als jeder Rabbiner. Ich glaube, er konnte sie auswendig hersagen, und er war besessen von seiner Mission. Anhand von Zitaten aus den heiligen Schriften belegte er wortreich, dass Gott bald ein Strafgericht halten und den Messias zu den Menschen senden werde.

»Die Erde ist entweiht durch ihre Bewohner«, zitierte Eliud den Propheten Jesaja.

»Zerschmettert sollen sie werden!«, rief ich aus und stimmte ein schrilles Lachen an.

»Der Messias wird kommen in den Wolken des Himmels«, fuhr er fort.

»Und wir werden ihm den Weg bereiten!«, deklamierte ich und hieb mit der Faust in die flache Hand.

Mehr als das bisschen Theater war nicht erforderlich, um sein Vertrauen zu gewinnen.

Nach ein paar Wochen stellte Eliud mir zwei seiner Kampfgenossen vor: Achim, den sie aufgrund seiner schrumpeligen Haut immer nur »Dattel« nannten, und Eljakim, der seines runden und kahlen Kopfes wegen »Melone« hieß. Eliud seinerseits nannten die anderen beiden wegen seiner Thorakenntnisse respektvoll »Rolle«.

»Für dich brauchen wir auch noch einen Kampfnamen«, sagte Dattel eines Abends zu mir. Nach kurzer Debatte einigten sie sich auf »Fackel«, wegen meiner flammenden Begeisterung für unseren gemeinsamen Kampf.

Rolle und Melone, Dattel und Fackel – das also war die Vorausabteilung des Weltgerichts. Wir schwadronierten vom Messias und planten nächtliche Aktionen, mit denen seine Ankunft vorbereitet werden sollte: Wir rissen den Adler des Jupiter ab, den die Römer über dem Portal des Tempels angebracht hatten, beschmierten Hauswände mit zornigen Parolen und kippten einen Kübel voller Schafscheiße vor der Kaserne der Jerusalemer Auxiliarkohorte aus. Ich schrieb Berichte darüber an Sempronianus, der sie an Quirinius in Antiochia weiterleitete und mich anwies, kein Risiko einzugehen, bis wir Judas aus Galiläa am Wickel hatten.

Der aber hatte es nicht eilig, unsere Zelle mit seinem Besuch zu beehren. Er zog in Judäa und Samaria, am Jordan und am See Genezareth umher, wiegelte die Leute mit flammenden Reden auf, tauchte auf und verschwand wieder. Es stellte sich heraus, dass keiner meiner drei Gefährten ihn je persönlich getroffen hatte, allerdings kannte Dattel einen Freund des Schwagers einer Cousine von Judas, der ausrichten ließ, er werde sich bald bei uns melden.

Je länger der Auftrag sich hinzog, desto unwohler wurde mir bei der Sache. Das vorläufige Ausbleiben weiterer Nachrichten von Judas brachte meine Freunde zu der Überzeugung, sie müssten radikaler werden, um sich die Aufmerksamkeit des Galiläers zu verdienen. Sie horteten Waffen und planten Attentate auf Besatzer und Kollaborateure. Sempronianus hatte mir zwar Straffreiheit für alle in Ausübung meiner Tätigkeit begangenen Delikte zugesichert, aber ich hatte nicht vor, mich an einem Mordanschlag zu beteiligen, Amnestie hin, Amnestie her.

Das war der eine Grund meines Unwohlseins. Der andere war für mein Gewissen nicht weniger belastend: Obwohl Rolle,

Dattel und Melone ausgemachte Spinner wären, mochte ich sie. Ihr religiöser Eifer, für den ich zu Anfang nur Verachtung übriggehabt hatte, rührte mich wider Willen, und das färbte sogar auf meinen eigenen Lebenswandel ab: Ich trank und würfelte weniger. Die Vorstellung, die drei zu verraten, behagte mir nicht. Ich spielte mit dem Gedanken, mich still und heimlich zu verkrümeln.

Bevor dieser Gedanke aber zum Entschluss herangereift war, meldete sich plötzlich Judas aus Galiläa über einen Mittelsmann und schlug ein konspiratives Treffen in einem Schafstall bei Bethlehem vor.

Drei Nächte lang machte ich kaum ein Auge zu. Als der Hahn am Morgen des besagten Tages dreimal krähte, beschloss ich, Judas zu verraten, meine drei Freunde aber ungeschoren davonkommen zu lassen. Es war der einzige Weg, meinen Auftrag guten Gewissens zu erfüllen. Was ging mich dieser Wanderprediger an? Sollten die Römer ihn doch von mir aus kreuzigen.

So dachte ich und stellte mit Unbehagen fest, dass dieser Gedanke mir keinerlei Vorfreude auf die erfolgreiche Erledigung meines Auftrags einflößte, sondern eine schale Ahnung von meiner eigenen Niedertracht.

Rolle, Dattel, Melone und ich hatten vereinbart, auf verschiedenen Wegen nach Bethlehem zu wandern, um eventuelle Verfolger zu verwirren. Nach Einbruch der Dunkelheit wollten wir uns dort in einem Olivenhain treffen, um gemeinsam zum Stall zu schleichen. Dattel kannte unser Ziel, ich nicht, und das war auch besser so.

Sempronianus hatte zwei Dutzend Männer der Auxiliarkohorte in Räuberzivil in eine Schänke in Bethlehem beordert. Einer seiner Leute würde uns zum Stall hinterherschleichen und sich in Hörweite verstecken. Wenn Judas aus Galiläa wirklich kam, würde ich einen Eulenruf ausstoßen, der Mann von Sempronianus würde nach Bethlehem zurückeilen und die anderen holen, und die würden dann alle festnehmen, zum Schein natürlich auch mich. Ohne Eulenruf also kein Zugriff. Auf diese Weise würde ich die Kontrolle über die Situation behalten: Falls es zu brenzlig für meine Freunde würde, könnte ich hinterher einfach behaupten, Judas sei nicht gekommen. So dachte ich mir das jedenfalls. Tja – und dann kam alles ganz anders.

Auch wenn es zunächst einmal nach Plan lief. Rolle, Dattel, Melone und ich trafen beim Olivenhain zusammen und verständigten uns flüsternd. Niemand hatte irgendwelche Verfolger bemerkt.

Nachdem wir eine Weile in die Nacht hinausgelauscht hatten, machten wir uns auf den Weg. Es war Neumond, und obwohl man kaum die Hand vor Augen sah, duckten wir uns unwillkürlich, als wir aus dem Schutz der Olivenbäume heraustraten.

Dattel ging über einen Feldweg voran. Ich fragte mich, wie uns bei dieser tintenschwarzen Dunkelheit jemand folgen sollte, aber Sempronianus hatte wohl kaum einen Anfänger mit dieser Aufgabe betraut.

Es dauerte nicht lange, bis ein schwaches Leuchten vor uns erkennbar wurde: das Licht einer Öllampe, das durch die Ritzen eines Fensterladens drang. Das musste der Stall sein.

Mein Herz schlug schneller, meine Hände wurden feucht. Es war ein lang gestrecktes Gebäude, groß genug für mindestens zweihundert Tiere, aber kein Blöken oder Rascheln drang nach draußen. Die Nacht war mild. Wahrscheinlich waren die Hirten mit der Herde auf dem Feld geblieben und lagerten dort irgendwo.

Dattel ging zur Stirnseite des Stalls und klopfte einen Takt. Von drinnen brummte es: »Parole?«

»Der Kaiser ist heiser«, flüsterte Dattel feierlich. Die Tür öffnete sich einen Spalt, und wir schlüpften einer nach dem anderen hinein.

Das vordere Viertel des Stalls war ein großer und kahler Raum, der wahrscheinlich zum Scheren der Schafe genutzt wurde. Ein paar Gerätschaften lagen auf dem Boden herum oder lehnten an der Wand. Dahinter verlief ein Gang über die restlichen drei Viertel der Länge des Gebäudes, rechts und links davon befanden sich die Bretterverschläge für die Schafe.

Vor uns, mitten im Raum, stand ein Mann in abgerissenen Kleidern. Die Lampe aus Ton, die er in der Hand hielt, beleuchtete sein Gesicht von unten, doch wegen seines wild wuchernden Bartes war nichts davon zu erkennen bis auf die schwarzen Augen, die im Öllicht unstet funkelten: die typischen, mit Irrsinn getränkten Augen von Propheten, Fanatikern und Hetzern.

»Judas«, hauchte Dattel, unschlüssig, wie er den Verkünder des Weltgerichts, den Befreier vom Besatzerjoch angemessen begrüßen sollte; er schien zwischen Kniefall und Umarmung zu schwanken, und auch Rolle und Melone waren ganz ergriffen. Doch Judas kam ihnen zuvor.

»Seid ihr die Zelle aus der Oberstadt?«, fragte er. Seine Stimme war tief und hatte Volumen, eine richtige Demagogenstimme.

»Jawohl«, antwortete Rolle, bemüht schneidig, als mache er Meldung bei einer Militärparade. »Ich bin Rolle, das da ist Dattel, daneben Melone, und da ganz hinten …«

»Es gibt ein Problem«, unterbrach Judas ihn. »Ich bin nicht allein.«

Die drei sahen sich suchend um. Mir war, als hörte ich ein leises Seufzen in einem der Verschläge.

»Eine Kampfgenossin«, sagte Judas, jetzt etwas leiser, als sei ihm das ein wenig peinlich. »Ich wollte sie in einer Herberge unterbringen, aber die sind wegen der Steuerschätzung alle voll mit auswärtigen Buchprüfern.«

»Zur Hölle mit den Besatzern«, sagte Melone und spuckte pflichtschuldig auf den Boden.

»Nieder mit den Römern«, ergänzte Dattel, der nicht hintanstehen wollte.

Rolle bedachte Judas mit einem Blick, in dem die Ehrerbietung die Fassungslosigkeit nur mühsam zu bändigen schien. »Eine Frau?«

Judas funkelte ihn an. »Ja, eine Frau. Passt dir nicht, was? Ich sag dir jetzt mal was. Die hat mehr Schneid als ihr alle zusammen. Hat in Jericho eine Flasche mit brennendem Öl ins Katasteramt geschmissen und in Caesarea eine Achse am Reisewagen des Präfekten angesägt. Beim ersten Schlagloch lag der feine Herr im Graben – und was habt ihr gemacht? *Römer, verpisst euch!* an die Wände geschmiert und Pferdeäpfel über die Kasernenmauer geworfen.«

Rolle holte Luft, um zu protestieren, aber Judas brachte ihn mit einer unwirschen Handbewegung zum Schweigen. »Ich weiß, was die Schrift zu den Pflichten des Weibes sagt. Aber wir haben hier einen Krieg zu gewinnen, also komm mir nicht so.«

Rolle schwieg eingeschüchtert. Hinter der Bretterwand war jetzt ein deutliches Stöhnen zu vernehmen, kurz darauf ein Geräusch, als hätte jemand einen Eimer Wasser ins Stroh geschüttet, dann eine Frauenstimme: »Scheiße! Blasensprung!«

Alle Köpfe fuhren herum. Die Öllampe in der Hand, eilte Judas mit großen Schritten zum ersten Verschlag auf der rechten Seite des Stalls und verschwand darin. Ein letzter Rest von

Licht drang auf den Mittelgang, begleitet von Flüstern und Rascheln. Wir standen im Dunkeln.

»Blasensprung?«, fragte Dattel. »Was soll das heißen?«

»Haltet keine Maulaffen feil!«, rief Judas. »An der Wand rechts von der Tür steht ein Eimer mit Wasser! Bringt den mal her!«

Ich verstand gar nichts mehr, und den anderen beiden ging es nicht anders. Es war leichter gesagt als getan, im Dunkeln den Eimer neben der Tür zu finden. Während ich auf dem Boden an der Wand herumtastete, klopfte es an der Stalltür.

»Das wird die Zelle aus der Unterstadt sein«, sagte Judas hinter den Brettern, gefolgt von einem weiteren Stöhnen der Frauenstimme, lang und klagend.

»Ach, die kommen auch?«, fragte Rolle etwas pikiert.

»Was dagegen?«, schnauzte Judas.

»Parole?«, hörte ich Melone fragen.

Es kam keine Antwort, stattdessen quietschte die Tür. Erregtes Stimmengewirr folgte, Satzfetzen, denen ich entnehmen konnte, dass das nicht die Zelle aus der Unterstadt war, sondern eine Gruppe von Hirten, die draußen bei den Schafen gewesen waren, als plötzlich jemand aufgetaucht war und sie zum Stall geschickt hatte.

»Wie, der hat geleuchtet?«, fragte Rolle jetzt. »Ihr meint, der hatte eine Laterne dabei?«

»Keine Laterne«, keuchte eine atemlose Stimme. »Der hat selber geleuchtet. Von innen.«

»Die sind ja betrunken«, murmelte Rolle.

»Der Wassereimer!«, schrie Judas. »Wird's bald?«

»Hab ihn.« Dattel.

Seine Silhouette mit dem Eimer stapfte auf den Verschlag zu, die anderen folgten, und auch ich schloss mich an. Als ich gerade durch die Brettertür treten wollte, hörte ich Rolles panischen, fast kreischenden Aufschrei: »Ein entblößtes Weib! Wendet eure Augen ab!«

Ich achtete nicht auf ihn, sondern trat ein. Judas hatte die Lampe auf den Boden gestellt und kniete vor einer Frau, die halb aufgerichtet an einen Strohballen gelehnt saß. Ihr Kleid war hochgeschoben, und Judas machte sich zwischen ihren Beinen zu schaffen.

Dann sah ich ihr Gesicht. Und die Zeit blieb stehen.

Abgemagert und bleich, aber sie war es.

Mirjam aus Nazareth.

Meine Gedanken überschlugen sich. Wieder und wieder hatte ich in den vergangenen eineinhalb Jahren quälende Bilder von ihr vor Augen gehabt: Mirjam bei ihrer Hochzeit, als Braut irgendeines anderen Geschäftsfreundes ihres Vaters, Mirjam als Mutter einer fröhlichen Kinderschar, die dieser Knilch ihr gemacht hatte. Jetzt lag sie vor mir in einem Schafstall, ausgezehrt von einem Leben, in das sie kurz nach meiner Abreise aus Nazareth hineingeraten sein musste, und stand im Begriff, ein Kind zur Welt zu bringen, das Gott weiß wer gezeugt hatte. War Judas der Vater? Bitte nicht der, dachte ich. Meine Mirjam hatte etwas Besseres verdient. Und weil meine drei Freunde auf Weisung von Rolle wie die Ölgötzen mit den Gesichtern zur Bretterwand dastanden und gar nichts taten, während die Hirten sich in einer Ecke herumdrückten und peinlich berührt ihre Filzkappen kneteten, trat ich neben Mirjam, kniete mich hin und hielt ihre Hand. Sie legte ihren Kopf auf meine Schulter, ohne mich auch nur anzuschauen.

Ich hätte unmöglich sagen können, wie lange es dauerte. Mirjam öffnete kein einziges Mal die Augen, sie wirkte abwesend und konzentriert zugleich, während die Wehen durch ihren Körper rollten wie schmerzhafte Flutwellen, dabei drückte sie jedes Mal meine Hand so fest, dass mir fast die Knöchel brachen. Ich merkte es kaum. Ein einziger Gedanke kreiste im Rhythmus der Wehen durch meinen Kopf wie ein Gebet: Mein Gott, lass sie nicht sterben!

Judas, im Hauptberuf Aufwiegler und Hassprediger, erwies sich als erstaunlich talentierter Geburtshelfer. Er tastete auf Mirjams Bauch herum, gab ihr den Atemrhythmus vor und wies sie in immer kürzeren Abständen an, zu pressen und wieder locker zu lassen. Es war offensichtlich, dass er das nicht zum ersten Mal machte. Irgendwann merkte ich, dass auch ich nach seinen Anweisungen atmete und presste.

Plötzlich stieß Mirjam einen lang gezogenen Schrei aus, der mir durch Mark und Bein ging. Im Licht der Öllampe sah ich, wie Rolle, Dattel und Melone zusammenzuckten. Die Hirten drehten wie ertappt die Köpfe weg, schielten aber weiter zu uns her. Es folgte ein plätscherndes und gluckerndes Geräusch, kurz darauf erklang ein dünnes Quäken, dann sagte Judas: »Es ist ein Junge.«

Ich begriff, dass mein Flehen erhört worden war.

Judas hantierte mit irgendetwas herum, Wasser plätscherte, Stoff riss. Schließlich reichte er Mirjam ein Bündel mit einem winzigen Gesicht, das fast nur aus einem Mund zu bestehen schien, der abwechselnd nach Luft schnappte und schrie. Sie entwand mir ihre Hand, öffnete ihr Kleid und legte sich das Kind an die Brust. Das Geschrei wich einem Schmatzen. Ich wagte nicht, hinzusehen.

Judas richtete sich stöhnend auf und streckte sich. Rolle, Dattel und Melone drehten sich um. Doch statt Erleichterung oder Ergriffenheit packte Rolle der Eifer. Die Vorschriftswidrigkeit dieses unreinen Vorgangs, den Zeuge zu werden Judas ihn genötigt hatte, brachte ihn offenbar in Harnisch. Vielleicht versuchte er auch nur, seine Unsicherheit zu überspielen, jedenfalls wich die Unterwürfigkeit aus seinem Gesicht, das in einer Maske des Vorwurfs erstarrte.

»Wir hatten Ehelosigkeit geschworen!«, schleuderte er Judas entgegen.

»Ich habe diesen Schwur nie gebrochen«, antwortete Judas ungerührt.

»Wenn du nicht ihr Mann bist, wer dann?«, fauchte Rolle.

»Sie hat keinen«, sagte Judas immer noch ruhig, aber mit einem herausfordernden Unterton.

»Lass doch«, sagte Dattel leise und legte Rolle die Hand auf den Arm, aber Rolle schüttelte sie ab wie eine Stechfliege.

»Und von wem ist dann das Kind?«, wollte er wissen.

»Ist das jetzt so wichtig?«, fragte Melone, der ebenfalls beschwichtigen wollte.

Rolle sah Melone fassungslos an. »Ja, wo kommen wir denn hin?« Er wies auf Judas. »Der schleppt uns hier diese ...«

»Wag es nicht!«, schrie Judas. Sein Zeigefinger schoss vor, als wollte er Rolle damit erdolchen.

Rolle begriff, dass er zu weit gegangen war. Er holte Luft, vielleicht, um Judas zu besänftigen, da klopfte es schon wieder an der Stalltür.

»Parole?«, rief Dattel.

»Der Kaiser ist heiser«, flüsterte jemand.

»Die Zelle aus der Unterstadt«, murmelte Rolle. »Die haben uns gerade noch gefehlt.« Aber eigentlich schien er ganz froh über die Ablenkung zu sein. Das Kind nuckelte inzwischen friedlich vor sich hin, Mirjam schien in meinem Arm eingeschlafen zu sein.

Drei heruntergekommene Gestalten erschienen im Mittelgang und zwängten sich auch noch in den Verschlag: abgerissene Kleider, zerzauste Bärte, verfilzte Haare. Sie wirkten aufgekratzt und schienen gar nicht zu merken, dass hier gerade etwas ganz und gar Außergewöhnliches geschehen war. Ihre Blicke huschten gehetzt hin und her, bis sie Judas entdeckt hatten.

»Hast du das gesehen?«, fragte der Erste.

»Was?«, fragte Judas zurück.

»Die Sternschnuppe! Ging direkt über dem Stall runter!«

»Wie sollen wir die gesehen haben?«, schnauzte Judas entnervt. »Siehst du hier irgendwo offene Fenster?«

»Hätte ja sein können«, sagte der andere, machte eine wegwerfende Handbewegung und schnatterte weiter. »Wir wollten eigentlich was ganz anderes erzählen. Vorhin, in Bethlehem, die Herberge mitten im Ort. Kennst du die? Egal. Der Reisewagen des Präfekten stand davor, ist wohl auf Inspektionsfahrt durch die Provinz und war da abgestiegen.«

»Saß mit seinen Leibwächtern unten im Gastraum und war dabei, sich seinen römischen Wanst vollzuschlagen«, ergänzte der Zweite genüsslich. Sie tauschten ein paar wilde Blicke, knufften sich gegenseitig in die Rippen, dann übernahm der Dritte, der eine Holzkiste unter dem Arm trug: »Wir also nicht faul hintenrum, am Blumengitter hoch und in sein Zimmer rein – und was lag da auf dem Bett? Na?« Er klopfte auf die Holzkiste. »Sein Koffer! Wir haben dem Präfekten den Koffer geklaut!«

Sie freuten sich wie die Kinder und machten ein kleines Tänzchen, bis Judas sie unwirsch unterbrach: »Und was ist drin?«

»Keine Ahnung. Schauen wir doch mal rein.«

»In Ordnung«, sagte Judas schnell. »Aber nicht hier drin.« Und zu den Hirten: »Geht zurück zu euren Schafen. Uns habt ihr hier nicht gesehen, klar? Und wenn der Typ mit der Laterne noch mal auftaucht …«

»Der hatte keine Laterne«, protestierte einer der Angesprochenen schüchtern. »Der hat von innen geleuchtet.«

»Jaja. Zieht Leine.«

Damit schob er alle nach draußen, griff sich die Lampe vom Boden und folgte ihnen. Die Hirten trollten sich eingeschüchtert. Die anderen knieten sich in den Mittelgang.

Rolle war inzwischen an der Wand nach unten gerutscht, hockte auf dem Boden und starrte vor sich hin. Er machte keine Anstalten, sich den anderen anzuschließen, wahrscheinlich konnte er es nicht ertragen, wie die Zelle aus der Unterstadt ihren Triumph über den gelungenen Coup auskostete. Das schwache Restlicht, das aus dem Gang hereindrang, beleuchtete sein unwilliges Gesicht. Dattel und Melone schienen nicht recht zu wissen, was sie mit sich anfangen sollten. Das Kind schmatzte. Mirjam schmiegte sich an mich, ein kleines Lächeln im mit verschwitzten Haaren verklebten Gesicht.

Es knirschte, gefolgt von metallischem Prasseln und Lauten des Entzückens. »Gold! Das ist Gold!«

»Und das da? Was ist das?«

»Keine Ahnung. Riech mal dran.«

»Weihrauch! Weißt du, was der wert ist?«

»Hier ist noch so ein krümeliges Zeug. Fühlt sich ölig an.«

»Myrrhe. Damit reiben die sich nach dem Baden ein.«

»Igitt. Mach wieder zu.«

»Können wir den Kasten hier irgendwo verstecken? Wenn die uns damit erwischen …«

»Die Futterkrippe dahinten! Stroh drüber, fertig.«

Es raschelte.

»Seid mal leise!«, zischte Judas plötzlich.

Stille.

»Da war was! Da draußen schleicht einer rum!«

Der Schreck fuhr mir in alle Glieder. Vor lauter Aufregung und Rührung hatte ich natürlich völlig vergessen, weshalb ich eigentlich in diesem Stall war. Natürlich kam es angesichts der neuen Situation nicht mehr infrage, dass ich die Römer holte. Aber einer von ihnen hockte irgendwo da draußen und wartete auf den Eulenruf. Wahrscheinlich hatte das rege Kommen und Gehen ihn angelockt. Während ich noch überlegte, wie ich meine Gefährten warnen konnte, ohne mich als Spitzel zu verraten, sprangen Judas und die anderen auf und stürzten hinaus. Gerenne und Geschnaufe waren zu hören, dann Kampfgeräusche und ein lateinischer Fluch.

»Hab ich dich, Freundchen!«

»Das ist ein Römer!«

»Brat ihm eins über!«

Ein dumpfer Schlag.

»Der ist hin.«

»Was ist, wenn da noch mehr sind?«

»Wir schauen uns mal um. Aber leise.«

Schleichende Schritte, die sich entfernten. Während ich versuchte, einen klaren Gedanken zu fassen, erhoben sich auch Dattel und Melone.

»Wir sollten da mithelfen«, sagte Melone. »Sonst heißt es hinterher, wir hätten uns gedrückt.«

»Was ist, kommst du mit?«, fragte Dattel, an Rolle gewandt. Doch der antwortete nicht, sondern starrte fassungslos vor sich hin. Schulterzuckend verschwanden die beiden.

Rolle schüttelte langsam den Kopf. »Wie blind ich war«,

murmelte er. »Dabei passt alles zusammen. Der Verkündigungsengel. Der Stern. Die Prophezeiung. Buch Micha, Kapitel fünf. *Aber du, Bethlehem, aus dir wird einer hervorgehen, der über Israel herrschen soll.*« Er leierte den Vers noch zweimal herunter, dann hob er den Kopf und sah mich an. »Eine Frau, kein Mann. Buch Jesaja, Kapitel sieben. *Seht, die Jungfrau wird ein Kind empfangen, sie wird einen Sohn gebären, und sie wird ihm den Namen Immanuel geben.* Begreift ihr?« Unendlich langsam hob er die rechte Hand und wies auf das Kind. »Er ist der Messias. Alles passt zusammen.«

»Er soll aber nicht Immanuel heißen«, sagte Mirjam jetzt. Es waren die ersten Worte, die sie sprach. »Er soll Jesus heißen, und er ist nicht der Messias. Schlagt euch das aus dem Kopf.«

Rolle schüttelte fast unmerklich den Kopf, dann mühte er sich stöhnend auf die Beine und schlurfte hinaus, undeutlich murmelnd, alles passe zusammen, der Messias sei gekommen, und er werde Immanuel heißen.

Jetzt endlich wandte Mirjam mir den Kopf zu. Ihre blauen Augen glänzten im schwachen Öllicht, das immer noch auf dem Gang vor sich hin blakte. »Du bist es, oder? Josef?«

Ich nickte.

»Lass uns alles vergessen«, sagte sie und nahm meine Hand. »Ich kann nicht mehr so weiterleben. Diese Spinner machen mich verrückt. Ich habe jetzt ein Kind. Ich muss weg von denen, sonst nimmt es ein schlimmes Ende.«

Das konnte ich gut verstehen.

»Lass mich ein bisschen schlafen«, fuhr sie fort, »und dann hauen wir ab.«

»Wohin?«, fragte ich, völlig überwältigt und unfähig, einen klaren Gedanken zu fassen. Doch das war auch nicht nötig. Mirjam, meine Mirjam, ausgezehrt vom Leben im Untergrund

und geschwächt von der Entbindung, hatte in der kurzen Zeit alles bedacht und war zu einem Entschluss gekommen.

»Wir gehen nach Nazareth zurück und heiraten. Du machst deine Lehre zu Ende und übernimmst die Werkstatt deines Vaters, und später, wenn wir alt geworden sind, übernimmt er sie von dir. Jesus wird ein guter Zimmermann werden.«

Sie blickte zu der Stelle, an der Rolle gehockt hatte. »Prophezeiung. Messias. Immanuel. Was für ein Schwachsinn.«

Jesus. Ich ließ den Klang dieses Namens in meinem Kopf widerhallen, und er gefiel mir immer besser.

Doch eine Frage brannte mir auf den Nägeln. Es kostete mich viel Überwindung, sie zu stellen. Vorsichtig berührte ich die Stirn des friedlich nuckelnden Säuglings mit der Fingerspitze.

»Wer ist der Vater?«, fragte ich leise.

Sie lächelte. »Frag nicht. Du würdest es nicht glauben.«

Danach haben wir nie wieder darüber gesprochen.

Über die Autoren

Sina Beerwald, 1977 in Stuttgart geboren, hat sich bislang mit über zwanzig erfolgreichen Romanen, darunter historische Romane und Sylt-Erlebnisführer, einen Namen gemacht. Sie ist Preisträgerin des NordMordAwards und des Samiel-Awards. Drei ihrer Romane schafften es auf die Shortlist des größten deutschsprachigen Leserpreises. 2008 wanderte sie mit zwei Koffern und vielen Ideen im Gepäck auf die Insel Sylt aus und lebt dort seither als freie Autorin.

Ella Danz, gebürtige Oberfränkin, lebt seit ihrem Publizistikstudium in Berlin. Nach Jahren in der Ökobranche ist sie mittlerweile als freie Autorin tätig. Einen Schwerpunkt bildet ihre zwölfbändige Krimiserie um den Kommissar und Genießer Georg Angermüller, einen sympathischen Oberfranken im Lübecker Exil, der nicht nur gegen das Verbrechen, sondern auch gegen schlechtes Essen kämpft.

Elsa Dix studierte Geschichte und Germanistik und verbindet in ihren Romanen beide Interessen. Ihre im Goldmann Verlag erschienen Seebadkrimis spielen im Norderney des Kaiserreichs. Mit Liebe zum Detail verwebt sie historische Gegebenheiten mit packenden Krimiplots und bietet einen lebendigen Einblick in vergangene Zeiten.

Neben ihrer Leidenschaft für das Schreiben ist Elsa Dix in verschiedenen Autorenverbänden aktiv. Sie organisiert Fortbildungskurse, die sich mit Schreiben und Kriminalistik befassen.

Der Journalist **Adrian Geiges**, Jahrgang 1960, ist Autor zahlreicher Bücher. Er schreibt auch sonst gelegentlich über Verbrechen. Aber anders als in dieser fiktiven Geschichte geht es bei ihm gewöhnlich um Ereignisse, die tatsächlich passiert sind, und um große Tiere. Gemeinsam mit Stefan Aust hat er den Spiegel-Bestseller »Xi Jinping – der mächtigste Mann der Welt« verfasst, der bereits in zwölf Ländern erschienen ist. Geiges lebte als Auslandskorrespondent des Stern, von Spiegel TV und anderen renommierten Medien in Peking, Moskau, Hongkong und New York – und vier Jahre auch in Rio de Janeiro. Seine Erlebnisse dort haben ihn zu »Weihnachten im Wassertank« inspiriert.

Als studierte Kulturwissenschaftlerin beschäftigt **Kathrin Hanke** sich mit der menschlichen Gesellschaft, als Autorin mit deren dunkelsten Abgründen. Seit über einem Jahrzehnt schreibt sie als freie Autorin erfolgreich Krimis. Bekannt ist sie vor allem durch ihre Heidekrimis rund um das Team des Ermittlerduos Katharina von Hagemann und Benjamin Rehder sowie ihre True-Crime-Bücher, die sie in die Tiefen von Archiven steigen lassen, um mit einer sowohl fesselnden als auch wahren Geschichte wieder emporzukommen.

Kathrin Hanke ist Mitglied im Syndikat, der Autorengruppe deutschsprachiger Kriminalliteratur, sowie aktiv bei den Mörderischen Schwestern, dem gemeinnützigen Verein zur Förderung der von Frauen geschriebenen, deutschsprachigen Kriminalliteratur.

Franziska Henze ist in Hamburg geboren. Die promovierte Rechtsanwältin schreibt Kurzgeschichten, Romane und Thriller. Ihre Geschichten handeln von scheinbar alltäglichen Begegnungen, die Menschen an ihre dunkelsten Abgründe treiben. Sie ist Mitherausgeberin mehrerer Krimianthologien und engagiert sich bei den Mörderischen Schwestern. 2024 gewann sie den Friedrich Glauser-Preis in der Kategorie »Beste Kurzgeschichte«.

Hartmut Höhne ist seit Jahrzehnten in Hamburg heimisch. Der Autor ist Diplom-Soziologe und Erzieher – mit Tätigkeiten in diversen Branchen wie Offene Kinder- und Jugendarbeit, Gesundheitswesen, Umfrageinstituten und im gewerblichen Bereich (Brauerei, Hafen u. Ä.). Er schreibt Romane, Erzählungen und Kurzprosa. Veröffentlichung von Kriminalromanen wie »Finale Fanale« und »Mord im Gängeviertel« im Gmeiner Verlag. Ferner erschienen mehrere E-Books, darunter die »Kleistnovelle« und der satirische Kurzroman »Feindliche Sektoren« sowie eine Reihe von Anthologiebeiträgen. Hartmut Höhne ist Mitglied im Schriftstellerverband VS.

Svea Jensen und Angelika Svensson lauten die beiden Pseudonyme der Krimiautorin Angelika Waitschies. Sie ist in Hamburg geboren und lebt seit ihrer Kindheit in Schleswig-Holstein. Als Angelika Svensson wurde die Autorin 2014 mit ihrer Krimireihe um die Kieler Kommissarin Lisa Sanders bekannt, als Svea Jensen hat sie sich 2021 nach St. Peter-Ording aufgemacht, wo sie die Soko SPO in bisher vier Fällen ermitteln ließ. 2024 erschien ihr erster Büsum-Krimi, 2025 geht es dann mit dem fünften Fall für die Soko SPO weiter.

Markus Kleinknecht ist Fernsehjournalist. Reale Kriminalfälle finden durch seine Arbeit immer wieder Eingang in seine Bücher, denn das wahre Leben scheint ihm oft viel wahnsinniger, als man es sich ausdenken kann. Kleinknecht lebt mit seiner Familie und einem Border Collie im Hamburger Speckgürtel.

Regine Kölpin, geb. 1964 in Oberhausen, lebt seit ihrer Kindheit in Friesland an der Nordsee. Die mehrfache Spiegel-Bestseller-Autorin schreibt für namhafte Verlage (mit Gitta Edelmann auch unter dem Pseudonym Felicitas Kind) Romane, Geschenkbücher und Kurztexte. Regine Kölpin hat einige Auszeichnungen erhalten, unter anderem den Bronzenen Homer 2020 (mit Gitta Edelmann), den Titel Starke Frau Frieslands 2011, das Stipendium Tatort Töwerland 2010 u. v. m. Sie gehört dem PEN-Zentrum Deutschland und den Autorenvereinigungen Delia (Liebesroman) und Homer (Historischer Roman) an.

Christian Kraus, geb. 1971 in Hamburg, ist promovierter Facharzt für Psychiatrie und Psychotherapie, forensischer Psychiater und Psychoanalytiker und arbeitet in eigener Praxis in Hamburg. Nach seinem Debütroman 2010 erscheinen seine Psychothriller bei Droemer Knaur, zuletzt »Tiefer als der Abgrund« im Jahr 2023. Kraus lebt mit Frau und Tochter in Schleswig-Holstein.

Anke Küpper wuchs in Dortmund auf und lebt in Hamburg. Seit fast dreißig Jahren arbeitet die studierte Germanistin erfolgreich als Buchautorin. Neben ihren Kriminalromanen, in denen sie ihre norddeutsche Wahlheimat zum Schauplatz macht, hat sie mehr als achtzig Sachbücher und Pixi-Geschichten sowie zahlreiche Quiz und Spiele veröffentlicht, darunter einige Bestseller.

Sie hat bereits mehrere Kurzkrimi-Anthologien herausgegeben, ist in Hamburg als Literaturveranstalterin aktiv und leitet Schreibworkshops für Kinder und Erwachsene. Bei den Mörderischen Schwestern, im Syndikat und im writers' room Hamburg tauscht sie sich mit anderen Schreibenden aus.

Felix Leibrock ist Seelsorger bei der Bayerischen Bereitschaftspolizei, leitet das Evangelische Bildungswerk München und ist regelmäßig mit dem Format »Nachgedacht« bei Antenne Bayern zu hören. Im Allgemeinen Anzeiger schreibt er wöchentlich eine Kolumne. Er ist evangelischer Pfarrer und promovierter Literaturwissenschaftler sowie Autor von Musicals, Krimis und Romanen. In seiner Freizeit engagiert er sich ehrenamtlich für Obdachlose. Zurzeit erscheint von ihm eine Krimireihe, die in Berchtesgaden spielt (Mord am Watzmann, Mord am Kehlsteinhaus, Mord auf dem Königssee). Er lebt in München.

Hinter **Michelle Marly** verbirgt sich die deutsche Bestsellerautorin Micaela Jary, die in der Welt des Kinos und der Musik aufwuchs. Durch ihren Vater, den Komponisten Michael Jary, entdeckte sie schon früh ihre Liebe zu Frankreich; ihre Mutter, ein ehemaliges Mannequin, prägte ihren Sinn für Mode. Sie lebte lange in Paris und wohnt heute mit Mann und Hund in Berlin und München, hat eine erwachsene Tochter und ist sehr glückliche Oma von Zwillingen.

Nicole Neubauer studierte Jura und Englische Literatur in München und London. Sie arbeitete als Anwältin im Bereich der Wirtschaftskriminalität, ehe sie den Beruf an den Nagel hängte, um sich ganz den literarischen Kriminalfällen zu widmen. Mit ihrem Debütroman »Kellerkind« erhielt sie einen Platz im Mentoringprogramm des »Mörderische Schwestern e. V.« und erklomm auf Anhieb die Spiegel-Bestsellerliste. Mittlerweile ist der vierte Roman »Opferstunde« mit dem grantelnden Münchner Kriminalkommissar Waechter erschienen.

Neben ihren Romanen schrieb sie zahlreiche Kurzgeschichten in den Genres Kurzkrimi und Phantastik in Anthologien. Für die Short Story »Blackout Angel« wurde sie im Jahre 2018 für den Daniil-Pashkoff-Preis des Writers Ink e. V. nominiert.

Sie lebt mit ihrer Familie in München-Schwabing, wo auch ihre Romane spielen.

Markus Rahaus, geboren 1970 im nordrhein-westfälischen Westerholt, studierte Biologie an der Ruhr-Universität Bochum und wechselte anschließend an die Private Universität Witten-Herdecke, wo er im Fachbereich Virologie erst promovierte und einige Jahre später auch habilitierte. Nach einer Zeit als Hochschullehrer für das Fach Virologie wechselte er in die pharmazeutische Industrie und zog mit seiner Familie nach Cuxhaven in Norddeutschland, wo er heute noch lebt. Als Ausgleich zum beruflichen Alltag betätigte sich Rahaus zunächst ausgiebig im Bereich Fotografie und veröffentlichte mehr als zwanzig Artikel in unterschiedlichen Zeitschriften aus diesem Themengebiet. 2014 erschien unter dem Titel »Nördliches Cuxland: Weltnaturerbe Wattenmeer – Küstenheide – Hochmoor« ein Foto- und Naturreiseführer über das als Cuxland bekannte Gebiet zwischen Cuxhaven und Bremerhaven. Angespornt durch diese positiven Erfahrungen, entschloss sich Rahaus, sich an einen Kriminalroman zu wagen und dabei sein Fachwissen als Virologe einfließen zu lassen. Mit Erfolg: Seit 2018 sind aus dieser Idee sechs Kriminalromane entstanden und in verschiedenen Verlagen erschienen.

Michael Römling, geboren 1973 in Soest, studierte Geschichte in Göttingen, Besançon und Rom, wo er acht Jahre lang lebte. Nach der Promotion gründete er einen Buchverlag, schrieb zahlreiche stadtgeschichtliche Werke und historische Romane.

Jobst Schlennstedt, 1976 in Herford geboren und dort aufgewachsen, studierte Geografie an der Universität Bayreuth. Seit Anfang 2004 lebt er in Lübeck. Hauptberuflich arbeitet er als Senior Consultant für ein großes dänisches Unternehmen und berät die Hafen- und Logistikwirtschaft.

2006 erschien sein erster Kriminalroman. Mittlerweile sind mehr als fünfundzwanzig Krimis von ihm erschienen, unter anderem auch unter dem Pseudonym Jesper Lund. Seine bekannteste Reihe spielt in Lübeck rund um das Team von Kriminalkommissar Birger Andresen.

Anette Schwohl, 1959 geboren, hat in Hamburg Kunstgeschichte, Literaturwissenschaften und in einem Aufbaustudium Kulturmanagement studiert. Nach beinahe zehn Jahren als Museumsdirektorin in Sachsen kehrte sie 2002 nach Schleswig-Holstein zurück. Sie ist freiberuflich als Kunsthistorikerin, Kulturmanagerin und als Krimiautorin tätig.

Etliche ihrer Kurzkrimis wurden bereits in Anthologien veröffentlicht. 2022 ist ihr Krimiroman »Katrin Lund und der Tote am Leuchtturm« als erster einer Reihe im KBV Verlag erschienen, gefolgt von »Katrin Lund und der Wolkensammler« und »Katrin Lund und der Stich ins Herz«. Seit 2019 organisiert sie alle zwei Jahre das Rendsburger Frauenkrimifestival. Sie ist Mitglied in der Autorinnenvereinigung »Mörderische Schwestern« und im »Syndikat«.

Henrik Siebold ist ein Pseudonym des Journalisten und Autors Daniel Bielenstein. Nach einigen Unterhaltungsromanen schreibt er seit 2016 die erfolgreiche Krimiserie um den in Hamburg lebenden japanischen Inspektor Takeda. Als Jakob Leonhardt verfasst er Kinder- und Jugendbücher, die in zahlreiche Sprachen übersetzt wurden.

Carolyn Srugies, Jahrgang 1962, ist Industriefachwirtin und hat ewig und drei Tage im Exportmanagement einer großen norddeutschen Firma gearbeitet. Die Autorin beschäftigt sich nun statt mit Embargos, Außenwirtschafts- und Zollrecht nur noch mit Motiven, Alibis und dunklen Machenschaften.

Nach mehr als einem Dutzend veröffentlichter Kurzgeschichten hat Carolyn Srugies 2022 ihren ersten Kriminalroman veröffentlicht. Nach »Tod am Wockersee« ist mit »Tod am Sonnenberg« 2023 Band zwei ihrer Mecklenburg-Reihe erschienen.

Michael Thode, geboren 1974 in Heide/Holstein, studierte Rechtswissenschaften und Fachjournalismus in Bayreuth, Göttingen und Kiel. Sein Berufsleben führte ihn als Journalist in eine Zeitungsredaktion, als Niederlassungsleiter in eine Spedition und als Abteilungsleiter in die Lebensmittelindustrie.

Er ist Reserveoffizier und Militärexperte. Er wurde von der Bundeswehr in mehrere NATO- und EU-Missionen entsandt und absolviert seine Reserveübungen derzeit im Bundesministerium der Verteidigung in Berlin.

Michael Thode lebt mit seiner Frau und einem quirligen Gordon Setter in der Nähe von Hamburg. Dort schreibt er Thriller und Kurzkrimis, für die er mehrfach prämiert wurde.

Sabine Weiß arbeitete nach ihrem Germanistik- und Geschichtsstudium als Journalistin. Seit 2007 veröffentlicht sie erfolgreich historische Romane, seit 2016 zusätzlich Krimis um Kommissarin Liv Lammers und ihr Team. Mit deren Fall »Düsteres Watt« gelang ihr 2022 der lang verdiente Sprung auf die Bestsellerliste. Aktuell ist sie mit dem achten Sylt-Krimi »Gefährlicher Sog« und dem historischen Roman »Die Leuchttürme der Stevensons« in den Buchhandlungen vertreten. Wenn Sabine Weiß nicht auf Rerchercheise für ihre Bücher ist, lebt sie mit ihrem Mann und ihrem Sohn bei Hamburg.

Ben Westphal, 1981 in Hamburg geboren, machte nach dem Abitur eine Ausbildung als Kriminalbeamter. 2006 wechselte er ins Rauschgiftdezernat. Einige Jahre später begann er, Rauschgift-Krimis mit Hamburg-Bezug zu schreiben – und was als einmaliges Pensionsgeschenk für einen Kollegen begann, wurde zu einer Leidenschaft fürs Schreiben.